VISIONS DU CRIME

Du même auteur
aux Éditions J'ai lu

Les illusionnistes (n° 3608)
Un secret trop précieux (n° 3932)
Ennemies (n° 4080)
L'impossible mensonge (n° 4275)
Meurtres au Montana (n° 4374)
Comme une ombre dans la nuit (n° 6224)
La villa (n° 6449)
Par une nuit sans mémoire (n° 6640)
La fortune de Sullivan (n° 6664)
Bayou (n° 7394)
Les diamants du passé (n° 8058)
Le lumières du Nord (n° 8162)

Lieutenant Eve Dallas:
Lieutenant Eve Dallas (n° 4428)
Crimes pour l'exemple (n° 4454)
Au bénéfice du crime (n° 4481)
Crimes en cascade (n° 4711)
Cérémonie du crime (n° 4756)
Au cœur du crime (n° 4918)
Les bijoux du crime (n° 5981)
Conspiration du crime (n° 6027)
Candidat au crime (n° 6855)
Témoin du crime (n° 7323)
La loi du crime (n° 7334)
Au nom du crime (n° 7393)
Fascination du crime (n° 7575)
Réunion du crime (n° 7606)
Pureté du crime (n° 7797)
Portrait du crime (n° 7953)
Imitation du crime (n° 8024)
Division du crime (n° 8128)

Les frères Quinn:
Dans l'océan de tes yeux (n° 5106)
Sables mouvants (n° 5215)
À l'abri des tempêtes (n° 5306)
Les rivages de l'amour (n° 6444)

Magie irlandaise:
Les joyaux du soleil (n° 6144)
Les larmes de la lune (n° 6232)
Le cœur de la mer (n° 6357)

Les trois clés:
La quête de Malory (n° 7535)
La quête de Dana (n° 7617)
La quête de Zoé (n° 7855)

Les trois sœurs:
Maggie la rebelle (n° 4102)
Douce Brianna (n° 4147)
Shannon apprivoisée (n° 4371)

Trois rêves:
Orgueilleuse Margo (n° 4560)
Kate l'indomptable (n° 4584)
La blessure de Laura (n° 4585)

NORA ROBERTS

LIEUTENANT EVE DALLAS – 19

VISIONS DU CRIME

Traduit de l'américain
par Nicole Hibert

Titre original :
VISIONS IN DEATH
Published by G.P. Putnam's Sons, a member of Penguin Group (USA), New York

L'amitié ne saurait exister sans cérémonial et sans courtoisie.

Lord HALIFAX

Est-ce une vision ? Un songe ? Suis-je en train de dormir ?

William SHAKESPEARE

1

Elle était arrivée au bout de la soirée sans tuer personne. Le lieutenant Eve Dallas, flic jusqu'à la moelle, estimait que ce contrôle de soi dénotait une remarquable force de caractère.

Sa journée s'était plutôt bien passée. Un témoignage au tribunal le matin, aussi routinier que barbant, un monceau de paperasses à classer. La seule affaire qu'elle avait dû régler impliquait un groupe de copains. Ils s'étaient disputé le reste de substances illicites – un mélange festif de Buzz, d'Exotica et de Zoom – qu'ils partageaient tout en flemmardant sur le toit d'un immeuble de West Side.

La querelle s'était achevée lorsque l'un de ces joyeux drilles avait fait un plongeon du toit, la drogue serrée dans son poing.

Il n'avait sans doute pas senti grand-chose, même en s'écrabouillant dans la 10e Avenue, mais il avait assurément cassé l'ambiance de la petite fête.

Les témoins, notamment un bon Samaritain d'un bâtiment voisin, qui avait alerté le 911, déclaraient tous que l'individu ramassé sur le trottoir et fourré dans un sac s'était approché volontairement du bord du toit pour y danser un twist endiablé. Il avait perdu l'équilibre et s'était envolé en hurlant un « youpi ! » hilare, à la stupéfaction – peut-être mêlée d'un brin de jubilation – des passagers d'un aérotram, qui avaient eux aussi assisté à la dernière danse du dénommé Jasper McKinney.

Ravi, un touriste avait réussi à filmer la totalité de l'incident avec son minicaméscope.

On qualifia la fin de Jasper de mort accidentelle. Eve la considérait plutôt comme une mort idiote, mais il n'y avait pas, sur le formulaire, de case prévue pour cette conclusion.

Jasper et son plongeon du septième étage lui firent quitter le Central avec une petite heure de retard, pour se retrouver engluée dans un embouteillage, tout cela parce qu'un sadique du service des Réquisitions lui avait refilé un véhicule provisoire qui se traînait comme une limace.

Elle était gradée, nom d'une pipe, elle avait droit à une voiture convenable ! Elle en avait démoli deux en deux ans, d'accord, mais ce n'était pas sa faute. Dès le lendemain matin, elle irait étriper quelqu'un du service des Réquisitions.

Pour s'amuser un peu.

À son arrivée à la maison – avec deux heures de retard, certes –, elle avait dû troquer sa tenue de flic implacable contre celle d'épouse et de femme du monde.

Elle était un bon flic, elle ne l'ignorait pas, en revanche comme femme du monde…

Elle supposait qu'elle était élégante, puisque son mari avait composé sa toilette – y compris les sous-vêtements. Connors s'y connaissait en chiffons.

Pour sa part, elle avait simplement conscience de porter un truc vert qui scintillait de partout et ne couvrait pas tout le corps, loin de là.

Elle n'avait pas eu le temps de protester. Elle s'était donc dépêchée d'enfiler la robe et de glisser ses pieds dans des chaussures également vertes et pailletées, aux talons si fins et si vertigineux que ses yeux arrivaient à la hauteur de ceux de son homme.

Ce n'était pas désagréable de se noyer dans ce regard si bleu qui éclairait un visage dessiné par les dieux, mais c'était carrément pénible d'avoir à se montrer aimable à l'égard de parfaits inconnus, quand on redoutait de s'affaler à tout instant.

Néanmoins, elle s'en était bien tirée. Elle avait bravement supporté sa métamorphose, le rapide trajet en jet de New York à Chicago, le cocktail assommant et le dîner auquel Connors avait convié une dizaine de clients.

Elle ne savait pas trop de quel genre de clients il s'agissait, dans la mesure où Connors brassait une multitude d'affaires. Elle n'avait même pas tenté de s'informer. Elle pouvait seulement affirmer une chose : chacun de ces individus méritait la palme du raseur.

L'épreuve avait duré quatre heures, cependant il n'y avait pas eu d'anicroche.

Un bon point pour elle.

À présent, elle voulait rentrer à la maison, s'extirper de ce machin vert et s'écrouler dans le lit. L'été 2059 avait été long, caniculaire et sanglant. L'automne et la fraîcheur arrivaient. Peut-être les New-Yorkais seraient-ils moins enclins à s'entretuer.

Eve en doutait.

À peine était-elle installée dans le fauteuil du luxueux jet privé que Connors lui souleva les pieds et lui ôta ses escarpins.

— Ne rêve pas, mon vieux. Quand j'enlèverai enfin cette robe, je ne la remettrai pas.

— Eve chérie, murmura-t-il de sa voix douce où chantait un air d'Irlande, voilà des mots qui me donnent des idées. Si belle que tu sois dans cette toilette, tu seras encore plus adorable si tu la retires.

— Oublie, pas question que je sorte de cet avion avec ce que tu appelles des sous-vêtements ! Ils sont tellement... Seigneur Dieu...

Elle loucha d'un air écœuré, puis soupira quand il entreprit de lui masser la cambrure des pieds.

— Je te dois bien ça, dit-il en souriant. Tu détestes les soirées mondaines. Je te remercie de ne pas avoir vidé ton pistolet paralysant sur McIntyre qui faisait une razzia sur les canapés du cocktail.

— Le type aux grandes dents qui riait comme un cheval ?

— Lui-même. C'est aussi un gros client. Alors, merci… ajouta-t-il en lui baisant les orteils.

— De rien.

Les yeux mi-clos, elle l'observa. Une merveille. Grand, mince, athlétique, des cheveux noirs et soyeux qui encadraient un visage d'une beauté saisissante. Sans parler de son intelligence, de son élégance, de son énergie.

Mieux encore, non seulement il l'aimait, mais il la comprenait. Dans le domaine de la vie sociale, il n'attendait pas d'elle plus qu'elle ne pouvait donner. D'autres auraient été plus exigeants, elle ne l'ignorait pas. Connors possédait des holdings, des usines, des biens immobiliers, etc., dans toute la galaxie. Il était absurdement riche, avec tout le pouvoir que procure l'argent. Beaucoup d'hommes dans sa position voudraient une épouse à leurs ordres, ayant pour unique tâche de parader à leur bras.

Pas Connors.

Il lui demandait d'assister à une soirée ou à un dîner uniquement quand c'était indispensable. Mieux : il s'arrangeait pour organiser son planning en fonction de celui d'Eve et travaillait parfois comme consultant à son côté.

En réalité, en mari d'un lieutenant de police, il était infiniment plus crédible qu'elle en femme de magnat.

— Je te dois peut-être un massage, moi aussi, dit-elle, pensive. Tu es une bonne affaire.

Il promena un doigt sur la voûte plantaire d'Eve.

— Je suis d'accord.

— Malgré tout, je n'enlèverai pas ma robe, décréta-t-elle en se pelotonnant dans le fauteuil. Réveille-moi à l'atterrissage.

Elle commençait à s'assoupir lorsque son communicateur, dans sa pochette de soirée, bourdonna.

— Oh, flûte... On arrive quand?

— Dans une quinzaine de minutes.

Hochant la tête, elle prit son communicateur.

— Dallas.

— *Dispatching. Rendez-vous à Belvedere Castle, Central Park. Policiers sur les lieux. Homicide, une victime.*

— Contactez l'inspecteur Delia Peabody. Je la retrouverai sur la scène de crime. Dans trente minutes.

Eve passa une main nerveuse dans ses cheveux.

— Tu peux me jeter au passage et rentrer.

— Je n'ai aucune envie de «jeter» ma femme. Je t'accompagne, je t'attendrai.

Elle regarda sa superbe toilette, grimaça.

— Je déteste travailler attifée comme ça. On va se ficher de moi pendant des semaines.

Et le pire était à venir, car elle dut remettre ses escarpins pour vaciller sur l'herbe et les sentiers du plus grand parc de la ville.

Le château, dont la tour élancée se dessinait sur le ciel nocturne, était perché au sommet d'un ensemble rocheux qui surplombait le lac. Un endroit agréable pour les touristes, à l'heure de la sieste ou du casse-croûte. Mais, dès la tombée du jour, les secteurs comme celui-ci redevenaient l'habitat naturel des sans-abri, des drogués, des prostitués clandestins en maraude, et de tous ceux qui n'avaient rien d'autre à faire que chercher des ennuis.

La municipalité actuelle parlait beaucoup de «propreté» des parcs et des monuments. Il fallait reconnaître que, assez régulièrement, on dépensait même de l'argent pour ça. Des volontaires et des employés municipaux débarrassaient le parc des ordures qui y traînaient, nettoyaient les graffitis, entretenaient les pelouses et les fleurs.

Ensuite, tout le monde s'estimait content et se tournait vers d'autres problèmes, jusqu'à ce que le parc soit de nouveau dans un état lamentable.

Pour l'instant, il était plutôt présentable.

Tant bien que mal, Eve se dirigea vers les barricades que les flics avaient déjà dressées. Le château était éclairé comme en plein jour par les projecteurs installés pour photographier la scène de crime.

— Tu n'es pas obligé de m'attendre, dit-elle à Connors qui la suivait. J'appellerai un taxi.

— Je t'attends, répondit-il d'un ton catégorique.

Renonçant à discuter, elle franchit les barricades. Personne n'émit le moindre commentaire sur sa robe ou sur ses escarpins. Sa réputation de « peau de vache » clouait le bec des flics en uniforme, pourtant elle fut surprise de ne voir aucun sourire en coin.

Elle fut encore plus étonnée, lorsque sa coéquipière s'avança vers elle sans faire allusion à sa tenue vestimentaire.

— Dallas… c'est moche.

— Qu'est-ce qu'on a ?

— Une jeune femme, la trentaine. J'ai filmé les lieux. J'allais lancer une procédure d'identification, quand on m'a prévenue de votre arrivée.

Elles marchaient côte à côte, Peabody dans ses confortables chaussures plates, Eve juchée sur ses talons aiguilles.

— Crime sexuel, poursuivit Peabody. Violée et étranglée. Mais il ne s'est pas arrêté là…

— Qui l'a trouvée ?

— Deux gamins. Bon Dieu…

Peabody s'immobilisa un instant, passa une main sur son visage. Elle avait l'air fatiguée, et s'était manifestement habillée à la hâte.

— Ils se sont faufilés hors de chez eux, convaincus qu'ils allaient vivre la grande aventure. Ils ont eu leur compte, les pauvres. On a contacté les parents et un service d'aide psychologique. On les a mis à l'abri dans une voiture de patrouille.

— Où est la victime ?

— Par ici.

Peabody guida Eve vers la morte qui gisait sur les rochers, juste au-dessus des eaux noires du lac. Elle portait seulement ce qui semblait être un ruban rouge noué autour de son cou. Elle avait les mains jointes entre ses seins, comme pour une prière ou une supplique.

Son visage était maculé de sang. Le sang, constata Eve, qui avait jailli de ses orbites quand l'assassin lui avait prélevé les yeux.

Elle dut retirer ses escarpins, pour ne pas risquer de se rompre le cou. Elle enduisit ses mains et ses pieds nus de Seal-It, pris dans le kit de terrain de Peabody. Même ainsi, descendre la pente rocheuse dans sa robe du soir ne fut pas une mince affaire. Elle était ridicule, dans son accoutrement en lamé qui ne convenait guère à un lieutenant de police.

Elle entendit un bruit d'étoffe qui se déchire, n'y prêta pas attention.

— Oh là là, grimaça Peabody. Vous allez abîmer cette robe géniale.

— Je donnerais un mois de salaire pour un jean, une chemise et surtout une paire de bottes, grommela Eve.

Puis elle chassa ces considérations de son esprit, se campa solidement sur ses jambes et se tourna vers le cadavre.

— Il ne l'a pas violée ici. Il y a une deuxième scène de crime. Même un fou furieux ne violerait pas une femme sur des rochers, alors qu'il a des pelouses juste à côté. Donc il l'a violée à un autre endroit. Il l'a tuée ou neutralisée ailleurs. Et il a dû la transporter jusqu'ici. Il doit donc être costaud – ou alors il n'était pas seul. Elle pèse dans les… soixante-cinq kilos ?

Pour ne pas effacer d'empreintes, plus que pour protéger sa toilette, Eve retroussa légèrement sa robe.

— Trouvez-moi son identité, Peabody.

Tandis que celle-ci s'exécutait, Eve s'accroupit pour examiner le corps.

— Il lui a fait prendre la pose. Prière ? Supplication ? Quel est le message de ces mains jointes ? Elle a des hématomes sur la face, la poitrine, les avant-bras – elle s'est défendue, l'a griffé. Il y a de la matière sous ses ongles. Pas de la peau, plutôt des fibres.

— Elle s'appelle Elisa Maplewood, déclara Peabody. Domiciliée à Central Park West.

— Pas très loin d'ici. Elle ne ressemble pourtant pas aux habitants de ce quartier. Pas de pédicure, les mains sont calleuses.

— Elle est employée comme domestique.

— Ça explique tout.

— Trente-deux ans, divorcée. Dallas… elle a une fille de quatre ans.

— Oh, nom d'un chien !

Eve inspira à fond et continua :

— Hématomes sur les cuisses et le pubis. Cordonnet rouge noué autour de la gorge.

Les chairs tuméfiées recouvraient presque le ruban qui entaillait la peau et retombait en drapé jusqu'aux seins.

— L'heure de la mort, Peabody ?

— Vingt-deux heures vingt.

— Il y a environ trois heures. Quand les gamins l'ont-ils découverte ?

— Juste après minuit. Les premiers policiers arrivés sur les lieux se sont occupés des mômes, ils ont pris des clichés d'en haut et alerté le dispatching à une heure moins le quart.

— D'accord.

Eve mit ses microloupes et se pencha sur le visage mutilé.

— Là, il a pris son temps. Il ne l'a pas massacrée. C'est net et précis, quasiment chirurgical, comme s'il prélevait des greffons pour une transplantation. Les yeux, c'était donc ce qu'il voulait. C'était son trophée. Les coups, le viol... un simple prélude.

Elle se recula, releva les microloupes sur son front.

— On la retourne sur le ventre.

Le dos de la victime était normal, hormis des taches d'herbe sur les fesses et le long des cuisses.

— Il l'a attaquée de face, il se fichait qu'elle le voie. Il l'a assommée – sur un trottoir ou du macadam. Ah non, un sentier gravillonné. Regardez ces égratignures sur les coudes. Il la frappe. Elle essaie de lutter, de hurler, mais il la traîne sur l'herbe jusqu'à un endroit où il pourra prendre son plaisir sans être embêté. Il la cogne jusqu'à ce qu'elle se soumette, la viole. Il lui noue le cordonnet autour du cou. Il la tue. Quand tout ça est terminé, il s'attelle à l'essentiel pour lui.

Eve remit ses microloupes.

— Il déchire les vêtements qu'elle avait encore sur elle, lui retire ses chaussures, ses bijoux... tout ce qui aurait pu permettre de l'identifier. Il la descend jusqu'ici, l'installe. Il prélève les yeux, très soigneusement, vérifie la pose. Il se nettoie, pourquoi pas dans le lac. Enfin, il prend son trophée et s'en va.

— Un meurtre rituel ?

— Rituel pour lui, en tout cas. On peut emmener la victime, dit Eve en se redressant. Maintenant, on cherche le lieu du crime.

Connors la vit remettre ses escarpins. Elle aurait été plus à son aise pieds nus, songea-t-il, mais le lieutenant ne s'autoriserait pas une telle désinvolture.

Malgré les talons, la robe somptueuse, l'éclat des diamants, Eve réussissait à avoir l'air de ce qu'elle était : un flic dans l'âme. Grande, svelte, solide comme les rochers qu'elle venait d'escalader après avoir découvert une nouvelle atrocité. Nul ne distinguerait l'horreur dans ses yeux mordorés fendus en amande. Elle semblait pâle dans la lumière crue des projecteurs qui soulignait ses traits finement ciselés. La brise soufflant du lac ébouriffait ses cheveux courts, aux reflets changeants.

Connors la regarda s'arrêter pour adresser quelques mots à un agent en uniforme. Il avait l'impression d'entendre sa voix : neutre, sèche, ne trahissant rien de ce qu'elle ressentait.

Il la vit gesticuler, tandis que l'énergique Peabody, plus confortablement vêtue, opinait. Puis Eve se détacha du groupe de policiers pour rejoindre son mari.

— Il vaut mieux que tu rentres. Ça risque d'être long.

— Je m'en doute. Viol, strangulation, mutilation.

Comme elle fronçait les sourcils, il esquissa un sourire.

— Je tends mes grandes oreilles quand mon flic chéri est sur la brèche. Puis-je me rendre utile ?

— Non. Pas de civils – pas même toi. Il ne l'a pas tuée sur ces rochers, par conséquent on doit trouver le lieu du crime. On en a probablement pour toute la nuit.

— Veux-tu que je t'apporte ou que je t'envoie des vêtements de rechange ?

Malgré son pouvoir considérable, il n'avait pas celui de faire apparaître, d'un claquement de doigts, un pantalon et des bottes.

— Ce n'est pas la peine, j'ai ce qu'il me faut dans mon placard, au Central.

Elle baissa les yeux sur sa robe, déchirée ici et là, maculée de terre et de fluides corporels. Elle soupira. Dieu seul savait combien Connors avait payé ce truc-là !

— Je suis désolée de l'avoir abîmée.

— Ça n'a aucune importance. Contacte-moi dès que tu en auras la possibilité.

— D'accord.

Elle se raidit pour ne pas le mordre – il la connaissait si bien – lorsqu'il caressa la fossette qu'elle avait au menton et se pencha pour lui baiser les lèvres. Elle ne supportait pas qu'il l'embrasse devant des flics.

— Bonne chance, lieutenant.

— Ouais, merci.

En regagnant la limousine, il l'entendit lancer d'une voix forte :

— OK, les gars. Deux par deux, on se déploie. Recherche standard de pièces à conviction.

Il ne l'aurait pas emmenée si loin, pensa Eve. À quoi bon ? Ç'aurait été une perte de temps, des problèmes, sans parler du risque d'être aperçue. Cependant, ils fouillaient Central Park, donc ce serait long et difficile à moins que la chance ne leur sourie.

Ce qu'elle fit, une demi-heure plus tard.

— Là, dit Eve, levant une main pour stopper Peabody. L'herbe est aplatie. Donnez-moi les microloupes. Oui, oui… il y a du sang.

Elle se mit à quatre pattes, le nez quasiment collé au sol, tel un chien de chasse flairant la trace de sa proie.

— Qu'on isole cette zone ! Appelez l'Identité judiciaire, qu'ils passent tout au peigne fin. Regardez…

Elle prit une pince à épiler dans le kit de terrain.

— Un ongle cassé. Celui de la victime, décréta-t-elle en l'examinant à la lumière. Tu ne lui as pas facilité la tâche, hein, Elisa ? Tu as fait tout ce que tu pouvais.

Elle glissa le bout d'ongle dans un sachet en plastique, s'assit sur ses talons.

— Il l'a traînée. Elle a résisté, perdu une chaussure. D'où l'herbe et la terre qu'elle a sur un pied. Il est revenu récupérer la chaussure et a emporté les vêtements.

Eve se releva.

— On inspectera les poubelles dans un rayon de dix blocs, au cas où il aurait tout jeté. Les habits sont déchirés, sanglants. On obtiendra peut-être une description de sa tenue, mais même sans ça il faut chercher. À moins que tu aies tout gardé ? murmura-t-elle, s'adressant à l'assassin. En souvenir.

— Elle habite à deux cents mètres d'ici, déclara Peabody. Il l'a attaquée près de chez elle, emmenée ici puis transportée jusqu'au château.

— On va quadriller le secteur. On coordonne l'opération et on se réserve le domicile.

Peabody s'éclaircit la gorge, détailla Eve.

— Dans cette robe ?

— Vous avez une meilleure idée ?

Difficile de ne pas se sentir quelque peu ridicule, sur ses hauts talons et dans sa belle toilette abîmée, lorsqu'elle s'approcha du droïde portier de nuit, planté devant l'immeuble de la victime.

Heureusement, elle avait son insigne. Jamais elle ne le laissait à la maison.

— Lieutenant Dallas, inspecteur Peabody, police de New York. Elisa Maplewood habite-t-elle ici ?

— Je dois scanner vos pièces d'identité.

Le droïde avait l'allure pimpante d'un quinquagénaire aux tempes striées de fils d'argent, assortis aux galons qui ornaient son uniforme rouge.

— Tout est en ordre, constata-t-il après vérification. Mme Maplewood est la domestique de M. et Mme Luther Vanderlea, elle est logée dans l'immeuble.

— L'avez-vous vue, ce soir ?

— Je suis de service de minuit à six heures. Non, je ne l'ai pas vue.

— Nous devons parler aux Vanderlea.

— M. Vanderlea est en voyage. Il faut vous adresser à la réception. À cette heure de la nuit, vous aurez affaire au concierge électronique.

Il déverrouilla les portes, entra avec elles.

— Deuxième vérification d'identité, les prévint-il.

C'était agaçant, néanmoins Eve présenta son insigne au scanner, sur le superbe comptoir du hall au décor noir et blanc.

— *Identité vérifiée, lieutenant Eve Dallas. Que désirez-vous ?*

— Je veux parler à Mme Luther Vanderlea, à propos de son employée, Elisa Maplewood.

— *Un instant, je contacte Mme Vanderlea.*

Le droïde resta avec elles, pendant qu'elles attendaient. De la musique jouait en sourdine. Elle s'était déclenchée à l'instant où elles avaient pénétré dans le hall.

Pourquoi les gens avaient-ils besoin de musique pour traverser un hall ? Mystère.

Les lumières étaient tamisées, les fleurs fraîches. Il y avait là quelques fauteuils confortables, disposés avec goût, deux ascenseurs dans le fond, et quatre caméras de surveillance.

Les Vanderlea étaient manifestement fortunés.

— Où est M. Vanderlea ? demanda Eve au droïde.

— Est-ce un interrogatoire officiel ?

— Je suis curieuse comme une pie, grogna-t-elle en lui agitant son insigne sous le nez. Oui, c'est un interrogatoire officiel !

— M. Vanderlea est à Madrid pour affaires.

— Quand est-il parti ?

— Il y a deux jours. Il revient demain soir.

À cet instant, le concierge électronique les interrompit.

— *Mme Vanderlea va vous recevoir immédiatement. Prenez l'ascenseur A jusqu'au cinquantième étage, penthouse B.*

— Merci, répondit Eve, s'avançant, sur le damier noir et blanc du sol, vers l'ascenseur dont les portes coulissaient déjà. Pourquoi diable on remercie des machines ? bougonna-t-elle. Elles s'en fichent sans doute éperdument.

— Les concepteurs les programment pour qu'elles nous remercient aussi, parce que chez les humains, c'est inné. Vous êtes déjà allée à Madrid ?

— Non. Peut-être... Je ne crois pas, décida Eve qui, en deux ans, avait vu de nombreux pays. Vous savez qui a imaginé les souliers du genre des miens, Peabody ?

— Le dieu de la chaussure. Elles sont extraordinaires, lieutenant.

— Ah non, ce n'est pas le dieu de la chaussure ! Ces machins-là ont été inventés par un maniaque, un homme en chair et en os qui hait farouchement les femmes et qui a trouvé le moyen de les torturer tout en gagnant un tas d'argent.

— Avec ça aux pieds, on dirait que vous avez des jambes de trois mètres de long.

— Eh bien, il ne me manquerait plus que ça, ronchonna Eve.

Au cinquantième étage, la gigantesque porte du penthouse B était grande ouverte. Sur le seuil se tenait une femme menue, en déshabillé vert mousse. Âgée d'une trentaine d'années, elle avait une luxuriante chevelure auburn, sombre et rehaussée de subtiles mèches dorées.

— Lieutenant Dallas ? Seigneur, c'est bien une Leonardo ?

— Pardon ? Ah... enchaîna Eve, constatant que son interlocutrice louchait sur sa robe. Oui, vraisemblablement.

Leonardo était le chouchou du monde de la mode, et aussi le compagnon de la meilleure amie d'Eve.

— Ma coéquipière, l'inspecteur Peabody. Vous êtes bien Mme Vanderlea ?

— Oui, Deann Vanderlea. Que se passe-t-il ?

— Pouvons-nous entrer, madame ?

— Oh... naturellement. Excusez-moi. Quand on m'a appelée du rez-de-chaussée pour me prévenir que la police souhaitait me voir, j'ai tout de suite pensé qu'il était arrivé quelque chose à Luther. Si c'était le cas, on m'aurait avertie de Madrid, n'est-ce pas ?

— Nous sommes là pour Elisa Maplewood.

— Elisa ? À cette heure-ci, elle est dans son lit. De quoi s'agit-il exactement ?

— Quand avez-vous vu Mme Maplewood pour la dernière fois ?

— Juste avant de me retirer dans ma chambre. Vers vingt-deux heures. Je me suis couchée tôt, j'avais la migraine. De quoi s'agit-il ? répéta Deann Vanderlea en croisant les bras.

— Mme Maplewood est morte, je suis désolée. Elle a été assassinée cette nuit.

— C'est absurde. Elle est dans son lit.

Mieux valait ne pas trop discuter, Eve le savait.

— Vous devriez vous en assurer.

— Il est près de quatre heures du matin. Elle est dans son appartement, du côté de la cuisine.

La maîtresse de maison traversa d'un pas pressé le vaste salon, meublé d'antiquités. Bois ciré, lignes courbes, couleurs chaudes, marqueteries et miroirs étincelants. Le salon se prolongeait par une sorte de boudoir où étaient installés un écran mural, une console de communication et de jeux, dans une sorte de placard. Armoire, rectifia Eve – c'était le mot que Connors employait pour désigner ces mastodontes.

Ensuite venait la salle à manger qui ouvrait sur la cuisine.

— J'aimerais que vous attendiez ici, je vous prie, dit Mme Vanderlea.

Elle parlait à présent d'un ton sec, remarqua Eve. Elle était énervée et effrayée. Poussant une porte à deux battants, elle disparut dans ce qui était probablement le logement personnel d'Elisa Maplewood.

— C'est immense, ici, chuchota Peabody.

— Ouais, beaucoup d'espace, de trucs et de machins, marmonna Eve.

La cuisine était tout en noir et argent. Spectaculaire, fonctionnelle et tellement propre qu'une équipe de l'Identité judiciaire n'y récolterait même pas un grain de poussière.

Ce n'était pas si différent de la cuisine de Connors, le royaume de Summerset qu'Eve le laissait volontiers régenter.

— Je l'ai déjà rencontrée, décréta-t-elle brusquement.

Plongée dans la contemplation de l'imposant autochef, Peabody se tourna vers elle.

— Vous connaissez les Vanderlea ?

— Non, je les ai croisés. À une de ces soirées où je dois accompagner Connors. Lui les connaît. Le nom ne m'a pas frappée sur le moment. Qui pourrait se souvenir de tous ces gens ? Mais le visage...

Eve n'acheva pas sa phrase, Mme Vanderlea les rejoignait.

— Elle n'est pas là. Je ne comprends pas. Elle n'est pas dans sa chambre, je ne l'ai trouvée nulle part dans l'appartement. Vonnie est endormie. Sa petite fille. Je ne comprends vraiment pas...

— Est-ce qu'elle a l'habitude de sortir le soir ?

— Non, bien sûr que... Mignon ! s'exclama Mme Vanderlea qui repartit en courant.

— Qui est ce Mignon ? grommela Eve.

— Un amant, peut-être.

— Mignon n'est pas là !

Deann était maintenant blanche comme de la craie ; elle pressait sur sa gorge ses doigts tremblants.

— Qui est ce...

— Notre chien, bredouilla Deann. Ou plutôt, affectivement, le chien d'Elisa. Un petit caniche que j'ai acheté voici quelques mois – pour avoir de la compagnie, pour les filles. Mais Mignon s'est attaché à Elisa. Elle... elle l'a probablement sorti. C'est ce qu'elle fait avant de se coucher. Elle est allée promener le chien. Oh ! mon Dieu, mon Dieu...

— Asseyez-vous, madame Vanderlea. Peabody, apportez-lui un peu d'eau.

— Elle a eu un accident ? Hein ?

Elle ne pleurait pas encore, mais ça ne tarderait plus.

— Non, je suis navrée, il ne s'agit pas d'un accident. Mme Maplewood a été agressée dans le parc.

— Agressée ?

— Elle a été assassinée.

— Non, non…

— Buvez, madame, murmura Peabody en lui mettant un verre dans la main.

— Je ne peux pas. Comment est-ce possible ? Il y a quelques heures, nous étions assises là. Elle m'a conseillé de prendre un cachet pour ma migraine. Nous… les filles étaient couchées. Elisa m'a préparé une infusion et m'a dit d'aller me reposer. Comment est-ce arrivé ? Comment ?

Ce n'était pas le moment de donner des détails affreux.

— Buvez une gorgée, insista-t-elle, notant que Peabody refermait la porte à deux battants.

La petite fille… Ce n'était pas une discussion pour une enfant, si jamais celle-ci se réveillait.

Hélas, quand elle émergerait du sommeil, songea Eve, son univers serait irrémédiablement bouleversé !

2

— Depuis combien de temps travaillait-elle pour vous ?

Eve connaissait déjà la réponse, mais il était préférable de guider Deann pas à pas jusqu'aux rochers du Belvedere Castle.

— Deux ans. Nous… je… mon mari voyage beaucoup, et j'ai décidé d'avoir une employée qui logerait ici, plutôt qu'une femme de ménage et des droïdes. J'avais besoin de compagnie, je suppose. J'ai engagé Elisa parce que je l'aimais bien.

Elle se frotta le visage, déployant des efforts évidents pour se ressaisir.

— Elle était qualifiée, évidemment, et nous nous sommes tout de suite très bien entendues. Pour embaucher quelqu'un qui vivrait chez moi, il fallait que je me sente à l'aise avec cette personne. Et puis il y avait un autre élément très important : Vonnie. Yvonne, sa fille. J'ai aussi une petite fille, Zanna. Elles ont le même âge, j'ai pensé qu'elles pourraient jouer ensemble. Elles sont comme des sœurs. Elisa et la petite font partie de la famille. Oh, Seigneur…

Elle pressa une main sur sa bouche et, enfin, les larmes jaillirent.

— Vonnie n'a que quatre ans. C'est encore un bébé. Comme vais-je lui annoncer que sa maman… ?

— Nous pouvons nous en charger, madame Vanderlea, rétorqua Peabody en s'asseyant. Nous lui parlerons, avec l'aide d'un conseiller de la protection de l'enfance.

— Elle ne vous connaît pas.

Deann se redressa, traversa la pièce pour prendre des mouchoirs en papier dans le tiroir d'une commode.

— Elle sera encore plus effrayée d'apprendre ça de la bouche... d'une étrangère. Je dois le lui dire. Il faut que je trouve la manière de le lui dire.

Elle s'essuya les joues.

— J'ai besoin d'un moment.

— Prenez votre temps, acquiesça Eve.

— Nous sommes amies. Comme Zanna et Vonnie. Notre relation n'était pas celle d'une employée avec sa patronne. Les parents d'Elisa...

Deann prit une profonde inspiration. Elle manifestait un courage assez admirable, remarqua Eve.

— Sa mère vit à New York, avec le beau-père d'Elisa. Le père est à... Philadelphie. Je... je les appellerai. C'est à moi de les avertir. Et il faut que... que je prévienne aussi Luther.

— Vous êtes certaine de vouloir vous en charger ? demanda Eve.

— Elle l'aurait fait pour moi.

Comme sa voix se brisait, Deann pinça les lèvres.

— Elle se serait occupée de mon bébé, et moi je prendrai soin de sa petite fille. Elle aurait... Oh ! mon Dieu, comment une chose pareille a-t-elle pu arriver ?

— Vous a-t-elle dit qu'elle avait des problèmes ? Quelqu'un qui la menaçait, par exemple ?

— Non, elle m'en aurait parlé. Tout le monde aimait Elisa.

— Avait-elle une liaison ?

— Elle ne fréquentait personne. Elle avait eu un divorce difficile, et elle souhaitait un foyer stable pour sa fille, voilà tout. Pour reprendre son expression, elle était fatiguée des hommes.

— Avait-elle repoussé un homme en particulier ?

— Elle a été violée ? interrogea Deann, crispant les poings.

— Le médecin légiste n'a pas encore...

Eve s'interrompit. Deann lui avait agrippé la main.

— Vous savez, et j'exige la vérité. Elle était mon amie.

— Il semble qu'elle ait été violée, en effet.

Les doigts se crispèrent sur ceux d'Eve, violemment.

— Vous le trouverez et vous le ferez payer.

— J'en ai la ferme intention. Si vous voulez m'aider, j'aimerais que vous réfléchissiez. Y a-t-il eu quelque chose, qui vous a peut-être paru insignifiant sur le moment ? A-t-elle dit quoi que ce soit ?

— Elle se serait battue, décréta Deann. Son mari la maltraitait. Elle est allée consulter une assistante sociale, elle a obtenu de l'aide et elle a quitté ce monstre. Elle a appris à se défendre. Elle se serait battue.

— Elle l'a fait. Où est l'ex-mari ?

— J'aimerais répondre qu'il rôtit en enfer, mais il est aux Caraïbes avec sa maîtresse. Il dirige une espèce de boutique d'articles de plongée sous-marine. Il n'a pas vu son enfant, pas une fois. Elisa était enceinte de huit mois quand elle a demandé le divorce. Je ne le laisserai pas récupérer la petite.

Une lueur belliqueuse flambait à présent dans les yeux de Deann.

— S'il s'avise de réclamer la garde, je l'écraserai. Ça, au moins, je peux le faire pour Elisa.

— Quand a-t-elle eu de ses nouvelles pour la dernière fois ?

— Il y a quelques mois, quand ce type n'a pas versé la pension pour sa fille, comme d'habitude. Il était furieux de devoir donner de l'argent à Elisa, alors qu'elle était bien installée ici. L'argent allait directement sur un compte au nom de Vonnie, pour ses études. Mais naturellement, ce genre de considération dépasse cet individu.

— L'avez-vous rencontré ?

— Non, je n'ai pas eu ce plaisir, ironisa Deann. À ma connaissance, il n'a pas remis les pieds à New York depuis quatre ans. Je n'ai pas encore les idées très claires, enchaîna-t-elle, mais je vous promets de réfléchir. Maintenant, il faut que j'appelle mon mari. J'ai besoin de parler à Luther et d'être seule, s'il vous plaît. Pour chercher les mots que je dirai à Vonnie, à son réveil. À Vonnie et à ma fille.

— Nous devrons fouiller l'appartement d'Elisa, ses affaires. Demain, cela vous convient-il ?

— Oui. Je vous laisserais faire tout de suite, mais je veux que Vonnie dorme le plus longtemps possible.

— Eh bien, contactez-moi dans la matinée, rétorqua Eve en se levant.

— Sans faute. Excusez-moi, j'ai complètement oublié votre nom.

— Lieutenant Dallas. Et l'inspecteur Peabody.

— Ah oui, oui ! J'ai admiré votre robe quand vous êtes entrée chez moi. J'ai l'impression qu'il y a une éternité de ça.

Deann se redressa à son tour, se frotta la figure tout en scrutant Eve.

— Il me semble que vous ne m'êtes pas inconnue...

— Moi aussi, dit Eve, je crois que nous nous sommes déjà rencontrées. À un gala de bienfaisance ou quelque chose comme ça.

— Oh, mais oui, Connors ! Vous êtes la femme de Connors. Le flic de Connors, comme disent les gens. Pardonnez-moi de ne pas vous avoir reconnue, je n'ai plus toute ma tête.

— Je vous en prie. Je suis désolée de vous revoir dans de si pénibles circonstances.

La lueur guerrière reparut dans les yeux de Deann.

— Quand on parle du flic de Connors dans les cocktails, on prétend que vous êtes intimidante, un peu méchante, et implacable. Cette description est-elle exacte ?

— À peu près.

— Tant mieux, répliqua Deann en serrant fermement la main d'Eve dans les siennes. Parce que, maintenant, vous êtes aussi mon flic à moi.

— Les prochains jours seront difficiles pour elle, commenta Peabody tandis qu'elles regagnaient le rez-de-chaussée. Mais je pense que, quand elle aura retrouvé son calme, elle sera capable de gérer la situation.

— Elle a du cran, approuva Eve. On va s'intéresser à l'ex-mari. Il pourrait avoir décidé de venir à New York. Et on parlera aux parents de la victime, à ses amis. Il nous faut avoir une idée précise de son emploi du temps chez les Vanderlea.

— Elle n'a pas été tuée au hasard. La mutilation, le décor, la pose. Si ce n'était pas une affaire personnelle, en tout cas c'était bien programmé.

— Je suis d'accord.

Elles sortirent du hall et se dirigèrent vers la voiture de patrouille noir et blanc qui les attendait.

— Maplewood promenait le chien avant de se coucher. Le tueur la remarque, note ses habitudes, et la guette. Il savait que le chien ne le mordrait pas, ou bien il avait un moyen de le neutraliser.

— Vous n'avez jamais vu ces petits caniches, objecta Peabody.

— Ils ont quand même des dents, non ?

Eve s'immobilisa près du véhicule, balayant le voisinage du regard. Bien éclairé. Des droïdes vigiles qui faisaient régulièrement des rondes. Des portiers vingt-quatre heures sur vingt-quatre. Il devait y avoir de la circulation lors de l'agression.

— Donc elle promenait le chien. Sans doute aux abords du parc. Elle se sentait en sécurité. C'est son quartier, elle le connaît. Elle a dû trop s'éloigner de la rue. Il l'attendait. J'en suis certaine.

Eve s'éloigna du trottoir, imaginant la scène.

— Elle laisse le chien renifler les arbres, faire ses besoins. Elle est détendue et profite de cette nuit agréable. Maplewood et Vanderlea avaient beau être amies, Elisa n'en était pas moins son employée. Une bosseuse. Rappelez-vous ses mains. Elle s'octroyait une petite pause en marchant un peu dans le parc.

Elle promena le pinceau lumineux de sa torche sur l'herbe, vers le périmètre sécurisé, lieu de l'agression.

— Il attend qu'on ne la voie plus de la rue. Il tue le chien, ou alors le chien s'enfuit.

— Il l'aurait tué ? s'apitoya Peabody.

— Ce type attaque, étrangle, viole et mutile une femme. Je ne crois pas que zigouiller un caniche soit un problème pour lui.

— Mon Dieu, quelle horreur !

Eve rejoignit son véhicule. Elle hésitait. Pourquoi ne pas rentrer se changer à la maison ? Au moins, elle ne se ridiculiserait pas en se pavanant au Central dans cet accoutrement. Un argument non négligeable.

— La voiture de patrouille nous raccompagne chez moi, décréta-t-elle. Le temps de faire le point, de dormir quelques heures et de commencer la journée de demain en pleine forme.

— Oh, oh, je comprends. Vous préférez ne pas débarquer au Central en robe du soir.

— La ferme, Peabody.

Il était cinq heures du matin lorsque Eve gagna sa chambre. Elle se déshabilla, jetant négligemment ses vêtements par terre, puis se glissa silencieusement entre les draps. Connors lui entoura la taille avec un bras et l'attira contre lui.

— Je ne voulais pas te réveiller, chuchota-t-elle. Je vais essayer de me reposer un peu. Peabody est dans sa chambre d'ami préférée.

— Éteins et dors, dit-il en lui baisant l'épaule.
— Juste deux heures...

Une pensée fugitive la tira du sommeil : du café ! Les effluves ensorceleurs du breuvage titillaient son cerveau assoupi. Elle battit des paupières et vit Connors.

Jour après jour, il se levait avant elle et, comme à son habitude, avait déjà revêtu un de ses costumes de maître du monde. Mais au lieu de lire les cours matinaux de la Bourse devant son petit déjeuner, il se tenait près d'Eve.

— Qu'est-ce qu'il y a ? Il s'est passé quelque chose ? Un autre...

— Non, du calme, répliqua-t-il en l'empêchant d'un geste de bondir du lit. Je suis ton réveille-matin et voilà ton café.

Elle loucha sur la tasse qu'il approchait d'elle.

— Donne-moi... bredouilla-t-elle.

Il s'exécuta et attendit qu'elle ait avalé sa première gorgée.

— Ma chérie, si jamais on finit par inscrire la caféine sur la liste des substances illicites, tu devras te déclarer toxicomane.

— Qu'ils essaient d'interdire le café et je les trucide ! Point à la ligne. Pour quelle raison suis-je servie au lit ?

— Parce que je t'aime.

— Eh oui...

Elle but une autre gorgée, eut un sourire malicieux.

— ... mon cher crétin.

— Ce n'est pas comme ça que tu me convaincras de t'apporter une deuxième tasse.

— Attends que je cherche la bonne réplique. Euh... je t'aime aussi ?

— C'est beaucoup mieux, répondit-il, effleurant d'un doigt les cernes sous les yeux de sa femme. Lieutenant, deux heures de sommeil, ce n'est pas suffisant.

— Je n'ai pas le temps. Je me rattraperai. Allez, je file sous la douche.

Elle se leva, emporta sa tasse dans la salle de bains. Il l'entendit programmer la température de l'eau à trente-huit degrés, puissance maximale. Eve achevait toujours de se réveiller avec une douche bouillante.

Il veillerait à ce qu'elle s'alimente et espérait ne pas avoir à la ligoter sur une chaise pour l'obliger à se nourrir. À peine avait-il commandé un petit déjeuner à l'autochef qu'il vit débouler leur chat grassouillet.

— Ma parole ! Ce chat a un émetteur dans la cervelle, qui lui envoie un signal dès que quelqu'un de la maison envisage de manger. Espèce d'ogre, je parie que tu t'es déjà gavé à la cuisine.

Galahad se frottait contre les jambes de son maître en ronronnant comme une machine. Indifférent à ces simagrées, Connors sélectionna des toasts grillés et de minces tranches de bacon, certain qu'Eve n'y résisterait pas. Il ajouta un peu de bacon pour le chat – cet animal le menait par le bout du nez.

Eve le rejoignit, vêtue d'un court peignoir blanc.

— Je grignoterai un truc au Central...

Elle s'interrompit, renifla l'odeur de pain grillé – son péché mignon.

— Ça, c'est un coup bas.

— Absolument, dit-il en tapotant le siège à son côté.

Il repoussa Galahad qui répondait précipitamment à l'invitation.

— Non, pas toi. Viens ici, Eve. Tu peux quand même t'accorder un quart d'heure.

— Hum, peut-être. De toute façon, il faut que je te mette au courant des événements. Faisons d'une pierre deux coups.

Elle s'assit, tartina généreusement un toast de gelée, savoura une bouchée, chassa de nouveau le chat qui rampait vers son assiette.

— La victime travaillait pour Luther et Deann Vanderlea.

— Les Antiquités Vanderlea ?

— Tu les connais ?

— J'ai souvent fait appel à eux lorsque j'ai meublé cette maison, entre autres. J'ai surtout eu affaire au père, mais je connais effectivement Luther et son épouse. Ce ne sont pas vraiment des amis, disons plutôt des relations amicales. Luther est un grand professionnel, dans son domaine, et Deann est très intelligente. Des gens charmants. Ils sont suspects ?

— Luther était à Madrid la nuit du meurtre. Pour l'instant, il m'est impossible de le confirmer avec certitude. Quant à sa femme, elle ne figure pas sur ma liste. Sinon, elle mérite l'oscar de la meilleure actrice. Elle et la victime étaient très proches. Elle est bouleversée, mais je la crois solide. Elle me plaît bien.

— Sincèrement, je n'imagine pas Luther en train de violer une femme, encore moins de l'assassiner et de lui arracher les yeux.

— Serait-il du genre à draguer la domestique dans le dos de son épouse ?

— Avec les hommes, on ne sait jamais. Sérieusement, ça m'étonnerait de lui. Ils me semblent être un couple heureux. Ils ont un enfant.

— Oui, une petite fille de quatre ans, du même âge que la fille de la victime.

— Elle était mariée ?

— Son ex est aux Caraïbes. Une histoire de maltraitance. On va vérifier son dossier.

— Un petit ami ?

— D'après Deann, aucun. Elisa Maplewood est apparemment sortie entre vingt-deux heures et minuit pour promener le chien. Nous aurons l'heure exacte par la sécurité de l'immeuble. L'assassin l'a agressée dans Central Park. Il l'attendait, c'est certain. Il l'a frappée, violée et étranglée. Ensuite il l'a traînée jusqu'aux rochers où il a terminé sa besogne. À ton avis, les yeux sont un symbole pour lui ? Le miroir de l'âme… œil pour œil ? Un rituel religieux complètement tordu ? Un simple trophée ?

— Tu devrais poser la question à Mira.

Il faisait allusion au Dr Mira, psychiatre, la meilleure profileuse de la ville.

— Oui, je la verrai ce matin.

Tout en parlant, elle avait nettoyé son assiette. Elle se leva pour s'habiller.

— Si on avait un peu de chance, il ne récidiverait pas.

— Tu penses que ce ne sera pas le cas ?

— Ce type est organisé, précis. Il y a trop de symboles dans cette affaire. Les yeux, le ruban rouge, la pose. On découvrira peut-être que tout ça a un rapport direct avec Elisa Maplewood, mais je crois que c'est plutôt lié au tueur qu'à la victime. Elisa pourrait correspondre au profil des proies qu'il traque : l'aspect physique, le lieu d'habitation, le passé. Ou plus simplement le fait que c'était une femme célibataire.

— Tu veux que je t'aide pour les Vanderlea ?

— Plus tard, probablement...

— Tiens-moi au courant. Chérie, non, pas ça...

Plus résigné que consterné, Connors confisqua le vêtement qu'Eve avait extirpé de sa penderie et lui tendit une veste à carreaux bleu pâle sur fond crème.

— Celle-ci ira mieux, fais-moi confiance.

— Comment je me débrouillais sans toi pour m'habiller ?

— Je préfère ne pas y penser.

— Tu te crois drôle, je suppose ? grogna-t-elle en enfilant ses bottes.

— Hum...

Il enfonça une main dans sa poche pour caresser un petit bouton gris, tombé du tailleur le plus vilain et le plus informe qu'il ait jamais vu. Celui qu'Eve portait la première fois où il avait posé les yeux sur elle.

— J'ai une vidéoconférence, puis je serai dans le centre-ville pour le reste de la journée, annonça-t-il en effleurant les lèvres d'Eve d'un baiser. Prends soin de mon flic préféré.

— J'en ai la ferme intention. À propos, tes amis prétendent que je suis un flic intimidant, un peu méchant et implacable. Qu'est-ce que tu dis de ça ?

— Mon cher lieutenant, tes amis emploient les mêmes qualificatifs. Transmets mes meilleurs sentiments à Peabody, lança-t-il en sortant.

— Je garde le meilleur pour moi ! Elle aura ce qui reste.

Elle l'entendit éclater de rire dans le couloir et songea que cette gaieté était aussi délicieuse que le café pour bien démarrer la journée.

Dès son arrivée au Central, Eve prit un rendez-vous avec le Dr Mira. Peabody, pour sa part, avait pour mission de confirmer la présence à Madrid de Luther Vanderlea et de localiser l'ex-mari de Maplewood.

Eve entra les données dont elle disposait dans son ordinateur et lança une recherche auprès du Centre international de documentation sur la criminalité, en quête de meurtres similaires. Le nombre d'homicides sexuels avec mutilation – notamment l'ablation des yeux de la victime – ne la surprit pas. Elle était dans la police depuis trop longtemps. Elle élimina ceux dont l'auteur était en prison, ou bien décédé, puis passa la matinée à étudier les affaires irrésolues.

Son communicateur bourdonna à plusieurs reprises. Des journalistes sur le sentier de la guerre. Elle ne leur prêta pas la moindre attention.

Puis elle se concentra sur la victime. Qui était Elisa Maplewood ?

Un cursus scolaire standard. Pas d'études universitaires. Un mariage, un divorce, un enfant. Salariée en tant qu'assistante maternelle pendant deux ans. Au moment du divorce de ses parents, Elisa avait treize ans. Sa mère était également employée de maison, son beau-père ouvrier. Son père vivait dans le Bronx. Il était chômeur et pourvu d'un casier judiciaire. Eve s'intéressa de plus près à Abel Maplewood.

Larcins, trouble à l'ordre public, recel, violence conjugale, jeux d'argent illégaux, attentat à la pudeur.

— Dis donc, Abel, tu ne serais pas un peu cochon sur les bords ?

A priori, pas d'agression sexuelle, mais il fallait bien une première fois. Eve ne le savait que trop, un père pouvait violer sa fille, la plaquer au sol, la rouer de coups, lui briser les os, s'engloutir dans la chair de son enfant.

Comme elle commençait à avoir des palpitations, elle s'écarta lentement de sa table de travail. Lorsque les souvenirs resurgissaient, les cauchemars familiers revenaient la hanter. Elle se servit un verre d'eau plutôt que du café et but à petites gorgées, debout près de l'étroite fenêtre de la pièce.

Eve savait ce qu'avait dû endurer Elisa pendant qu'on la violait : la douleur, la terreur, la souillure. Elle le comprenait comme seule une autre victime pouvait le comprendre.

Elle s'appuierait sur cette connaissance pour retrouver l'assassin, rendre justice à Elisa. Si elle laissait le passé la submerger, perturber sa concentration, alors son expérience ne servait à rien.

Il était temps d'aller sur le terrain et de se mettre au boulot.

— Dallas ?

Eve ne se demanda même pas depuis combien de minutes Peabody l'observait et attendait qu'elle se ressaisisse.

— Vous confirmez pour Vanderlea ?

— Oui, lieutenant. Il était bien à Madrid. Il a annulé sa dernière journée de travail dès que sa femme l'a contacté. Au moment de l'agression, compte tenu du décalage horaire, il assistait à un petit déjeuner professionnel. Il n'a matériellement pas pu rentrer à New York, tuer Maplewood et repartir à Madrid.

— Et l'ex ?

— Brent Hoyt... Blanc comme neige. Cette nuit-là, il était en cellule de dégrisement à St. Thomas.

— Bon. Abel, le père de Maplewood, a un casier judiciaire. Il faudra le surveiller. Pour l'instant, on retourne chez les Vanderlea.

— Au fait, il y a quelqu'un qui souhaite vous parler.

— Un rapport avec notre affaire ?

— Euh...

— Je n'ai pas le temps de papoter. On passe à la morgue voir Morris, ensuite on met le cap sur les quartiers chics. Je ne tiens pas à être en retard à mon rendez-vous avec Mira.

— Cette femme insiste pour vous rencontrer. Elle prétend avoir des renseignements. Elle semble normale.

— Qu'est-ce que ça signifie ? Si quelqu'un veut nous communiquer des informations concernant l'enquête en cours, pourquoi vous ne le dites pas carrément ?

— Parce que...

Peabody hésitait. Laisser Eve découvrir seule le pot aux roses la tentait, mais elle risquait fort de s'en mordre les doigts.

— Elle affirme être médium.

Eve se figea.

— Quelle mouche vous pique ? Adressez-la à l'officier de liaison. Je vous rappelle qu'ici, on ne reçoit pas les cinglés.

— Elle est enregistrée et autorisée à exercer. De plus, vous avez des amis communs.

— Ça m'étonnerait, j'ai pour principe de ne pas fréquenter les médiums.

— Vous avez une amie commune, insista Peabody.

— Mavis a une ribambelle de copains totalement timbrés, à qui je ne permets pas d'entrer dans ce bureau.

— Il ne s'agit pas de Mavis. Cette femme connaît Louise. Le Dr Dimatto. Elle a l'air chamboulée, Dallas. Elle tremble comme une feuille.

— La barbe ! Dix minutes, pas plus, marmonna Eve en réglant la sonnerie de sa montre.

Irritée, elle s'assit. Voilà ce qu'on récoltait quand on s'ouvrait trop aux autres. Les gens s'immisçaient dans votre vie ou votre travail. Avant qu'on s'en rende compte, ils vous envahissaient.

Et la plupart étaient dingues.

Certes, tous les médiums n'étaient pas des fous ou des escrocs. Quelques-uns étaient réglo. Eve savait pertinemment que la police les consultait parfois, utilement. Pour sa part, elle refusait de recourir à ces combines. Elle menait ses enquêtes avec l'aide de la technologie – examen des preuves, déduction, sans oublier l'instinct, la chance et, à l'occasion, un bon coup de pied aux fesses.

Sa méthode lui convenait parfaitement.

Elle commanda du café à l'autochef. Lorsqu'elle se retourna, sa tasse à la main, elle vit dans l'encadrement de la porte Peabody à côté d'une femme qui semblait effectivement normale. Ses longs cheveux soyeux, d'un superbe châtain foncé, ondulaient dans son dos. Elle avait la peau lisse, le teint hâlé. Ses yeux vert clair reflétaient un tempérament nerveux.

Un visage très structuré, séduisant, avec sa bouche pulpeuse, son nez aquilin. Des origines mexicaines ou hispaniques, se dit Eve. Des ancêtres cuits par le soleil et qui grattaient la guitare. Très exotique.

Elle paraissait avoir dans les trente-cinq ans. Un mètre soixante-dix, un corps tonique. Elle portait un pantalon décontracté à la coupe impeccable et une longue chemise assortie, couleur coquelicot. À ses mains, deux bagues ornées de pierres aux tons chauds, à ses oreilles de délicates larmes d'or.

— Lieutenant Dallas, voici Celina Sanchez.

— Asseyez-vous, mademoiselle Sanchez. J'ai peu de temps à vous accorder, je vous suggère donc d'en venir au fait.

— Très bien…

Les mains jointes sur ses genoux, Celina Sanchez prit une longue inspiration.

— Il a pris les yeux de cette femme, dit-elle.

3

— Maintenant que j'ai toute votre attention, murmura Celina en pressant deux doigts sur sa tempe droite, comme pour contenir une douleur, pourrais-je avoir une tasse de ce café ?

Eve sirotait le sien. Ils n'avaient pas communiqué aux médias les détails concernant la mutilation. Par conséquent, il y avait eu des fuites. Il y en avait toujours.

Celina Sanchez s'exprimait d'une voix rauque, dénuée d'accent et un brin provocante.

— Où avez-vous eu cette information ?

— J'ai vu la scène, et ce n'était pas une image agréable.

— Vous avez vu la victime à Central Park ?

— Oui, mais j'étais chez moi. Je suis là pour vous expliquer tout ça. Puis-je avoir un peu de café ?

Eve fit signe à Peabody.

— Vous connaissiez Elisa Maplewood ?

— Non. Avant de poursuivre, je précise que je n'ai jamais travaillé pour la police et je n'ai pas envie que ça change.

Tantôt elle soulignait ses paroles avec les mains, tantôt elle crispait les doigts comme pour se contrôler.

— Je ne tiens pas à voir ce que vous voyez, lieutenant. Mon activité professionnelle se borne à recevoir les clients qui viennent me consulter et à organiser des soirées privées. Je ne suis pas une folle et je ne cherche pas la gloire, même si, d'après ce que m'a dit Louise à votre sujet, vous pensez certainement le contraire.

— Comment connaissez-vous Louise Dimatto ?

— Nous étions à l'école ensemble et nous sommes restées amies.

Elle prit la tasse que lui tendait Peabody.

— Merci. Vous me semblez plus ouverte au paranormal, inspecteur. Y a-t-il des médiums dans votre famille ?

— Euh, je...

— Ne changeons pas de sujet, coupa Eve.

Celina goûta son café et esquissa son premier sourire depuis son entrée dans le bureau.

— Délicieux. J'en avais franchement besoin. J'ai fait un rêve.

— Hum...

Le sourire de Celina s'élargit.

— Les ronchonnements m'apaisent. Louise m'a également dit que vous me seriez sympathique, lieutenant Dallas. Eh bien, je crois qu'elle ne s'est pas trompée.

— Trop aimable. Si on revenait à nos moutons ?

— Dans ce rêve, j'ai vu une jeune et jolie femme aux cheveux raides qui lui arrivaient aux épaules. Châtain clair, peut-être, il n'y avait pas beaucoup de lumière. Elle est sortie d'un immeuble avec un petit chien blanc qu'elle tenait en laisse. Elle était vêtue d'un jean et d'un tee-shirt. Elle a échangé quelques mots avec un portier. Je n'ai pas pu entendre, j'étais trop loin. Elle a traversé la rue, le chien gambadait devant elle. À ce moment-là j'ai commencé à avoir peur. J'aurais voulu lui crier de rentrer chez elle, mais j'étais muette. Je l'ai regardée pénétrer dans le parc. Elle s'est frictionné les bras, elle pensait sans doute qu'elle aurait dû prévoir un lainage. Les nuits sont plus fraîches. Si seulement elle avait rebroussé chemin... mais non...

Celina porta la tasse à ses lèvres. Ses mains tremblaient de nouveau.

— Elle a continué à promener son chien. Une ombre s'est abattue sur elle. Elle n'a pas fait attention. Il s'est approché par-derrière. Je n'ai pas pu le distinguer. Je n'ai vu que des ombres. Il la guettait. Je ressentais à la fois son excitation, sa folie, et la peur d'Elisa. L'ombre de cet homme était rouge, sombre et cruelle ; celle de la jeune femme, argentée.

Celina reposa bruyamment sa tasse. Elle était blême, le regard dans le vide.

— Ce n'est pas ce que je fais d'ordinaire, ce n'est pas ce que je souhaite.

— Puisque vous êtes là, poursuivez.

— Il les a frappés, elle et le petit chien qui s'est enfui. Elle s'est débattue, en vain. Elle est tombée, elle a essayé d'appeler à l'aide, il l'en a empêchée en la rouant de coups.

Celina avait de plus en plus de mal à respirer, elle pressa une main sur son cœur.

— Il a continué à cogner, l'a traînée dans l'obscurité. Elle a perdu une chaussure. Il lui a noué un ruban, une sorte de cordonnet, autour du cou. Rouge pour le pouvoir, rouge pour la mort. Elle suffoquait. Elle a lutté, mais il était beaucoup trop fort pour elle. Il lui a déchiré ses vêtements, l'a traitée de garce, de putain. Il l'a violée. Avec une haine terrible. Il a serré le ruban, serré jusqu'à ce qu'elle ne bouge plus. Morte.

Les larmes roulaient sur les joues de Celina. Elle avait de nouveau les doigts entrelacés, crispés.

— Il lui avait montré ce qu'elle valait et qui était le maître. Cependant il n'avait pas fini. Il a ramassé les vêtements de la jeune femme, les a rangés dans un petit sac. Ensuite il s'est enfoncé avec elle dans le parc. Il a une force incroyable, il prend soin de lui. Il est complètement égocentrique.

Elle s'interrompit un instant, haletante.

— Il y a un château, sur un lac. Il en est le roi. Il est le roi de l'univers. Il la porte sur son dos, dévale les rochers. Il la couche avec soin. Elle aimera cet endroit. Peut-être que, cette fois, elle restera.

Le regard fixe, Celina joignit les mains sur sa poitrine comme pour prier.

— Repose en paix, sale putain. Il lui arrache les yeux. Ô mon Dieu… il lui prélève les yeux, les dépose dans une pochette qu'il met dans le sac. Le sang ruisselle sur le visage de la jeune femme. Il a les mains rouges de sang. Il… il se baisse et l'embrasse. Cette bouche ensanglantée sur la mienne m'a fait frissonner si violemment que je me suis réveillée.

La montre d'Eve sonna, Celina sursauta.

— Qu'avez-vous fait ensuite ? interrogea Eve.

— Ce que j'ai… Eh bien, j'ai pris un tranquillisant. Je me suis rassurée en me disant qu'il s'agissait d'un cauchemar. Je n'étais pas dupe, mais je *voulais* que ce soit un mauvais rêve et non une vision. Ce don de voyance ne m'avait jamais emmenée aussi loin. J'étais effrayée. J'ai avalé un comprimé pour me protéger. Lâchement, je ne prétends pas être courageuse, pas dans une situation de ce genre.

Celina but une autre gorgée de café.

— Ce matin, j'ai allumé la télé. En général, j'évite les actualités, mais j'éprouvais le besoin irrépressible de vérifier. Il fallait que je sache. J'ai regardé le reportage. On a montré la photo de cette jolie femme aux cheveux châtain clair. On a donné son nom. Je ne voulais pas venir ici. La plupart des policiers ont le scepticisme chevillé au corps. La police, c'est la police. Il fallait pourtant que je vienne.

— Dans ce rêve, vous auriez vu la victime, mais pas l'agresseur.

— J'ai vu… comment exprimer ça ? L'essence de son être, sa nature. Jamais je n'ai été aussi terrorisée de ma vie. Pour être franche, je souhaitais essayer d'oublier. Seulement voilà, je me suis sentie lamentable.

Elle jouait avec la chaîne qu'elle avait au cou. Ses ongles vernis étaient d'un rouge profond et brillant qui tranchait avec le blanc lumineux des lunules.

— Je suis donc là parce que Louise m'a parlé de vous. Je tenterai de vous aider.

— De quelle manière ?

— Je pourrais être plus précise si vous me donniez quelque chose qu'il a touché. Je ne sais pas, moi... ajouta-t-elle avec une pointe d'agacement. Ce n'est pas mon domaine. Je découvre, or vous ne me facilitez pas la tâche.

— Vous faciliter la tâche n'entre pas dans mes obligations, mademoiselle Sanchez. On attend simplement de moi que je mène l'enquête.

— Eh bien, cuisinez-moi autant que vous le désirez, riposta Celina. Je ne peux vous dire que ce que je sais : le meurtrier est très fort, ou croit l'être. Il est fou. Cette femme, Elisa Maplewood, n'est pas sa première victime. Il a déjà tué et ne compte pas s'arrêter là.

— Comment en êtes-vous si sûre ?

— Je ne trouve pas les mots pour vous faire comprendre.

Celina se pencha et reprit d'un ton pressant :

— C'est ce qui émanait de lui et que j'ai ressenti. Il la haïssait. Cette haine le transporte et l'effraie. La haine et la peur, les deux clés. Il les a toutes détestées et redoutées à la fois. J'ignore pourquoi je les ai vus, elle et lui. Peut-être que cette femme et moi étions liées lors d'une vie antérieure, ou que nous le serons dans le futur. Je crains surtout d'avoir un lien avec lui. Je dois vous aider à l'arrêter, sinon je risque de perdre la raison.

— Votre tarif ?

Un sourire se dessina sur les lèvres de Celina.

— Je suis très chère, mais je le vaux. Pour vous, je travaillerai bénévolement. À une condition.

— Laquelle ?

— Je refuse catégoriquement que mon nom soit livré aux médias. Personne, hormis les membres de votre équipe, ne doit savoir que je collabore avec vous. Ce genre de publicité me déplaît parce que cela susciterait l'intérêt d'une clientèle que j'évite, et surtout parce que j'ai peur de lui.

— Nous vous tiendrons au courant. Merci de votre visite.

— Vous êtes toujours aussi rude ? ironisa Celina en se levant.

— À vous de répondre, puisque vous êtes médium.

— Je ne lis pas dans les pensées, répliqua Celina d'un ton sec. Et certainement pas sans le consentement des gens.

— Je vous garantis que vous n'aurez pas le mien. Maintenant, mademoiselle Sanchez, le travail m'attend. J'ai bien noté votre déposition ainsi que votre proposition. Nous vous recontacterons.

— Finalement, il semblerait que Louise se soit trompée. Vous ne m'êtes pas sympathique, lança Celina en quittant la pièce à grands pas.

— Vous avez été un peu vache avec elle, non ? commenta Peabody. Vous ne l'avez pas crue ?

— Je ne dirai pas ça. Je réserve mon jugement jusqu'à ce que vous ayez vérifié son dossier.

— Lieutenant, si elle avait un casier judiciaire, elle ne serait pas autorisée à exercer.

— Elle ne peut pas exercer si elle a été condamnée, rectifia Eve. Renseignez-vous sur cette femme, et dénichez-moi Louise Dimatto, j'aimerais avoir son opinion.

— Excellente idée. Évidemment, bafouilla Peabody, comme Eve lui lançait un regard réfrigérant. Admettons que son casier soit vierge, vous aurez recours à ses services ?

— J'utiliserais un singe bicéphale si cela me permettait de coincer ce type. Bon, si nous nous attelions à notre fastidieuse investigation avec nos fastidieuses méthodes de flic ?

La morgue fut leur première escale. Eve savait qu'avec Morris, le légiste en chef, elle obtiendrait des renseignements précieux sans passer par la case paperasse.

Il était en train d'effectuer une autopsie, vêtu d'une tenue de protection sur son costume bleu acier. La veste s'ornait de motifs abstraits figurant des femmes nues. On ne traitait pas Morris de “gravure de mode” pour rien.

Ses longs cheveux noirs étaient tirés en arrière et coiffés en une tresse impeccable. Il avait encore son bronzage des vacances.

Pour l'instant, ses mains enduites de Seal-It étaient maculées de sang et de fluides corporels. Il fredonnait un air joyeux.

Derrière ses microloupes, un sourire plissa ses yeux noirs en amande lorsque Eve et Peabody apparurent.

— Vous avez failli me coûter vingt dollars.

— Comment ça ?

— J'ai parié avec Foster que vous seriez ici avant onze heures. C'est limite.

— J'ai été retenue par un médium. Vous avez une opinion sur la question ?

— Je crois que nous sommes tous nés avec des dons, des talents, dont certains sont difficilement explicables. Je crois aussi que quatre-vingt-dix pour cent de ceux qui se prétendent voyants sont de parfaites crapules.

— Personnellement, j'augmenterais un peu ce pourcentage, mais grosso modo je partage votre avis.

Eve regarda le corps autopsié.

— Alors ?

— On a là une jeune femme terriblement malchanceuse qui, selon la philosophie de chacun, ne voit plus rien du tout, ou alors, désormais, voit tout. Sévère traumatisme ante mortem, enchaîna-t-il. Il s'est défoulé sur elle, Dallas. Agression sexuelle, aucune trace des fluides corporels de l'agresseur. Il a dû se tartiner de Seal-It avant de la violer. Cause du décès : strangulation. Arme du crime : le ruban. Mutilation post mortem. Les incisions sont nettes. Ce type a une certaine expérience.

— Nettes, c'est-à-dire ? Chirurgicales ?

— Dans ce cas, il n'était pas premier de sa promo. Je dirais qu'il a utilisé un scalpel au laser, avec une habileté qui n'a rien d'exceptionnel. On remarque quelques déchiquetures.

Il désigna une seconde paire de microloupes.

— Vous voulez voir ?

Sans un mot, Eve chaussa les microloupes et se pencha sur le cadavre.

— Regardez… ici… là… fit-il, montrant l'écran où les plaies étaient grossies afin que Peabody puisse les examiner. Ça manque de précision, la main tremblait un peu. J'ai constaté la présence d'un fluide. Il semble avoir entaillé le globe oculaire gauche. Dickhead vérifiera au labo.

— OK.

— Par contre, je n'ai trouvé aucune trace de lui sur le corps de sa victime. Seulement de l'herbe, de la terre, quelques poils qui ne sont pas humains. Pour ça, adressez-vous à Dickhead. Il s'agit peut-être de poils de chien, puisqu'elle en avait un. Quant au sang, c'est celui de la femme.

— Dommage ! Des fibres ?

— Quelques-unes sur elle et sous les ongles. Elle ne s'est pas laissé faire. Le labo s'en occupe. À mon avis ce sont des résidus de ses propres vêtements. Il y en a d'autres, enduites de Seal-It, qui doivent provenir de la chemise du tueur.

Eve ôta les microloupes.

— Vous avez déjà eu un cas similaire ?

— Dans ce labo, Dallas, on voit tout et n'importe quoi. Ce cas, précisément, non. Et vous ?

— Non plus.

Son instinct lui soufflait cependant qu'elle reverrait ce sinistre spectacle.

— Le dossier de Sanchez est nickel, Dallas. Ni arrestation ni infraction, annonça Peabody tandis qu'Eve conduisait. Je lis ?

— Les grandes lignes.

— Née le 3 février 2026, à Madison dans le Wisconsin. Ses parents résident à Cancun. Fille unique. Elle a suivi ses études dans des établissements privés. Elle ne s'est jamais mariée, mais a vécu trois ans avec quelqu'un. C'est fini depuis quatorze mois. Pas d'enfants. Officiellement déclarée en tant qu'extralucide. À son compte.

— Elle a sa licence depuis combien de temps ?

— Quinze ans. Rien à lui reprocher. On lui a fait deux ou trois procès, qu'elle a gagnés. Pour un médium, c'est normal. Les gens sont furieux quand ça ne marche pas comme ils veulent, alors ils traînent la messagère en justice.

— Ils s'en prendraient aux nuages s'il pleuvait sur leur pique-nique.

— Elle travaille beaucoup pour les entreprises. Réceptions, congrès, et consultations privées. Elle gagne drôlement bien sa vie, sept à huit fois le salaire de l'humble inspecteur que je suis. Elle habite SoHo depuis douze ans et possède une résidence dans la baie d'Oyster. Pas mal du tout. Bref, elle me paraît réglo.

— Hum... Vous avez réussi à joindre Louise ?

— Aujourd'hui, elle est au dispensaire.

— Ah...

Eve aurait préféré la trouver à la clinique de Canal Street. Elle n'avait pas encore rendu visite au refuge pour les femmes fondé par Connors.

— D'abord, la résidence de la victime. S'il nous reste du temps, on ira parler à Louise.

— Ça fait longtemps que je veux voir *Dochas*, commenta Peabody. D'après Charles, Louise en est folle.

— Vous êtes en contact avec Charles ?

— Bien sûr, de temps en temps.

Prostitué de son métier, Charles était le compagnon de Louise. Avant cela, il avait eu une relation platonique avec Peabody. Pour Eve, c'était bizarre. Mais toutes les histoires sentimentales lui paraissaient bizarres, y compris la sienne.

— Vous avez une piste pour le ruban ?

— Trente commerces au détail, rien qu'à Manhattan, sans compter les fabricants et les distributeurs. On en trouve dans les boutiques d'artisanat, d'articles de fête, et dans certains grands magasins. Pour découvrir d'où vient le nôtre, on va s'amuser.

— Si c'était facile, n'importe qui serait flic.

Interroger de nouveau Deann Vanderlea ne fut pas simple. Elle paraissait exténuée, souffrante, accablée par l'angoisse et le chagrin.

— Je suis navrée de vous déranger, dit Eve.

— Ce n'est rien. Mon époux, Luther, est coincé dans les embouteillages aériens. J'aimerais qu'il soit là. Je suis anéantie.

Elle leur désigna les fauteuils du salon. Elle avait revêtu un ample pantalon noir et une chemise blanche trop grande. Ses cheveux n'étaient toujours pas peignés et elle marchait pieds nus.

— Je n'ai pas dormi. Je ne sais pas trop comment je tiens le coup. Vous avez du nouveau ? Vous avez arrêté le monstre qui a fait ça ?

— Non. L'enquête est en cours, nous déployons tous les moyens dont nous disposons.

— Ç'aurait été trop beau…

Deann balaya la pièce d'un regard distrait.

— Je devrais vous offrir du café ou du thé. Quelque chose.

— Ne vous embêtez pas, répondit Peabody avec douceur. En revanche, si vous avez besoin de quoi que ce soit, je vous l'apporte.

— Non, non merci. Vonnie, la fille d'Elisa, s'est rendormie. Zanna aussi. J'ignore si elle comprend vraiment que sa mère ne reviendra pas. Elle a pleuré. Toutes les larmes de son corps. Nous avons pleuré ensemble. Elle a fini par s'assoupir. J'ai couché Zanna auprès d'elle.

— Elle aura besoin d'un soutien psychologique, madame Vanderlea, dit Peabody.

— Oui, j'ai déjà passé des coups de fil, pris certaines dispositions. Je veux… j'ai besoin de… ô mon Dieu. Luther et moi aimerions préparer les… les obsèques d'Elisa. Je ne sais pas qui contacter. Je… il faut que je m'occupe, ajouta Deann en frissonnant. Ça va tant que je suis occupée.

— Nous veillerons à ce que les personnes concernées se mettent en relation avec vous, intervint Eve.

— Très bien. J'ai également appelé nos avocats afin qu'ils entament les démarches pour que nous obtenions la garde provisoire de Vonnie, et ensuite la garde définitive. Il n'est pas question de l'arracher au seul foyer qu'elle ait jamais connu. J'ai discuté avec les parents d'Elisa – enfin… la mère et le beau-père…

La voix de Deann s'étrangla de nouveau. Elle secoua farouchement la tête, se refusant le luxe de craquer.

— Ils passeront ici dans la journée. Nous parlerons tranquillement de ce qui est préférable pour la petite.

— Elisa vous serait reconnaissante de prendre soin de sa fille, et elle vous serait reconnaissante de nous aider, dit Eve.

— Oui, répliqua Deann, redressant les épaules. Je l'espère.

— Que savez-vous d'Abel Maplewood, le père d'Elisa ?

— Un homme difficile, selon moi, pourtant Elisa et lui ont réussi à avoir une bonne relation. Je n'ai pas pu le joindre. Il est quelque part dans l'Ouest, Omaha, Idaho, Utah… je ne sais plus.

Elle fourragea des deux mains dans ses cheveux.

— Il est là-bas depuis une semaine environ, chez son frère, je crois. Sans doute pour lui soutirer de l'argent. Elisa le renflouait à longueur de temps. La mère d'Elisa essaiera de lui téléphoner aujourd'hui.

— Nous souhaiterions avoir son adresse. Simple routine.

— Vous aurez ça. Je présume que vous désirez inspecter l'appartement d'Elisa. J'ai mis les filles dans la chambre de Zanna afin qu'on ne les dérange pas.

Peabody posa une main sur l'épaule de Deann pour l'empêcher de se lever.

— Restez donc ici, reposez-vous. Nous connaissons le chemin.

Elles la laissèrent seule.

— Peabody, enregistrement, ordonna Eve.

Elles pénétrèrent dans un charmant petit salon aux couleurs gaies. Il y avait des jouets éparpillés, ainsi qu'un panier garni d'un coussin rouge. Le chien devait y coucher, supposa Eve qui se dirigea vers la chambre d'Elisa.

— Il faudra que la DDE vérifie les communications de la victime et son matériel informatique.

Eve s'approcha de la commode dont elle fouilla les tiroirs. Dès la première seconde, elle avait eu le sentiment qu'Elisa était une femme équilibrée, satisfaite, travailleuse. La découverte de son appartement ne modifia pas cette opinion. La pièce était décorée de photos encadrées, principalement de la petite Vonnie, de fleurs et de diverses babioles.

La garde-robe, banale, comportait deux élégants tailleurs et deux belles paires de chaussures. Rien ne trahissait la présence d'un homme.

Eve vérifia le communicateur sur la table de chevet. Le dernier appel reçu provenait de la mère d'Elisa. Les deux femmes avaient bavardé affectueusement, avant que Vonnie ne se rue dans la chambre pour parler à sa "mamie".

— Dallas, je crois avoir trouvé quelque chose, annonça Peabody en montrant une corbeille. C'était dans le placard sous l'écran du salon.

— Qu'est-ce que c'est ?

— Une corbeille à ouvrages. Elle faisait des ouvrages, c'était son hobby.

Peabody tenait une bobine de ruban qui, hormis la couleur, était similaire à celui qui avait causé sa mort. Eve s'approchait pour l'examiner quand une fillette apparut sur le seuil. Minuscule, une adorable frimousse de chérubin avec des cheveux bouclés si blonds qu'ils semblaient blancs. Elle se frottait les yeux.

— C'est à ma maman. Faut pas toucher la boîte à couture de maman, sauf si elle est d'accord.

— Ah…

— Je m'occupe d'elle, murmura Peabody qui tendit la corbeille à Eve.

Elle s'accroupit devant l'enfant.

— Bonjour… Tu es Vonnie ?

— Je dois pas parler aux inconnus, répliqua-t-elle en haussant les épaules.

— C'est bien. Mais parler à la police… c'est permis, non ?

Peabody sortit son insigne qu'elle confia à la fillette.

— Ta maman t'a expliqué ce qu'était un policier ?

— Ça aide les gens et ça attrape les méchants.

— Absolument. Moi, je suis l'inspecteur Peabody. Voici le lieutenant Dallas.

— C'est quoi un… nenant ?

— Un métier, répondit précipitamment Peabody. Ça veut dire qu'elle a attrapé beaucoup de méchants.

— Ah… J'arrive pas à trouver ma maman. Tante Deann, elle dort. Vous pouvez chercher ma maman ?

— Si nous allions voir ta tante Deann ?

— Elle dort, répéta la petite, les lèvres tremblantes. Elle a dit qu'un monsieur a fait du mal à ma maman et qu'elle peut pas rentrer à la maison. Je veux que ma maman revienne *tout de suite*.

— Vonnie...

Celle-ci repoussa Peabody pour se camper devant Eve.

— C'est vrai qu'un méchant monsieur a fait du mal à ma maman ?

— Vonnie... susurra Peabody.

— Je veux qu'elle dise, marmonna la petite, pointant le doigt vers Eve. C'est elle, le nenant.

Eve fit signe à Peabody d'alerter Deann, puis s'accroupit devant l'enfant comme l'avait fait sa coéquipière.

— Je suis désolée.

— Pourquoi ?

— Je ne sais pas.

Des larmes brillaient dans les grands yeux couleur des bleuets.

— Elle est chez le docteur ?

Eve se représenta Morris, la table en inox, les lumières blafardes de la morgue.

— Pas vraiment.

— Un docteur, ça soigne. Il faut qu'elle aille chez le docteur. Si elle rentre pas à la maison, vous m'emmenez la voir ?

— Ce n'est pas possible. Elle... elle est quelque part où on ne va pas. Je peux seulement retrouver le méchant qui lui a fait du mal et le punir.

— Il sera au piquet dans sa chambre ?

— Oui, comme ça, il ne fera plus de mal à personne.

— Et après, maman reviendra à la maison ?

Désemparée, Eve fut soulagée d'entendre la voix de Deann.

— Vonnie, mon bébé...

— Je veux ma maman.

— Je sais, mon bébé, je sais, murmura Deann en berçant la fillette qui sanglotait. Je me suis assoupie, excusez-moi, lieutenant.

— J'imagine combien tout cela est douloureux. Le moment ne s'y prête guère, cependant j'aimerais vous poser une question : savez-vous où Elisa s'est procuré les fournitures qui sont dans cette corbeille ?

— Sa boîte à couture ? Oh, ici et là ! Elle avait des doigts de fée. Je l'accompagnais parfois. Elle a tenté de m'initier, mais je suis un cas désespéré. Il y avait une boutique sur la 3e Avenue, attendez que je me rappelle le nom... *Cousette*, voilà. Et un grand magasin près d'Union Square, *De A à Z*, je crois.

Deann se balançait sur ses talons et caressait les cheveux de Vonnie.

— Quand elle entrait dans une boutique, elle n'en ressortait jamais les mains vides.

— Vous ne sauriez pas où elle a acheté ceci ? interrogea Eve en lui montrant le ruban.

— Non, désolée.

— On va emporter son matériel informatique. Elle se servait uniquement des appareils de son appartement ?

— Elle a peut-être appelé sa mère d'ailleurs, mais elle travaillait uniquement sur son ordinateur personnel. Vous me permettez d'aller recoucher la petite ?

— Je vous en prie.

Eve tournait et retournait le ruban.

— C'est une bonne piste, commenta Peabody.

— C'est une piste, répliqua Eve en glissant la bobine dans le sac réservé aux pièces à conviction. À suivre.

Comme elle rejoignait le grand salon, la porte du penthouse s'ouvrit sur un homme aux cheveux blonds, au visage blême, les traits tirés par la fatigue. Deann bondit du canapé où elle berçait Vonnie et se précipita vers lui.

— Luther. Ô mon Dieu...

— Deann, souffla-t-il en l'étreignant. C'est donc vrai ?

Elle acquiesça et, soudain, lâcha la bonde aux pleurs qu'elle contenait sans doute depuis des heures.

— Lieutenant Dallas, dit Eve. Navrée de vous importuner dans ces circonstances.

— Oui, je vous reconnais. Deann, ma chérie, emmène Vonnie dans son lit, murmura-t-il en embrassant sa femme et l'enfant.

— Je vous présente mes condoléances, monsieur Vanderlea.

— Luther, s'il vous plaît. Comment puis-je vous aider?

— Eh bien, en répondant à quelques questions.

— Entendu. Je n'ai pas pu rentrer plus tôt... Deann m'a raconté. Ce n'est pas encore très clair pour moi. Elisa est sortie promener le chien et... Deann m'a dit qu'on l'a violée puis assassinée, juste à côté, dans le parc.

— Si quelqu'un l'avait harcelée ou si elle avait eu des ennuis, vous l'aurait-elle dit?

— Certainement. À moi ou à mon épouse. Elisa et Deann étaient très proches. Nous... nous formons une famille.

Il s'assit, rejeta la tête en arrière.

— Et vous, vous étiez très proche de Mlle Maplewood?

— Vous me demandez si nous avions une relation sexuelle. Je m'attendais à cette question, j'ai donc décidé de ne pas m'en offusquer – quoique, je vous l'avoue, ce soit difficile. Je suis fidèle à mon épouse, lieutenant. De surcroît, jamais je ne profiterais d'une femme vulnérable, une employée que j'appréciais beaucoup et qui trimait dur pour offrir à sa fille une vie convenable.

— Je ne voulais pas vous offenser. Pourquoi qualifiez-vous Mlle Maplewood de vulnérable?

Il se pinça l'arête du nez.

— C'était une mère célibataire qui avait été maltraitée par son ex-mari et qui dépendait de moi pour toucher un salaire et avoir un toit sur sa tête. Certes, elle ne serait pas restée au chômage. Elisa ne ménageait pas sa peine, mais elle n'aurait probablement pas trouvé une position qui permette à son enfant de grandir dans un foyer stable, avec une camarade de jeu, un entourage aimant. Le bien-être de Vonnie passait avant tout pour Elisa.

— Était-elle menacée par son ex-mari ?

Il eut un sourire triste.

— Plus maintenant. Elle était forte et avait remis cet homme à sa place.

— Avait-elle des ennemis ?

— Absolument aucun. Je n'arrive pas à croire qu'on lui ait infligé ça... Pardonnez-moi, mon épouse et les enfants ont besoin de moi. Nous pourrions peut-être reprendre cette discussion plus tard ?

— D'accord. Je souhaiterais emporter ceci, dit Eve, montrant la bobine de ruban. Je vais vous donner un reçu.

Il se leva, se frotta la figure.

— Ce n'est pas la peine... Il paraît que vous êtes un bon policier.

— Effectivement.

— Je compte sur vous, rétorqua-t-il en lui tendant la main. Nous comptons tous sur vous.

Elles sillonnèrent Manhattan, d'une boutique à l'autre. Eve fut sidérée par le nombre de fournitures nécessaires pour réaliser des choses qu'on pouvait si facilement acheter toutes prêtes. Lorsqu'elle exprima son point de vue à Peabody, celle-ci sourit et désigna des écheveaux de fils multicolores.

— Fabriquer un objet de ses mains, c'est un plaisir. On sélectionne les couleurs, les matières, le modèle. On le personnalise et on lui donne vie.

— Si vous le dites.

— Dans ma famille, les artistes et les artisans sont nombreux. Cela fait partie de la philosophie Free Age.

Pour ma part, je suis assez adroite, malheureusement je manque de temps. J'ai encore le couvre-théière que ma grand-mère m'avait aidée à crocheter quand j'avais dix ans.

— Pff... Je ne sais même pas ce que c'est.

— Quoi donc ? Un couvre-théière ou le crochet ?

— Les deux, maugréa Eve. La plupart des employées se souviennent de Maplewood. Seulement, dans ces bazars, les hommes ne se bousculent pas.

— Les travaux manuels concernent surtout les femmes, professionnellement ou parce que c'est leur hobby. Dommage ! C'est tellement relaxant. Mon oncle Jonas tricote sans arrêt. D'après lui, c'est grâce à ça qu'il est en pleine forme à cent six ans. Et même peut-être cent sept, maintenant que j'y pense... ou cent huit...

Sans répondre, Eve se dirigea vers la sortie.

— Jusqu'à présent, on ne se rappelle pas avoir vu quelqu'un importuner Elisa, marmonna-t-elle. Personne n'a posé de questions sur elle, ni rôdé dans les parages. Or on a ce ruban. Il y a forcément un lien.

— Il a pu l'acheter n'importe où et n'importe quand. Peut-être qu'il a repéré Elisa dans une de ces boutiques, et plus tard il est revenu en acheter une bobine. N'oublions pas les salons de l'artisanat. Je parie qu'elle y allait avec les enfants.

— Ce n'est pas idiot. Vérifiez auprès des Vanderlea.

Eve s'immobilisa sur le trottoir, les pouces enfoncés dans les poches de son pantalon, ses doigts tambourinant sur ses hanches, tandis que la foule la contournait.

— Non, plus tard, rectifia-t-elle. Pour l'instant, ils ont besoin de tranquillité. Le foyer est tout près. Allons interroger Louise à propos de la sorcière.

— Une extralucide n'est pas obligatoirement une sorcière, et vice versa. Hé, un glissa-gril !

Eve pressa une main sur sa tempe, leva les yeux au ciel.

— Oh, j'ai une vision... Un hot dog au soja.

— Je voulais une petite salade, mais maintenant que vous m'avez mis ce fichu hot dog dans la tête, il me le faut.

— Je le savais ! Prenez-moi des frites et un tube de Pepsi.

— Ça, j'en étais sûre, riposta Peabody, trop contente de pouvoir déjeuner pour se plaindre de régler la note.

4

Le lieu n'avait pas l'air d'un refuge, songea Eve. De l'extérieur du moins, on aurait dit un modeste immeuble résidentiel bien entretenu. Des appartements à loyer modéré, sans portier. L'observateur lambda ne remarquerait rien de particulier, même en y regardant de plus près.

C'était précisément le but. Les femmes et les enfants qui s'abritaient ici tenaient à passer inaperçus.

Un flic, cependant, apprécierait le système de sécurité haut de gamme – caméras grand angle savamment dissimulées dans les moulures, fenêtres masquées par des stores.

Quand on était flic et qu'on connaissait Connors, on pouvait avoir la certitude que chaque accès était équipé de détecteurs de mouvement et des alarmes les plus sophistiquées. L'entrée était vraisemblablement dotée d'un scanner digital. Pour franchir le seuil, il fallait taper son code et attendre qu'on vous ouvre de l'intérieur. Des vigiles humains et des droïdes assuraient la surveillance vingt-quatre heures sur vingt-quatre. À la moindre tentative d'intrusion, le bâtiment devait se refermer comme un coffre-fort.

Ce n'était pas simplement un refuge mais une forteresse.

À Dochas, « espérance » en gaélique, on était sans doute plus en sécurité qu'à la Maison Blanche.

Si à l'époque de son enfance, brisée et traumatisée, Eve avait connu l'existence d'un tel lieu, s'y serait-elle précipitée plutôt que d'errer dans les rues de Dallas ?

Non. La terreur l'aurait de toute manière poussée en avant, loin de l'espoir.

À présent encore, la perspective d'entrer dans cet immeuble la mettait mal à l'aise. Au moins, dans les ruelles, on savait que des rats se cachaient dans le noir. On les attendait.

Elle ébaucha le geste de sonner à la porte. Elle n'en eut pas le temps – le Dr Louise Dimatto, blonde et pleine d'énergie, s'encadra sur le seuil.

Sous sa blouse de labo bleu pâle, elle portait une chemise et un pantalon noirs. Deux petits anneaux en or brillaient à son oreille gauche, un troisième à son lobe droit. Elle n'avait pas de bagues à ses doigts agiles, juste une montre banale et fonctionnelle à son poignet gauche. Bien qu'issue d'un milieu très fortuné, elle n'affichait aucun signe extérieur de richesse. Elle était aussi appétissante qu'un fruit, pétillante comme du champagne. Une réformatrice-née, prête à mener une guerre de tranchées.

— Enfin ! s'exclama-t-elle en prenant Eve par la main pour l'entraîner à l'intérieur. Je commençais à penser qu'il me faudrait appeler le 911 pour vous amener jusqu'ici. Bonjour, Peabody. Vous êtes superbe.

— Merci, répondit celle-ci, rayonnante.

Après maintes expérimentations, Peabody avait trouvé son look du parfait inspecteur – lignes simples, couleurs subtiles et chaussures à aérosemelles assorties.

— Merci de prendre un moment pour nous recevoir, dit Eve.

— Le temps se prend tout le temps. J'ai pour objectif d'arriver à des journées de vingt-six heures. Si nous faisions le tour du propriétaire ?

— Mais c'est que… bafouilla Eve.

— Pas de récriminations, rétorqua Louise qui ne lui lâchait pas la main, laissez-moi frimer un peu. La rénovation est à présent achevée. Connors m'a donné carte blanche pour la décoration et l'équipement complémentaire. Je vénère cet homme.

— Oui, et ça lui plaît beaucoup.

Louise éclata de rire, glissa ses bras sous celui d'Eve d'un côté et de Peabody de l'autre.

— Inutile de dire que le système de sécurité est infaillible.

— Aucun système de sécurité ne l'est.

— Ne faites pas votre flic, la gronda Louise en lui donnant un petit coup de hanche. Au rez-de-chaussée, nous avons les salles communes. Cuisine – entre nous, la nourriture est excellente –, salle à manger, bibliothèque, une salle de jeu et ce que nous appelons le salon familial.

Des voix résonnaient dans le couloir où Louise les entraînait. Des femmes et des enfants, songea Eve. Le genre de situation qui, en principe, la gênait et la rendait irritable.

Il régnait en outre une atmosphère féminine – même si Eve avait vu deux ou trois jeunes garçons se diriger vers ce qui semblait être l'office.

Des odeurs de cire et de fleurs embaumaient l'atmosphère, mêlées à des parfums, selon elle, de produits capillaires. Citron, vanille, et cette entêtante senteur sucrée qu'elle associait toujours aux femmes.

Il y avait de l'espace, des couleurs gaies, des sièges confortables, des coins pour s'isoler, d'autres pour discuter.

À l'évidence, le salon familial était la pièce la plus fréquentée. Il y avait une bonne dizaine de résidentes de tous âges et de toutes races. Assises sur les canapés ou par terre avec les enfants également d'origine et d'âge divers. Elles bavardaient, regardaient la télé, faisaient sauter leur bébé sur leurs genoux.

Eve se demandait pourquoi les gens s'obstinaient ainsi à secouer les nourrissons. Pourtant, d'après ses observations, à une distance prudente, ce mouvement continuel malmenait leur système digestif.

D'ailleurs, tous les bébés n'appréciaient pas ce traitement. Si l'un d'eux gazouillait, deux de ses congénères poussaient des beuglements évoquant à s'y méprendre les sirènes de véhicules d'urgence.

Cela ne dérangeait manifestement personne. Surtout pas la nuée de marmots qui s'amusaient et piétinaient leurs jouets.

— Mesdames !

Le volume sonore baissa, les regards se braquèrent sur les visiteuses, les enfants se refermèrent comme des huîtres, les nourrissons continuèrent à brailler.

— J'aimerais vous présenter le lieutenant Dallas et l'inspecteur Peabody.

Une pensée parcourut l'assistance : « Des flics ! » Eve perçut les réactions instinctives : repli, tics nerveux, geste pour attirer son enfant contre soi.

Le mari ou le conjoint brutal était certes l'ennemi, et Louise l'amie. Mais les flics, songea Eve, étaient susceptibles de se ranger dans chacun des deux camps.

— Le lieutenant Dallas est l'épouse de Connors. Elle vient ici pour la première fois.

Certaines furent soulagées – les visages, les corps se décontractèrent, il y eut même quelques timides sourires. Les autres restèrent méfiantes.

Les résidentes arboraient toutes les meurtrissures imaginables. Les unes encore à vif, d'autres en voie de cicatrisation. Des os brisés qui se ressoudaient, des existences qui se reconstruisaient.

Eve connaissait leur appréhension, elle la ressentait. Elle supporta mal que Louise darde sur elle un regard qui demandait un commentaire. Un frisson glacé la parcourut, sa gorge se noua.

— C'est un endroit agréable, articula-t-elle.

— Un miracle, lança une résidente qui s'approcha en boitillant pour tendre la main à Eve. Merci.

Elle avait la quarantaine. À en juger par sa figure tuméfiée, elle s'était récemment fait tabasser. Eve refusait de saisir cette main tendue, mais elle n'avait pas le choix – son interlocutrice attendait et, horreur, fixait sur elle des yeux emplis de gratitude.

— Je n'y suis pour rien, bredouilla-t-elle.

— Vous êtes la femme de Connors. Si j'avais eu le courage de me réfugier ici, d'alerter la police et de demander de l'aide plus tôt, ma fille ne serait pas dans cet état.

Elle pivota vers une fillette aux boucles brunes, qui avait le bras droit plâtré.

— Abra, viens dire bonjour au lieutenant Dallas.

La petite obéit et, bien que cramponnée à la jupe de sa mère, considéra Eve avec curiosité.

— Les policiers, ils empêchent qu'on nous fasse du mal, décréta-t-elle.

— Ils essaient, acquiesça Eve.

— Mon papa m'a fait mal, alors on est parties.

L'os s'était brisé avec un atroce craquement... Une douleur terrible, aveuglante... La nausée... Le voile rouge devant les yeux...

Face à cette enfant, Eve ressentait de nouveau la souffrance d'autrefois. Elle voulait reculer, fuir. Très loin.

— Tu ne risques plus rien, maintenant, s'entendit-elle murmurer alors que le sang rugissait à ses oreilles.

— Il tape ma maman. Il se met en colère et il la tape. Mais cette fois je me suis pas cachée dans ma chambre, comme elle m'avait dit, et il m'a tapée aussi.

— Il lui a fracturé le bras, précisa sa mère dont les yeux s'emplirent de larmes sous les paupières meurtries. Il a fallu ça pour que je me réveille enfin.

— Ne vous culpabilisez pas, Marly, intervint gentiment Louise.

— On peut rester ici avec le Dr Louise, renchérit la fillette. Ici on tape pas, on crie pas, on jette pas des choses contre le mur.

Peabody s'accroupit pour parler à l'enfant et détourner son attention d'Eve. Son lieutenant semblait au bord du malaise.

— C'est bien, ici, dit-elle. Je parie qu'on a beaucoup d'occupations.

— On a des professeurs et des devoirs. Il faut les faire avant d'aller à l'école. Après, on peut s'amuser. Il y a une dame en haut qui est en train d'avoir un bébé.

— Vraiment ? demanda Peabody à Louise. En ce moment ?

— Les contractions ont commencé. Nous disposons d'un service obstétrique parfaitement équipé et d'une sage-femme à temps plein. Tâchez de ménager votre jambe, Marly. Encore vingt-quatre heures, minimum.

— Je vais mieux, beaucoup mieux. Sur tous les plans.

— Louise, intervint Eve, on a à vous parler.

— Oui, oui…

Louise scruta le visage d'Eve d'un air inquiet.

— Ça va ?

— Mais oui. Un peu stressée, voilà tout.

— Allons dans mon bureau.

Tandis qu'elles regagnaient l'escalier, Louise saisit le poignet d'Eve.

— Vous avez la peau moite, le pouls rapide, irrégulier, et vous êtes blanche comme un linge. Laissez-moi vous ausculter.

— Je suis simplement fatiguée, bougonna Eve en se dégageant. On n'a eu que deux heures de sommeil. Je n'ai pas besoin d'une auscultation, mais d'un entretien avec vous.

— Bon, d'accord. Mais je ne dirai pas un mot tant que vous n'aurez pas avalé un remontant protéiné.

Au premier, il y avait également de l'animation. Des voix, des pleurs derrière des portes closes.

— Séances de thérapie, commenta Louise. Elles sont parfois houleuses. Moira, vous avez un instant ?

Deux femmes se tenaient dans le couloir. L'une d'elles fixa son regard sur Eve. Elle murmura quelques mots à l'oreille de sa collègue, la gratifia d'une chaleureuse accolade et les rejoignit.

Eve connaissait cette femme. Moira O'Bannion, originaire de Dublin, s'était occupée de la mère de Connors, très jeune à l'époque. Trente ans après, elle avait révélé à Connors que ce qu'il croyait savoir de son passé n'était que mensonges tissés par son père – en réalité, cette brute avait assassiné sa compagne.

Eve sentit des crampes lui tirailler l'estomac.

— Moira O'Bannion, voici Eve Dallas et Delia Peabody.

— Ravie de vous revoir, dit Moira. Comment va Connors ?

— En pleine forme, répondit Eve.

Un mince filet de sueur glacé coulait le long de son dos.

— Notre Moira est une perle, déclara Louise. Je l'ai volée.

— Disons plutôt recrutée. Encore que... kidnappée serait peut-être plus juste. Louise est redoutable. Vous venez visiter le foyer, lieutenant ?

— Pas vraiment.

— Ah... Dans ce cas, je ne vous dérangerai pas plus longtemps. Où en est Jana, Louise ?

— Quatre centimètres de dilatation, trente pour cent d'oblitération au dernier contrôle. Elle n'est pas au bout de ses peines.

— Prévenez-moi quand ce sera le moment. Nous sommes toutes surexcitées par l'arrivée d'un nouveau petit pensionnaire, expliqua Moira en souriant à Peabody. J'ai été enchantée de vous rencontrer toutes les deux. Transmettez mes amitiés à Connors, conclut-elle avant de s'éloigner.

— C'est une femme brillante, commenta Louise, qui nous est indispensable. Pour reprendre son expression, j'ai « kidnappé » les meilleurs thérapeutes, médecins, psychiatres et psychologues de la ville. Je bénis encore le jour où vous avez franchi le seuil de mon dispensaire, Dallas. Cela a été le point de départ de cette belle aventure.

Elle poussa une porte, les invita à la suivre.

— Sans parler de Charles, que vous m'avez présenté, dit-elle à Peabody.

D'un pas alerte, elle s'approcha d'un meuble qui dissimulait un miniréfrigérateur.

— À propos, il y a ce dîner que je prévois depuis des lustres. Après-demain, chez Charles, c'est plus sympa que chez moi. Vingt heures. Ça vous convient ? Peabody, vous voyez ça avec McNab.

— Super.

— Connors est d'accord, je lui ai déjà posé la question, annonça Louise en tendant à Eve et à Peabody un flacon de protéines.

Eve aurait préféré de l'eau fraîche et un grand bol d'air. Elle avait besoin de respirer.

— Le problème, c'est qu'on est au milieu d'une enquête…

— Oui, oui. Les médecins et les flics apprennent à devenir souples et à tolérer les invités qui se désistent à la dernière minute. Bref, à moins d'une urgence, vous serez des nôtres. Et maintenant, on s'assoit et on boit ses protéines aromatisées au citron.

Comme batailler ne servirait à rien et que, en effet, un remontant ne serait pas du luxe, Eve obéit.

Le bureau de Louise était très nettement mieux que celui dont elle disposait au dispensaire. Plus spacieux et meublé avec goût. Fonctionnel, bien sûr, mais élégant.

— C'est chic, ici, commenta Eve.

— Connors y a tenu, et j'avoue qu'il n'a pas eu à me forcer la main. Dans un foyer de ce genre, le confort est essentiel. Les femmes qui se réfugient ici doivent se sentir bien, dans un agréable cocon.

Louise jeta un coup d'œil à Eve.

— Ah… vous avez déjà meilleure mine.

— Merci, docteur, ironisa Eve. Bon, si on parlait un peu de Celina Sanchez ?

— Ah… Celina, une femme fascinante. Je la connais depuis des années. Nous avons été camarades de classe. Comme moi, elle est issue d'un milieu très privilégié et terriblement conservateur. Elle est le mouton noir de sa famille. Comme moi. Alors, naturellement, nous sommes devenues amies. Pourquoi vous intéressez-vous à elle ?

— Ce matin, elle m'a rendu visite. Elle se prétend médium.

— C'est la vérité, répliqua Louise en se servant de l'eau gazeuse. Elle a un don, et c'est devenu son métier. Ses parents ne tolèrent pas ça, ils en ont honte. Elle vous a rendu visite ? Ça m'étonne.

— Elle dit avoir été témoin d'un meurtre.

— Mon Dieu… Elle va bien ?

— Elle n'était pas sur les lieux du crime. Elle a eu une vision.

— Oh… Ça a dû être horrible pour elle…

— J'en conclus que vous gobez ses histoires, railla Eve.

— Si elle a déclaré avoir vu un crime, c'est qu'elle l'a vu. Elle ne se prend pas pour un oracle. Elle aime ce qu'elle fait, elle est très professionnelle, mais elle ne se monte pas le bourrichon. Qui a été tué ?

— Une femme. Violée, étranglée et mutilée à Central Park, cette nuit.

— J'en ai entendu parler. Les journalistes n'ont pas donné beaucoup de détails. On vous a confié l'enquête ?

Eve opina.

— Celina avait des renseignements qui n'ont pas été révélés aux médias. Vous vous portez garante d'elle ?

— Oui, sans hésiter. Elle pourra vous être utile ?

— Ça reste à démontrer. Que savez-vous d'elle, sur un plan personnel ?

Louise but une autre gorgée d'eau.

— Je n'aime pas colporter des cancans sur mes amis, Dallas.

— Je suis flic, je ne cancane pas.

— Eh bien, je vous l'ai dit, elle est issue d'une famille très riche et conservatrice contre laquelle elle s'est dressée. Il faut beaucoup de force pour envoyer paître sa famille. Du côté paternel, ils font partie de l'aristocratie mexicaine, bien que le père ait passé quelques années dans le Wisconsin pour ses affaires. À présent, les parents de Celina vivent à Mexico. Elle s'est précipitée à New York. Elle rêvait de s'installer ici, notamment parce que des milliers de kilomètres la séparent des siens.

Louise s'interrompit un court instant.

— Je dirais de Celina qu'elle est directe et qu'elle sait où elle va. À la fac, elle a étudié la parapsychologie et tout ce qui s'y rattachait. Elle souhaitait en apprendre le maximum sur le don qu'elle possède. Pour un médium, elle est plutôt pragmatique, logique. Et elle est fidèle… Si on ne l'est pas, on ne garde pas ses amis très longtemps. Elle est très à cheval sur l'éthique. Jamais elle ne s'immisce dans le psychisme des gens, elle n'utilise pas son talent pour les manipuler. Elle connaissait la victime ?

— Pas dans sa vie actuelle, rétorqua Eve. Je la cite.

— Hum… Il m'est arrivé de discuter avec elle des liens entre le passé, le présent et l'avenir. Ce n'est pas votre truc, d'accord, mais dans certains cercles scientifiques on admet cette théorie.

— Et ses relations personnelles ?

— Autres qu'amicales, n'est-ce pas ? Elle a eu dans sa vie un homme charmant, pendant quelques années. Un musicien, il composait des chansons. Ils se sont séparés il y a environ un an. Dommage, je l'aimais bien.

— Son nom ?

— Lucas Grande. Il n'a pas mal réussi. Il a un certain nombre de chansons éditées et produites, travaille régulièrement en studio, et il est aussi arrangeur pour les vidéoclips.

— Pourquoi ont-ils rompu ?

— Ça, c'est du cancan. Quel rapport ?

— Tout a un rapport tant que je n'ai pas décrété le contraire.

— En gros, leur amour a commencé à battre de l'aile. Ils n'étaient plus heureux comme avant. Ils étaient fatigués de leur couple.

— C'était réciproque ?

— Celina ne lui a jamais cassé du sucre sur le dos, pas plus que n'importe quelle femme qui quitte un homme. Je ne la vois pas très souvent. Pas assez de loisirs. Mais il me semble qu'elle s'en est bien remise. Ils se sont aimés, ensuite chacun a suivi sa propre route.

— Vous a-t-elle déjà parlé d'Elisa Maplewood ?

— La femme assassinée ? Non. Je n'avais jamais entendu ce nom avant les infos de ce matin.

— Et Luther ou Deann Vanderlea, ça vous dit quelque chose ?

— Les antiquaires ? répliqua Louise, haussant un sourcil intéressé. Un de mes oncles joue au golf avec le père de Luther, si je ne m'abuse. Il est possible que Celina les connaisse aussi. Pourquoi ?

— La victime était leur domestique.

— Ah... Vous lancez votre ligne un peu loin, Dallas.

— Oui, mais on ne sait jamais quel poisson on va attraper.

— Vous devez être très fière, déclara Peabody tandis qu'elles regagnaient la voiture.

— Pardon ?

— Un endroit pareil, répondit Peabody, montrant Dochas d'un geste. L'œuvre de Connors.

— Hum… Il investit son argent dans des projets que d'autres ne daigneraient même pas envisager.

Eve allait démarrer quand Peabody lui posa une main sur le bras.

— Nous sommes partenaires, maintenant, pas vrai ?

— Vous ne vous privez pas de me le rappeler.

— Et nous sommes amies.

Méfiante, Eve tambourina sur le volant.

— Je sens venir la guimauve…

— Chacun a son jardin secret, rétorqua Peabody, imperturbable. Normal. Comme il est normal qu'entre partenaires et amies, on se soutienne. Vous ne vouliez pas entrer dans ce foyer, n'est-ce pas ?

Ça n'aurait pas dû se deviner, songea Eve. Il ne le fallait pas.

— J'y suis entrée, grommela-t-elle.

— Quand il s'agit de vous maîtriser, vous êtes la championne. Moi, je dis simplement que vous pouvez vider votre sac. Je garderai vos confidences pour moi.

— J'ai fait quelque chose qui a interféré avec notre enquête ?

— Mais non. Je…

— Certaines questions personnelles ne se règlent pas par une discussion à cœur ouvert et une double ration de crème glacée.

Eve déboîta, coupa la route à un taxi et passa à l'orange.

— Voilà précisément pourquoi ces questions-là sont personnelles.

— Parfait.

— Ne boudez pas sous prétexte que je ne m'épanche pas sur votre épaule. Vous pouvez zapper.

Elle donna un brusque coup de volant pour s'engager dans une rue latérale, sans réfléchir à leur destination.

— C'est ce que fait un flic, il zappe, il bosse, et ne cherche pas partout quelqu'un qui lui tapote la tête en susurrant : « Ça va aller, ça va aller. » Je vous dispense de jouer l'amie compatissante qui m'aide à déballer mes tripes pour qu'elle les analyse. Par conséquent... Oh... et merde, merde...

Elle se gara en double file, indifférente aux klaxons rageurs et mit le signal « en service ».

— C'est... déplacé, complètement... déplacé. Je n'ai rien demandé, rien !

— D'accord, on oublie.

— Je suis fatiguée, souffla Eve, fixant le pare-brise. Sur les nerfs. Et je suis incapable de vous expliquer le pourquoi du comment. Incapable.

— Je ne boude pas, Dallas, et je ne vous force pas la main.

— C'est vrai. Vous ne me flanquez même pas un coup de poing quand je le mérite.

— Je ne suis pas idiote, vous me le rendriez et je me retrouverais au tapis.

Eve eut un petit rire, se frotta le visage puis regarda Peabody.

— Vous êtes ma partenaire et mon amie. J'ai des... un psy appellerait ça des problèmes. Je dois les gérer. Si vous remarquez que mon comportement risque d'entraver une enquête, surtout prévenez-moi. Sinon, ma partenaire et amie est priée de me laisser tranquille avec ça.

— Message reçu.

— Bon, on aurait intérêt à filer avant de déclencher une émeute.

— Bonne idée.

Eve conduisit en silence une partie du trajet.

— Je vous dépose chez vous, dit-elle, on a besoin de sommeil.

— En d'autres termes, vous rentrez travailler seule sur l'affaire ?

— Non, répliqua Eve en esquissant un sourire. J'ai rendez-vous avec Mira, ensuite je retourne à la maison et je m'accorde une sieste. Ce soir, je retravaillerai un peu. Si ça vous chante, vous n'avez qu'à creuser la piste du ruban et vérifier les allées et venues d'Abel Maplewood.

— D'accord. Et pour Sanchez, qu'est-ce qu'on fait ?

— La nuit nous portera conseil.

Puisqu'elle avait la tête à l'envers, autant consulter une psy, se dit Eve. De toute façon, elle n'avait pas le choix : on n'annulait pas un rendez-vous avec Mira.

Celle-ci le lui pardonnerait volontiers. L'administration, en revanche, ne manquerait pas de lui coller un blâme.

Aussi, au lieu de s'allonger bien à plat pour ronfler et récupérer ses forces, était-elle installée dans un confortable fauteuil et acceptait-elle poliment une tasse de thé dont elle n'avait pas du tout envie.

Le Dr Mira avait un doux et ravissant visage qu'encadraient de beaux cheveux bruns. Elle avait une prédilection pour les élégants tailleurs unis. Aujourd'hui elle avait opté pour un ensemble dont la couleur évoquait une glace à la pistache, agrémenté de trois colliers aux perles d'un vert plus soutenu.

Aucun détail n'échappait à son regard bleu, toujours bienveillant.

— Vous êtes épuisée, Eve. Vous n'avez pas dormi ?

— Deux ou trois heures. J'ai avalé des protéines.

— C'est bien, mais le sommeil est un meilleur remède.

— Je l'ai inscrit dans mon planning. Parlez-moi du criminel.

— Un homme violent, dont la haine est dirigée contre les femmes. Je ne crois pas qu'il ait utilisé ce ruban rouge par hasard. Écarlate, la marque des prostituées. Il y a une dualité dans sa vision des femmes. Des putains dont on se sert, qu'on viole, mais la pose et le lieu indiquent du respect et de la crainte mêlés.

Une gisante, un château. Madone, reine, putain. Il choisit ses symboles.

— Pourquoi Maplewood en particulier ?

— Vous pensez qu'elle était une cible. Ce n'était pas un meurtre au hasard ?

— Il la guettait, j'en suis certaine.

— Elle était seule et vulnérable. Un enfant, pas de mari. Ça pourrait être important. Il est également possible qu'elle incarne, par son aspect physique, son mode de vie, la femme qui l'a influencé. L'auteur d'un crime sexuel avec mutilation a souvent été abusé, humilié ou trahi par une figure féminine autoritaire. Une mère, une sœur, un professeur, une épouse ou une maîtresse. Il semble peu probable qu'il soit ou ait été capable d'entretenir à long terme une relation intime, saine, avec une femme.

— Quelquefois, ce sont tout simplement des salopards.

— Oui, répliqua posément Mira en sirotant son thé. Quelquefois. Mais il y a toujours une cause, Eve. Réelle ou fantasmatique. Le viol est plus une histoire de pouvoir qu'une manifestation de violence ou qu'un acte sexuel. La pénétration, de force, donne du plaisir au violeur tout en provoquant la terreur et la douleur de l'autre. Le meurtre porte cette prise de pouvoir à son paroxysme. L'ultime contrôle d'un être humain. Quant à la méthode, la strangulation est très personnelle, très intime.

— Il a dû s'éclater. Il l'a étranglée face à face, il l'a regardée mourir.

— Oui. Nous ignorons s'il a éjaculé, puisqu'on n'a relevé aucune trace de sperme. Pourtant je ne le crois pas impuissant. Si c'était le cas, nous aurions plus de blessures, *ante* et *post mortem*.

— Il lui a quand même arraché les yeux.

— Encore un symbole. Il l'a aveuglée. Elle ne peut rien contre lui car elle ne le voit pas. Un symbole capital pour lui, sans doute le plus important. Il lui prend ses yeux. Méticuleusement. Il ne les détruit pas – ce qui aurait été plus rapide, plus facile et plus violent. Les yeux ont pour lui une signification profonde.

Maplewood avait les yeux bleus, songea Eve. Comme sa petite fille.

— C'est peut-être un ophtalmologue, un technicien, un spécialiste, suggéra-t-elle.

Mira secoua la tête.

— Cela me surprendrait qu'il soit capable de soigner, de côtoyer quotidiennement des femmes. À mon avis, il vit seul et exerce un métier solitaire. Ou alors il a surtout affaire à des hommes. Il a le sens de l'organisation, et de l'audace. En outre, il est orgueilleux. Il a tué dans un lieu public, et y a laissé sa victime. Il l'a exposée.

— Admirez mon œuvre et tremblez.

— Exactement. Si Elisa Maplewood était un symbole plutôt qu'une cible particulière, son œuvre n'est pas achevée. Il est suffisamment organisé pour avoir déjà choisi sa prochaine proie. Il étudiera ses habitudes, son train-train et élaborera la meilleure stratégie pour s'emparer d'elle.

— Le père de Maplewood, qui a un casier judiciaire, a figuré sur la liste des suspects… un très bref instant. Apparemment, il n'est pas à New York. On vérifie, mais ce meurtre ne me paraît pas s'inscrire sur un plan aussi personnel – familial, pour ainsi dire.

— À cause des symboles, toujours. Maplewood ne faisait vraisemblablement pas partie de son entourage.

— Je vais lancer un calcul de probabilités. Pour le moment, on cherche d'où vient le ruban. Une bonne piste.

Eve s'interrompit, ruminant ses préoccupations.

— Qu'est-ce que vous pensez des médiums ?

— Eh bien, j'ai une fille qui est médium…

— Ah oui, c'est vrai.

Eve resta silencieuse plusieurs minutes ; Mira attendit patiemment.

— Ce matin, j'ai eu une visite, reprit Eve.

Et elle raconta son entretien avec Celina.

— Avez-vous un motif de mettre sa sincérité en doute ? s'enquit Mira.

— Euh… non, excepté que ces élucubrations mystiques me hérissent. Honnêtement, j'ai du mal à admettre qu'elle soit ma meilleure piste.

— Vous comptez la revoir ?

— Oui. Mon boulot m'impose de laisser mes préjugés au vestiaire. Si elle peut m'être utile, je me servirai d'elle.

— Il fut un temps où me consulter vous déplaisait presque autant.

— Peut-être pour les mêmes raisons, répliqua Eve en haussant les épaules. Vous étiez bien trop perspicace pour moi.

— Je le suis peut-être encore. Vous n'avez pas seulement l'air épuisé, vous semblez triste.

Naguère, Eve aurait balayé ce commentaire d'un geste et serait sortie en claquant la porte. Cependant, depuis cette époque, Mira et elle avaient parcouru un long chemin.

— Louise Dimatto connaît ce médium, dit-elle. Ce sont de vieilles copines. Il fallait que j'en discute avec elle. À Dochas. Elle était de garde, aujourd'hui.

— Ah…

— Le truc du psy, bougonna Eve. Ah…

Elle reposa sa tasse et se leva pour arpenter le bureau en faisant tinter les pièces de monnaie dans sa poche.

— Le pire, c'est que ça marche. Connors a créé une structure incroyable. Et le plus extraordinaire, ce sont ses motivations. Il l'a fait un peu pour lui, vu ce qu'il a enduré dans son enfance ; pour moi – beaucoup pour moi – à cause de mon passé. Mais surtout pour nous. Pour ce que nous sommes à présent.

— Un couple.

— Bon Dieu, je l'aime plus que… ça devrait être interdit d'éprouver ça pour quelqu'un. Et pourtant, tout en admirant ce qu'il a accompli à Dochas, en sachant combien il tient à ce que j'y participe, j'ai soigneusement évité de mettre un orteil dans ce foyer.

— Croyez-vous qu'il ne comprend pas votre attitude ?

— Il me comprend parfaitement, ce qui ne devrait pas être permis non plus. C'est un endroit épatant, docteur Mira, qui porte bien son nom. Et moi, j'ai été malade à l'instant où j'ai franchi le seuil. Des palpitations, des crampes à l'estomac. Je tremblais comme une feuille, j'étais terrifiée. J'aurais voulu m'enfuir, très loin de ces femmes couvertes de bleus, ces gosses en détresse. Une petite fille avait le bras cassé. Six ans environ.

— Eve...

— J'ai ressenti de nouveau le craquement de l'os. Je l'ai entendu. Il m'a fallu lutter de toutes mes forces pour ne pas m'effondrer à genoux et hurler.

— Et vous en avez honte ?

De la honte ? Ou peut-être de la colère ? Ou un vilain mélange des deux ?

— On est bien obligé de tourner la page, à un moment ou un autre.

— Pourquoi ?

Eve la dévisagea, stupéfaite.

— Euh... parce que...

— Surmonter un traumatisme et tourner la page sont deux choses très différentes.

Mira parlait d'un ton presque froid, pour refouler une irrésistible envie de quitter son fauteuil pour prendre Eve dans ses bras et la bercer. Un geste mal venu qui ne serait pas accepté.

— Oui, vous avez été forcée de vous battre pour surmonter votre passé. Pour survivre, vous bâtir une existence, travailler, être heureuse. Vous avez déjà accompli tout ça, et beaucoup plus encore. Mais non, vous n'êtes pas forcée d'oublier qu'on vous a battue, violée, torturée. Vous exigez de vous-même plus que vous n'en exigeriez de quiconque.

— Dochas est vraiment une réussite.

— Et vous y avez rencontré une enfant qu'un homme a voulu briser. Ça vous a meurtrie, cependant vous n'avez pas fui.

Soupirant, Eve se rassit.

— Peabody a deviné. Quand on est reparties, elle m'a seriné l'air de l'amitié, au cas où j'aurais besoin de m'épancher. Comment je réponds à ça ?

— Vous l'assommez, sourit Mira.

— J'ai failli. Je l'ai envoyée sur les roses. Les mots me sont sortis tout seuls de la bouche.

— Vous lui présenterez vos excuses.

— C'est déjà fait.

— Vous travaillez ensemble, en tandem, et vous êtes amies. Peut-être devriez-vous lui raconter votre histoire, au moins en partie.

— Je ne vois pas ce que ça nous apporterait.

— Eh bien, réfléchissez-y, conclut Mira avec son doux sourire. Rentrez chez vous, Eve. Tâchez de dormir.

5

Eve n'eut aucune difficulté à suivre le conseil de Mira. Elle n'avait qu'un désir: tout oublier.

Le parc du manoir s'ornait encore de ses fleurs estivales, aux couleurs intenses, de ses pelouses d'un vert chatoyant qui semblaient s'étendre sur des kilomètres, et des feuillages ombreux des grands arbres.

Les tours, les pignons et les magnifiques terrasses de la demeure surplombaient les jardins. Une étrange construction qui tenait à la fois du château, de la forteresse et de la gentilhommière.

L'essentiel, pour Eve, c'était le lit qu'abritaient ces murs. Son lit.

Elle se gara devant le perron et réalisa soudain qu'elle n'avait pas appelé le service des Réquisitions pour rouspéter. Irritée, elle referma la portière d'un coup de pied. Elle gravit les marches et pénétra dans le hall.

Naturellement, elle tomba sur Summerset, qui n'avait pas son pareil pour surgir sans crier gare. Un corbeau squelettique qui fronçait son nez de snob, le chat grassouillet assis à ses pieds. Eve estimait que le majordome de Connors ne loupait jamais une occasion de l'asticoter.

— Vous arrivez en avance et vous n'êtes pas en lambeaux. Ce jour est à marquer d'une pierre blanche.

— Que je sois en avance ou en retard, de toute façon vous râlez. Vous avez la palme du râleur.

— Votre actuel et répugnant véhicule est mal stationné.

— Votre actuel et répugnant visage n'a pas encore été réduit en bouillie par mes soins. Marquez ça aussi d'une pierre blanche, espèce de cafard.

Summerset avait encore quelques reparties dans sa besace, mais il décida de les lui épargner. Elle avait les yeux cernés et montait déjà les marches. Pourvu qu'elle aille se coucher ! Il regarda le chat.

— File, ordonna-t-il, désignant l'escalier.

Galahad s'empressa d'obéir.

Eve envisagea de faire d'abord escale dans son bureau, pour rédiger son rapport, peut-être joindre le labo, lancer le calcul de probabilités.

Mais ses pas la menèrent directement à la chambre où le matou se faufila également. D'un bond il grimpa les marches de l'estrade et, avec une grâce surprenante pour un lardon quadrupède, atterrit sur le lit.

Il s'y assit, ses yeux vairons dardés sur Eve.

— Tu as raison, mon gros, je te rejoins tout de suite.

Elle enleva sa veste, qu'elle jeta négligemment sur le sofa du coin salon, se débarrassa de son holster, de ses bottes, et décréta que ça suffisait. Puis elle s'écroula sur le lit, à plat ventre, indifférente au chat qui se juchait sur son postérieur et y tourniquait deux fois avant de trouver une place à son goût. Elle intima à son cerveau de se déconnecter et tomba dans le sommeil comme un caillou dans un puits.

Elle sentit le cauchemar approcher ; il s'écoulait du tréfonds d'elle comme le pus d'une plaie. Ses muscles se tétanisèrent, ses poings se crispèrent. Mais elle ne put le repousser.

Le rêve l'assaillit, sinistre machine à remonter le temps.

Ce n'était pas la chambre, à Dallas, ce lieu si redouté. Pas de lumière rouge qui clignotait, il ne faisait pas un froid glacial. Au contraire, il faisait une chaleur moite. Elle distinguait des ombres, et une odeur lourde de fleurs fanées saturait l'atmosphère.

Elle entendait des voix, mais ne comprenait pas les mots. Elle entendait des pleurs, sans réussir à déterminer d'où ils provenaient. Elle semblait être dans un labyrinthe – virages à angle droit, culs-de-sac, et une centaine de portes verrouillées.

Impossible de trouver une sortie, une issue. Son cœur cognait dans sa poitrine. Quelque chose était là, tapi dans l'obscurité, derrière elle, quelque chose d'abominable qui s'apprêtait à frapper.

Elle devait se retourner et se battre. Il valait toujours mieux affronter le danger pour le neutraliser. Mais elle avait peur, tellement peur, qu'elle se mit à courir.

La chose riait. Un rire sourd.

Elle dégaina son arme, avec peine tant sa main tremblait. Elle tuerait la chose ; si on la touchait, elle tuerait.

Cependant elle continua à courir.

Ce qui émergea soudain du noir lui arracha un cri rauque. Elle tomba à genoux. Étouffée par les sanglots, elle leva son arme.

Elle découvrit alors une enfant.

Il m'a cassé le bras. La petite fille, Abra, tenait son bras serré contre elle. *Mon papa m'a cassé le bras. Pourquoi tu l'as laissé me faire ça ?*

— Je n'étais pas là, je ne savais pas.

J'ai mal.

— Je sais, je suis désolée.

C'est à toi d'empêcher tout ça.

D'autres ombres bougeaient autour d'elle, prenaient forme. Et elle sut où elle était. Dans un foyer baptisé Espérance, dans une pièce bondée de femmes battues, d'enfants brisés au regard triste.

Tous la dévisageaient, leurs voix résonnaient dans sa tête.

Il m'a tailladée.

Il m'a violée.

Il m'a brûlée.

Regardez, regardez mon visage. J'étais jolie, avant.

Vous étiez où quand il m'a jetée dans les escaliers ? Pourquoi vous n'êtes pas venue quand j'ai crié ?

— Je ne peux pas, je ne peux pas.

Elisa Maplewood, aveugle et ensanglantée, s'approcha.

Il m'a arraché les yeux. Pourquoi vous ne m'avez pas aidée ?

— C'est ce que je suis en train de faire. C'est ce que je vais faire.

Trop tard. Il est déjà là.

Des alarmes hurlèrent, des lumières s'allumèrent. Les femmes et les enfants reculèrent, immobiles comme des jurés au moment du verdict. Abra secouait la tête.

C'est à toi de nous protéger, mais tu ne peux pas.

Il entra, avec aux lèvres ce grand sourire terrifiant, et dans les yeux la lueur cruelle et perverse.

Tu vois, fillette, elles sont nombreuses, toujours plus nombreuses. Des garces qui ne demandent que ça. Un homme fait quoi, dans ces conditions ?

— Fous-moi la paix.

Agenouillée, elle pointa de nouveau son arme, mais tout son corps était secoué de spasmes.

— Fous-leur la paix.

Ce n'est pas une façon de parler à ton père, fillette.

D'un revers de main, il lui assena une gifle magistrale qui la renversa sur le dos.

Les femmes se mirent à bourdonner tel un essaim d'abeilles piégé dans une ruche.

Je vais te donner une bonne leçon. Tu ne m'écoutes jamais.

— Je vais te tuer. Je t'ai déjà tué.

Ah ouais ?

Il retroussait les babines, et elle aurait juré que ses dents étaient les crocs d'un loup.

Alors il va me falloir te rendre la pareille. Papa est rentré, sale petite garce.

— Va-t'en. Va-t'en!

Lorsqu'elle leva de nouveau son bras, elle n'avait plus qu'un petit couteau dans une petite main d'enfant, toute tremblante.

— Non, non, s'il te plaît, non…

Elle tenta de s'enfuir à quatre pattes, loin de lui, de ces femmes. Il se baissa pour l'attraper, tranquillement, comme s'il prenait une pomme dans un saladier, et il lui cassa le bras.

Elle poussa un hurlement, le hurlement terrifié et désespéré d'une enfant foudroyée par une douleur aveuglante et cuisante.

Elles sont plus nombreuses. Nous sommes toujours plus nombreux.

Et il s'abattit sur elle.

— Eve. Réveille-toi…

Elle était livide et s'était raidie quand il l'avait retournée sur le dos pour la serrer dans ses bras. Une seconde avant ce cri atroce.

Un frisson glacé parcourut Connors. Eve avait les yeux grands ouverts, elle était encore en état de choc, torturée par la souffrance d'autrefois. Il ne savait pas trop si elle respirait.

— Réveille-toi! répéta-t-il.

Elle s'arc-bouta et s'emplit les poumons d'air, comme une rescapée de la noyade.

— Mon bras! Il m'a cassé le bras!

— Non, tu as rêvé. Mon amour, ce n'est qu'un mauvais rêve. Reviens…

Il tremblait aussi, tout en la berçant. Il capta soudain un mouvement dans la pièce, leva la tête. Summerset accourait.

— Je m'en occupe, lui dit Connors.

— Elle est blessée?

Connors caressait les cheveux d'Eve qui sanglotait.

— Non… Un cauchemar.

Avant de se retirer, le majordome s'immobilisa sur le seuil.

— Donnez-lui un calmant. De force, au besoin.

Connors attendit que Summerset ait refermé la porte derrière lui.

— Tout va bien, maintenant. Je suis près de toi.

— Elles étaient toutes là, autour de moi, dans le noir, balbutia Eve.

— Il ne fait plus noir, j'ai allumé les lampes. Tu veux davantage de lumière ?

Elle se blottit dans les bras de Connors.

— Je ne les ai pas secourues. Je ne l'ai pas arrêté quand il est arrivé. Elle a le bras cassé, la petite fille a le bras cassé, comme moi. Il me l'a brisé de nouveau. Je l'ai senti.

— Non… murmura Connors.

Il lui baisait le front, la recouchait, malgré ses ruades.

— Regarde, Eve. Ton bras n'a rien. D'accord ?

Elle tenait précautionneusement son membre, qu'elle croyait blessé. Il le lui plia doucement, l'effleura du poignet à l'épaule.

— Il n'est pas cassé. Tu as rêvé.

— Ça semblait tellement… réaliste. J'ai senti… bredouilla-t-elle – l'écho de la douleur fantôme se répercutait toujours en elle. Je l'ai senti.

— Je sais, ma chérie. Repose-toi, maintenant.

— Je vais bien. J'ai seulement besoin de rester assise un moment.

Elle regarda le chat qui s'insinuait entre eux et lui caressa le dos d'une main encore mal assurée.

— Celui-là, j'ai dû lui flanquer une sacrée frousse.

— Pas assez pour qu'il se carapate. Il était avec toi et te donnait des coups de tête. Il faisait le maximum pour te réveiller.

— Mon héros…

Une larme tomba sur sa main. Elle n'en fut même pas gênée, elle était au-delà de ça.

— Ce matou mérite les œufs de poisson les plus exquis, ou une friandise du même genre.

Elle prit une profonde inspiration, plongea son regard dans celui de Connors.

— Et toi aussi, murmura-t-elle.

— Quant à toi, tu vas prendre un calmant.

Elle voulait protester, mais il lui saisit le menton.

— Ne discute pas et, pour l'amour du ciel, ne m'oblige pas à te le faire avaler de force. Pour cette fois, je propose un compromis : une moitié chacun. J'en ai presque autant besoin que toi.

— Marché conclu.

Il n'exagérait pas, pensa-t-elle. Lui aussi était si pâle que ses yeux ressemblaient à deux flammes bleues dans son beau visage.

Il commanda deux potions à l'autochef, tendit un petit verre à Eve qui hésita.

— Non, on échange. Au cas où tu aurais joué les renards et mis un tranquillisant dans le mien. Je refuse de dormir comme une bûche.

— D'accord, rétorqua-t-il.

Ils trinquèrent et ingurgitèrent leur calmant.

— Je te signale, ironisa Connors, que je connais ta tendance à la méfiance. Si j'avais triché, je t'aurais d'abord donné mon verre. Il était évident que tu les échangerais.

— Zut !

— Je me suis abstenu, répliqua-t-il en lui plantant un baiser sur le nez. Je n'ai qu'une parole.

— Tu as eu peur, dit-elle après un silence. Je suis navrée.

Il lui étreignit la main.

— D'après Summerset, tu es rentrée avant dix-sept heures.

— Oui, je crois. J'avais besoin d'une sieste. Quelle heure il est, à présent ?

— Vingt et une heures. Un petit dîner ne te ferait pas de mal, à moi non plus d'ailleurs.

— D'accord. Mais avant j'aurais envie d'autre chose.
— De quoi donc ?
Elle se redressa sur les genoux et l'embrassa.
— Tu es infiniment mieux qu'un calmant. Tu me donnes l'impression d'être pure, entière et forte. Tu m'aides à me souvenir et à oublier. Reste avec moi.
— Je suis toujours avec toi.
Il lui baisa les tempes, les joues, la bouche.
— Je serai toujours là.
Elle vacillait, agenouillée sur l'immense lit, dans la lumière tamisée. Connors la guérirait. Elle se coula dans les bras de son mari, goûta sa gorge, s'enivrant de sa saveur, de son odeur de mâle.
Elle poussa un long soupir.
Il comprenait ce qu'elle voulait, ce qu'elle attendait de lui et ce qu'elle brûlait de lui offrir. De l'amour, de la tendresse et de la douceur. Il y avait en lui comme un tremblement, l'écho de la peur qu'il avait éprouvée – elle effacerait tout ça.
Connors buvait aux lèvres de sa femme, se perdait dans ce baiser. Eve, indestructible et si fragile, fondait entre ses bras. Il la tenait serrée pour que tous deux, ensemble, dérivent sur une mer paisible, bouche contre bouche, cœur contre cœur.
Elle lui sourit.
Il lui ôta sa chemise, promena ses doigts sur la peau nacrée et satinée, d'une finesse surprenante pour une guerrière. Elle frissonna.
— Tu es à moi, lui chuchota-t-elle à l'oreille.
Il en fut bouleversé. Il lui prit les mains, baisa ses paumes.
— Tu es à moi...
Ils s'étendirent face à face, explorant leurs corps comme s'ils se découvraient pour la première fois. De lentes caresses paresseuses, à la fois excitantes et apaisantes. Une passion langoureuse, comme un feu couvant sous la cendre.

À présent, elle avait chaud et se sentait en sécurité.

Les paupières closes, elle se laissait flotter, caressant les somptueux cheveux noirs et soyeux de son époux, son dos musclé.

Elle l'entendit murmurer *aghra* – mon amour. « Oui, je suis ton amour, Dieu merci. » Elle cambra les reins, pour mieux s'ouvrir à lui.

Ce fut une longue ascension, pas à pas, jusqu'à ce que les soupirs se muent en gémissements, de plus en plus pressants. Il lui semblait être emportée par une vague bleue, brûlante.

— Prends-moi...

Il vit l'orage dans ses yeux. Il la pénétra, se glissa dans ce fourreau de velours qui l'accueillait, l'enserrait et le rendait fou. Ils reprirent leur danse, soudés l'un à l'autre dans une communion si profonde qu'ils en avaient le cœur déchiré.

Elle regarda le ciel nocturne qui se découpait dans la coupole vitrée au-dessus de leurs têtes. Tout était si tranquille qu'elle aurait presque pu croire que le monde extérieur avait disparu, que l'univers se résumait à cette chambre, à ce lit, à cet homme – son mari.

Le sexe était peut-être fait pour ça. Tout oublier un court instant, hormis soi-même et son amant. Ne songer qu'à son propre corps, à ses besoins, à la jouissance physique et sentimentale – si on avait de la chance – qu'on en retirait.

Sans ces espaces d'intimité et de plaisir, on perdrait la raison.

Avant Connors, le sexe avait été pour elle un simple exutoire. Jamais elle ne s'était totalement abandonnée. Avant que Connors ne la comble d'amour, jamais elle n'avait connu le sentiment de plénitude et de bien-être absolu qui suivait l'orgasme.

— J'ai des choses à te dire, bredouilla-t-elle.

— D'accord.

— Encore une minute de répit. Il faut que je me lève. Je n'en ai pas envie, mais il le faut.

— Tu vas d'abord manger.

Elle ne put réprimer un sourire. Il n'avait pas fini de la dorloter. Il n'en aurait jamais fini.

— D'accord. Je propose même de m'occuper personnellement du dîner.

Il leva vers elle ses yeux d'un bleu inouï, qui pétillaient de malice.

— Vraiment ?

— Écoute, mon vieux, je sais me servir de ce satané autochef, aussi bien que n'importe qui. Bouge tes fesses, ordonna-t-elle en lui assenant une claque sur le postérieur.

— C'est le sexe ou le calmant ?

— Pardon ?

— Je dis... c'est le sexe ou le calmant qui t'a transformée en parfaite ménagère ?

— Faire le malin ne te remplit pas l'estomac.

Il ne répliqua pas, se doutant – hélas ! – que son malheureux estomac n'aurait droit qu'à une pizza.

Elle enfila un peignoir puis prit celui de Connors dans sa penderie et le lui apporta – ce qui le stupéfia.

— Tu n'as même pas à parler, j'entends bourdonner des commentaires ironiques dans ta cervelle.

— Je me contenterai donc de la boucler et de nous choisir du vin.

— Pourquoi pas ?

Il la laissa plantée devant l'autochef – elle avait besoin de s'occuper pour évacuer le cauchemar – et s'approcha de l'armoire à vin dont il ouvrit la porte. Il opta pour un chianti qu'il déboucha.

— Tu travailles ce soir, je suppose, dit-il.

— Oui, j'ai encore du boulot. Mira a esquissé le profil psychologique du meurtrier, je voudrais y réfléchir et rédiger mon rapport. Je n'ai pas eu le temps d'entreprendre un calcul des probabilités, lister les banques d'yeux, les services de transplantation, etc. Ça ne servira à rien puisqu'il ne lui a pas arraché les yeux pour les revendre, mais je dois éliminer définitivement cette option.

Elle posa deux assiettes sur la table du coin salon.

— Qu'est-ce que tu nous sers ? demanda-t-il.

— À ton avis ? De la nourriture.

— Ça n'a pas l'air d'une pizza.

— Figure-toi que mes talents de programmatrice culinaire vont au-delà de la simple pizza.

Elle avait opté pour du poulet sauté au vin et au romarin, accompagné de riz sauvage et d'asperges.

— Fichtre... murmura-t-il, impressionné. Je n'ai pas choisi le vin qui convient.

— On n'en mourra pas.

Elle repartit chercher une corbeille de pain.

— Allez, on mange.

— Non, ça ne va pas du tout.

Il rouvrit l'armoire à vin et trouva dans le compartiment frais du pouilly-fuissé qu'il déboucha et versa dans les verres.

— Tout cela me paraît succulent. Merci.

— Hum... approuva-t-elle en goûtant une bouchée. Ça ne vaut pas les frites de soja de mon déjeuner, mais ce n'est pas mauvais.

Comme elle l'avait prévu, il grimaça de dégoût. Elle éclata de rire, puis :

— Par contre, tu apprécieras sans doute les plats que nous mitonneront Charles et Louise quand on dînera avec eux. Tu ne trouves pas ça bizarre ? ajouta-t-elle après avoir avalé un autre bout de poulet. Charles et Louise, Peabody et McNab, tranquillement assis autour de la même table, chez Charles. Je suis quasiment certaine que la dernière fois – la seule, d'ailleurs – que McNab a mis les pieds chez Charles, ils se sont battus comme des chiffonniers.

— Je serais surpris que ça se reproduise. De toute façon, tu seras là pour les séparer. Et ce n'est pas bizarre, ma chérie, pas du tout. Les gens tissent des relations. Charles et notre Peabody étaient amis, ils le sont restés.

— Seulement voilà, McNab croit qu'ils ont dansé la rumba du matelas.

— Quoi qu'il puisse penser, il sait pertinemment que ce n'est plus le cas.

— Je persiste à dire que ça va être bizarre.

— Peut-être y aura-t-il de la gêne au début. Mais Charles et Louise sont amoureux.

— À ce propos, je me demande bien comment ils s'accommodent de leur situation. Il couche avec une ribambelle de femmes parce que c'est son métier, et il couche avec Louise par amour. C'est un peu fort de café, non ?

Un sourire moqueur étira les lèvres de Connors, qui but une gorgée de vin.

— Tu as une moralité à toute épreuve, lieutenant.

— Imagine que je rende mon insigne pour devenir prostituée. On verrait si tu es aussi moderne et large d'esprit. J'aurais du mal à fidéliser les clients, tu les démolirais.

Il acquiesça.

— Quand je t'ai rencontrée et que je suis tombé amoureux de toi, tu étais flic, n'est-ce pas ? Il m'a fallu déployer des efforts assez considérables pour m'adapter à ça.

— Je m'en doute.

Elle devait saisir cette perche pour exprimer ce qu'elle avait à lui dire.

— Je crois malgré tout que tu t'étais déjà énormément adapté et que tu respectais certains principes.

— Dans ma jeunesse tourmentée, lieutenant, tu m'aurais traqué comme un chien chasse le gibier. Tu ne m'aurais pas attrapé, mais tu aurais essayé.

Un silence.

— Hum... Aujourd'hui, je suis allée à Dochas.

Connors fixa sur elle un regard aigu.

— Tu aurais dû me prévenir. Je me serais arrangé pour t'accompagner.

— C'était en rapport avec l'enquête. J'avais des renseignements à demander à Louise sur sa copine médium.

Elle se tut.

— Qu'en as-tu pensé ? interrogea-t-il au bout d'un moment.

— Je...

Elle s'interrompit de nouveau, fourra ses mains jointes entre ses genoux.

— Je pense que... je n'ai pas les mots pour dire à quel point je t'aime, à quel point je suis fière de toi, de ce que tu fais à Dochas. J'ai cherché comment exprimer ça, mais...

Ému, il se pencha vers elle, attendit qu'elle desserre ses doigts pour lui prendre la main.

— Ce foyer n'existerait pas sans toi. Parce que tu es une part de moi.

— Tu l'as peut-être créé à cause de moi, de nous, mais tu portais ça en toi depuis toujours. Je te demande pardon de n'y être pas allée plus tôt.

— Ce n'est pas grave.

— J'avais peur. Ça n'a pas été facile.

Elle lâcha la main de Connors. Elle devait y arriver sans son soutien.

— Voir ces femmes, ces enfants, ressentir cette peur et cet espoir, surtout. Tout est remonté.

— Eve...

— Non, écoute-moi. Il y avait cette gosse... Tu sais, il me semble parfois que le destin s'amuse à vous balancer des trucs à la figure, et il faut bien s'en dépatouiller. La petite avait le bras en écharpe. Fracturé par le père.

— Seigneur...

— Elle m'a parlé, j'ai répondu. Je ne me souviens plus trop. J'avais les tempes qui bourdonnaient, l'estomac noué. J'étais au bord du malaise. J'ai réussi à me cramponner, à aller jusqu'au bout.

— Tu n'es pas obligée de retourner là-bas.

— Non, attends. J'ai déposé Peabody chez elle, j'ai eu mon rendez-vous avec Mira et je suis rentrée ici. J'avais besoin de sommeil. Et ça m'a rattrapée. Atroce. J'étais là-bas, à Dochas, parmi ces femmes battues, ces enfants brisés. Et tous me demandaient pourquoi je n'empêchais pas ça, pourquoi je laissais ces horreurs se produire.

Elle l'interrompit d'un geste ; le reflet de sa propre douleur déformait les traits de Connors.

— Il était là. Je savais qu'il viendrait. Il a dit qu'il y en aurait toujours plus. Plus de bourreaux, plus de victimes. Je n'y pouvais rien. Quand il m'a touchée, je n'étais plus moi. Je n'étais plus ce que je suis maintenant. J'étais une gosse. Il m'a cassé le bras, comme avant, et il m'a violée, comme avant.

Elle dut marquer une pause, boire une gorgée de vin tant elle avait la bouche sèche.

— Je l'ai tué, comme avant, et je continuerai à le tuer, aussi longtemps qu'il le faudra. Il a raison. Il y a toujours plus de bourreaux et de victimes. Et je suis incapable de changer les choses. En revanche, je peux faire mon travail, refuser de capituler. C'est mon devoir.

Elle reprit sa respiration.

— Je retournerai à Dochas. Je le veux. La prochaine fois, je n'aurai pas peur, je n'aurai pas la nausée – en tout cas, pas autant. J'y retournerai car je me rends compte que ce que tu as fait là-bas, ce que tu fais jour après jour, est une autre manière de lutter contre le mal. Cette petite fille au bras cassé guérira. Elle aussi, et grâce à toi. Tu lui as donné sa chance.

Connors demeura un long moment silencieux, bouleversé.

— Tu es la femme la plus extraordinaire que j'aie jamais connue.

— Ouais, répliqua-t-elle en lui étreignant la main. On forme un sacré tandem.

6

Eve fit un détour par la DDE. Elle avait toujours un choc en pénétrant dans cette division où les flics étaient habillés comme des dandys ou des touristes en goguette. On voyait alentour une foultitude de bottes aérodynamiques et de couleurs fluo, des gens qui trottaient en jacassant dans le micro de leur casque, d'autres qui s'affairaient dans leurs box.

On entendait de la musique. Eve remarqua même un type qui dansait.

Elle se fraya un passage dans la grande salle et fonça droit vers l'antre du capitaine Ryan Feeney, espérant y trouver le calme. Quand elle franchit le seuil, elle eut un haut-le-corps. Le cher Feeney avait toujours sa figure ridée de cocker et ses cheveux roux striés de fils d'argent. En principe, il paraissait avoir dormi tout habillé, mais aujourd'hui il portait une chemise impeccable, sans un faux pli, dont la teinte évoquait un sorbet à la framboise. Il arborait une cravate. Vert électrique.

— Bon Dieu, Feeney, qu'est-ce que c'est que cet accoutrement ?

Il avait la mine d'un homme écrasé sous un lourd fardeau.

— Ma femme a décrété que je devais porter de la couleur. Elle m'a acheté cet attirail et houspillé jusqu'à ce que je l'enfile.

— Tu ressembles à… à un maquereau.

— Ne m'en parle pas. Regarde-moi ce pantalon.

Il sortit une jambe de sous son bureau afin qu'elle examine sa cuisse maigrichonne moulée dans un tissu du même vert que la cravate.

— Aïe, aïe, aïe… Je suis navrée.

— Les gars trouvent que j'ai l'air d'un cornet de glace. Qu'est-ce que je vais faire ?

— Franchement, je n'en sais rien.

— Dis-moi que tu as une affaire pour moi, qui m'oblige à aller sur le terrain et à saloper ce déguisement, rouspéta-t-il, levant les poings comme un boxeur. Si je bousille ces fringues à cause du boulot, ma femme n'osera pas m'enguirlander.

— J'ai une enquête en cours, mais rien qui concerne la DDE. Je suis vraiment désolée… Et si tu enlevais ce machin que tu as au cou ?

Il tira sur sa cravate.

— Tu ne connais pas ma femme. Elle téléphonera, elle se débrouillera pour savoir si je n'ai pas changé de tenue. Figure-toi que j'ai même la veste pour compléter le tableau.

— Mon pauvre…

— Ouais, acquiesça-t-il avec un soupir à fendre l'âme. Qu'est-ce que tu fais par ici ?

— Je suis sur l'affaire de crime sexuel avec mutilation.

— À Central Park. Oui, j'ai appris que tu t'en occupais. On se charge des vérifications de routine sur les communications. Tu as besoin d'autre chose ?

— Euh… Je peux fermer ? demanda-t-elle en désignant la porte.

Elle poussa le battant puis se percha sur le bord du bureau.

— Un médium qui participe à une enquête… tu en penses quoi ?

— À la DDE, on est plutôt contre, répondit-il en fronçant le nez. Quand je bossais à la Criminelle, on était parfois contactés par des gens qui prétendaient avoir des visions ou des informations en provenance de l'au-delà.

— Oui, ça arrive toujours. On gaspille du temps et l'énergie de nos effectifs à écouter ces balivernes. Et pour finir, on enquête avec nos misérables cinq sens.

— Il n'y a pas que des charlatans, objecta-t-il en commandant du café à l'autochef. La plupart des services ont un consultant civil qui est médium. Ils sont même nombreux à porter l'insigne.

— Hum… Toi et moi, on a fait équipe pendant des années.

— C'était le bon temps, dit-il en lui tendant un mug.

— On n'a jamais recouru à un médium.

— Moi, je considère que, quand on a un bon outil, il faut s'en servir.

— J'ai une personne qui prétend avoir vu le meurtre de Central Park.

Feeney sirota son café d'un air songeur.

— Tu t'es renseignée sur elle ?

— Oui, elle a son permis d'exercer et elle est recommandée par Louise Dimatto.

— Notre cher toubib n'est pas une imbécile.

— Effectivement. À ma place, tu la ferais participer à l'enquête ?

Il haussa les épaules.

— Tu connais ma réponse.

— On utilise tout ce qu'on a sous la main. Je sais. Je voulais seulement l'entendre dire par quelqu'un qui a les pieds sur terre. Merci.

Elle reposa le mug auquel elle n'avait quasiment pas touché. Elle devenait difficile. Quand il ne s'agissait pas de vrai café, elle s'en passait de plus en plus facilement.

— Merci, répéta-t-elle.

— De rien. Appelle-moi s'il te faut un partenaire qui n'ait pas peur de se salir les mains et, par la même occasion, d'abîmer ses beaux habits.

— Promis. Dis donc, on pourrait te renverser du café dessus, par inadvertance. Ça ne serait pas ta faute.

— Elle le devinerait, maugréa-t-il, dépité. Y a pas plus extralucide qu'une épouse.

Elle convoqua Peabody. Si elle devait consulter un médium, elle souhaitait d'abord en discuter avec le commandant Whitney.

Il écouta son compte rendu sans l'interrompre. C'était un homme intimidant avec sa stature de colosse, sa peau d'un noir d'ébène et ses courts cheveux crépus qui grisonnaient. Les années passées dans un bureau, à diriger, n'avaient pas étouffé le flic de terrain qu'il était naguère. Les éléments que lui exposait Eve l'atteignaient en plein cœur.

Il demeura cependant impassible. Seul un bref froncement de sourcils troubla sa large figure, lorsque Eve mentionna Celina Sanchez.

— Une consultante médium. Ça n'est pas votre style habituel, lieutenant.

— En effet, commandant.

— Pour l'instant, le service de presse donne les informations au compte-gouttes. Nous continuerons à ne pas préciser la nature exacte de la mutilation et à ne pas décrire l'arme du crime. Si vous décidez de faire intervenir une extralucide, nous garderons ce fait confidentiel.

— Si je collabore avec elle, je ne tiens pas à révéler son identité au service de presse, ni à quiconque d'extérieur à l'équipe chargée de l'enquête.

— Compris. Le nom de votre médium m'est familier, me semble-t-il. Peut-être l'ai-je rencontrée dans une soirée. Je poserai la question à ma femme qui, pour ce genre de chose, a une bien meilleure mémoire que moi.

— Oui, commandant. Souhaitez-vous que j'attende l'avis de votre épouse, avant de m'adresser à Mme Sanchez ?

— Non, c'est votre affaire. Inspecteur, votre opinion sur le sujet ?

Aussitôt, Peabody redressa les épaules.

— Mon opinion, commandant ? Eh bien… Il se peut que je sois plus ouverte en ce qui concerne les perceptions extrasensorielles. Il y a des médiums dans ma famille.

— Avez-vous ce don, vous aussi ?

— Non, commandant, répondit Peabody en souriant. Je ne possède que les cinq sens de base. Mais je pense, comme le lieutenant Dallas, que nous aurions intérêt à avoir au moins un autre entretien avec Celina Sanchez.

— D'accord. Si les médias apprennent qu'on a arraché les yeux de la victime, cette affaire sera à la une. Il faut boucler le dossier avant que ce soit le cirque complet.

Celina habitait un quartier de SoHo truffé de galeries consacrées aux tendances les plus avant-gardistes de l'art, de restaurants branchés et de minuscules boutiques. Le royaume de jeunes citadins nantis et élégants qui brunchaient le dimanche, votaient pour le parti libéral et assistaient à des pièces de théâtre ésotériques qu'ils feignaient de comprendre.

Les cafés abondaient, les artistes de rue étaient les bienvenus.

Celina occupait un loft en duplex, dans un ancien atelier de confection qui avait massivement produit des copies bon marché de vêtements de haute couture. Comme d'autres bâtiments du quartier, celui-ci, qui comptait trois niveaux, avait été réhabilité et récupéré par les New-Yorkais ayant les moyens d'investir dans l'immobilier.

Eve observa un instant les fenêtres étonnamment larges, la longue et étroite terrasse entourée d'une balustrade ouvragée en fer forgé, qu'on avait ajoutée au dernier étage.

— Vous ne voulez vraiment pas prendre un rendez-vous ? s'enquit Peabody.
— Elle devrait savoir qu'on vient.
— Ça, lieutenant, c'est du sarcasme.
— Peabody, vous me connaissez décidément trop bien.
Eve sonna. Au bout de quelques secondes, la voix de Celina retentit dans l'interphone.
— Oui ?
— Lieutenant Dallas et inspecteur Peabody.
Eve crut entendre un bruit étouffé, peut-être un soupir.
— Montez, je vous prie. Je vous ouvre la porte et l'ascenseur. Je vous attends au deuxième.
Au-dessus de la porte, une lumière verte clignota. Les verrous claquèrent. Eve pénétra dans le hall, qu'elle balaya du regard. Le rez-de-chaussée comportait trois appartements. L'ascenseur était sur la gauche.
Celina les accueillit sur le palier du deuxième. Aujourd'hui, elle avait relevé ses cheveux en une torsade maintenue par des baguettes chinoises. Elle était vêtue d'un pantalon moulant coupé au-dessus des chevilles et d'un débardeur qui lui découvrait le ventre. Elle était pieds nus, n'avait pas une once de fard sur le visage ni le moindre bijou.
Elle leur ouvrit la grille en fer forgé de la cabine, s'écarta pour les laisser passer.
— Je craignais votre venue. Allons nous asseoir.
Elle désigna un vaste espace occupé par un imposant canapé bordeaux en forme de S, flanqué de deux immenses tables. Sur l'une était posée une longue coupe remplie de ce qui semblait être des pierres ; à côté, un cierge se dressait dans une autre coupe en cuivre martelé.
Le plancher était en vrai bois ancien. Sur cette étendue miel et luisante étaient disséminés des tapis aux motifs éclatants, aussi colorés que les œuvres d'art accrochées aux murs vert pâle.

Par les ouvertures cintrées, Eve aperçut la cuisine, la salle à manger immense. Un escalier métallique, d'un vert plus sombre que celui des murs, s'agrémentait d'une rampe semblable à un mince serpent ondulant.

— Qu'est-ce que c'est ? demanda Eve, montrant du menton l'unique porte fermée.

— Mon cabinet de consultation. Il y a un autre accès. J'aime travailler chez moi quand je le peux, c'est confortable, mais je tiens aussi à mon intimité. Mes clients n'entrent pas dans cette partie de l'appartement.

Celina les invita de nouveau à s'installer sur le canapé.

— J'ai annulé mes rendez-vous de la journée. Je ne ferai rien de bon. Vous me surprenez en pleine séance de yoga. Puis-je vous servir quelque chose ? En ce qui me concerne, je vais préparer du thé.

— Non merci, se hâta de répondre Eve.

— Moi, je prendrais bien une tasse de thé, dit Peabody.

Celina lui sourit.

— Asseyez-vous donc, insista-t-elle. Je n'en ai que pour une minute.

Eve préféra rester debout et faire les cent pas.

— C'est immense, chez vous, commenta-t-elle.

— Oui, je n'aime que les grandes pièces très aérées. Dans votre bureau, par exemple, je suffoquerais. Vous avez parlé à Louise ?

— Vous a-t-elle contactée ?

— Non, mais vous me paraissez être une femme méthodique. Je suppose que vous avez vérifié mon permis d'exercer et discuté avec Louise avant de me rendre visite. À vos yeux, c'était indispensable.

— D'après Louise, dans votre famille, vous êtes le mouton noir.

Celina les rejoignit, portant un plateau sur lequel se trouvaient une théière blanche, ventrue, et des tasses en porcelaine délicate.

— Effectivement, rétorqua-t-elle avec un sourire contraint. Ma famille me désapprouve. Que je possède un don et que j'aie choisi d'en faire mon métier les embarrassent.

— Vous n'avez pas besoin de l'argent que ça vous rapporte.

— Je n'exerce pas pour gagner ma vie, mais pour ma satisfaction personnelle, déclara Celina en posant le plateau sur la table. Vous non plus, lieutenant, vous n'avez absolument pas besoin de votre salaire de policier. J'imagine cependant que vous ne le refusez pas.

Elle versa le thé dans les tasses, en tendit une à Peabody.

— Je ne cesse de penser à Elisa. Je ne veux pas penser à elle, être mêlée à cette histoire. Il le faut bien, pourtant.

— La police new-yorkaise engage parfois des experts, des consultants civils.

— Oh, oh... Serais-je reçue à l'examen ?

— Jusqu'à présent. Si vous pouvez nous être utile, et si vous le souhaitez, nous vous demanderons de signer un contrat. Il comprendra une clause de confidentialité. En d'autres termes, vous n'aurez pas le droit d'évoquer un quelconque élément de ce dossier, avec qui que ce soit.

— Je n'en ai pas l'intention. Si j'accepte, j'exigerai en échange un document me certifiant que ni mon nom ni mon lien avec l'enquête ne seront divulgués aux médias.

— Vous nous l'avez déjà précisé. J'ajoute que vous serez rémunérée – au tarif normal.

Eve fit signe à Peabody qui extirpa deux documents de son sac.

— Vous lirez ceci. Vous êtes libre de consulter un avocat ou un juriste avant de les signer.

— Vous me donnez votre parole, vous avez la mienne. Je n'ai pas besoin d'un avocat.

Elle s'installa confortablement, croisa les jambes et lut attentivement chaque page.

— En revanche, il me faudrait un stylo.

Peabody lui en tendit un. Celina parapha les deux contrats puis passa le stylo à Eve qui signa à son tour.

— Eh bien, voilà… soupira Celina. Qu'attendez-vous de moi, maintenant ?

Eve posa un enregistreur sur la table.

— Racontez ce que vous avez vu exactement.

Celina relata de nouveau les événements, fermant parfois les yeux à l'évocation de certains détails. Ses mains ne tremblaient pas et sa voix restait ferme, mais son visage pâlissait au fur et à mesure de son récit.

— Où étiez-vous quand vous avez eu cette vision ?

— Je dormais à l'étage. Mon système de sécurité était branché. Toute la nuit, comme d'habitude. Il y a des caméras sur chaque porte. Si vous le souhaitez, vous pouvez emporter les disquettes de vidéosurveillance, comme preuves.

— Nous le ferons. Ce sera une protection pour vous comme pour nous. Avez-vous eu d'autres visions depuis le crime ?

— Non. Mais j'éprouve de… de l'appréhension. Il est possible que mes nerfs me jouent des tours.

— Peabody ?

Sans un mot, Peabody montra le ruban rouge dans un sachet transparent.

— Reconnaissez-vous ceci, mademoiselle Sanchez ?

— Appelez-moi Celina…

Même ses lèvres, à présent, étaient exsangues.

— Ce ruban ressemble à celui qu'il a utilisé pour la… balbutia-t-elle.

Eve décacheta la pochette et lui tendit le ruban.

— Prenez-le, dites-moi ce que vous voyez.

— D'accord.

Celina reposa sa tasse, respira à fond et saisit l'arme du crime. Elle la fit glisser entre ses doigts, la contemplant intensément.

— Je ne... rien ne vient, rien de clair. Il me faut peut-être du temps ou un peu de solitude pour me concentrer.

Le dépit et la frustration se peignaient sur son visage.

— Je pensais que... je m'attendais à mieux. J'étais tellement convaincue d'arriver à un résultat... Je sais qu'il s'est servi d'un ruban pour la tuer. Ils l'ont touché tous les deux, mais... je n'ai rien d'autre.

Eve rangea la pièce à conviction dans sa pochette qu'elle rendit à Peabody.

— Pourquoi, selon vous, avez-vous seulement vu le visage de la victime, et pas celui du tueur ?

— Je l'ignore. Je dois être reliée à Elisa. Elle n'a sans doute pas clairement distingué les traits de son assassin.

— Possible. Vous acceptez de recommencer l'expérience ?

— Je ne crois pas que ça changera quoi que ce soit. À la rigueur, si vous me laissiez seule...

— Ça, je ne peux pas.

Peabody prit dans son sac une deuxième pochette transparente renfermant un autre ruban. Eve ôta le scellé.

À la seconde où Celina effleura ce ruban, ses yeux s'écarquillèrent, vitreux. Elle lâcha le cordonnet comme s'il était en flammes, crispa une main sur son cou. Elle s'étouffait.

Tandis qu'Eve l'observait avec attention, Peabody bondit et secoua Celina.

— Revenez ! ordonna-t-elle.

— Je... peux plus... respirer.

— Mais si, vous n'êtes pas Maplewood. Inspirez, expirez. Voilà... encore...

— Ça va...

Elle rejeta la tête en arrière, ferma les yeux. Une larme roula sur sa joue.

— Accordez-moi une minute, bredouilla-t-elle. Vous êtes une vraie peau de vache, Dallas.

— Exact.

— Vous m'avez testée. Le premier ruban n'était qu'un leurre.

— Je l'ai acheté hier.

— Très malin.

Celina reprenait des couleurs ; son regard reflétait du respect.

— Je suppose que, si je mourais étranglée, je voudrais qu'une peau de vache dans votre style traque mon assassin. Je ne m'y attendais pas, voilà pourquoi ça a été si violent, ajouta-t-elle, regardant Eve qui ramassait le ruban tombé sur le sol. Je peux me préparer, en tout cas jusqu'à un certain point.

Elle tendit la main. Eve déposa le ruban dans sa paume.

— Elle a souffert, murmura Celina. Terreur et douleur. Elle ne voit pas sa figure, pas vraiment. Elle est hébétée, elle a tellement peur et tellement mal, pourtant elle se défend. Mon Dieu, qu'il est fort ! Grand, costaud, avec des muscles en acier. Ce n'est pas son visage. Je crois que ce n'est pas son visage. Le viol est… rapide. Il est en elle, pantelant, quand elle sent ce ruban se resserrer autour de son cou. Elle ne sait pas ce que c'est, mais elle comprend qu'elle va mourir. Et elle pense : « Vonnie. » Sa dernière pensée est pour son enfant.

— Parlez-moi de lui.

Celina redressa les épaules, reprit son souffle.

— Il la hait. Il la redoute. Il la vénère. Enfin… pas elle. Tant de rage, de haine, de surexcitation. Je n'arrive pas à aller plus loin. C'est comme une pluie de coups dans ma tête. Je n'arrive pas à pénétrer dans cette démence. Je sais qu'il a déjà fait ça.

— Pourquoi lui arrache-t-il les yeux ?

— Je… Elle doit être dans le noir. Je ne sais pas… il veut qu'elle soit dans le noir. Navrée, murmura Celina. Tenez, je vous rends ce ruban, le garder plus longtemps dans mes mains est au-dessus de mes forces. Des séances brèves sont préférables.

Eve opina. Le visage du médium luisait de sueur.

— D'accord. Je dois vous demander de venir avec nous sur la scène de crime.

— J'aimerais d'abord me changer.

— Nous patienterons.

Une fois Celina montée à l'étage, Peabody émit un sifflement admiratif.

— Avouez qu'elle est géniale.

— Oui, elle se débrouille.

— Pour moi, c'est une vraie pro.

— Apparemment.

— Qu'est-ce qui vous déplaît ? Qu'elle soit médium ou qu'elle ne soit pas flic ?

— Les deux, grommela Eve. Je n'aime pas impliquer des civils dans une enquête. Et surtout, ne me rappelez pas combien de fois Connors nous a donné un coup de main. Le pire, c'est que je m'y habitue. Mais ce truc de voyance... qu'est-ce que ça nous apportera, au juste ?

Eve pivota vers Peabody.

— Elle dit qu'il est grand, costaud et cinglé. On avait déjà deviné, non ?

— Dallas ! Elle ne va pas nous filer un nom et une adresse. Ça ne marche pas de cette manière.

— Et pourquoi pas ? marmonna Eve, irritée. Si on *voit* des choses, on devrait voir aussi les détails essentiels. Le nom et l'adresse. Ça, ce serait utile.

— Ce serait flippant, oui. Les enquêtes seraient bouclées en un clin d'œil. L'administration engagerait toute une équipe de médiums, la... DIE, la division d'inspecteurs extralucides. Beurk... Et nous, on serait au chômage.

Eve lança un regard mauvais en direction de l'escalier.

— En plus, je n'apprécie pas du tout l'idée qu'elle puisse fureter dans ma cervelle, chuchota-t-elle.

— Vous n'avez rien à craindre. Les authentiques médiums ne s'aviseraient pas de violer l'intimité des gens.

Eve songea que le père de Peabody, lui, s'était immiscé dans ses pensées. Sans le vouloir, certes, mais tout de même… Elle l'admettait, c'était là que résidait la cause profonde de sa prévention contre les médiums.

— Moi, je l'aime bien, décréta Peabody.

— Hum… On va faire une petite balade dans le parc, au cas où ça donnerait des résultats. Ensuite, on reprendra notre vrai boulot de flics.

Celina avait revêtu un pantalon noir et un chemisier bleu au décolleté rond. Elle portait au cou plusieurs pendentifs en cristal.

— Pour la protection, l'intuition, et pour ouvrir le troisième œil, expliqua-t-elle en les effleurant, alors qu'elles atteignaient Central Park. Certains contestent leur efficacité. Compte tenu des circonstances, je suis prête à tout essayer.

Elle remonta sur son nez les énormes lunettes de soleil qui dissimulaient la moitié de son visage.

— Quelle belle journée! ajouta-t-elle, chaude et ensoleillée. Un temps à faire sortir les New-Yorkais de chez eux. J'adore cette ville à cette époque de l'année. Bon, assez tergiversé.

— Les zones concernées ont été fouillées, examinées à la loupe et filmées, attaqua Eve. La victime promenait son chien, elle est entrée dans le parc à peu près par ici.

— Tant de personnes y sont passées depuis, que je doute d'obtenir un résultat. Quand je suis en contact direct avec quelqu'un ou quelque chose, je suis plus efficace. Du moins, en principe.

Au bout d'une dizaine de mètres sous les arbres, Eve s'arrêta et regarda autour d'elle. Pas un chat à la ronde. Les gens étaient au travail, au restaurant, ou en train de faire du shopping. L'endroit était trop proche de la rue pour les camés et les transactions de substances illicites.

— Nous y sommes, n'est-ce pas ? demanda Celina qui ôta ses lunettes et scruta le sol. C'est là qu'il l'a empoignée. Il l'a frappée au visage, elle est tombée, tout étourdie. C'est sûrement là qu'il…

Elle s'accroupit, promena ses mains dans l'herbe. Elle eut un brusque mouvement de recul.

— Mon Dieu !

Les mâchoires serrées, elle tâta de nouveau la terre.

— Oui, c'est là qu'il l'a violée. Contrôlée, humiliée et châtiée. Il a un nom à l'esprit… pas celui de la victime. Je n'arrive pas à le voir… mais ce n'est pas le nom d'Elisa, ce n'est pas elle qu'il punit.

Elle croisa les bras, les mains sous les aisselles, comme pour les réchauffer.

— Il m'est difficile de me détacher d'elle et de ce qu'elle a subi. Elle ne le connaît pas. Elle ignore pourquoi il l'a choisie.

Celina s'interrompit, regarda Eve.

— Vous aussi, je vous vois.

Eve eut l'impression qu'un étau lui comprimait le ventre.

— Vous n'êtes pas là pour moi.

— Vous avez une présence très forte, Dallas. Une belle âme, beaucoup d'instinct.

Avec un rire bref, Celina se redressa et s'écarta de la scène de crime.

— Je m'étonne que vous soyez aussi méfiante, voire hostile à l'égard des médiums, alors que vous-même possédez un don.

— Pas du tout.

— Sottises, rétorqua Celina, réprimant un soupir irrité. Croyez-vous que ce que vous voyez, ressentez et *savez* n'est que pure intuition ? Appelez ça comme vous voudrez, il n'empêche que c'est un don. Bon… enchaîna-t-elle en se frictionnant les bras. Il l'a traînée à partir d'ici. L'image est floue car, à ce moment-là, elle était déjà morte. Je n'ai avec moi qu'une infime part d'Elisa.

— Elle pesait soixante-cinq kilos. Un corps inerte n'est pas facile à déplacer.

— Il est très fort. Et il en est fier, murmura Celina qui se mit en marche. Elle est tellement plus faible que lui.

— Pas la victime, objecta Eve en lui emboîtant le pas, mais ce qu'elle symbolise.

— Probablement.

Celina repoussa une mèche rebelle, découvrant ses boucles d'oreilles, trois anneaux d'or entrelacés.

— Vous le verriez plus distinctement que moi, dit-elle à Eve. Vous n'avez pas peur de lui, contrairement à moi.

Elle s'immobilisa, observa le château.

— Je me demande pourquoi il a choisi ce lieu. Un monument, un point de repère. Il aurait pu la laisser n'importe où. Ç'aurait été plus simple.

Eve avait son idée sur la question, mais la garda pour elle.

— Combien mesure-t-il ? interrogea-t-elle.

— Plus d'un mètre quatre-vingt-dix, presque deux mètres. Un colosse, sans une once de graisse. Tout en muscles. J'ai senti ça quand il l'a violée.

Celina s'interrompit, s'assit sur l'herbe.

— Désolée, j'ai les jambes en coton. Je ne suis pas habituée à ce genre de travail. Ça m'épuise. Comment tenez-vous le coup ?

— C'est mon boulot.

— Oui…

Celina prit dans son sac à main une ravissante petite boîte où elle pêcha un comprimé.

— Un antalgique, j'ai une atroce migraine. Ce sera tout pour aujourd'hui. Excusez-moi, je suis lessivée.

À la stupéfaction d'Eve, Celina s'étendit de tout son long.

— Vous savez ce que je devrais faire maintenant, normalement ?

— Aucune idée.

D'un geste indolent, Celina consulta sa montre.

— Eh oui… À cette heure-ci, je reçois Francine. Je lui accorde une consultation par semaine parce qu'elle m'est sympathique. C'est une femme ravissante, extravagante et riche qui collectionne les maris. Elle souffre même d'une collectionnite aiguë. Elle s'apprête à convoler avec le numéro cinq, malgré mes conseils. Je lui avais déjà recommandé de s'abstenir pour les numéros trois et quatre.

Elle saisit dans sa poche de poitrine ses énormes lunettes qu'elle ajusta sur son nez.

— Pendant toute l'heure que nous passons ensemble, elle pleure et clame qu'elle doit écouter son cœur, que cette fois ce sera différent. Et elle épousera le salaud opportuniste qui la trompera – qui l'a déjà trompée, même si elle refuse d'y croire –, qui la rendra malheureuse, piétinera son orgueil, son estime de soi, et la quittera en emportant un joli paquet d'argent.

Elle secoua la tête.

— Pauvre Francine, si naïve ! Voilà le cas le plus tragique que je m'autorise à traiter, lieutenant Dallas, inspecteur Peabody.

— Comment savez-vous, quand vous recevez un client, qu'il n'y aura pas de tragédie ? demanda Eve.

— Savoir, c'est mon boulot, répondit Celina en souriant. Et si quelque chose m'échappe, que je découvre plus tard, je fais ce que je peux et ensuite je me mets sur la touche. La souffrance ne me paraît pas une vertu, surtout si c'est moi qui souffre. Je ne comprends pas pourquoi les gens s'obstinent à la provoquer ou à l'endurer. Je suis une créature superficielle, dit-elle en s'étirant tel un chat au soleil. J'en étais très satisfaite, jusqu'à cette histoire.

Pour l'aider à se lever, Peabody lui tendit la main. Celina l'examina, esquissa un sourire malicieux.

— Vous me permettez de jeter un petit coup d'œil ? Je ne gratterai pas sous la surface, je ne déterrerai pas vos secrets. Mais vous m'intéressez, toutes les deux.

Peabody opina, s'essuya les paumes sur son pantalon. Celina lui saisit la main et, quand elle fut debout, ne la lâcha pas.

— Vous êtes une femme fiable, solide et loyale dans tous les domaines. Vous êtes fière de votre insigne et de votre métier. Attention, dit Celina en lâchant Peabody, vous êtes un livre ouvert. Je n'avais pas l'intention de m'immiscer dans votre intimité. N'empêche... il est mignon.

Peabody s'empourpra.

— Nous... euh... on va bientôt vivre ensemble.

— Félicitations. L'amour, n'est-ce pas merveilleux ? rétorqua le médium en se tournant vers Eve avec une mine qui signifiait : « À vous, maintenant. »

— Non, grommela Eve.

Celina éclata de rire et enfonça ses mains dans les poches de son pantalon.

— Un de ces jours, je vous le prédis, vous me ferez suffisamment confiance. Merci, inspecteur, vous m'avez lavé l'esprit. J'ai envie de marcher un peu, pour calmer ma migraine. Je rentrerai chez moi en taxi.

Elle fit quelques pas, s'écartant du chemin qu'elles avaient emprunté. Soudain, elle s'arrêta et se retourna. Toute trace de gaieté s'était effacée de son visage.

— Ça ne tardera pas. La prochaine victime. Je ne peux pas vous expliquer ni pourquoi ni comment, mais j'en ai la certitude. C'est pour bientôt.

Eve la regarda s'en aller. Médium ou pas, Celina avait malheureusement raison.

7

— Elle est vraiment passionnante, commenta Peabody.

Silence. Elles traversèrent le parc par l'ouest puis bifurquèrent vers le sud pour regagner le Central.

— Vous n'êtes pas de mon avis ? reprit Peabody.

— Elle n'est pas trop assommante. Je vais vous poser une question : qu'est-ce qu'on a obtenu, au juste ?

— D'accord... pas grand-chose qu'on ne savait ou soupçonnait déjà.

Peabody se tortilla sur son siège, en proie à une envie pressante. Elle n'aurait pas dû boire du thé. Eve ne daignerait pas s'arrêter devant un restaurant, où l'insigne était un laissez-passer pour les toilettes. Elle croisa les jambes et s'efforça de ne plus y penser.

— C'est quand même intéressant de consulter un médium doué. Or Celina est indiscutablement douée. Elle a dit que je suis solide et loyale, je vous signale.

— Les qualités d'un schnauzer.

— Je préfère le cocker, avec ses adorables oreilles qui claquent au vent, riposta Peabody.

Elle décroisa, recroisa les jambes.

— En tout cas, je suis sûre que Celina trouvera quelque chose. Maintenant qu'elle est impliquée, elle ira jusqu'au bout.

Eve jeta un coup d'œil dans le rétroviseur, alertée par le mugissement d'une sirène. Un véhicule de secours d'urgence. Elle se gara aussitôt le long du trottoir. Le piège à rats qu'on lui avait refilé tremblota comme de la gélatine dans le sillage du fourgon qui les dépassa en un éclair.

— Dès qu'on est au Central, vous appelez le service des réquisitions. Suppliez, graissez des pattes, menacez, offrez une petite gâterie sexuelle, mais débrouillez-vous pour nous obtenir une bagnole décente d'ici à la fin de la journée.

Peabody serrait tellement les dents qu'elle eut du mal à articuler.

— Si on en vient à la petite gâterie sexuelle, qui de nous deux la prodiguera ?

— Vous, évidemment. Je suis votre supérieur hiérarchique.

— Ce qu'il faut sacrifier pour un insigne d'inspecteur...

— Les clubs de gym.

— Pardon ?

— On va faire la tournée des clubs de gym.

— Si vous voulez la voiture d'ici à la fin de la journée, lieutenant... pour les petites faveurs, ils devront me prendre telle que je suis.

— Peabody, arrêtez de vous contempler le nombril, rétorqua Eve qui slalomait dans la circulation. Revenons à notre enquête. Si notre homme travaille en solo – or rien ne permet de supposer qu'il ait un ou plusieurs complices –, c'est un sacré colosse. Un hercule capable de traîner soixante-cinq kilos entre la scène de crime et l'endroit où il a abandonné sa victime, de descendre avec son fardeau jusqu'en bas des rochers. Ce genre de type s'entraîne régulièrement et sérieusement.

— Il pourrait avoir son propre équipement.

— On creusera aussi cette hypothèse. Si on s'appuie sur ce que nous a raconté la reine des extralucides, il est très fier de son corps. Donc, il l'exhibe. Il montre ce qu'il sait faire.

— Dans un club de gym.

— Eh oui.

— Dallas, vous avez une idée du nombre de clubs de gym, dans notre bonne ville ?

— On commence par ceux dont la clientèle est exclusivement masculine. Notre tueur n'aime pas les femmes. Rayez de la liste les centres où les filles sautillent dans leur body, boivent des jus de légumes et grignotent une barre de céréales avant le massage. Oubliez ceux qui comportent un spa et un salon d'esthétique. On élimine également les endroits où les hommes font de la gonflette pour décrocher des rancards, et les temples gay de la drague. On se borne aux clubs traditionnels où se retrouvent les adeptes du body-building, qui ont un cou de taureau et qui transpirent.

— Oooh... Des gars au cou de taureau, en sueur. Très appétissant.

— Un peu de tenue, Peabody. On quadrillera de nouveau le quartier de la victime. L'assassin l'a épiée, il connaissait ses habitudes. On demandera aux voisins s'ils n'auraient pas remarqué un mastodonte. Quand vous aurez enguirlandé les réquisitions, vous contacterez les Vanderlea. Peut-être se souviennent-ils d'avoir aperçu un type correspondant à ce profil.

— D'accord.

Encore quelques centaines de mètres, songea Peabody, et elle pourrait enfin soulager sa vessie. Elle se tortilla de nouveau.

— On se penchera aussi sur les fournisseurs de matériel pour les particuliers : appareils d'haltérophilie, systèmes virtuels équipés de programmes de body-building intégré. On épluchera les fichiers d'abonnés aux magazines qui... Vous trémousser comme ça ne vous aidera pas. Vous n'auriez pas dû boire autant de thé.

— Vous êtes trop aimable de me le signaler maintenant, rétorqua Peabody d'un ton amer. Et je me trémousse parce que ça me permet de tenir. Merci petit

Jésus, soupira-t-elle tandis qu'Eve pénétrait dans le parking du Central.

Elle bondit hors de la voiture et s'élança vers l'ascenseur comme si sa vie en dépendait.

Dans son bureau, Eve constata qu'elle avait plusieurs messages. Elle les écouta, en sauvegarda certains, en effaça d'autres, tout en élaborant un tableau récapitulatif de l'affaire Elisa Maplewood.

Elle s'interrompit quand apparut sur l'écran le visage de son amie Mavis.

— Coucou, Dallas ! On est de retour, mon agneau chéri et moi. Maui est fantastique – le paradis tropical. Tout était fabuleux. Le concert, les vacances, l'amour sur la plage. Tu sais quoi ? J'ai le ventre qui s'est drôlement arrondi. Là, je suis vraiment enceinte, il faut que je te montre. Je viens te voir dès que possible.

Les visites de Mavis étaient toujours un plaisir. Néanmoins, si elle avait désormais l'allure d'une baleine, Eve ne tenait pas tellement à admirer le spectacle. Pourquoi les futures mères exposaient-elles ainsi leur ventre gonflé ? Il y avait là un mystère qu'Eve ne souhaitait pas élucider.

Elle commandait du café à l'autochef lorsque, sur l'écran, elle découvrit Nadine Furst – la journaliste vedette de Channel 75.

— Dallas ! Vous allez m'opposer vos boniments habituels, mais il faut absolument que je vous parle de l'affaire Maplewood. Si je n'ai pas de vos nouvelles, je débarque au Central. Je vous apporterai un cookie.

Eve réfléchit. Outre l'alléchante perspective de déguster un savoureux biscuit, une courte apparition à l'antenne serait sans doute judicieuse. Un bref entretien en tête à tête, entre femmes. Le profil du tueur indiquait qu'il haïssait et redoutait les femmes. Il ne supporterait pas que deux d'entre elles évoquent son cas en public. Peut-être cela le pousserait-il à commettre une erreur.

Elle déciderait plus tard.

Le mot « cookie » lui avait donné faim. Gardant un œil sur la porte, elle glissa la main derrière l'autochef, sous le rebord où était scotchée une barre chocolatée dont elle se saisit.

Une cachette plutôt lamentable, mais qui avait trompé la vigilance du perfide voleur de friandises qui la persécutait.

Avec un soupir de satisfaction, elle croqua le chocolat, se laissa tomber dans son fauteuil et alluma son ordinateur.

Code d'autorisation et mot de passe inconnus. Accès refusé.

— Qu'est-ce qu'il me raconte, celui-là ? rouspéta-t-elle en abattant le tranchant de sa main sur la machine. Lieutenant Eve Dallas !

Puis elle récita d'une traite le numéro de son insigne et son mot de passe.

L'ordinateur émit un joyeux petit bip suivi d'un long ronflement. L'écran s'éclaira peu à peu, clignota.

— Oh non, ne me fais pas ça ! gémit-elle. D'abord la voiture, maintenant ça. Ne démarre pas comme…

Opération en cours annulée.

— Mais non, espèce de crétin !

Il eut droit à une autre tape. Puis, les dents serrées, elle recommença. Après une série de hoquets électroniques, un bourdonnement régulier retentit.

— Ah, enfin. Bon… Ouvre le dossier Maplewood. 39921-SH.

Ce qui apparut sur l'écran n'était pas un dossier d'enquête. Cela ne concernait pas du tout la police, à moins que les couples nus qui se contorsionnaient – dans des positions impressionnantes et très sportives – ne soient une bande de flics de la brigade des mœurs, infiltrés dans une orgie.

Bienvenue à FantasmCity ! Votre jardin virtuel des plaisirs du sexe. Vous devez être majeur pour vous inscrire.

Votre compte sera débité de dix dollars la minute pendant votre première semaine.

— Bonté divine… Ordinateur, ferme et efface-moi ce truc.

Commande incomplète.

— Ferme ce foutu dossier ! Voilà, bravo… Et maintenant, écoute-moi bien. Je suis le lieutenant Eve Dallas, toi tu n'es qu'une machine et tu m'appartiens. C'est compris ? Je veux le dossier 39921-SH, illico.

Un texte touffu – en italien, apparemment – s'inscrivit sur l'écran, tressauta. Le son qui fusa de la gorge d'Eve ressembla à un beuglement. Elle boxa l'ordinateur, envisagea même d'en arracher les câbles et de le balancer par la fenêtre.

Si seulement elle avait de la chance, un employé de la maintenance passerait par là et recevrait cette vieille carcasse sur le crâne.

Cependant, dans le meilleur des cas, on ne lui remplacerait pas son ordinateur avant la fin du siècle. Elle saisit donc son communicateur, avec l'intention de contacter le service responsable et d'étriller le pauvre bougre qui aurait le malheur de répondre.

— Et à quoi ça te mènera, Dallas ? se demanda-t-elle à voix haute. Ces abrutis n'attendent que ça. Ils sont là-bas à se rouler les pouces et à rigoler jusqu'à ce qu'on disjoncte et qu'on les trucide tous. Résultat : on passe le reste de sa vie à moisir en taule.

Elle cogna de nouveau la machine, juste pour se défouler. Puis, illuminée par une subite inspiration, elle changea de tactique.

— DDE, McNab. Salut, Dallas !

Sur l'écran du communicateur, le petit ami officiel de Peabody souriait d'une oreille à l'autre. Ses cheveux blonds, finement nattés sur les tempes, encadraient son étroit et séduisant visage.

— J'allais vous envoyer mon rapport, dit-il.

— Ne vous fatiguez pas, mon ordinateur déraille. Il me rend dingue, McNab. Vous voulez bien regarder ce qu'il a dans le ventre ? Vous me feriez une faveur.

— Vous avez prévenu la maintenance ?

Comme elle grognait, il pouffa de rire.

— On oublie. Dans un quart d'heure environ, je vous consacre une trentaine de minutes.

— Bien.

— À moins que vous exigiez officiellement que je vous fasse mon rapport immédiatement, dans votre bureau, avec copie sur disquette et tirage papier.

— Considérez alors que c'est un ordre.

— Les secours débarquent !

— Pardon ?

Il avait déjà coupé la communication.

Contrariée, Eve essaya de transférer les données dont elle avait besoin du poste fixe à son ordinateur de poche. Elle n'était pas une mordue d'informatique, cependant elle n'était pas stupide, nom d'un chien ! Elle maîtrisait les manœuvres de base.

Elle s'arrachait les cheveux lorsque McNab fit son entrée, vêtu d'une chemise violette agrémentée d'une patte de boutonnage verte qui descendait jusqu'à un large pantalon vert à rayures violettes. Ces deux couleurs – vert et violet – se retrouvaient sur ses pieds, chaussés de baskets à carreaux, ainsi qu'à ses oreilles où tintaient des anneaux d'argent ornés de perles.

— Le magicien de la DDE à la rescousse ! clama-t-il. Quel est le problème ?

— Si je le savais, je l'aurais résolu toute seule.

Il posa une petite boîte à outils argentée sur le bureau et s'affala dans le fauteuil.

— Wouah, du chocolat ! s'extasia-t-il en souriant de plus belle, les yeux écarquillés.

— Merde. Euh... servez-vous, marmonna-t-elle à contrecœur. Considérez ça comme un acompte.

— Ça décoiffe ! bredouilla-t-il en mastiquant la barre chocolatée.

— Pardon ?

— Je veux dire… délicieux ! Bon, allons-y. Je lance la bête pour établir un diagnostic standard.

Il énonça plusieurs ordres – du chinois, pour Eve. Une ribambelle de codes, de symboles et de formes bizarroïdes s'inscrivit sur l'écran. La voix électronique de la machine se muait en croassement asthmatique.

— Regardez ! s'exclama Eve, penchée par-dessus l'épaule de McNab. Ça n'est pas normal, hein ?

— Hum… laissez-moi juste…

— C'est du sabotage, non ?

— Vous pensiez qu'on risquait de vous saboter votre matériel ?

— On n'y pense jamais avant. Sinon, ce ne serait pas du sabotage.

— Logique. Il me faudra un petit moment pour arranger ça. Si vous faisiez une pause ?

— Vous me demandez de quitter mon bureau ?

— Lieutenant… répondit-il d'un air affligé.

— D'accord, d'accord. Je serai dans la grande salle.

Elle l'entendit pousser un long soupir de soulagement quand elle sortit dans le couloir. Pointant le menton, elle se dirigea à grands pas vers le bureau de Peabody.

— Des soucis avec l'informatique, à ce qu'il paraît ? questionna celle-ci. McNab s'est arrêté ici avant d'aller chez vous.

— On a saboté mon ordinateur.

— Qui ça ?

— Si je le savais, je l'étriperais, répondit Eve d'un air féroce.

— Ah… Euh, j'ai eu Deann Vanderlea. On a retrouvé le toutou.

— Que… le chien ?

— Oui, Mignon. Il était presque à l'autre bout du parc, un couple de joggeurs l'a remarqué. Ils ont vérifié son collier d'identification et ils l'ont ramené à ses maîtres.

— Il était blessé ?

— Seulement terrorisé. L'avoir récupéré les consolera un peu. À part ça, Deann Vanderlea, son époux et la victime fréquentaient le centre Fitness et Beauté. Pas vraiment le genre d'endroit que nous recherchons et où l'assassin exhiberait ses muscles.

— C'est bien d'avoir vérifié.

— Elle ne se souvient pas d'avoir vu un colosse dans le quartier ou ailleurs. Elle va quand même poser la question à son mari, à quelques voisins, au portier.

— On recontrôlera, de toute façon.

— Quant au père, on n'a plus qu'à le rayer de notre liste. Il est à deux mille kilomètres – un alibi solide – et il n'a pas du tout la morphologie du tueur.

— On aurait eu trop de chance. À propos, vous avez du nouveau pour ma voiture ?

— Je suis sur une piste, donnez-moi un petit moment.

— Tout le monde veut « un petit moment », aujourd'hui. On lance une recherche sur les clubs de sport, ceux de Manhattan, pour commencer.

L'ordinateur obéissait sans renâcler aux ordres de Peabody, ce qui exaspéra Eve.

— Comment ça se fait que, dans cette division, les inspecteurs et les flics en uniforme aient un meilleur équipement que moi ? Je suis pourtant la patronne, non ?

— Figurez-vous qu'il existe une théorie selon laquelle certaines personnes ont, par rapport à la technologie, une sorte de...

Peabody ravala de justesse le terme « inaptitude ». Elle tenait à rester entière.

— ... c'est comme si elles étaient porteuses d'un genre de virus qui affecte les machines qu'elles touchent.

— Foutaises. L'équipement que j'ai à la maison ne me pose aucun problème.

Peabody battit aussitôt en retraite.

— Ce n'est qu'une théorie. Vous êtes obligée de planquer ici pendant que l'ordinateur travaille ?

— Il faut bien que je me mette quelque part.

Écœurée et désœuvrée, Eve quitta sa coéquipière. Elle allait s'offrir un tube de Pepsi, voilà. Une boisson fraîche la calmerait, ensuite elle retournerait embêter McNab.

Elle souhaitait simplement être dans son bureau et travailler. Était-ce trop exiger ?

Elle s'arrêta devant un distributeur automatique, lui décocha un regard plein de rancœur. Ce fichu engin l'éclabousserait probablement de Pepsi ou lui cracherait une mixture diététique, par pure malveillance.

— Hé, vous ! fit-elle à un policier qui passait, tout en extirpant de la monnaie de sa poche. Prenez-moi un tube de Pepsi.

— Euh... oui, lieutenant.

Il introduisit les pièces. Le distributeur annonça d'une voix polie et enjouée les ingrédients qui composaient le breuvage sélectionné. Puis le tube atterrit sans bruit sur la grille.

— Voilà, lieutenant.

— Merci.

Satisfaite, Eve sirota sa boisson tout en retournant dans la salle commune. Désormais, elle procéderait de cette manière. Chaque fois que ce serait possible, elle laisserait les autres se débrouiller avec ces maudites machines. Après tout, un chef était censé déléguer.

— Lieutenant ! appela McNab.

Bien que résolue à ne pas regarder, elle le vit plisser les lèvres et envoyer un baiser à Peabody.

— Pas de minauderies à la Criminelle, inspecteur. Mon ordinateur est réparé ?

— J'ai une bonne et une mauvaise nouvelle. On commence par la mauvaise ?

D'un signe de la tête, il l'invita à le suivre. Tous deux regagnèrent le bureau d'Eve.

— Donc, la mauvaise nouvelle. Votre bécane ne vaut plus un clou.

— Elle fonctionnait très bien, avant.

— Pour faire simple, disons qu'elle a quelques problèmes intestinaux. Elle a des boyaux conçus pour durer un certain nombre d'heures, ensuite ils se détraquent.

— Pourquoi on s'amuserait à construire des appareils destinés à se détraquer ?

— Pour en vendre des neufs, peut-être ?

Comme elle semblait avoir besoin de réconfort, il se risqua à lui tapoter l'épaule.

— Je suppose que, la plupart du temps, l'administration et le service des réquisitions achètent du matériel bon marché.

— Les salauds...

— Eh oui... Néanmoins, n'oublions pas la bonne nouvelle : je vous l'ai réparé, votre ordinateur. J'ai changé plusieurs pièces. Vu la manière dont vous l'utilisez, votre machine ne durera pas plus d'une semaine. Si vous voulez, je vous dégoterai ce qu'il faut. J'ai des relations. Je peux vous la reconstruire. D'ici là, si vous évitez de la brutaliser, elle devrait tenir.

— Merci. J'apprécie votre efficacité.

— De rien, je suis un génie. À demain soir, n'est-ce pas ?

— Demain soir ?

— Le dîner. Chez Louise et Charles.

— Oh, oui ! Et n'oubliez pas : pas de simagrées sur votre lieu de travail ! lui lança-t-elle tandis qu'il franchissait le seuil.

Elle prit place dans son fauteuil et termina son Pepsi, les yeux rivés sur l'ordinateur. Surtout, qu'il ne s'avise pas de lui donner du fil à retordre ! Puisque Peabody épluchait les clubs de sport de Manhattan, Eve décida de s'attaquer à ceux du Bronx.

Son PC réagit comme si aucun incident fâcheux n'était survenu entre elle et lui. Elle reprit suffisamment de confiance pour lui tourner le dos et examiner son tableau.

— Où t'a-t-il repérée, Elisa ? Il t'a vue, et quelque chose en toi a provoqué un déclic dans son cerveau malade. Du coup, il t'a observée, analysée, attendue.

Une domestique. Mère célibataire. Divorcée, un ex-mari violent. Elle avait un hobby : les ouvrages de dames.

Inutile de se replonger dans le dossier d'Elisa Maplewood pour se remémorer les détails. La trentaine, pas très grande, plutôt mince. Les cheveux longs, châtain clair. Séduisante.

Née à New York, issue d'un milieu modeste, elle avait reçu une éducation classique. Elle aimait les vêtements élégants et simples, ni à la pointe de la mode ni trop sexy. Pas de petit ami, pas d'histoire d'amour. Une vie sociale limitée.

Où t'a-t-il repérée ?

Le parc ? Tu y emmènes les enfants, tu promènes le chien. Les boutiques ? Tu achètes tes fournitures, tu fais du shopping.

Elle saisit le rapport que McNab avait tiré sur papier. La victime avait appelé ses parents, contacté Deann sur son portable, joint Luther à son bureau, ainsi que le magasin de fournitures sur la Troisième Avenue au sujet d'une commande.

Les appels qu'elle avait reçus étaient du même ordre. Sur le Net, elle consultait essentiellement des sites consacrés aux enfants, à la décoration, et aux salons de chat. Elle avait téléchargé des magazines sur les mêmes thèmes, ainsi que quelques romans – des best-sellers.

L'examen des ordinateurs des Vanderlea n'avait rien donné.

Se pencher sur les forums de discussion serait peut-être fructueux – même si Eve n'imaginait guère l'assassin, ce colosse, en train de tricoter. En outre, Elisa lui paraissait trop sensée et intelligente pour faire des confidences à des inconnus. Il ne l'avait pas débusquée sur le Net grâce à des conversations sur le patchwork.

« Il a déjà fait ça », avait dit Celina. Eve devait admettre qu'elle partageait cette opinion.

Ce qu'il avait infligé à Elisa avait été programmé et exécuté avec minutie, dans des conditions hasardeuses. Il s'était montré rapide, efficace. Cela signifiait qu'il s'était exercé auparavant.

Avait-il procédé de la même manière, peaufiné sa méthode ? Peut-être était-il l'auteur d'un ou plusieurs meurtres similaires.

L'orgueil. Celina avait évoqué son orgueil. Eve répugnait à s'appuyer ainsi sur l'opinion d'un médium, mais une fois de plus elle devait s'incliner. La pose qu'il avait choisie pour sa victime révélait de la vanité, de l'arrogance.

Regardez ce que j'ai fait, ce dont je suis capable. Dans ce parc, au cœur de la ville où résident les riches et les privilégiés.

Oui, il était fier de son œuvre. Or comment réagissait un homme dans son genre lorsqu'il n'était pas entièrement satisfait de son travail ?

Il enterrait ses erreurs.

Eve en eut une bouffée d'adrénaline qui lui fouetta le sang. Elle tenait la bonne piste. Elle le sentait.

Elle sauvegarda et classa les résultats de sa recherche initiale et se concentra sur le fichier des personnes disparues.

Elle commença par les douze derniers mois, dans le périmètre de Manhattan, et limita sa recherche aux femmes correspondant à la description d'Elisa.

— Dallas…

— Attendez, grommela Eve en interrompant Peabody d'un geste.

Il était obligé de s'exercer. Ce type modèle son corps, entretient ses muscles, sa forme physique. Ça exige de la discipline, de l'entraînement. Il vit, il existe jour après jour, en contenant sa rage. Là aussi, il faut de la discipline et une volonté de fer. Mais, à un moment, on évacue, on se lâche. On tue. Et on s'exerce pour atteindre la perfection.

Recherche terminée. Deux individus correspondant aux paramètres donnés. Affichage du premier cliché.

— Qu'est-ce que c'est que ça ? questionna Peabody.

— Ses travaux pratiques. Regardez-la. Même type physique que Maplewood, même tranche d'âge, même corpulence.

Peabody se pencha par-dessus l'épaule d'Eve.

— Oui, elles ont des points communs.

— Ordinateur, affiche le deuxième cliché dans la même fenêtre, et les dates.

En cours...

— Chapeau, McNab, commenta Eve entre ses dents.

— Elles n'ont pas l'air de deux sœurs, commenta Peabody. Des cousines, peut-être...

— Marjorie Kates, lut Eve. Trente-deux ans, célibataire, sans enfants, domiciliée au centre-ville, gérante de restaurant. Son fiancé a signalé sa disparition le 2 avril de cette année. Elle n'est pas rentrée du travail. Lansing et Jones se sont chargés de l'affaire. L'autre s'appelle Breen Merriweather. Trente ans, divorcée, un fils de cinq ans, réside dans l'Upper East Side. Employée comme technicienne de plateau à Channel 75. La nounou a signalé sa disparition le 10 juin. Elle non plus n'est pas rentrée chez elle après le boulot. Affaire suivie par Polinski et Silk. Il me faut les rapports, Peabody, et je veux parler à ces inspecteurs.

— Je m'en occupe.

Trois trottoirs roulants et un ascenseur les conduisirent jusqu'à Lansing et Jones, qui officiaient hors de l'enceinte du Central.

Ils étaient assis à leur bureau, face à face.

— Inspecteurs Lansing et Jones ? Lieutenant Dallas, inspecteur Peabody. Merci de nous accorder un peu de votre temps.

— Lansing, dit le roux, un quinquagénaire bâti comme un taureau. C'est un plaisir, lieutenant. Alors comme ça, vous pensez qu'un de vos dossiers est lié à un des nôtres ?

— Je veux le vérifier.

— Jones, dit l'inspectrice, une petite femme noire d'une trentaine d'années, en échangeant une poignée de main avec les visiteuses. C'est le fiancé, Royce Cabel, qui nous a prévenus. Elle n'avait disparu que la veille, mais il était complètement chamboulé.

— Elle a été vue pour la dernière fois lorsqu'elle a quitté le restaurant – Appetito dans la 58ᵉ Rue Est – à la fermeture, vers minuit. Le 1ᵉʳ avril.

— Elle habitait à trois blocs et faisait toujours le trajet à pied. Elle doit rentrer vers minuit et demi, son jules l'attend tranquillement. Il s'endort. Quand il se réveille à deux heures du matin, elle n'est pas là. Il s'affole, téléphone à toutes leurs connaissances. Le lendemain à l'aube, il débarque ici.

— Elle disparaît trois semaines avant le mariage, enchaîna Lansing. Du coup, on regarde de plus près. Peut-être qu'elle a changé d'avis et pris la fuite. Ou peut-être qu'ils se sont violemment disputés. Il l'a tuée et, pour se couvrir, il s'est dépêché d'avertir la police.

— Mais ça ne tient pas debout. On vous remettra les copies des rapports, de nos notes, les dépositions des témoins. Vous constaterez que tous ceux que nous avons interrogés ont affirmé que Kates était plongée dans les préparatifs du mariage. Elle vivait avec Cabel depuis dix-huit mois. On n'a rien sur lui qui indique un tempérament violent.

— Il s'est soumis au détecteur de mensonge. Il n'a même pas sourcillé quand on le lui a suggéré.

— Elle est morte, dit Jones. J'en ai l'intime conviction, lieutenant.

— Et on n'a eu aucun élément nouveau, jusqu'à votre appel.

— Je ne suis pas sûre de tenir une vraie piste, objecta Eve. Ça vous ennuie si j'interroge certaines personnes de votre liste ?

— Pas du tout, répondit Lansing. Vous ne voulez pas nous donner au moins un indice à nous mettre sous la dent ?

— Nous sommes sur l'homicide de Central Park – viol et mutilation. Notre victime a le même type physique que votre disparue. Je pars du principe que l'assassin se serait déjà fait la main.

— Eh ben, merde, souffla Jones.

— Avant d'aller chez Royce Cabel, on pourrait rendre une petite visite à Polinski et Silk. C'est sur notre chemin.

— Et les clubs de gym bourrés de bonshommes au cou de taureau et dégoulinants de sueur ?

— Plus tard.

Pour gagner du temps, elles se faufilèrent dans un ascenseur bondé qui les mena au parking.

— Je veux accorder une interview à Nadine.

— Parce qu'une des disparues travaillait à Channel 75 ?

— Pas seulement. J'ai le sentiment que voir trois femmes le disséquer à l'antenne, apprendre que deux d'entre elles enquêtent sur lui, pourrait bien filer de l'urticaire à notre mastodonte.

— Futé...

— Il faudrait que cet entretien ait lieu en fin de journée.

— Au Central ?

— Non, à Central Park.

L'ascenseur s'arrêta enfin, Eve se rua hors de la cabine.

— Hé ! fit Peabody en l'attrapant par le bras. J'ai quelque chose à vous dire.

— Grouillez-vous.

— Avant tout, je vous annonce que, dans un instant, vous serez submergée par une irrésistible envie de m'embrasser sur la bouche. D'ailleurs, je n'en attends pas moins de vous.

— Quelle mouche vous pique, Peabody ?

— Fermez les yeux.

— Auriez-vous perdu la tête ? rétorqua Eve avec un calme olympien.

Peabody fit la moue.

— Oh, vous êtes pas marrante.

Elle se dirigea vers l'emplacement réservé au véhicule d'Eve et, ouvrant grands les bras, claironna :

— Et voilà !

— Qu'est-ce que c'est que ça ?

— Votre carrosse de rechange.

Eve en avait les yeux exorbités. Un spectacle rarissime qui incita Peabody à exécuter une petite danse.

Sur la pointe des pieds, Eve fit le tour de la berline bleu marine, qui luisait comme un joyau dans la lumière crue du parking. La merveille était équipée de larges pneus flambant neufs, de vitres et de chromes étincelants.

— Ce n'est pas ma voiture.

— Si, si.

— C'est ma voiture, ça ?

— Ouais, répondit Peabody qui hochait la tête comme un pantin.

— Vous rigolez, dit Eve en lui assenant une claque sur l'épaule. Comment vous avez dégoté cet engin ?

— Avec un peu de baratin, un poil d'exagération, et l'aide d'un magicien de l'informatique qui a l'étoffe d'un pirate.

— Vous vous êtes procuré ce véhicule par des moyens amoraux et illégaux ?

— Tout est parfaitement légal.

Les poings sur les hanches, Eve dévisagea sa coéquipière.

— C'est pour moi un moment glorieux. Absolument glorieux.

— J'ai droit à mon baiser sur la bouche ?

— Je n'irai quand même pas jusque-là.

— Alors, un bisou sur la joue ?

— Montez dans cette voiture.

— À vos ordres, lieutenant, rétorqua Peabody en s'installant sur le siège du passager. Au fait, je ne vous ai pas dit le plus beau. Ils ont même fait le plein !

— Oh ! la !

Le sourire aux lèvres, Eve s'assit au volant. Au moins elle n'aurait plus l'impression d'avoir les fesses sur un rocher cahotant.

— Bon, voyons un peu ce qu'elle a dans le ventre…

8

Non seulement la voiture démarrait au quart de tour, mais elle *roulait*. Eve pouvait de nouveau décoller à la verticale pour redescendre illico, se couler dans la circulation au lieu de s'échiner à s'y frayer un chemin.

Une voix électronique, qui l'appela respectueusement « lieutenant Dallas », annonça que la température extérieure était de vingt-six degrés, avec un léger vent de sud. Puis elle proposa d'établir l'itinéraire le plus direct jusqu'à leur destination.

Un miracle.

— Vous l'aimez, cette voiture, dit Peabody qui souriait d'un air suffisant.

— Il ne s'agit pas d'amour. J'apprécie les machines efficaces, qui me sont utiles au lieu de me mettre des bâtons dans les roues.

Elle contourna un maxibus qui se traînait, se faufila à travers une masse compacte de taxis Rapid et, juste pour le plaisir, exécuta une manœuvre verticale qui les propulsa vers l'est.

— *J'adore* cette voiture !

— Je le savais, jubila Peabody.

— S'ils essaient de me l'enlever, je me battrai jusqu'à la mort.

Durant tout le trajet, Eve afficha un sourire béat.

Polinski étant sorti prendre sa pause, elle eut affaire à Silk, un homme trapu qui mâchonnait des chips allégées.

La disparition de Breen Merriweather avait été signalée le 10 juin par sa voisine, assistante maternelle. Elle avait quitté les studios de télévision aux environs de minuit et s'était évaporée sans laisser de traces.

Pas de relation amoureuse sérieuse, aucun ennemi connu. Elle était en bonne santé, avait un moral d'acier, et se réjouissait des vacances qui approchaient – elle avait prévu d'emmener son fils à Disneyworld.

Eve prit une copie des dossiers et des notes.

— Contactez Nadine, ordonna-t-elle à Peabody. L'interview aura le château pour cadre. Dans une heure.

Elles se rendirent ensuite au domicile de Royce Cabel. Il leur ouvrit avant qu'elles n'aient frappé à la porte. Son regard reflétait à la fois l'espoir et la crainte.

— Vous avez du nouveau sur Marjie.

— Monsieur Cabel, comme je vous l'ai déjà expliqué, nous reprenons l'enquête. Je suis le lieutenant Dallas et voici ma coéquipière, l'inspecteur Peabody. Pouvons-nous entrer ?

— Bien sûr, répliqua-t-il en fourrageant dans ses longs cheveux bruns ondulés. Je... j'ai préféré vous recevoir ici plutôt qu'au travail. Je pensais que vous aviez trouvé quelque chose, que vous l'aviez trouvée, elle. Je voulais que vous me l'annonciez face à face.

Il regarda autour de lui, sans rien voir, hocha la tête.

— Excusez-moi. On devrait s'asseoir. Je... Les inspecteurs Lansing et Jones travaillent toujours sur l'affaire ?

— Oui... De notre côté, nous explorons une autre piste. Racontez-nous ce que vous savez, ça nous sera utile.

Il prit place sur un divan vert bouteille où s'entassaient de superbes coussins. L'appartement, aux murs peints en doré mat, avait aux yeux d'Eve un caractère féminin – coussins, élégants jetés satinés, taches de rouge et de bleu sombre semées çà et là.

— J'ai l'impression de ne rien savoir, déclara-t-il après un long silence. Elle travaillait la nuit. Ça devait changer en juin, elle allait prendre un poste en journée pour que nous ayons le même rythme.

— Combien de temps a-t-elle travaillé de nuit ?

— Environ huit mois, répondit-il en se frottant les mains sur les cuisses, mal à l'aise. Ça allait. Elle aimait son job, et le restaurant n'était qu'à deux cents mètres. J'y dînais au moins une fois par semaine. Ses jours de repos lui laissaient le temps de s'occuper du mariage. Elle se chargeait de tout elle-même. Marjie adore tout organiser.

— Aviez-vous des problèmes ?

— Non. Enfin... comme n'importe qui, évidemment, mais nous étions dans une période faste. On se mariait. On parlait de fonder une famille.

Sa voix s'érailla. Il toussota, fixa le mur sans ciller.

— A-t-elle fait allusion à un homme qui serait venu au restaurant, par exemple, et l'aurait importunée ? Ou qui serait passé ici, ou dans le voisinage ?

— Non, les autres inspecteurs m'ont déjà posé la question. Si on avait embêté Marjie, elle me l'aurait dit. On avait toujours plein de choses à se dire. Je ne me couchais jamais avant qu'elle soit là, et on se racontait notre journée. Et puis... elle n'est pas rentrée.

— Monsieur Cabel...

— J'aurais préféré qu'elle s'enfuie, balbutia-t-il, et une note de révolte vibrait maintenant dans sa voix. Qu'elle ait cessé de m'aimer, ou qu'elle soit tombée amoureuse d'un autre, ou simplement qu'elle ait disjoncté. Mais non, ça ne ressemble pas à Marjie. Il lui est arrivé malheur. Je ne sais pas ce que je vais devenir.

— Monsieur Cabel... êtes-vous abonné, vous ou Marjie, à un club de sport ou de fitness ?

— Hein ? Euh... oui, comme tout le monde. On essaie d'y aller deux à trois fois par semaine. Le dimanche, en tout cas, puisque c'est notre jour de repos. On y reste environ deux heures et on prend notre brunch au bar diététique.

— Ils sont vraiment magnifiques, intervint soudain Peabody qui contemplait l'un des coussins du canapé. Ils semblent faits à la main.

— C'est Marjie qui les a confectionnés, répondit-il. Elle disait qu'elle était une accro des ouvrages.

Bingo, pensa Eve.

— Sauriez-vous où elle achetait ses fournitures ? interrogea-t-elle.

— Ses fournitures ? Je ne comprends pas.

— Il se pourrait que ce soit un détail important, insista doucement Peabody.

Il s'arracha un sourire.

— Ça, c'était son domaine réservé. Elle m'avait quelquefois traîné dans ce genre de boutiques, mais elle me reprochait de l'obliger à se dépêcher, parce que, visiblement, je m'ennuyais. Elle s'est aménagé son petit atelier dans la chambre d'ami. Vous y trouverez peut-être d'où proviennent les fournitures.

— Vous nous permettez de vérifier ? demanda Eve en se levant.

— Bien sûr, c'est par ici.

Il les conduisit dans une pièce exiguë, remplie de tissus, de bobines de fil, de rubans, de franges et de babioles diverses dont Eve n'imaginait même pas l'existence. Tout semblait méticuleusement rangé. Il y avait aussi deux petites machines et une miniconsole de communication.

— On peut la brancher ?

— Attendez… Voilà, allez-y.

— Peabody, ordonna Eve, désignant le mini-ordinateur.

— Elle pouvait tout faire, poursuivit Cabel qui déambulait dans la pièce. Le quilt sur le lit, tous les objets d'artisanat qu'on a dans l'appartement. Figurez-vous que le canapé du salon, elle l'a récupéré dans la rue.

Elle l'a traîné jusqu'ici, l'a réparé et retapissé. Un jour elle fera de la décoration d'intérieur ou bien créera un centre d'apprentissage aux métiers d'art, ou quelque chose dans ce style.

— Lieutenant ? Il y a là des transactions avec *Les Mains d'or*. Une le 27 février, une autre le 14 mars. *Total Crafts*.

Eve opina, continuant à fureter dans les corbeilles, les boîtes peintes. Elle en extirpa trois bobines de cordonnet. Bleu marine, doré et rouge.

— Il écume ces boutiques de fournitures, marmonna Eve. Pourquoi un type comme lui rôde-t-il dans ces endroits-là ?

— Il les a peut-être repérées ailleurs et les a suivies.

— Non. Deux femmes ont le même hobby, et c'est leur seul point commun. L'une a été assassinée, l'autre est disparue et présumée morte. Je vous garantis que, quand on aura terminé avec Nadine et qu'on interrogera la nourrice de Breen Merriweather, on apprendra que celle-là aussi faisait des ouvrages, qu'elle a acheté des fournitures aux *Mains d'or* ou un autre magasin fréquenté par Maplewood ou Kates. Il les y a vues, elles correspondaient à ses critères. Il les a épiées, traquées.

Eve marchait à grands pas dans Central Park, les yeux rivés sur le château.

— Il attend son heure, et il leur tombe dessus. S'il est derrière l'affaire Kates, il devait avoir un véhicule. Sur le trajet entre le restaurant et l'appartement, il n'aurait pas pu la violer, la tuer, la mutiler, et ensuite planquer le corps. Il l'a forcément kidnappée et emmenée quelque part.

— Si nous avons raison en ce qui concerne Kates, il a changé de méthode pour Maplewood.

— Non, il l'a perfectionnée... Kates était un coup d'essai. Il y en a peut-être eu d'autres avant. Des SDF, des fugueuses, des camées... Quelqu'un dont on n'aurait pas déclaré la disparition. Lorsqu'il a tué Elisa Maplewood, sa technique était parfaitement au point. Ça lui a peut-être pris des années.

— Charmant...

— Elles représentent pour lui un archétype : une mère, une sœur, une maîtresse, une femme qui l'a rejeté, bafoué. Une figure féminine dominante.

Pourquoi, songea Eve, l'âme tortueuse d'un meurtrier s'enracinait-elle si souvent dans le terreau maternel ? Porter un enfant, le mettre au monde allait-il de pair avec le pouvoir d'éduquer, de soigner – ou de détruire ?

— Quand on le coincera, poursuivit-elle, il s'avérera que cette femme – l'archétype – lui flanquait des coups ou lui a brisé son petit cœur, ce qui l'a rendu vulnérable et impuissant. Les avocats de la défense s'empresseront de clamer : il a été traumatisé, ce pauvre malade. Il n'est pas responsable de ses actes. Tout ça, ce sont des conneries. Parce que si Elisa Maplewood a été étranglée, il est le seul coupable. Le seul et unique coupable.

Peabody se taisait, attendant qu'Eve ait terminé sa diatribe.

— Le sermon est fini ?

— Oui... Bon... où est Nadine ? Si elle ne se pointe pas dans cinq minutes, on annule. Il nous faut creuser la piste Merriweather.

— Nous sommes un peu en avance.

— Hum...

Eve s'assit sur l'herbe, les genoux sous le menton, et observa le château.

— Vous vous promeniez dans les parcs, quand vous étiez gosse ?

Soulagée que l'orage soit passé, Peabody s'assit à son tour par terre.

— Bien sûr. C'est le b.a.-ba de la philosophie Free Age. Je suis une vraie fille de la nature. Et vous ?

— Non. Je n'ai fait que deux ou trois séjours dans une prétendue colonie de vacances dirigée par des fonctionnaires sadiques. Alors la nature, non merci. Mais Central Park, je ne déteste pas. Parce que c'est en plein New York.

À cet instant, Eve aperçut Nadine et son cameraman qui approchaient.

— Mais pourquoi elle porte ces talons aiguilles pour crapahuter dans l'herbe ?

— Parce que ses chaussures sont drôlement chics, et que ça lui fait des jambes sublimes.

De toute façon, songea Eve, la journaliste était sublime de sa luxuriante chevelure blonde méchée jusqu'au bout de ses orteils vernis. Elle avait la figure aiguë d'une renarde, le regard vert et scrutateur, le corps svelte aux formes féminines joliment mises en valeur par un tailleur rouge vif. Elle était intelligente, rusée, un rien cynique.

Pour des raisons qu'aucune des deux ne comprenait vraiment, Eve et elle étaient devenues amies.

— Dallas, Peabody. Vous m'avez l'air d'humeur bucolique. Tenez, installez-vous là, je veux le château en arrière-plan. Si vous avez du sensationnel, on passe directement à l'antenne.

— Non. On va essayer de faire bref, pour ne pas dire lapidaire.

— Va pour le lapidaire, répliqua Nadine en vérifiant son maquillage dans le miroir de son poudrier. Qui commence ?

— Elle, répondit Eve, désignant Peabody du pouce.

— Moi ?

— C'est parti, trancha Nadine.

Elle adressa un signe au cameraman et se détourna pour se décontracter les épaules. Son sourire céda la place à une expression grave, professionnel.

— Ici Nadine Furst. Je suis à Central Park avec le lieutenant Eve Dallas et l'inspecteur Delia Peabody de la brigade criminelle de New York. Derrière nous, vous pouvez voir le château du Belvédère, l'un des monuments les plus étonnants de notre ville et qui a été, récemment, le site d'un terrible meurtre. Elisa Maplewood, mère célibataire d'une enfant de quatre ans, qui travaillait et résidait à proximité du parc, a été sauvagement agressée tout près de l'endroit où nous sommes en ce moment. On l'a violée et assassinée. Inspecteur Peabody, vous êtes l'un des piliers de l'équipe qui enquête sur l'affaire Maplewood. Où en êtes-vous ?

— Nous suivons activement toutes les pistes et nous utilisons toutes les ressources dont nous disposons.

— En tant que femme, inspecteur, vous sentez-vous plus particulièrement touchée par ce crime ?

Ne fiche pas tout en l'air, s'exhorta Peabody.

— Je suis policier et, dans n'importe quelle enquête, il est impératif de garder son objectif. Cependant, comment ne pas éprouver de la compassion et un sentiment de révolte à l'égard d'une victime ? Surtout lorsqu'elle est ainsi atteinte dans sa féminité. Comme le lieutenant Dallas, je veux que l'individu qui a infligé tant de souffrance à Elisa Maplewood, ainsi qu'à sa famille et à ses amis, soit arrêté et puni.

— Vous partagez cette analyse, lieutenant Dallas ?

— Absolument. Une femme est sortie de chez elle pour promener son chien dans le plus beau parc de la ville. On l'a tuée, ce qui est un motif d'indignation amplement suffisant. De surcroît, on l'a assassinée avec une cruauté, une perversion inouïes. En tant que lieutenant de police, en tant que femme, je traquerai ce meurtrier aussi longtemps que ce sera nécessaire, jusqu'à ce qu'il soit livré à la justice.

— Comment a-t-elle été mutilée ?

— À l'heure actuelle, nous ne pouvons pas révéler cet élément.

— Vous ne croyez pas que le public a le droit de connaître la vérité, lieutenant ?

— Je ne crois pas que le public a le droit de tout savoir. De plus, je considère que les médias ont l'obligation d'accepter que la police passe certains points sous silence. Il ne s'agit pas pour nous de priver nos concitoyens de leurs droits, mais simplement d'assurer la bonne marche d'une enquête.

Eve s'interrompit une seconde avant de jeter son pavé dans la mare.

— Nadine, reprit-elle – et la journaliste battit des paupières, car jamais Eve ne l'appelait par son prénom à l'antenne –, le métier que nous exerçons fait de nous, en quelque sorte, des femmes de pouvoir. Quelle que soit l'émotion que nous cause un crime comme celui-ci, qui vise nos congénères, nous devons rester des professionnelles qui accomplissent leur travail. Dans l'affaire d'Elisa Maplewood, ce seront les femmes qui la défendront et veilleront à ce que son assassin reçoive le châtiment qu'il mérite.

Nadine ouvrait la bouche, mais Eve secoua la tête.

— Terminé.

— J'ai d'autres questions.

— Tant pis. Marchons un peu.

— Mais...

Tandis qu'Eve s'éloignait déjà, Nadine soupira :

— J'ai des talons aiguilles, moi !

— Personne ne vous force à vous percher là-dessus.

— Vous avez une arme, moi des chaussures à talons. Chacun sa panoplie, enchaîna Nadine en prenant Eve par le bras pour l'inciter à ralentir l'allure. Dites donc, expliquez-moi un peu à quoi rimait la fin de votre intervention.

— Un message personnel adressé au tueur. Surtout, vous gardez ça pour vous.

— Comment l'a-t-il mutilée ? Motus et bouche cousue, je vous jure. Ne pas savoir me rend dingue.

— Il lui a arraché les yeux.

— Seigneur... Elle était déjà morte ?

— Oui.

— Dieu merci ! En résumé, on a un psychopathe en vadrouille et qui a une grosse dent contre les femmes ? Pas seulement contre Maplewood.

— C'est ma théorie.

— Et la raison de cette interview. Trois filles à l'antenne. Très astucieux de votre part.

— Parlez-moi de Merriweather.

— Breen ? s'exclama Nadine. Oh ! mon Dieu… Vous l'avez retrouvée ? Elle est morte ? Est-ce que ce salopard l'a assassinée, elle aussi ?

— Non, elle est toujours portée disparue. Il se peut qu'elle soit encore en vie, mais j'en doute. J'ai l'intuition qu'il y a un lien entre ces affaires. Que savez-vous d'elle ?

— C'était une fille sympathique, bosseuse, et qui adorait son gamin. Bon sang… Il cible les mères célibataires ?

— Je ne pense pas, non.

Nadine s'enveloppa de ses bras et fit quelques pas, pour se ressaisir.

— Nous n'étions pas des amies intimes, d'accord. Disons plutôt des camarades de travail. Je l'aimais bien, j'appréciais son efficacité. Je l'ai croisée le soir de sa disparition. J'ai quitté les studios vers dix-neuf heures. Elle était là jusqu'à minuit, elle s'occupait du flash de vingt-trois heures. Mes informations me viennent de tiers, mais elles sont solides.

Nadine pivota.

— Elle a pointé à la fin de son service. Normalement, elle aurait dû prendre le métro pour rentrer chez elle – ce n'est pas très loin de Channel 75. Un gars l'a vue sortir de l'immeuble et lui a crié bonne nuit. Elle lui a fait un signe de la main. Il est la dernière personne de la chaîne à l'avoir aperçue. Il a déclaré qu'elle se dirigeait vers la station de métro.

— Elle faisait des ouvrages ?

— Pardon ?

— Vous savez très bien ce que je veux dire.

Sur le visage de Nadine, le chagrin céda la place à un vif intérêt.

— En fait, oui. Elle se promenait toujours avec un sac à ouvrage, elle avait continuellement un projet en chantier. Elle s'y mettait pendant les pauses. C'est ça, le lien entre les affaires ?

— Apparemment. Connaissez-vous un colosse adepte du body-building ? Vous avez ce genre de personnage à Channel 75 ?

— Nous ne sommes que des troncs et des visages. Ceux qui sont à l'antenne s'entretiennent pour rester en forme, mais le public refuse que des catcheurs lui présentent les infos ou les émissions de divertissement. On a des costauds et quelques obèses parmi les techniciens – seulement, ceux-là ne pratiquent pas le body-building. C'est le profil que vous avez établi ?

— Une simple hypothèse.

— J'exige une interview en règle quand ce sera bouclé. Si Breen est l'une de ses victimes, j'exige une interview exclusive, avec vous et Peabody. Elle faisait partie de Channel 75.

— De toute manière, vous avez invariablement les mêmes exigences.

— En effet, répliqua Nadine sans sourire. Mais là, ça nous concerne directement. Au diable, l'objectivité ! J'en fais une histoire personnelle.

— Je vous comprends.

Pour gagner du temps, Eve demanda à la nourrice engagée par Merriweather de les rejoindre dans l'appartement de la disparue. Eve utilisa son passe pour pénétrer dans un logement, petit mais charmant, qu'imprégnait malheureusement une atmosphère de renfermé.

— Sa famille paye le loyer, expliqua tristement Annalou Harbor, une sexagénaire. Je continue à venir une fois par semaine pour arroser les plantes. J'aère, mais… j'habite à l'étage du dessus.

— Ah…

— Son mari a repris Jesse, le petit garçon. Ce bout de chou me manque. Il est tellement mignon.

Elle montra une photo encadrée où l'on voyait le garçonnet souriant, coiffé d'une casquette de base-ball.

— Jamais Breen ne l'aurait abandonné. Je suis persuadée qu'elle est morte. Et voilà pourquoi vous êtes ici. Vous êtes de la Criminelle. Je vous ai reconnues. Je vous ai vues à la télé.

— Nous n'avons pas de certitude, madame Harbor, mais nous…

— Ne m'embobinez pas, lieutenant Dallas, coupa la nourrice d'un ton ferme, un rien guindé. Je ne suis pas une commère en quête d'émotions fortes et d'horreurs à colporter. J'aimais Breen comme ma fille et, si vous arrêtez de tourner autour du pot, je pourrai éventuellement vous être utile.

Eve opina.

— Nous présumons également qu'elle est morte, madame Harbor, et que sa mort a un lien avec une autre affaire sur laquelle nous enquêtons.

— Le viol et le meurtre de Central Park. Je me tiens au courant, dit-elle en pinçant si fortement ses lèvres qu'elles en devinrent blanches. Qu'attendez-vous de moi ?

— Où Mme Merriweather rangeait-elle les fournitures pour ses ouvrages ?

— Ici.

Elle les guida vers une petite pièce équipée de deux tables, de plusieurs meubles de rangement peints à la main et de diverses machines qui devenaient désormais familières à Eve.

— Elle avait aménagé cet endroit pour Jesse et elle. Lui avait ses jouets là-bas, elle rangeait ses affaires ici. Breen adorait faire des ouvrages. Pour Noël, elle m'a tricoté un plaid magnifique.

Tandis que Peabody se chargeait de l'ordinateur, Eve inspecta les tiroirs. Il y avait plusieurs sortes de cordonnet.

— J'ai trouvé *Les Mains d'or* et d'autres magasins, annonça Peabody.

— Madame Harbor, nous devons emporter son communicateur, son ordinateur et quelques autres objets comme pièces à conviction. Pouvez-vous me communiquer les coordonnées de sa famille ?

— Prenez ce dont vous avez besoin. Sa mère m'a demandé de coopérer avec la police de toutes les manières possibles. Je la préviendrai.

— Mon assistante vous remettra un reçu.

— Très bien. Savoir sera préférable pour eux, pour nous tous. Quelle que soit la réalité, ajouta la nourrice en pinçant de nouveau ses lèvres qui tremblaient, il vaudra mieux la regarder en face.

— Vous avez raison, madame. Les précédents inspecteurs vous ont interrogée, mais je souhaiterais vous poser quelques questions.

— Très bien. Si on s'asseyait ?

— Si ces trois femmes ont un lien entre elles, déclara Peabody, quand elles eurent repris la voiture, que personne dans leur entourage n'ait remarqué notre bonhomme... ça paraît incroyable. S'il correspond à notre description, il ne passe sûrement pas inaperçu.

— Il est prudent.

— On tente une nouvelle séance avec Celina ?

— Pas encore. J'ai besoin de réfléchir.

Eve s'installa confortablement, les pieds sur le bureau, les yeux au plafond. Elle reconstitua le schéma. Il ignorait qu'elles avaient déjà analysé son *modus operandi*, car il n'imaginait pas que la police ait établi le lien entre le meurtre et les disparitions.

Mais quand il tuerait de nouveau, il saurait qu'elles avaient repéré la relation existant entre les victimes. Pourtant ça ne l'inquiétait pas.

Pourquoi ?

L'arme du crime était en vente dans les boutiques fréquentées par la femme qu'il avait assassinée, ainsi que ses victimes présumées. Identifier l'endroit exact ne prendrait pas des lustres. Pensait-il, sous prétexte que le cordonnet était un article assez courant, que les flics ne réussiraient pas à en déterminer la provenance ? Peut-être.

Néanmoins, il devait se douter que les enquêteurs s'intéresseraient au magasin où il s'était procuré le cordonnet. En admettant que quelqu'un d'autre se soit chargé de l'acheter pour lui, il avait rôdé dans la boutique ou dans les parages, afin de choisir sa victime.

Ça ne l'inquiétait pas non plus, comme ne le perturbait pas la perspective d'être surpris en train d'agresser Elisa dans un parc public.

Se croyait-il invulnérable, à l'instar de nombreux psychopathes ? Pensait-il qu'on ne l'arrêterait pas, ou bien aspirait-il, au tréfonds de lui, à être arrêté ?

« Trouvez-moi, empêchez-moi de continuer. »

Quoi qu'il en soit, les risques qu'il courait l'excitaient sans doute.

L'excitation : vadrouiller ici et là pour choisir sa proie, la traquer, ronger son frein.

La récompense : la brutalité, le viol, le meurtre perpétré avec un cordonnet généralement utilisé par les femmes, et qu'il laissait ensuite sur sa victime comme une décoration.

La jouissance : la force physique de dominer un être humain, de tuer. Mieux encore, la force de transbahuter un cadavre, ce dont serait incapable un individu ordinaire.

Et l'ultime satisfaction : retirer les yeux de la morte, en prendre possession, disposer le corps d'une manière et dans un lieu spécifiques, préalablement définis.

Il repasserait par la phase de l'excitation. Très prochainement.

Eve reposa les pieds par terre, rédigea son rapport quotidien puis rassembla ce qu'il lui fallait pour une soirée de travail à la maison.

Elle rejoignit Peabody.

— Je rentre chez moi et, au passage, je vais m'arrêter dans quelques clubs de sport. Si vous m'accompagnez, vous devrez regagner le centre-ville par vos propres moyens.

— Pas question de louper l'occasion de reluquer et d'interroger des grands costauds ruisselants de sueur. Mais je filerai vers dix-huit heures. McNab et moi, on fait des cartons.

— Pardon ?

— Oui, il faut qu'on emballe mes affaires, qu'on avance. On emménage dans notre appartement d'ici à quelques jours. Notre appartement, répéta Peabody, une main pressée sur son cœur. J'en ai encore des palpitations, quelquefois.

— Vous n'imaginez même pas l'effet que ça me fait, à moi, ronchonna Eve en s'éloignant.

9

Elles consacrèrent deux heures à des hommes aux pectoraux impressionnants et aux cuisses pareilles à des troncs d'arbres, dans des salles de musculation saturées de testostérone.

Peabody se plaignit que la plupart de ces athlètes soient plongés dans la contemplation de leur personne et ne prête guère attention à une certaine inspectrice, elle-même en l'occurrence.

Sur le trajet de la maison, Eve songeait qu'aucun poisson intéressant n'avait apparemment mordu à l'hameçon. Pour l'instant.

Elle ferait des vérifications. Elle avait quelques centaines de noms – les listes des membres des clubs. Elle contrôlerait si l'un d'eux avait commis un délit sexuel. Il n'avait pas commencé hier.

Il était célibataire, ce qui réduisait les possibilités. Il n'était pas gay, ou ne s'était pas avoué cette tendance. Il travaillait de jour – la nuit, il tuait.

Aucun cheveu ou poil n'avait été retrouvé sur la scène de crime ou les rochers où gisait la victime. S'était-il enduit de Seal-It de la tête aux pieds ? À moins que, comme certains obsédés rencontrés aujourd'hui, il ne se rase régulièrement le crâne et le corps ?

L'image qu'elle avait de lui se précisait.

Elle avait atteint les grilles de la demeure qui, cependant, restèrent closes et l'obligèrent à freiner brutalement.

— Summerset, espèce d'abruti !

Elle baissa la vitre de sa portière et aboya dans l'interphone :

— Ouvrez, vieux corbeau de mes...

— Un instant s'il vous plaît. Votre empreinte vocale est en cours d'identification.

— Je vais vous la flanquer où je pense, mon empreinte vocale !

Les battants de la grille s'écartèrent sans bruit.

— Il croit avoir un nouveau tour dans sa manche pour m'enquiquiner. Il s'imagine qu'avec ce petit jeu, il va me faire poireauter dans la rue, s'époumona-t-elle.

Elle claqua la portière de sa voiture, monta les marches du perron quatre à quatre et se rua dans la maison, prête à tout casser.

— Si vous souhaitez l'ouverture automatique des grilles, déclara Summerset avant qu'elle n'ait pu articuler un mot, il faut nous informer que vous conduisez un véhicule inconnu, qui n'a pas encore été scanné. Dans le cas contraire, comme vous ne l'ignorez pas, vous êtes tenue de vous présenter afin que le système de sécurité vérifie votre empreinte vocale ou vos codes d'accès.

Zut. Il lui avait damé le pion.

— Ce n'est pas un véhicule inconnu, c'est le mien.

— On a grimpé les échelons ? railla-t-il.

— Ôtez-vous de mon chemin.

Contrariée par l'occasion ratée de lui voler dans les plumes, elle s'avança vers l'escalier.

— Vous avez des invités. Connors est avec Mavis et Leonardo sur la terrasse ouest, au premier. Je m'apprête à servir les canapés.

— Pff... fit-elle d'un air méprisant.

Mais la moitié de barre chocolatée n'étant plus qu'un lointain, quoique agréable, souvenir, la perspective de manger lui mettait déjà l'eau à la bouche.

Sur la terrasse, tous avaient un verre à la main. À son habitude, Mavis gesticulait, chaussée de hautes bottes moulantes d'un vert chatoyant et d'un pantacourt tout aussi moulant, rouge. Non, bleu... Ah non, rouge...

Eve fronça les sourcils. Ce bermuda changeait de couleur chaque fois que Mavis frétillait, c'est-à-dire en permanence. Pour compléter cette toilette spectaculaire, un ample haut vert tombait sur ses hanches où tintinnabulaient des perles.

Aujourd'hui, elle avait les cheveux roux dont les pointes, qui balayaient ses fesses, étaient teintes en vert, comme si on les avait trempées dans un pot de peinture.

Les deux hommes la contemplaient, Connors avec un sourire amusé et affectueux, Leonardo avec adoration.

Connors détourna le regard et fit un clin d'œil à Eve.

Discrètement, Eve s'approcha de la desserte où étaient disposés une bouteille de vin et des verres. Elle se servit, puis alla s'asseoir sur l'accoudoir du fauteuil de Connors.

— Dallas ! s'exclama Mavis en ouvrant les bras, et cela sans renverser une goutte de son soda au citron. Tu viens de rentrer ?

— À l'instant.

— Je ne savais pas si on te verrait. On voulait passer faire un bisou à Summerset.

— Arrête, tu es dégoûtante.

Mavis éclata de rire. Ses yeux, du même vert que sa tunique, pétillaient.

— Connors est arrivé juste après nous, alors on a décidé de rester un moment. Summerset nous apporte de quoi grignoter.

— Hum... Comment ça va ? demanda-t-elle à Leonardo.

— À merveille, répondit-il en adressant un sourire radieux à Mavis.

C'était un géant à la peau cuivrée, au large visage que trouaient des yeux noirs rehaussés, au coin des paupières, par une ligne incurvée de clous d'argent. Il portait un large pantalon saphir dont le bas, glissé dans des bottines bleu clair, bouffait autour de ses mollets. Il rappelait à Eve des gravures que lui avait montrées Connors – persanes, lui semblait-il.

— Oh, vous êtes un ange ! pépia Mavis en se précipitant vers le majordome qui poussait un chariot à deux plateaux, chargés d'une profusion de canapés et de douceurs. Summerset, si Leonardo n'existait pas, je vous kidnapperais et vous seriez mon amant et mon esclave.

Le majordome lui sourit de toutes ses dents. Craignant d'en avoir des cauchemars, Eve scruta le fond de son verre.

— J'ai préparé quelques petites choses que vous aimez. Il vous faut manger pour deux, à présent.

— Ne m'en parlez pas, je dévore ! Oh... des canapés au saumon ! Quel délice !

— Assieds-toi, mon petit cœur en sucre, intervint Leonardo en lui caressant l'épaule. Je te sers.

— Oui, mon nounours... roucoula Mavis. Il me gâte tellement, c'en est une honte. Cette grossesse, quel bonheur ! À propos, il faut que je te montre.

Mavis retroussant sa tunique, Eve se recroquevilla.

— Mavis, je ne... bredouilla-t-elle. Enfin, bon.

Et le ventre apparut, agrémenté de trois anneaux de nombril entrelacés.

— Regarde bien, ordonna Mavis en se tournant de profil. Tu vois ? Ça s'arrondit. D'accord, je te l'ai déjà dit, cinq minutes après avoir appris que j'étais enceinte. Mais là, avoue que ça s'arrondit.

Eve plissa les lèvres. Le ventre était en effet légèrement gonflé.

— Tu cambres les reins, non ?

— Pas du tout. Touche.

— Ah non ! Tu m'as obligée une fois, ne recommence pas.

— Tu ne lui fais pas mal, s'obstina Mavis en posant la main d'Eve sur son ventre. Il est solide, ce bébé.

— Bravo, Mavis, balbutia Eve – sa paume était toute moite. Bravo, bravo. Tu es en forme ?

— Je flotte sur un nuage.

— Tu es très en beauté, commenta Connors. Certes, c'est un cliché, mais tu rayonnes comme toutes les femmes enceintes.

— J'ai effectivement l'impression d'émettre des ondes, pouffa Mavis. Parfois je verse des torrents de larmes... de joie. Par exemple, il y a deux jours, je parlais avec Leonardo de Peabody et de McNab qui vont bientôt emménager dans notre immeuble – on sera voisins, en tout cas jusqu'à ce qu'on ait un logement plus grand... eh bien, je me suis mise à pleurer comme une fontaine.

Elle prit l'assiette que lui tendait Leonardo et se lova contre lui sur la causeuse.

— À votre avis, qu'est-ce qui leur ferait plaisir pour leur crémaillère ?

— Leur... quoi ? demanda Eve.

— Dallas, bon sang ! gloussa Mavis en mangeant à belles dents. Une pendaison de crémaillère. Quand on emménage quelque part, on invite des gens qui vous offrent des cadeaux.

— Mais pourquoi ?

— Parce que c'est la tradition. En plus, ils vont vivre ensemble, il faut donc que ce soit un cadeau qui convienne à un couple.

Elle engloutit un canapé, donna la becquée à Leonardo.

— Pourquoi est-on forcé de faire des cadeaux pour un oui ou pour un non ? grommela Eve.

— À cause des commerçants qui complotent contre nous, rétorqua Connors en lui tapotant le genou.

— Je parie que c'est ça, bougonna Eve, lugubre. J'en suis même certaine.

— Bref ! claironna Mavis. En réalité, nous sommes passés – et nous sommes ravis que vous soyez là tous les deux – pour vous parler du bébé.

— Mavis, depuis que tu es enceinte, tu ne parles que de lui. Je ne te le reproche pas, note.

— Oui mais là, Eve, ça te concerne.

— Moi ?

— Oui, oui. On aimerait que tu sois mon coach.

— Tu reprends le base-ball ? Il ne vaudrait pas mieux attendre que le bébé soit sorti ?

— Que tu es bête ! Mon coach pendant les contractions et l'accouchement. Et tu soutiendras Leonardo.

Eve s'étouffa, devint blanche comme un linge.

— Bois, ma chérie, lui conseilla Connors qui avait du mal à ne pas rire. Si tu as le vertige, mets-toi la tête entre les genoux.

Eve lui intima le silence d'un geste, dévisagea Mavis d'un air horrifié.

— Tu... tu aimerais que... que je sois là, pendant... dans la salle où tu vas...

— J'ai besoin d'un coach, Dallas, quelqu'un qui suive les cours, qui apprenne la respiration, les positions, tout ça... Mon nounours chéri sera là, mais il me faut un remplaçant sur le banc de touche.

— Je ne peux pas rester sur le banc de touche, moi ? Dans le couloir ?

— Je te veux près de moi, balbutia Mavis, les yeux brillants. Tu es ma meilleure amie, dans tout l'univers. Je te veux près de moi.

— Oh, bonté divine... OK, d'accord. Ne pleure pas. Je serai là.

Leonardo essuya délicatement – avec un mouchoir vert – les larmes de Mavis.

— Vous êtes ceux avec qui nous désirons partager ce miracle, déclara-t-il solennellement. Et parmi les gens que nous connaissons, vous êtes les plus équilibrés, les plus solides. Vous saurez garder votre sang-froid, tous les deux.

Connors sursauta.

— Comment ça, tous les deux ?

— Oui, gémit Mavis, reniflant dans son mouchoir.

— Moi ? Mais...

Eve lut sur le visage de Connors une expression de panique – phénomène rarissime – qui l'emplit d'une perfide satisfaction.

— Ha, ha ! Tu fais moins le malin maintenant, mon vieux !

— Nous sommes autorisés et même encouragés à convier notre famille, expliqua Leonardo. Or vous êtes notre famille.

— Voir Mavis dans ce... cet état, je ne crois pas que ce soit convenable...

Oubliant ses larmes, Mavis éclata de rire et assena une tape sur le bras de Connors.

— Tous ceux qui possèdent un écran vidéo m'ont déjà vue à moitié nue. Et il n'est pas question de convenances, mais de famille. Nous savons que nous pouvons compter sur vous deux.

— Naturellement, répliqua Connors qui ingurgita une lampée de vin. Évidemment.

Lorsqu'ils furent seuls, assis dans la douce lumière du crépuscule et des bougies allumées par Summerset, Connors prit la main d'Eve dans les siennes.

— Ils changeront peut-être d'avis. Pourquoi pas ? Ils ont encore plusieurs mois devant eux, ils réfléchiront et préféreront que cet événement se déroule en privé.

Elle le considéra fixement, incrédule.

— Privé ? Tu dérailles ? Il s'agit de *Mavis*, je te le rappelle !

— Dieu ait pitié de nous ! murmura-t-il en fermant les yeux.

— Et il y aura pire, annonça-t-elle en bondissant sur ses pieds. Avant qu'on ne puisse dire ouf, elle nous demandera, à nous, de la délivrer de ce... cette chose. Ils voudront que ça se fasse ici, dans notre chambre, avec des caméras – en direct, pour ses fans. Et on s'exécutera.

— Arrête, coupa-t-il, effaré. Tais-toi, Eve.

— Parfaitement, en direct. Ça, c'est du Mavis tout craché. Et on le fera, parce qu'elle nous roule dans la farine. Elle nous mène par le bout du nez, parce que… c'est une vampire enceinte. Voilà !

— Calmons-nous.

Connors alluma une cigarette et souffla la fumée en espérant que ça l'aiderait à réfléchir lucidement.

— Tu es flic, ça t'est forcément déjà arrivé. Tu as au moins assisté à un accouchement, à un moment ou à un autre.

— Non. Une nuit, j'étais de patrouille et on a dû emmener une femme à l'hôpital. Seigneur ! elle hurlait comme si on lui enfonçait des épées dans le ventre.

— Bon sang, Eve, tu veux bien m'épargner ce genre de détails scabreux ?

Mais à présent, elle était intarissable.

— Ensuite, elle s'est vidée de…

— Stop !

— N'empêche qu'elle a complètement salopé la voiture. Remarque, elle a eu la décence, la courtoisie, d'attendre d'être à l'hôpital pour expulser son mioche.

— Ne pensons plus à tout ça, répliqua-t-il en se massant longuement les tempes. Sinon, nous allons devenir cinglés.

— Tu as raison, soupira-t-elle. De toute manière, j'ai du boulot.

— Un meurtre. Voilà qui est beaucoup mieux. Laisse-moi t'aider, par pitié, ça me distraira.

Elle eut un sourire amusé.

— D'accord, suis-moi dans mon bureau.

Elle le prit par la main et, chemin faisant, lui résuma la situation.

— Tu as l'intention de recourir souvent à Celina Sanchez ?

— Le moins possible.

Elle s'assit, posa les pieds sur le bord de sa table de travail.

— Elle a la bénédiction de Dimatto, et elle est plutôt sympathique. Je dirais même qu'elle est équilibrée. Mais cette collaboration ne m'emballe pas. Pourtant, je ne peux pas la négliger.

— J'ai connu quelqu'un qui avait un médium dans son équipe et qui ne prenait pas une seule décision sans elle. Ça a très bien marché pour lui, en fait.

— Tu as des extralucides parmi tes employés ?

— Oui. Des voyants, des médiums. Je ne nie pas leur talent, ni les services qu'ils sont capables de rendre, mais au bout du compte je préfère prendre mes décisions moi-même. Comme tu le feras.

— Jusqu'à présent, ses déclarations se bornent à confirmer mes constatations de simple flic qui n'a aucun don particulier.

Elle plissa le front, triant mentalement les renseignements qu'elle avait et les hypothèses.

— Les empreintes relevées sur la scène de crime ainsi que celles menant au lieu où l'on a découvert le corps indiquent une pointure 50. On reconstituera peut-être la semelle, au moins partiellement, si Dickhead nous fait un petit miracle au labo. Le sol et l'herbe étaient secs mais, quand il a porté le cadavre, il a laissé quelques traces.

— Il a de grands pieds. Ça ne signifie pas nécessairement que lui-même est grand.

— Assez pour qu'on retrouve ses empreintes sur de l'herbe sèche, et assez costaud pour trimballer un cadavre de soixante-cinq kilos. On a vraisemblablement un bonhomme de cent trente-cinq kilos environ, mesurant près de deux mètres.

— Si je te comprends bien, une morphologie pareille s'acquiert avec de la discipline et en y consacrant beaucoup de temps. D'où ton immersion dans l'univers du muscle.

— Je me suis rendu compte que j'aime les hommes grands et minces.
— Heureusement pour moi.
— Je ne parviens pas à établir un lien entre les deux disparues et la victime, à part qu'elles adoraient les fanfreluches et fréquentaient les mêmes boutiques de fournitures.
— Je pourrais te faire gagner du temps en creusant ces pistes.
— Ce serait bien aimable de ta part.
— On ne trouve pas des souliers de cette taille à tous les coins de rue. Les siens sont faits sur mesure, ou achetés dans un magasin spécialisé.
— Exact. Il se chausse aux « Panards Péniches », ou quelque chose dans ce goût-là.
— Un nom accrocheur, approuva-t-il d'un air rêveur. Je le garde en tête, au cas où je me lancerais dans ce domaine.
— Eh bien, moi, je vais l'explorer, ce domaine. Dès maintenant.
— Tout cela devrait nous occuper l'esprit et nous empêcher de penser à certains sujets épineux. Avant de rejoindre nos coins respectifs, explique-moi : pourquoi agit-il ainsi ?
— Pour le pouvoir. Le viol est une question de pouvoir comme, au fond, le meurtre. Que le mobile soit l'appât du gain, la jalousie, la rage ou un simple jeu, on en revient toujours au même point : le pouvoir.
— Quel que soit le crime, n'est-ce pas ? Je m'approprie ton portefeuille ou ta vie, parce que je le peux.
— Et *toi*, pourquoi as-tu volé, autrefois ?
Un sourire se dessina sur les lèvres de Connors.
— Pour m'amuser, lieutenant, et pour toutes sortes de raisons égoïstes. Pour posséder ce que je n'avais pas.
— Et punir la personne qui en était propriétaire ?
— Non, la plupart du temps, je n'y songeais même pas.

— Voilà toute la différence. Je ne prétends pas que les voleurs sont des anges, mais un criminel, souvent, cherche d'abord à infliger un châtiment. C'est le cas, dans l'affaire qui nous occupe. Quelqu'un a dominé notre assassin, l'a puni. Une femme. Maintenant, il lui montre qui est le chef. Ça explique pourquoi il a laissé la victime nue. Elle ne l'était sans doute pas quand il l'a violée. Il lui a arraché ses vêtements – on a trouvé des fibres sur elle –, il n'aurait pas daigné la déshabiller. Il l'a fait après. C'est encore plus humiliant.

Elle s'interrompit, réfléchit un instant.

— Il ne l'a pas mutilée dans ce qu'elle avait de spécifiquement féminin, ce qui exprime une autre espèce de rage et de pouvoir. Nous ne sommes pas confrontés à un acte sexuel mais à un règlement de comptes. Il étrangle sa proie. Pas de ses mains – après tout, il aurait aussi bien pu lui briser le cou. Non, il utilise un ruban. Ce qui a donc une signification précise pour lui. Il lui retire les yeux, méticuleusement, pour la rendre aveugle. Une couche supplémentaire d'humiliation. Nue, aveugle. Il emporte les yeux, il garde cette part d'elle. Il veut, je crois, qu'elle le voie. Parce que, maintenant, il commande.

— Absolument fascinant.

— Quoi donc ?

— Te regarder cogiter.

Il lui prit le menton, l'embrassa tendrement.

— Je nous prépare un petit repas avant de nous mettre au travail.

— Excellente idée.

Tandis qu'il passait dans la kitchenette, elle élabora un autre tableau récapitulatif en y incluant les photos de Marjorie Kates et celles de Breen Merriweather.

Elle les examinait, debout, lorsque Connors la rejoignit et posa un plateau sur le bureau.

— De jolies femmes. Séduisantes sans être renversantes. Les cheveux, surtout, se ressemblent. Non ?

— Elles ont aussi la même corpulence. Des trentenaires de type caucasien, taille et poids moyens, avec de longs cheveux châtain clair. Il n'a que l'embarras du choix.

— Et si tu ajoutes à ça les autres facteurs ?

— Ça réduit un peu les possibilités. Ses victimes doivent fréquenter les boutiques de fanfreluches, se promener seules la nuit. Ça lui laisse encore beaucoup de choix. J'ai intérêt à avancer avant qu'il trouve un nouveau gibier.

Elle fut ravie de constater que Connors lui avait servi un hamburger et des frites – ainsi que quelques bouquets de brocolis, hélas ! Elle pourrait les jeter. Comment le saurait-il ? À cette pensée, la culpabilité la submergea. Du coup, elle avala d'abord les légumes, sans respirer. Puis elle entreprit de lister les magasins spécialisés dans les grandes tailles.

Ils étaient plus nombreux qu'elle ne l'aurait imaginé. Chercher dans le haut de gamme, songea-t-elle, où les champions de basket, les géants cousus d'or dilapidaient leurs dollars.

Il existait également des commerces moins luxueux, ou qui pratiquaient carrément des prix cassés ; en outre, deux des plus importants magasins de la ville avaient des rayons de design et de confection sur mesure. Sans compter les boutiques.

Elle n'était pas au bout de ses peines.

Lorsqu'elle affina sa recherche en se concentrant sur les enseignes qui vendaient des chaussures pour les colosses, quelques commerçants furent rayés de la liste, mais d'autres s'y ajoutèrent.

Peut-être se fournissait-il le plus souvent, voire exclusivement, sur Internet, pensa-t-elle en mordant dans son hamburger. Mais un homme qui s'échinait à sculpter son corps et était très fier du résultat choisirait-il ses vêtements de façon virtuelle ? Ne préférerait-il pas s'admirer dans un miroir, en présence d'un vendeur hypocrite qui lui susurrerait qu'il était splendide ?

Elle avait trop peu d'éléments concrets, ce qui la poussait à extrapoler.

Néanmoins, en effectuant une recherche géographique, elle dénicha une boutique baptisée *Colossal Man*, à deux cents mètres des *Mains d'or.*

— Tiens, tiens, marmonna-t-elle, grignotant une frite. Ordinateur, liste les clubs de sport référencés dans ce dossier et situés à proximité des *Mains d'or*, dans un périmètre de six blocs.

En cours... Centres de sport et de fitness du secteur: Jim's Gym *et* Bodybuilders.

— Affiche le plan sur l'écran. Localise en fluo les boutiques de vêtements et les clubs de sport.

Elle se leva, son hamburger à la main, et s'approcha de l'écran mural. Il avait parcouru ces rues, elle en était sûre, de son club à un magasin pour y faire ses emplettes. Car il vivait ou travaillait, ou les deux, dans ce secteur. C'était son quartier. Les gens l'y croisaient, le connaissaient.

Et elle aussi le rencontrerait.

Elle entra dans le bureau de Connors ; il travaillait tout en dégustant, à première vue, des pâtes aux fruits de mer. Son fax laser bourdonnait, l'ordinateur signala l'arrivée de documents.

— Il y a quelque chose pour toi.

— Des rapports sur un projet, répondit-il négligemment. Ça peut attendre. Je n'ai encore rien pour toi.

— Viens une minute dans mon antre.

Il obéit, emportant sa tasse de café. Elle désigna l'écran mural.

— Qu'est-ce que tu vois ?

— Un secteur de West Village et un mode opératoire.

— D'accord avec toi. Je vais commencer par les résidences de cette zone. Et effectivement – inutile que tu le dises – je n'imagine même pas combien il y en a. Ça prendra du temps. Beaucoup, beaucoup de temps.

— Il habite peut-être dans les parages. Tu trouves les propriétaires, les locataires, tu élimines les familles, les couples, les femmes célibataires. Résultat, il ne te reste plus que les hommes seuls.

— Tu aurais dû être flic.

— N'en rajoute pas, s'il te plaît. J'ai eu largement mon compte d'horreurs avec cette histoire d'accouchement.

— Désolée. Donc, je disais que ce serait long et fastidieux. Il n'est pas impossible qu'il soit installé juste en dehors de mon périmètre ou à cinq cents mètres de là, tout en travaillant dans le secteur. Si ça se trouve, il se contente de faire du shopping et du sport dans le coin, et il habite au fin fond du New Jersey.

— Mais le calcul de probabilités indique qu'il est là.

Elle toussota, se balança sur ses talons.

— J'irais plus vite si tu me donnais un coup de main.

Il opina, sans la regarder.

— Ton bureau ou le mien ?

Quand Eve se coucha, à une heure du matin, elle avait la certitude d'être sur la bonne piste. Elle espérait – elle pouvait seulement espérer – qu'il attendrait assez longtemps pour qu'elle le localise.

— Deux mois entre Kates, Merriweather et Maplewood. S'il garde ce rythme, je le coincerai avant qu'il tue de nouveau.

— Tais-toi, lieutenant, marmonna Connors en l'attirant contre lui, pour qu'elle niche sa tête au creux de son épaule.

Elle n'avait quasiment jamais de cauchemar quand il la serrait dans ses bras.

— Tais-toi et dors.

— Je suis près du but, je le sais, murmura-t-elle avant de sombrer d'un coup dans le sommeil.

Il l'attendait. Elle viendrait à lui. Elle passait toujours par là. Elle marchait vite, sans bruit, le regard rivé au sol. Elle changeait de chaussures à la fin de son service, elle enlevait ces talons de putain qu'elle mettait pour servir les types qui la reluquaient par-dessus leur verre.

De toute manière, pour lui, talons ou pas, c'était une putain.

Elle passerait, la tête baissée. Les lumières de la rue se refléteraient sur ses cheveux. Ils en seraient presque dorés. Presque.

Les gens penseraient : « Quelle jolie femme, charmante et douce ! » Mais ils ne comprenaient rien. Lui savait ce qui se dissimulait dans ce séduisant coquillage. De l'aigreur, de la noirceur.

Il sentit que ça montait en lui – la rage et le plaisir, la crainte et la jubilation.

« Maintenant tu me regarderas, sale garce. Et on verra à quel point tu aimes ça. »

Elle se croyait tellement belle. Elle adorait se pavaner et poser devant son miroir, toute nue. Ou se pavaner pour les hommes à qui elle permettait de la toucher.

Elle sera beaucoup moins belle, quand j'en aurai fini avec elle.

Il glissa une main dans la poche de son pantalon, effleura le long ruban.

Rouge, la couleur qu'elle préférait.

Il la revoyait qui hurlait, nue, hormis le ruban rouge autour de son cou. Rouge comme son sang à lui, parce qu'elle l'avait battu. Cogné jusqu'à ce qu'il s'évanouisse.

Il s'était réveillé dans le noir. Dans la pièce fermée à double tour.

C'était à elle, maintenant, de se réveiller dans le noir. Aveugle, en enfer.

Elle arrivait… elle passait de son pas vif, tête basse.

À mesure qu'elle approchait, il sentait son cœur s'emballer.

Comme à l'accoutumée, elle franchit les grilles en fer forgé et pénétra dans le parc.

Soudain, elle leva la tête. La peur, la stupeur et l'incompréhension s'inscrivirent dans son regard, quand il émergea de l'ombre.

Elle ouvrit la bouche pour crier. Le premier coup lui fracassa la mâchoire.

Elle en eut les yeux révulsés, tout blancs. Il l'éloigna des lumières, dut la gifler à plusieurs reprises pour la ranimer. Il fallait qu'elle soit éveillée, consciente.

À voix basse – il n'était pas idiot –, il dit ce qu'il avait besoin de dire en la frappant sauvagement.

— Alors, tu aimes ça, espèce de garce ? Qui est le maître, maintenant, sale putain ?

La posséder l'emplissait à la fois de honte et d'un indicible plaisir. Elle ne luttait pas, elle restait inerte, ce qui le déçut.

Avant, elle s'était débattue, parfois elle l'avait supplié. C'était bien mieux.

Pourtant, lorsqu'il lui passa le cordonnet autour du cou, le serra fortement, lorsqu'il contempla ses yeux exorbités, sa jouissance fut telle qu'il crut mourir, lui aussi.

Elle martela l'herbe de ses talons. Son corps fut secoué de convulsions qui le propulsèrent – enfin, enfin – au septième ciel.

— Va au diable… haleta-t-il en lui déchirant ses vêtements. Va rôtir en enfer, c'est ta place.

Il fourra les vêtements dans le sac qu'il portait en bandoulière.

Il la souleva comme si elle était une plume, se délectant de sa force, du pouvoir que cela lui conférait.

Il la traîna jusqu'au banc qu'il avait choisi, ravissant sous le grand arbre ombreux, tout près de la fontaine. Il l'étendit, lui joignit les mains entre les seins.

— Voilà, mère, tu es magnifique. Tu aimerais voir ?

Il souriait, un sourire fou qui crevait l'épaisse couche de Seal-It dont il s'était recouvert.

— Et si je te permettais de voir, avec ceci ?

Il sortit un scalpel de sa poche et se mit au travail.

10

Quand le communicateur de chevet bourdonna, Eve le chercha à tâtons, débitant un chapelet de jurons.

— Lumière, dix pour cent, commanda Connors.

Elle fourragea dans ses cheveux, secoua la tête pour achever de se réveiller.

— Désactiver la vidéo, grogna-t-elle. Dallas, j'écoute.

— Il est en train de la tuer, il est en train de la tuer…

La voix était presque inaudible, un souffle. Heureusement, sur le cadran de l'appareil s'affichait le nom du correspondant.

— Celina… Calmez-vous, reprenez vos esprits et parlez clairement.

— J'ai vu… comme la précédente. Mon Dieu… c'est trop tard. C'est déjà trop tard.

— Où ? demanda Eve qui bondit hors du lit et s'habilla en quatrième vitesse. Central Park ? Il est dans le parc ?

— Oui. Non… Un parc plus petit, des grilles, des bâtiments. Memorial Park !

— Où êtes-vous ?

— Chez moi. Dans mon lit. Je ne supporte pas les images que j'ai dans la tête.

— Restez où vous êtes. Compris ? Vous ne bougez pas.

— Oui, je…

— Fin de la communication, dit sèchement Eve, pour ne plus entendre les sanglots de Celina.

— Tu envoies des hommes là-bas ? demanda Connors.
— Je vais d'abord vérifier sur place.
Il s'était levé et s'habillait en hâte.
— Ou plutôt... *nous* allons vérifier, grommela-t-elle.
— Et Celina ?
— Il lui faudra se débrouiller, rétorqua-t-elle en attachant son holster. On est tous obligés d'accepter ce qu'on a dans le cerveau. Bon, dépêchons.
Elle le laissa prendre le volant. Qu'il soit meilleur pilote qu'elle aurait pu la vexer, mais ce n'était pas le moment de bouder. Elle saisit son communicateur et réclama qu'une patrouille fonce au Memorial Park.
— Possibilité d'agression. Cherchez un individu de sexe masculin, un mètre quatre-vingt-dix à deux mètres, très musclé, environ cent quarante kilos. Si vous le trouvez, contentez-vous de le retenir. Le suspect est dangereux.
Eve se pencha en avant comme pour aider la voiture, qui filait vers le sud de Manhattan, à rouler plus vite encore.
— Elle pourrait voir des choses avant qu'elles ne se produisent, pas après. Comment on appelle ça, déjà ?
— La prémonition.
— Voilà.
Mais elle avait une boule au creux de l'estomac qui ne trompait pas.
— Je suis proche du but. Bon Dieu... Je sais que je suis sur la bonne piste.
— S'il a tué cette nuit, il n'aura pas attendu deux mois.
— Ce n'est peut-être pas une première.
Ils empruntèrent l'entrée ouest, près de Memorial Place, et se garèrent derrière un véhicule pie.
— Combien d'entrées, de sorties ? s'enquit-elle. Trois, quatre ?
— Environ, je ne suis pas sûr. Ce parc est l'un des plus petits et charmants des mémoriaux du World Trade Center.

Dégainant son arme, Eve passa sous l'arche en pierre. Il y avait là des bancs, un étang, des arbres immenses, des massifs fleuris, ainsi qu'une imposante statue de bronze représentant des pompiers hissant un drapeau.

Brusquement, elle entendit quelqu'un vomir. Se guidant au bruit, elle découvrit un policier en uniforme, à quatre pattes près d'un parterre de fleurs rouges et blanches.

Puis, à quelques mètres du malheureux, elle vit le banc.

— Occupe-toi de lui, dit-elle à Connors.

Elle s'approcha du second policier qui se cramponnait à son communicateur. Elle lui présenta son insigne.

— Dallas.

— Officier Queeks, lieutenant. Je viens juste de la trouver. J'allais appeler les renforts. On n'a repéré personne. Seulement la victime. J'ai vérifié son pouls, à tout hasard. Elle est morte. Encore tiède.

— Bouclez-moi le secteur. Il nous sera utile, celui-là ? ajouta-t-elle, désignant du menton le débutant toujours malade comme un chien.

— Il sera très bien, lieutenant. C'est un bleu, expliqua-t-il avec un sourire compatissant, on est tous passés par là.

— Remettez-le debout, Queeks. Sécurisez ce secteur et ratissez soigneusement le parc. Il ne l'a pas tuée ici, ce n'est pas la scène de crime.

Elle contacta le dispatching.

— Lieutenant Eve Dallas. Homicide. Une seule victime de sexe féminin. Memorial Park, zone sud. Prévenez l'inspecteur Delia Peabody.

— Tiens, tu en auras besoin, déclara soudain Connors, derrière elle, en lui tendant un kit de terrain.

— Oui, merci. Recule, ordonna-t-elle.

Elle s'enduisit de Seal-It, épingla à sa veste une minicaméra, puis s'approcha du banc et commença l'enregistrement visuel et sonore de ses constatations.

C'était fascinant de la voir travailler, pensa de nouveau Connors. Et parfois indiciblement triste.

Il lisait dans le regard d'Eve de la pitié et de la colère. Elle ne se doutait pas que son expression la trahissait, d'ailleurs nul à part lui n'était probablement conscient des émotions qui l'agitaient pendant qu'elle analysait le dernier exploit d'un fou.

Elle examinerait le cadavre sans négliger le moindre détail. Mais elle n'examinerait pas seulement la victime d'un meurtre, elle contemplerait l'être humain. Cela faisait toute la différence.

Un peu plus élancée que les autres, pensa Eve. Plus délicate, peut-être un peu plus jeune. Correspondant cependant aux mêmes critères. De longs cheveux châtain clair, très légèrement ondulés. Elle aussi avait dû être jolie. On pouvait difficilement en juger à présent, tant son visage était abîmé.

Elle avait été frappée plus sauvagement que Maplewood. Il aimait ça de plus en plus, il se contrôlait de moins en moins.

Punir. Châtier ce qu'elle représentait.

La détruire.

Ce n'était pas sa proie qu'il tuait. Quel visage voyait-il quand il avait serré le cordonnet autour du cou ? Dans quel regard avait-il plongé le sien ?

Quand elle eut enregistré la position du corps, les blessures visibles, elle désunit les mains de la victime pour prendre ses empreintes.

— Lieutenant ! appela Queeks. Je crois qu'on a trouvé le lieu du crime.

— Sécurisez-le, Queeks. Que personne n'y mette un orteil.

— Oui, lieutenant.

— La victime est identifiée, grâce à ses empreintes digitales. Lily Napier, vingt-huit ans. Résidant 293 Vesey Street, appartement 5C.

Tu étais mignonne, Lily, songea Eve en examinant la photo affichée sur son écran. Douce et menue, timide.

— Employée au bar-gril *O'Hara*, Albany Street. Tu es rentrée du travail à pied, n'est-ce pas, Lily ? Ce n'est pas loin. Ça économise un ticket de transport, et puis il ne fait pas froid. Tu es dans ton quartier. Tu vas traverser le parc et tu seras chez toi.

Eve chaussa ses microloupes, étudia les mains et les ongles de la victime.

— De la terre, de l'herbe. Avec un peu de chance, on aura des fibres ou un lambeau de peau. Poignet et mâchoire brisés. Contusions et écorchures multiples sur la figure, la poitrine, les épaules. Tu as eu droit au grand numéro, Lily. Agression sexuelle, manifestement. Saignement vaginal. Hématomes et lésions sur les cuisses et le sexe.

Elle procédait méticuleusement, prélevait sur le cadavre de minuscules fibres qu'elle glissa dans les pochettes réservées aux pièces à conviction, et étiqueta.

Même si, au tréfonds d'elle, elle était révoltée, aussi malade que le jeune policier, même si elle aurait voulu hurler devant l'atroce spectacle de ce viol, elle poursuivait sa tâche.

Elle se pencha sur le visage de la victime et étudia les orbites sanguinolentes, vides.

— Incisions bien nettes et précises, identiques à celles constatées sur Maplewood.

— Dallas…

— Peabody, rétorqua Eve sans se retourner, vérifiez que le périmètre est bouclé. Emmenez une partie des gars, qu'ils cherchent les traces entre l'endroit où il l'a tuée et ici. Attention à ce qu'on ne piétine pas la scène de crime avant que je l'aie examinée.

— Comptez sur moi. Le corps a été découvert par des flics qui patrouillaient dans le secteur ?

— Non, Celina Sanchez a eu une autre vision.

Quand elle eut terminé, Eve rejoignit Connors derrière les détecteurs de présence qu'avaient installés Queeks pour préserver les lieux. Elle n'oublierait pas que l'officier Queeks était rapide, efficace et n'abrutissait pas le responsable de l'enquête avec un tas de propos inutiles.

— Tu n'es pas obligé de m'attendre.

— Je suis patient, répondit Connors. D'ailleurs, maintenant, je suis impliqué dans cette affaire.

— C'est vrai. Alors, viens avec moi. Tu as une excellente vue, tu repéreras peut-être un détail qui m'a échappé.

Elle fit un grand détour pour rejoindre la seconde scène. Si l'assassin avait laissé des empreintes sur l'herbe, elle ne tenait pas à les brouiller.

— Excellent travail, Queeks. Où est notre jeune recrue ?

— Il sécurise les accès avec deux de mes hommes. Il est bien, lieutenant, mais il ne porte l'uniforme que depuis trois mois à peine, et c'est son premier cadavre. Pas beau à voir, en plus.

— Rassurez-vous, Queeks, je ne lui collerai pas un blâme pour avoir vomi. Vous avez autre chose à me signaler ?

— Nous avons emprunté la même entrée que vous. Il y en a une sur chacun des quatre côtés du parc. On s'est dirigés vers le sud, avec l'intention de faire le tour. On l'a découverte très vite, mais on n'a aperçu personne d'autre. Ni dans le parc ni dans la rue.

— Depuis combien de temps travaillez-vous dans ce secteur ?

— Une dizaine d'années.

— Vous connaissez le bar *O'Hara's* ?

— Dans Albany. Mike en est propriétaire. Un endroit sympa. La bouffe est correcte.

— Ça ferme à quelle heure ?

— Deux heures du matin. Plus tôt si les clients ne se bousculent pas.

— OK, merci. Peabody ?

— J'ai trouvé du sang. De l'herbe arrachée ou écrasée à d'autres endroits. Quelques petits bouts de tissu.

— Votre avis ?

— Je crois qu'il l'a attaquée dès qu'elle a pénétré dans le parc. Il l'a peut-être empoignée dans la rue, mais ça m'étonnerait. Il l'a traînée jusqu'ici, l'a maîtrisée, et dans la bagarre lui a abîmé ses vêtements – même si rien n'indique qu'elle se soit violemment débattue. Il l'a violée. Je n'ai pas examiné le corps, cependant elle semble avoir griffé le sol de ses doigts. Le *modus operandi* étant similaire à celui de l'affaire Maplewood, il l'a certainement étranglée ici, l'a déshabillée et emportée vers le deuxième site, où il l'a étendue sur le banc et lui a extrait les yeux.

— Je partage votre vision des choses. Mais moi, je suis convaincue qu'elle est passée par le parc – un raccourci pour rentrer chez elle. Il y a régulièrement des patrouilles. Les jardins sont bien entretenus et tranquilles. Il a dû faire vite. Ce n'est pas un problème pour lui, il est parfaitement rodé. Elle est morte à deux heures du matin. Les premiers flics ont débarqué à deux heures vingt. Le temps pour lui de la dévêtir, de la trimballer, de la coucher sur le banc et de la mutiler… Cette fois, il a eu chaud.

— Peut-être qu'il était encore dans les parages à l'arrivée de la patrouille.

Eve tourna la tête vers Connors.

— Il a pu entendre les voitures se garer, les portières claquer, dit-il. Il se tapit dans l'ombre, derrière les arbres. Épier des flics qui tombent sur le cadavre… Ça lui plairait, n'est-ce pas ?

— Oui, certainement.

— Il vient d'en finir avec elle, il s'accorde un instant, se congratule pour l'excellent travail qu'il a accompli.

Il s'interrompit, ne put s'empêcher de lancer un regard furtif, par-dessus son épaule, au banc sur lequel gisait Lily Napier.

— On approche, il se carapate. Ça a dû être tellement jouissif pour lui : voir les flics la trouver si vite, encore chaude. Puis il s'en va dans la direction opposée. Une soirée formidable.

Eve opina.

— Excellent raisonnement. Qu'on passe le parc au peigne fin, les arbres, le moindre brin d'herbe, le plus petit pétale de fleur !

— Il se tartine de Seal-It, objecta Peabody. Nous n'avons pas son ADN, ni son groupe sanguin ni même un seul poil. Aucun élément de comparaison.

— Moi aussi je me tartine de Seal-It, répliqua Eve, tendant une main tachée de sang. On ne cherche pas son ADN, mais celui de la victime.

Elle adressa un signe à Connors.

— On fait le tour.

— Tu espères repérer la direction qu'il a prise, les endroits où il a marché, de quelle manière ?

— Tout ce qui est susceptible de compléter le tableau.

Elle voulait surtout se mettre à l'abri des regards et des oreilles de ses collègues. Elle s'éloigna à grands pas, attendit que Connors et elle soient sur le trottoir, à l'extérieur du parc.

— Je pense que ces jardins sont près de chez lui – plus près que Central Park où il a assassiné Maplewood. Il s'en fiche.

— C'est pour me livrer cette superbe déduction que tu m'as emmené jusqu'ici ?

— Non. Écoute, inutile que tu restes là. On en a encore pour un moment, ensuite je dois retourner au Central.

— Bizarre, j'ai comme une impression de déjà-vu.

— Eh oui ! Ce type aime le travail nocturne.

— Tu n'as dormi qu'une heure.

— Je ferai une sieste au bureau.

Machinalement, elle s'apprêtait à s'essuyer les mains sur son pantalon. Il l'en empêcha de justesse, prit un chiffon dans le kit de terrain.

— Merci.

Tout en nettoyant ses doigts ensanglantés, elle contempla le parc à présent brillamment éclairé. Les techniciens de l'identité judiciaire, en combinaison de protection, évoluaient telles des silhouettes silencieuses sur un écran de cinéma. Les médias débarqueraient bientôt – un problème supplémentaire à gérer.

Dans un moment, les lumières s'allumeraient aux fenêtres des immeubles environnants. Des curieux observeraient le spectacle. Ensuite, on serait obligé de refouler les badauds.

Elle ordonnerait qu'on ferme le parc et devrait expliquer ça au maire.

Dans ce métier, on ne s'ennuyait jamais.

— Qu'est-ce que tu as dans la tête, lieutenant ?

— Trop de choses. Il faut que je trie. Je convoquerai Celina au Central, pour avoir le compte rendu détaillé de sa… vision. Je la ferai escorter par des flics en civil. À huit heures.

Elle fourra ses mains dans ses poches, les retira vivement, se rappelant qu'elles étaient toujours enduites de Seal-It.

— C'est ça, le truc, marmonna-t-elle.

Comme elle n'ajoutait rien, scrutant le parc, Connors toussota.

— Le truc ?

— Quand elle m'a contactée, elle a affirmé être chez elle, dans son lit. J'aimerais contrôler, voilà tout. Histoire d'être sûre.

— Tu ne la crois pas ?

— Je ne dis pas que je ne la crois pas. Je tiens seulement à contrôler. Pour ne plus avoir à y penser, à me poser trente-six mille questions.

— Si quelqu'un profitait de son absence pour… pénétrer dans sa chambre, vérifier ses communications, ça t'enlèverait une préoccupation.

Elle le dévisagea.

— Dire que je te suggère de commettre un délit... c'est inouï. Bref... si elle était effectivement dans son lit, elle ne pouvait pas être ici au moment du meurtre. Je pourrais lui demander sa permission pour faire vérifier ses communications, seulement...

— ...ce serait grossier.

— Ça, je m'en fiche éperdument, rétorqua-t-elle, agacée. Par contre, je n'ai pas envie de me planter et de prendre à rebrousse-poil une informatrice éventuellement valable.

— À huit heures, donc.

— Je t'appelle quand elle arrive au Central, répondit-elle, écartelée entre le soulagement et l'inquiétude. Sois très prudent. Si jamais tu te faisais pincer...

— Eve chérie, dit-il avec une patience quelque peu outrancière, je t'aime plus que la vie même, et depuis notre rencontre il me semble te l'avoir souvent prouvé. Aussi, je ne comprends pas pourquoi tu t'obstines à m'offenser.

— Moi non plus. Tu entres, tu ressors. Les communications, rien d'autre. Ne t'amuse pas à fureter partout. Si tout est OK, ne m'appelle pas. Sinon, passe par ma ligne privée.

— Il ne faudrait pas un mot de passe ? la taquina-t-il avec un large sourire.

Elle lui lança un regard réfrigérant. Riant de plus belle, il se pencha pour lui effleurer les lèvres d'un baiser.

— N'oublie pas de te reposer, lieutenant.

Eve pivota, franchit l'arche, retournant vers la mort. Il était peu probable qu'elle réussisse à trouver le sommeil.

Informer les proches était toujours une pénible tâche, et c'était pire encore lorsqu'on devait le faire au beau milieu de la nuit. Elle appuya sur la sonnette d'un appartement du Lower West Side et se prépara à détruire l'univers d'une personne.

— Oui ? Qu'est-ce que c'est ? ronchonna une voix dans l'interphone.

— Police, répondit Eve en montrant son insigne à la caméra. Nous aimerions parler à Carleen Steeple.

— Il est quatre heures du matin ! C'est pour quoi ?

— Ouvrez-nous, monsieur.

Des chaînes et des verrous claquèrent. L'homme qui s'encadra sur le seuil n'était vêtu que d'un large pantalon de pyjama en coton.

— C'est pour quoi ? répéta-t-il, exaspéré. Il y a des gens qui essaient de dormir. Vous allez réveiller les gamins.

— Nous sommes navrées de vous déranger, monsieur Steeple.

C'était le beau-frère de la victime, d'après ses renseignements.

— Je suis le lieutenant Dallas, et voici l'inspecteur Peabody. Nous voudrions parler à votre épouse.

— Andy ? Que se passe-t-il ?

Une femme aux courtes boucles ébouriffées apparut.

— Les flics, bougonna-t-il. Écoutez, on a dénoncé les dealers qu'on a repérés et les junkies qui rôdent par ici à longueur de journée. On a fait notre devoir de citoyens et on n'apprécie pas d'être enquiquinés en pleine nuit.

— Nous ne sommes pas de la brigade des stupéfiants, monsieur Steeple. Madame Carleen Steeple ?

Celle-ci s'avança, nouant la ceinture de son peignoir.

— Oui.

— Êtes-vous la sœur de Lily Napier ?

— Oui. Il y a un problème ?

— Je suis infiniment navrée. Votre sœur est décédée.

— Non...

— Oh, Seigneur !

Instantanément, Andy Steeple cessa de ronchonner pour se muer en époux attentionné qui serra Carleen dans ses bras.

— Ma pauvre chérie... Qu'est-il arrivé à Lily? demanda-t-il à Eve.

— Non, non, soufflait Carleen.

— Pouvons-nous nous asseoir, monsieur Steeple?

Il les précéda dans un salon meublé de vieux fauteuils confortables, d'un sofa recouvert d'un imprimé à grosses fleurs éclatantes.

— Installe-toi là, ma chérie. Ne reste pas debout.

— Papa? bredouilla soudain une fillette toute bouclée qui se frottait les yeux.

— Retourne te coucher, Kiki.

— Qu'est-ce qu'elle a, maman?

— Va dans ton lit, mon bébé. Je viens tout de suite.

— J'ai soif.

— Kiki...

— Vous voulez que je m'occupe d'elle? proposa Peabody.

— Eh bien, je...

Il s'interrompit, désemparé, puis opina.

— Salut, Kiki, dit Peabody en prenant la petite par la main. Moi, je m'appelle Dee. On va chercher un verre d'eau?

— Ma coéquipière se débrouille très bien avec les enfants, commenta Eve pour rassurer Steeple.

— Il n'y a pas d'erreur, vous en êtes certaine? demanda-t-il.

— Malheureusement oui, monsieur.

— Un accident? s'enquit Carleen, nichant son visage contre l'épaule de son mari.

— Non... votre sœur a été assassinée.

— Encore ces junkies, marmonna Steeple avec aigreur.

— Non.

Eve observait Carleen, son teint blême, ses larmes, la supplication dans son regard.

— Je sais combien c'est difficile. Et la suite est encore plus dure. Votre sœur a été attaquée sur le chemin en rentrant de son travail. Dans Memorial Park.

— Elle passe toujours par le parc, acquiesça Carleen qui chercha la main de son mari. C'est plus rapide et plus sûr.

— On l'a frappée ?

Ne tourne pas autour du pot, se tança Eve. Ne les laisse pas se torturer à force d'échafauder des hypothèses.

— Elle a été violée et étranglée.

— *Lily ?*

Carleen écarquillait ses yeux débordant de larmes. Elle se serait évanouie si Andy ne l'avait pas secouée avec douceur.

— Non, non, non... gémit-elle.

— Cette ville ne devrait pas être un coupe-gorge, murmura Steeple d'une voix rauque, berçant tendrement son épouse dans ses bras. Une femme devrait pouvoir rentrer tranquillement chez elle après le travail.

— Oui, monsieur, vous avez raison. Nous ferons le maximum pour arrêter le coupable, mais nous avons besoin de votre aide. J'ai quelques questions à vous poser.

— Maintenant ? Vous ne voyez pas que nous sommes bouleversés ?

Eve se pencha vers lui, plongea son regard dans le sien.

— Monsieur Steeple, déclara-t-elle posément, aviez-vous de l'affection pour votre belle-sœur ?

— Évidemment !

— Souhaitez-vous que son assassin soit puni ?

— Puni ? cracha-t-il. Je veux qu'il crève.

— Moi, je veux le dénicher et l'arrêter. Et croyez-moi, je l'aurai. Néanmoins, grâce à vous, j'irai peut-être plus vite et je l'empêcherai de continuer à tuer.

Il la dévisagea longuement.

— Vous nous accordez une minute, juste une minute, en tête à tête ?

— Bien sûr.

— Je vous propose d'attendre dans la cuisine, là-bas.

Eve les laissa seuls et pénétra dans une petite pièce très bien équipée, pourvue d'un coin repas avec des bancs garnis de coussins imprimés de zigzags bleus et jaunes, assortis aux rideaux des fenêtres, jaunes à liseré bleu, et aux sets disposés sur la table.

Enfin, Steeple apparut sur le seuil.

— Lieutenant Dallas ? Nous sommes prêts. Je nous prépare du café. Nous en avons tous besoin.

Ils regagnèrent le salon. La fillette étant à présent calmée, Peabody les rejoignit. Carleen avait les paupières rougies, l'air hagard. Cependant, elle fournissait un effort considérable pour se ressaisir.

— Puis-je voir ma sœur ? balbutia-t-elle.

— Pas pour l'instant, je suis désolée. Votre sœur était bien employée au bar-gril *O'Hara's*, n'est-ce pas ?

— Oui, depuis cinq ans. Elle s'y plaisait. C'est un endroit convivial et proche de son appartement. Elle se faisait de bons pourboires. Elle préférait travailler de nuit, comme ça elle avait ses après-midi libres.

— Avait-elle quelqu'un dans sa vie ?

— Pas en ce moment. Elle sortait quelquefois mais, depuis son divorce, elle se méfiait des hommes.

— Et son ex-mari ?

— Rip ? Il s'est remarié, dans le Vermont. Pour Lily, c'était l'amour de sa vie, malheureusement ce n'était pas réciproque. Leur relation s'est peu à peu détériorée. Ce n'était pas atroce, seulement triste.

— N'allez pas chercher des noises à Rip, s'emporta soudain Steeple. Le coupable, c'est un junkie, un déséquilibré. Rip est un crétin, mais il est honnête. Alors que l'ordure qui a…

— Andy… coupa Carleen dans un sanglot étouffé. Arrête, s'il te plaît…

— Excuse-moi, je te demande pardon… Mais le type qui a fait ça rôde encore, et nous, on est là à se rouler les pouces. Tu verras, elle va me demander où j'étais, et des conneries de ce genre. Bon Dieu… soupira-t-il, baissant la tête.

— Plus vite vous aurez répondu à nos questions, plus vite nous vous laisserons en paix. Savez-vous si quelqu'un l'importunait ?

— Non, répliqua Carleen qui caressait les cheveux de son époux. Certains clients la taquinent, rien de méchant. Elle est très pudique. Lily est timide, pourtant elle se sent à l'aise dans ce bar. Les gens y sont gentils. On y va quelquefois. Elle n'a jamais fait de mal à personne, lieutenant. Il faut que je prévienne nos parents. Ils vivent en Caroline du Sud. Sur une péniche. Ils… comment leur annoncer que Lily est morte ? Comment le dire à Kiki ?

— N'y pense pas maintenant.

Andy Steeple releva la tête, il semblait avoir repris le contrôle de soi-même.

— Une chose après l'autre, ma chérie. Est-ce comme pour l'autre femme, lieutenant ? J'ai suivi ça aux infos. Je vous ai même vue. Il a procédé de la même manière ?

— Nous étudions cette hypothèse.

— Est-ce qu'elle a été… ?

Eve le lut dans son regard. *Mutilée*. Cependant il se tut avant de prononcer l'horrible mot, et serra son épouse plus fort contre lui.

— L'autre victime a été tuée dans les quartiers chics.

— Oui. Madame Steeple, Lily faisait-elle des ouvrages ?

Carleen esquissa un pâle sourire.

— Non, elle n'aimait pas jouer à la ménagère, comme elle disait. C'était d'ailleurs un problème entre elle et

Rip. Il voulait une femme d'intérieur – le contraire de Lily.

— Il m'a semblé que vous aviez des objets faits à la main dans la cuisine.

— Et dans la chambre de Kiki, intervint Peabody. Le quilt, sur son lit, est une splendeur.

— C'est moi qui l'ai confectionné. Quand j'étais enceinte de Drew, notre fils, j'ai décidé… ou plutôt nous avons décidé, Andy et moi, corrigea-t-elle, que je me lancerais dans la carrière de mère. Je souhaitais rester à la maison avec mes enfants. Je me suis vite rendu compte que j'avais besoin de m'occuper. J'ai commencé par les quilts, puis je me suis mise aux travaux d'aiguille, au macramé. J'adore ça.

— Où vous procurez-vous vos fournitures ?

— Quel rapport avec Lily ?

— Madame Steeple, pouvez-vous répondre à ma question ?

— Dans divers magasins.

Elle en cita plusieurs qui figuraient sur la liste d'Eve.

— Lily vous accompagnait parfois, lorsque vous alliez faire vos achats ?

— Eh bien, oui. Souvent. On sortait ensemble au moins une fois par semaine.

— Merci pour votre aide.

— Mais… c'est tout ? s'étonna Carleen.

— Nous resterons en contact avec vous. Vous pouvez joindre l'inspecteur Peabody ou moi-même au Central, à n'importe quel moment.

— Je vous raccompagne, décréta Steeple. Carleen, tu devrais t'assurer que les petits dorment.

Dans le vestibule, il chuchota :

— Je suis désolé d'avoir été aussi agressif.

— Ce n'est rien.

— Dites-le-moi : elle a été mutilée, comme l'autre ?

— Oui. Je suis navrée.

— Comment s'y est-il pris ?

— Il m'est impossible de vous donner ces détails, qui sont des éléments essentiels et confidentiels.

— Je veux être prévenu quand vous l'aurez trouvé. Je veux…

— Je sais. Pour l'instant, prenez soin de votre femme, de votre famille. Nous nous chargeons du reste.

— Vous ne connaissiez pas Lily…

— Non, en effet. À présent, je la connais.

11

Il était plus de cinq heures du matin, quand Eve regagna la Criminelle. L'équipe de nuit, peu nombreuse, s'occupait du standard, de la paperasse en retard. Certains hommes ronflaient comme des bienheureux. D'un geste, elle invita Peabody à la suivre dans son bureau.

— Je dois appeler Whitney.

— Je vous laisse volontiers ce plaisir.

— Trop aimable. Vous, vous prévenez Celina qu'on lui envoie deux flics en civil. Ils la conduiront au Central pour qu'elle fasse sa déposition. À huit heures tapantes. Ensuite, vous pourrez dormir deux heures dans la salle de repos.

— Vous n'aurez pas à me le dire deux fois. Vous me rejoignez ?

— Je m'allongerai ici, dans mon bureau.

— Où ça ?

— Allez bosser et refermez la porte derrière vous.

Demeurée seule, Eve contempla longuement son communicateur tout en se récitant un petit mantra.

« Faites que le commandant réponde, pas sa femme. Surtout pas sa femme. Le commandant, pas sa femme. »

Elle prit une grande inspiration et composa le numéro.

Elle faillit glapir de joie lorsque la figure fatiguée de Whitney s'inscrivit sur son écran.

— Désolée de vous réveiller, commandant. Il y a eu un meurtre dans Memorial Park. Une victime de sexe féminin, type caucasien, vingt-huit ans. Viol avec mutilation. Même *modus operandi* que pour Maplewood.

— La scène de crime est bouclée ?

— Oui, commandant. J'ai fait fermer le parc et poster des hommes devant chaque accès.

— Vous l'avez fait fermer ?

— C'est nécessaire, au moins pendant les prochaines vingt-quatre heures.

Il poussa un lourd soupir.

— Autrement dit, je suis obligé de réveiller le maire. Je veux un rapport complet à huit heures, et je vous attends dans mon bureau à neuf heures.

— Bien, commandant.

Elle scruta l'écran à présent éteint. À l'évidence, elle ne dormirait pas cette nuit.

Elle consigna ses notes et les détails enregistrés sur le terrain. En prévision de la dure journée qui l'attendait, elle programma une verseuse de café, puis s'assit pour peaufiner son rapport, qu'elle compléta avec le calcul de probabilités.

Elle sauvegarda le tout, en fit une copie pour le commandant Whitney, pour Peabody et pour le Dr Mira.

Après, elle épingla sur son tableau des clichés de Lily Napier, vivante et morte.

À sept heures et quart, elle régla sa montre, s'étendit sur le sol et s'accorda un petit somme de vingt minutes qui ne la reposa nullement. À son réveil, elle alla se doucher dans les vestiaires. Elle envisagea un instant d'avaler un excitant pour dissiper sa fatigue, mais ça la rendait toujours bizarre, les nerfs à fleur de peau. Quitte à s'intoxiquer, autant se gaver de caféine, sa drogue favorite.

Pour son entretien avec Celina, elle choisit une salle de réunion plutôt que son bureau. Elle y apporta une deuxième cafetière pleine et fumante. Pas question d'ingurgiter le jus de chaussette de la Criminelle.

Le sergent de service à la réception la prévint de l'arrivée de Celina à la seconde même où Peabody pénétrait dans la salle.

— Petit Jésus, soupira-t-elle en reniflant l'air, versez-moi ce nectar dans une soucoupe, je le laperai.

— Foncez d'abord nous chercher des beignets au distributeur, ou quelque chose à manger, ordonna Eve. Mettez ça sur le compte de la brigade.

— Vous pensez à vous nourrir ? Je rêve.

— Sanchez monte, grouillez-vous.

— Ah, ça c'est la Dallas que je connais et que j'aime.

Peabody sortie, Eve saisit son communicateur personnel et contacta Connors. Il répondit immédiatement.

— C'est bon, elle… Mais, où es-tu ? grogna-t-elle.

— Je m'apprête à poursuivre ma petite aventure de cambrioleur diurne.

— Je t'avais demandé d'attendre mon signal.

— Hum… marmonna-t-il tout en manipulant le communicateur dans la chambre de Celina. J'ai désobéi, une fois de plus. Je compte sur une punition sévère dès que tu auras un moment.

— Bon sang…

— Tu veux papoter ou tu me laisses travailler ?

Quand Eve eut raccroché, brutalement, Connors sourit. Il adorait exaspérer sa femme – ce qui était très mesquin de sa part, il en convenait.

Il avait guetté les policiers, les avait vus se garer devant chez Celina et pénétrer dans l'immeuble. Même en civil, en tenue décontractée, les flics gardaient l'apparence de flics, surtout pour un délinquant, fût-il retraité.

Dix minutes après le départ de Celina et de ses chevaliers servants – il valait toujours mieux patienter, s'assurer que la cible ne faisait pas demi-tour pour une raison quelconque –, il avait bloqué à distance les caméras de surveillance et traversé tranquillement la rue.

Trois minutes plus tard, il déverrouillait la porte de l'appartement, neutralisait le système d'alarme et se faufilait dans le vestibule.

Vérifier les transmissions fut pour lui un jeu d'enfant. Celina avait effectivement appelé de sa chambre comme elle l'affirmait. À deux heures du matin.

Son lieutenant chéri pourrait cesser de s'interroger.

Malgré les avertissements d'Eve, l'envie de fureter fut bientôt irrésistible. C'était sa nature, n'est-ce pas. Jamais son flic adoré ne comprendrait que le simple fait de s'introduire dans un lieu en catimini lui fouettait le sang.

Il s'accorda un instant de plaisir, admira les œuvres d'art qui ornaient les murs de la chambre. Oniriques, sensuelles, suggestives ; une riche et très féminine palette de couleurs.

Il visita l'étage du loft, en apprécia le style, les proportions. Il y devinait l'assurance d'une femme qui savait comment elle voulait vivre et s'en donnait les moyens. Ce serait peut-être intéressant de l'engager pour certaines affaires, songea-t-il.

Il ressortit aussi nonchalamment qu'il était entré, consulta sa montre – il avait largement le temps de gagner le centre-ville pour son premier rendez-vous de la journée.

Eve connaissait son mari et sa dextérité. Quand Celina franchit le seuil de la salle de réunion, Connors ne s'étant pas manifesté, Eve sut qu'il avait vérifié les communications et que le médium avait appelé de sa chambre, conformément à ses déclarations.

Inutile de se torturer les méninges ni de suspecter la femme fébrile et épuisée qui se présenta devant elle.

Celina Sanchez avait les traits tirés et le teint cireux d'une personne qui se remettait à peine d'une longue et grave maladie.

— Dallas…

— Asseyez-vous. Buvez un café.

— Je veux bien.

Elle s'assit à la table et saisit à deux mains son mug de café. Ses bagues tintèrent sur la faïence grossière de la tasse.

— J'ai avalé un calmant après vous avoir appelée. Aucun effet. J'en ai pris un second avant de venir ; celui-là ne me fait pas davantage d'effet. Si seulement je pouvais me réfugier dans le coma…

— Ça n'aiderait pas vraiment Lily Napier.

— C'est son nom ?

Elle but, déglutit avec difficulté, but de nouveau.

— Ce matin, je n'ai pas regardé les infos. J'avais peur de la voir.

— Vous l'avez pourtant vue cette nuit.

— C'était pire que la dernière fois. Je veux dire… pour moi. Je ne suis pas préparée à ça.

— Il est très dur pour quelqu'un qui possède votre don d'être témoin d'une telle violence, intervint Peabody.

Celina la gratifia d'un sourire reconnaissant.

— Seigneur, oui ! Bien sûr, je ne ressens pas toute la douleur physique qu'endure la victime, mais… Quand on est relié, psychiquement, à un être, ses émotions et ses sensations résonnent en vous. Je sais combien elle a souffert. Moi, je suis vivante, intacte et je savoure mon café. Elle est morte, mais je sais à quel point elle a souffert.

— Décrivez-moi votre vision, ordonna Eve.

— C'était…

Celina leva une main comme pour tout arrêter, tout balayer.

— La première fois, reprit-elle, c'était comme un rêve. Intense, perturbant, mais j'ai réussi à l'occulter, jusqu'à la diffusion de ce reportage à la télé. Cette nuit, impossible de se leurrer. Il s'agissait d'une vision. Une des plus puissantes de mon existence. Comme si j'étais là-bas, à ses côtés. Elle marchait vite, la tête baissée.

— Comment était-elle vêtue ?

— Une jupe sombre – noire, il me semble –, courte. Une chemise blanche à manches longues, au col ouvert, et un cardigan, un genre de sweater. Des chaussures plates, avec d'épaisses semelles. En caoutchouc, probablement, car elle marchait sans le moindre bruit. Elle avait un petit sac en bandoulière.

— Et lui, que portait-il ?

— Du noir, je ne sais pas. Elle ne se doutait pas qu'il était là, à l'attendre, dans le parc, dans l'ombre. Tout en lui est noir.

— Sa couleur de peau ? Il est noir ?

— Non, je… Non, je ne crois pas. J'ai vu ses mains quand il l'a attaquée. Blanches, énormes, luisantes. Il l'a frappée au visage. Une douleur atroce. Elle est tombée, elle n'a plus rien senti. Elle était… évanouie. Il a continué à la cogner – la figure, le corps. Elle était inconsciente. « Tu aimes ça, hein, tu aimes ça ? »

Le regard de Celina devint vitreux, ses iris vert clair presque transparents.

— « Qui est le chef, maintenant ? Qui commande, espèce de garce ? » Il arrête de la battre, il lui tapote les joues de ses mains énormes. Elle doit reprendre connaissance. Il faut qu'elle soit lucide pour la suite. Tant de souffrance. J'ignore si c'est sa souffrance à elle, ou à lui, mais…

— Ce n'est pas la vôtre, coupa Peabody avec douceur. Vous n'êtes qu'un témoin et vous nous racontez ce que vous voyez. Ce n'est pas votre souffrance.

— Pas la mienne, oui, souffla Celina. Il lui arrache ses vêtements. Elle se débat à peine. Quelque chose en elle se brise. Elle est perdue, comme un animal pris au piège. Il la viole, elle a mal. Au tréfonds de son être. Elle ne le voit pas. Il fait trop sombre et elle a trop mal. Elle sombre de nouveau dans l'inconscience. Là, au moins, il n'y a pas de douleur. Il la tue, elle ne sent rien. Son corps réagit, se convulse. Pour lui, c'est excitant. La mort de sa victime le mène à l'orgasme.

Celina pressa une main sur sa bouche.

— J'ai la nausée.

— Venez, dit Peabody en aidant le médium à se lever.

Lorsqu'elles furent sorties, Eve s'approcha d'une fenêtre qu'elle ouvrit pour respirer.

Elle ne connaissait que trop cette sensation de nausée. Assister perpétuellement au même hideux spectacle, à en être malade.

Elle laissa l'air frais, le bruit, la *vie* de la ville la laver de toute cette horreur. Elle regarda passer un aérotram bondé de passagers, un dirigeable publicitaire qui crachait ses annonces de soldes, de promotions à ne pas manquer.

Les jambes flageolantes, elle resta appuyée au rebord de la fenêtre, écoutant le vacarme d'un hélicoptère, des voitures qui klaxonnaient.

Cette cacophonie résonnait comme une musique à ses oreilles, une mélodie qu'elle comprenait et qui lui donnait le sentiment d'être à sa place.

À New York, jamais elle n'était seule. Avec son insigne pour bouclier, jamais elle n'était impuissante.

Se remémorer cette souffrance-là, en connaître la source, la rendait plus forte. Le savoir la rassurait.

Calmée, elle ferma la fenêtre, se rassit à la table et se resservit du café.

Peabody revint avec Celina, dont les joues avaient repris des couleurs. Elle s'était refardé les lèvres, les paupières. Les femmes ne cessaient d'étonner Eve – elles se préoccupaient de futilités dans les moments les plus tragiques.

— Vous auriez intérêt à boire ça plutôt que du café, dit Peabody en posant une bouteille d'eau devant Celina.

— Vous avez raison, répondit celle-ci en lui étreignant la main. Merci de m'avoir soutenue et aidée à recouvrer mes esprits.

— De rien.

Celina regarda Eve.

— Vous devez me juger bien faible.

— Détrompez-vous. Je… nous découvrons les victimes après les faits, et, jour après jour, nous constatons ce que les humains sont capables d'infliger à leurs congénères. Le sang, la chair massacrée, l'anéantissement. Ce n'est pas facile. Mais nous, nous ne voyons pas le déroulement du crime, la manière dont il se déroule. Nous ne ressentons pas ce qu'éprouve la victime, ce qu'elle subit.

— Mais si… Vous avez simplement trouvé une façon de le gérer. Il faut que j'y parvienne aussi.

Elle but une gorgée d'eau avant de reprendre son récit.

— Il l'a déshabillée, je crois. Une part de moi résistait, refusait de regarder. Il lui a enlevé ses vêtements déchirés pendant le viol. Il l'a portée… non, pas elle. Mon Dieu !

Elle but encore, inspira à fond.

— Je veux dire que, pour lui, elle incarne une autre personne. Il punit quelqu'un qui l'a puni autrefois. Dans le noir. Il a peur du noir.

— Pourtant il tue la nuit, objecta Eve.

— Il n'a pas le choix. Il doit surmonter sa frayeur.

— Quoi d'autre ?

— Je me suis extirpée de ce cauchemar. Je ne supportais plus, ensuite je vous ai appelée. Je sais que j'aurais dû aller jusqu'au bout. J'aurais pu noter un détail qui vous soit utile. J'étais paniquée, j'ai lutté bec et ongles pour que ça s'arrête.

— Grâce à vous, nous avons rapidement trouvé la victime et protégé la scène de crime. C'est très important.

— Vous avez une piste ?

— Je crois que oui.

— Dieu merci ! murmura Celina. Si vous avez quelque chose qui lui appartient, je peux tenter de le voir.

— Nous avons l'arme du crime.

— Ça risque fort de se passer comme la dernière fois. Ce que je vois et ressens, c'est l'acte en soi, le tumulte émotionnel. Il me faut un objet qu'il ait touché de ses mains nues, qu'il a eu sur lui.

— Essayez quand même, dit Eve en déposant le cordonnet sur la table.

Celina humecta ses lèvres, effleura le ruban du bout des doigts.

Brusquement, sa tête se renversa en arrière. Ses yeux se révulsèrent, ses iris disparurent sous les paupières, hormis un mince croissant vert. Elle glissa de son siège. Eve se précipita pour l'empêcher de tomber.

— C'est lui, balbutia-t-elle. Rien d'elle. Elle est morte, quand il lui met ça autour du cou. Il n'y a que sa rage, la peur, l'excitation. Je suis assaillie, comme si des nuées d'insectes me piquaient. C'est horrible.

— Que fait-il, maintenant qu'il en a fini avec elle ?

— Il retourne vers la lumière. Il peut retourner vers la lumière. J'ignore ce que ça signifie. Oh, ma tête… Elle éclate.

— On vous donne un antalgique et on vous raccompagne chez vous. Peabody ?

— Vous souhaitez vous reposer un peu avant de rentrer ? demanda Peabody.

— Non, répondit le médium en s'agrippant à Peabody. Je veux m'en aller.

— Celina, lança Eve, dissimulant sous sa main le cordonnet rouge, afin que son interlocutrice ne le voie plus, vous devriez rencontrer le Dr Mira, pour une séance de soutien psychologique.

— J'apprécie votre suggestion, vraiment, mais…

— Sa fille est wiccan et médium.

— Ah…

— Charlotte Mira. C'est la meilleure, et ça vous aidera sans doute de parler à quelqu'un qui comprend votre… situation.

— Peut-être. Merci.

Une fois seule, Eve prit le cordonnet rouge. Elle n'avait pas besoin de le palper pour imaginer. Était-ce un don, une malédiction ?

Haussant les épaules, elle remit la pièce à conviction dans sa pochette. Ce n'était qu'un outil, ni plus ni moins.

Elle s'efforçait de puiser en elle l'énergie nécessaire pour se redresser. Lorsque la porte s'ouvrit, livrant passage au commandant Whitney, Eve fut aussitôt debout.

— L'interrogatoire de Sanchez s'est terminé à l'instant, et je m'apprêtais à vous rendre visite.

— Asseyez-vous. D'où vient ce café ?

— De mon bureau, commandant.

— Alors, il est bon.

Il s'en versa un mug puis s'installa vis-à-vis d'Eve qu'il scruta, tout en sirotant son café.

— Combien d'heures de sommeil ?

— Deux.

— Ça se voit. Je m'en suis douté en lisant votre rapport. Vous êtes sous mes ordres depuis onze ans, grosso modo, n'est-ce pas, lieutenant ?

— En effet, commandant.

— Compte tenu de votre expérience et de votre grade, vous n'avez pas estimé normal, voire raisonnable, de m'informer – quand j'ai exigé ce rapport pour neuf heures – que vous rouliez sur la jante et aviez un entretien capital à huit heures, ce matin même ?

Puisqu'il semblait vouloir une réponse honnête, elle s'accorda un temps de réflexion.

— Non, commandant.

— C'est bien ce que je pensais, dit-il en se pinçant l'arête du nez. Vous les avez goûtés ? ajouta-t-il, désignant les beignets posés sur la table.

— Non, mais ils sont tout frais. Enfin... aussi frais que possible vu qu'ils sortent du distributeur.

— Mangez-en un, immédiatement.

— Pardon ?

— Mangez, Dallas. Faites-moi cette faveur. Vous avez une mine de déterrée.

— Ça correspond à mon état d'esprit actuel, répliqua-t-elle en prenant un beignet.

— J'ai parlé au maire. J'ai une réunion avec lui et le chef Tibble dans une demi-heure environ. Votre présence, *a priori*, était exigée.

— Dans le bureau du maire ou à la Tour ?

— Le bureau du maire. Je leur raconterai que vous êtes sur le terrain et que vous êtes donc dans l'incapacité de vous joindre à nous.

Elle garda le silence, cependant quelque chose dut s'inscrire sur son visage, qui fit sourire Whitney.

— Dites-moi ce qui vient de vous traverser l'esprit, lieutenant. Et ne me racontez pas de salade.

— Je ne pensais à rien en particulier, commandant. Je vous baisais mentalement les pieds.

Il éclata de rire, mordit avec appétit dans une moitié de beignet.

— Dommage, vous allez louper un sacré feu d'artifice : fermer un parc...

— Il faut préserver le périmètre jusqu'à ce que l'Identité judiciaire l'ait complètement ratissé.

— Et le maire nous objectera un tas d'âneries politiciennes : que d'après tous les rapports, le tueur s'enduit de Seal-It et que, par conséquent, vous écornez le budget municipal, détournez des policiers d'autres missions, et privez les New-Yorkais d'agréables promenades dans un espace public – tout ça pour courir après un courant d'air.

Eve s'était déjà frottée à la politique, et ce n'était pas son fort.

— Le timing, rétorqua-t-elle. Selon toute probabilité, il était encore dans le parc, vraisemblablement avec la victime, sur le lieu où il l'a déposée, quand les premiers policiers sont arrivés. Il devait avoir sur lui le sang de cette jeune femme. Il n'a pas eu le temps de se nettoyer.

J'en suis certaine. Nous avons déjà trouvé des traces. Elles vont de la première à la deuxième scène, puis en direction de l'est. Si je réussis à reconstituer ses déplacements...

— Sous prétexte que je suis désormais dans un bureau, vous croyez que je ne me rappelle pas comment ça fonctionne ? Chaque fragment du puzzle compte. Et si ça dépasse l'entendement du maire, Tibble, lui, le comprendra. On se débrouillera.

— Merci, commandant.

— Quelle sera la prochaine étape ?

— Je veux faire appel à la DDE. J'ai dressé une liste – les personnes résidant dans le secteur autour des boutiques que fréquentaient les victimes. Il y a aussi deux ou trois clubs de gym intéressants. Il faut faire des recoupements entre les résidents, les membres des clubs, les clients. Éliminer des noms, au fur et à mesure, jusqu'à ce qu'on tombe sur lui. Feeney ira beaucoup plus vite que moi, et ça me permettra d'être sur le terrain au lieu de rester collée à un écran d'ordinateur.

— Eh bien, vous avez le feu vert, lança Whitney en quittant la salle.

Briefer Feeney fut facile – il la comprenait à demimot.

— Ce sera long, la prévint-il, mais on attaquera dès qu'on aura du grain à moudre.

— Je vais me procurer, de gré ou de force, la liste des clients de la boutique de loisirs créatifs. En réalité, j'en ai deux dans le collimateur, même si la deuxième est située légèrement en dehors du périmètre. *Idem* pour les adhérents des clubs de gym. Je t'envoie tout ça ainsi que les renseignements récoltés cette nuit.

— D'accord.

— J'ai fait une recherche sur les banques des yeux, donneurs et receveurs. C'est sans doute une perte de temps, mais on ne doit rien négliger.

— Donne-moi tout ce que tu as. Tu m'as l'air flagada, Dallas.

— Merci bien.

Elle coupa la communication, puis transmit dossiers, listes et notes diverses à Feeney. Hormis sa dernière remarque, elle l'appréciait énormément. Il avait un vrai cerveau de flic. Peut-être repérerait-il un détail auquel elle n'avait pas prêté attention.

Elle enfila sa veste, gagna d'un pas de grenadier la salle commune et le box de sa coéquipière.

— À cheval, Peabody.

12

— Qu'est-ce que ça signifie, flagada ?

Peabody fronça le sourcil.

— Peut-être un peu… raplapla ?

— Ce mot-là s'applique aux oreillers, corrigea Eve d'un ton docte. Un oreiller aplati est raplapla.

— Ah… En tout cas, ce « flagada » ne me paraît pas très flatteur. Vous voulez que je regarde dans le dictionnaire ?

— Non. J'ai demandé à Feeney, l'auteur de ce compliment, de faire des recoupements sur le secteur que nous avons délimité. Maintenant, il nous faut les listes.

— Feeney sera bien plus rapide que nous deux réunies. Mais ça prendra quand même du temps, vu les dimensions du périmètre et le nombre de personnes qui y évoluent. Les gens font au moins une partie de leurs courses dans leur quartier.

— On commence par les hommes célibataires.

— Il vit sans doute seul, il a entre trente et cinquante ans.

— Plutôt trente. Comme ses proies.

— Pourquoi ?

— Je l'ignore, mais j'ai l'intuition que c'est un début de piste. L'âge. Le sien, celui de sa victime – ou plutôt de la femme qu'il tue à travers sa victime. À présent, ils sont égaux, il peut se venger et la punir.

Eve s'interrompit.

— Je parle comme Mira.

— Un peu. Et comme dirait Mira, c'est plausible. Donc nous partons du principe qu'il a la trentaine. On sait qu'il est costaud, qu'il a des pieds gigantesques. D'après Celina, notre consultante civile, il a des mains énormes et dépasse le mètre quatre-vingt-cinq. Mais ça, on en avait déjà des preuves.

Eve lança un regard oblique à sa coéquipière.

— Vous ne semblez pas convaincue par notre consultante.

— Je la crois, seulement ses visions ne sont pas des éléments concrets. Nous travaillons sur des faits et, si on a une minute, on envisage le reste.

— Voilà le genre de remarque cynique que j'aime entendre dans votre bouche.

— Elle n'invente pas une histoire et, quand elle a touché l'arme du crime, elle ne simulait pas. Dans les toilettes, elle était malade comme un chien. J'ai failli appeler un médecin. Mais... les visions peuvent être trompeuses.

— Sans blague ?

— Oh vous... en matière de sarcasme, vous êtes la reine. Je veux dire que les visions altèrent souvent le réel.

— Par exemple ?

— Par exemple, Celina pourrait considérer le meurtrier comme anormalement grand parce qu'il est puissant. Pas seulement physiquement, comme le démontre le *modus operandi*, mais professionnellement ou financièrement. Elle le voit de cette manière parce qu'il tue, et que ça la terrorise. Le loup-garou est forcément gigantesque.

— OK, opina Eve en commençant à chercher un endroit où se garer. Continuez.

— Nous connaissons sa pointure, largement au-dessus de la moyenne. Donc, il est très grand. Il a la force – la puissance – nécessaire pour porter un cadavre sur une cinquantaine de mètres, et jusqu'en bas d'une pente abrupte. Ce portrait du tueur, on le doit à notre boulot de flic, pas à des visions.

— Notre boulot de flic confirme-t-il les visions de Celina, ou ses visions confirment-elles notre boulot ?

— Les deux, non ?

Peabody retint son souffle tandis qu'Eve tripotait les manettes de conduite verticale et latérale pour se glisser dans un minuscule emplacement au coin d'une rue.

— Les consultants civils sont des instruments, reprit-elle quand la voiture fut arrêtée, qu'il faut savoir comment utiliser.

— Elle ne voit pas son visage, dit Eve qui surveillait la circulation pour sortir de la voiture sans risquer d'être écrabouillée.

— Peut-être qu'il porte un masque, ou bien elle est tellement effrayée qu'elle bloque les images.

Eve ouvrit sa portière, se réfugia en hâte sur le trottoir.

— Elle le peut ? demanda-t-elle.

— Si elle est assez forte dans son domaine et assez terrorisée, oui. Elle n'est pas flic, Dallas. Elle voit un meurtre mais, contrairement à nous, elle n'a pas choisi. Si on refuse d'assister à des horreurs, on ne se décarcasse pas pour obtenir son insigne et intégrer la Criminelle. Personnellement, j'ai voulu être flic, du genre qui trouve les réponses aux grandes questions, qui défend les victimes et traque les coupables. Et vous ?

— À peu près pareil.

— Tandis que Celina ne s'est pas dit : « Tiens, je vais devenir médium, ce sera chouette. » Elle a accepté son destin et elle a essayé de vivre avec.

— Ce que je respecte.

Eve jeta un bref coup d'œil à un sans-abri qui, son permis crasseux pendu au cou, posait gaiement pour les touristes.

— Et voilà que notre affaire lui tombe dessus, poursuivit Peabody. Elle a peur que notre tueur récidive, qu'elle soit replongée dans le cauchemar. C'est lourd à porter.

— Quelques nausées en perspective.

— Un doux euphémisme, gloussa Peabody. Enfin bref, elle fait de son mieux, et ça lui coûte cher. Il est possible qu'elle nous soit utile mais, au bout du compte, c'est à nous de bosser, pas à elle.

Elles avaient atteint le magasin de fournitures pour loisirs créatifs.

— Entièrement d'accord. Recourir à un médium est problématique, même dans les meilleures circonstances – à savoir quand ils ont une formation de policier et choisissent de faire partie d'une équipe d'investigation. Ce n'est pas notre cas. Mais Celina Sanchez est impliquée dans notre affaire. On l'utilisera, on l'écoutera, on vérifiera. Et vous la soutiendrez quand son estomac se retournera comme une chaussette.

— Bien, bien. Voilà une requête très inhabituelle.

La gérante du magasin s'agitait dans son bureau exigu, pourvu d'un unique fauteuil recouvert de ce qui, pour Eve, ressemblait à un assemblage de bout de chiffons à la gloire de quelque dieu de la couleur vraisemblablement siphonné.

Âgée d'une quarantaine d'années, elle arborait des joues pareilles à des pommes d'api et un sourire qui ne quittait pas ses lèvres, même si elle se tordait les mains d'un air affolé.

— Vous avez une liste de clients, n'est-ce pas, madame Chancy ?

— Bien sûr. Nous avons une clientèle fidèle qui apprécie d'être prévenue au moment des soldes, des promotions, et lorsque nous organisons des manifestations exceptionnelles. La semaine dernière, par exemple…

— Madame Chancy, nous voulons seulement la liste.

— Ah oui, oui. Lieutenant, c'est bien ça ?

— Absolument.

— C'est que, voyez-vous, je n'ai jamais eu à traiter une requête de cette nature, et je ne suis pas certaine de savoir comment procéder.

— Je vous explique : vous nous donnez votre liste, nous vous remercions pour votre coopération, et voilà.

— Mais nos clients pourraient s'offusquer. S'ils considèrent que j'ai, en quelque sorte, empiété sur leur vie privée... ils iront faire leurs achats ailleurs.

Dans cet espace confiné, Peabody put discrètement assener un coup de coude à Eve.

— Comptez sur notre discrétion, madame Chancy, déclara Peabody. Nous enquêtons sur une terrible affaire et nous avons besoin de votre aide. Nous n'avons aucune raison de préciser à vos clients comment nous nous sommes procuré leurs coordonnées.

— Ah...

La gérante était toujours debout, mordillant ses lèvres souriantes.

— Quel magnifique patchwork ! s'extasia Peabody, caressant le dossier du fauteuil. Est-ce votre œuvre ?

— Oui, oui. J'avoue que j'en suis assez fière.

— À juste titre. C'est un travail exceptionnel.

— Oh, merci ! Vous êtes une adepte du patchwork, vous aussi ?

— Seulement en dilettante, hélas ! J'espère avoir à l'avenir plus de temps à y consacrer. Vous comprenez, j'emménage bientôt dans un nouvel appartement. J'aimerais qu'il reflète ma personnalité.

— Mais bien sûr ! s'enthousiasma leur interlocutrice.

— J'ai constaté que votre magasin était remarquablement organisé et approvisionné. Je reviendrai vous rendre visite, en simple cliente, dès que je serai installée.

— Merveilleux ! Je vous donne notre brochure. Nous organisons des cours ainsi que des réunions mensuelles, pour tous les goûts, pépia la gérante en extirpant une disquette d'une boîte recouverte de marguerites en tissu.

— Formidable.

— Voyez-vous, lieutenant, l'artisanat permet de créer de beaux objets à l'image de votre personnalité, de votre style, et cela dans le respect de traditions séculaires. C'est également thérapeutique. Or j'imagine que, quand on exerce votre métier, on a besoin de se détendre et de se changer les idées.

— Oh oui ! répondit Peabody en ravalant un gloussement, je suis d'accord avec vous à cent pour cent. J'ai certaines amies et collègues à qui cela ferait beaucoup de bien.

— Vraiment ?

— Si nous pouvions avoir la liste de vos clients, madame Chancy, enchaîna Peabody en lui souriant de toutes ses dents blanches, nous vous serions reconnaissantes d'aider ainsi la police de New York.

— Oh, euh... présenté de cette manière...

La gérante s'éclaircit la voix.

— Je compte sur votre discrétion ?

— Naturellement, répliqua Peabody sans se départir de son sourire.

— Je vous fais une copie.

Lorsqu'elles eurent quitté le magasin, le sourire de Peabody se teinta de suffisance. Elle sautillait plutôt qu'elle ne marchait.

— Alors ?

— Alors quoi ? rétorqua Eve.

— Je n'ai pas droit à un petit compliment ?

Eve s'immobilisa devant un glissa-gril. Elle avait besoin d'un remontant.

— Deux tubes de Pepsi.

— Un normal et un light, précisa Peabody. Je surveille mon poids.

Eve ingurgita une lampée de Pepsi et décréta qu'il restait quelques lueurs d'espoir en ce bas monde.

— Vous avez fait du bon boulot. Je serais allée nettement plus vite en écrabouillant la figure de Chancy, mais il y aurait eu du sang sur son beau fauteuil.

— Maintenant que nous formons un vrai tandem, je suis la voix de la raison.

— Ouais... Accélérez un peu le train, Peabody. Pour perdre des kilos, c'est plus efficace que votre boisson light.

— Eh bien, moi, je bois et je fais de l'exercice. Ce qui m'autorisera à prendre un dessert ce soir. À propos, vous vous habillez comment ?

— Comment je... merde !

— Je ne pense pas que ce soit une tenue appropriée pour un dîner. On doit y aller, continua Peabody avant qu'Eve ait pu prononcer un mot. Deux ou trois heures passées avec des amis n'entraveront pas l'enquête, Dallas.

— Bon Dieu... marmonna celle-ci tout en se dirigeant vers le premier club de sport. Un dîner entre amis, alors que je n'ai même pas dormi et que les cadavres s'accumulent. Ma vie était plus simple, avant.

— Mais non.

— Si, si, il n'y avait pas tous ces gens.

— Si vous décidez d'éjecter quelqu'un, pourquoi pas Connors ? McNab et moi, nous avons l'esprit large. Si Connors est libre, je peux tenter ma chance, et McNab la sienne avec vous.

Eve s'étouffa avec son Pepsi.

— Je plaisantais, glousse Peabody en lui assenant une tape dans le dos.

— Vous et McNab, vous avez une relation malsaine.

— Oui, répliqua Peabody avec un sourire radieux, et ça nous rend très heureux.

Pour accéder au *Jim's Gym*, il fallait descendre un escalier miteux aboutissant à une porte en fer massive.

Si un candidat à l'adhésion ne parvenait pas à la pousser, songea Eve, il n'avait plus qu'à remonter sous les quolibets et s'éloigner en rasant les murs et en cachant ses biceps chétifs.

Ça sentait le mâle. Une odeur qui vous suffoquait comme un direct au plexus.

Aux murs, la peinture grise s'écaillait, le plafond s'ornait de taches de rouille, vestiges d'anciens dégâts des eaux. Le sol d'un beige crasseux était tellement imprégné de sueur qu'il en émanait une sorte de brouillard fétide.

Pour les hommes qui fréquentaient le lieu, cette puanteur devait être le plus suave des parfums.

Les équipements étaient simples – pas de tralala. Haltères, barres de musculation, sacs de frappe, poires de vitesse, et quelques machines passablement déglinguées qui semblaient dater du siècle précédent. Il y avait un seul miroir devant lequel un mastodonte travaillait ses biceps.

Un autre soulevait une barre aussi lourde qu'un séquoia. Sans personne derrière lui pour l'aider en cas de pépin. Ici, admettre l'éventualité d'un pépin était sans doute une honte.

Un troisième boxait un sac de frappe avec l'acharnement qu'il aurait mis à cogner une femme infidèle.

Ces messieurs étaient vêtus d'informes pantalons de jogging gris et de tee-shirts sans manches. Un genre d'uniforme.

Quand Eve et Peabody apparurent, tout se figea. Le silence n'était troublé que par les échos de l'activité de la salle voisine: « Crochet du gauche, bougre d'empaffé ! »

Eve scruta tour à tour les culturistes, puis s'avança vers le plus proche, en l'occurrence l'individu au sac de frappe.

— Il y a un directeur, ici ?

À sa stupéfaction, le malabar rougit comme une pivoine.

— Ben… y a que Jim. C'est lui qui… euh… dirige. Il… euh… il s'occupe de Beaner sur le ring, m'dame.

Elle traversait la salle, quand l'haltérophile se leva de son banc. Il la considéra d'un air soupçonneux, et même carrément hostile.

— Jim, il accepte pas les femmes ici.

— On ne lui a pas dit que le sexisme était puni par la loi ?

— Il est pas sexiste, s'esclaffa-t-il. Il accepte pas les femmes, c'est tout.

— Ah… je saisis la nuance. Vous en êtes où ? ajouta Eve, désignant les disques à chaque extrémité de la barre. Cent trente-cinq kilos ? C'est à peu près votre poids, n'est-ce pas ?

— Le gars qui peut pas soulever son poids, c'est qu'une nana, grommela-t-il en épongeant son large front couleur cacao.

Eve opina, débloqua les disques, les ajusta.

— Voilà mon poids, annonça-t-elle en s'installant sur le banc.

— M'dame, vous allez vous faire mal, lui lança le malabar au sac de frappe.

— Ne vous inquiétez pas. Peabody, mettez-vous derrière moi.

— Tout de suite.

Eve enroula ses doigts autour de la barre et se prépara. Elle exécuta une série de dix développés impeccables, reposa la barre sur son support et se redressa.

— Je ne suis pas une nana.

Saluant le malabar au sac de frappe qui piqua un nouveau fard, elle passa tranquillement dans la salle voisine.

— Je n'ai pas encore réussi à soulever mon poids, chuchota Peabody. D'où je conclus que je suis une fille.

— Ça peut changer si vous vous exercez.

Eve s'immobilisa pour observer l'entraînement qui se déroulait sur le ring. Le boxeur était un Noir à la peau si luisante qu'elle paraissait badigeonnée d'huile. Il avait manifestement une droite terrible mais prévisible. Son adversaire était du genre dieu nordique vif comme l'éclair. Un droïde.

L'entraîneur, en survêtement gris, se ruait d'un coin à l'autre du ring, vociférant des instructions ou des insultes. Il avait dépassé la cinquantaine et mesurait environ un mètre soixante-dix. À l'évidence, son nez avait fréquemment rencontré le poing ganté d'un rival. Lorsqu'il crachait ses chapelets d'injures, on voyait étinceler dans sa bouche une dent argentée.

Elle attendit la fin du round. Le Noir – catégorie poids lourd – quitta le ring, voûtant piteusement les épaules sous les réprimandes du poids plume.

— Désolée de vous interrompre...

— Les femmes sont pas admises, aboya le dénommé Jim. Du balai !

Il jeta une serviette à son boxeur puis fonça sur Eve tel un char d'assaut.

Elle lui montra son insigne.

— Et si on repartait du bon pied ?

— Une femme flic, encore pire qu'une bonne femme ordinaire. Je suis ici chez moi. On devrait pouvoir faire ce qu'on veut chez soi, sans qu'une espèce de nana vienne vous enquiquiner.

Il s'énervait tout seul, les yeux exorbités, dodelinant de la tête et sautillant sur place.

— Je préfère plier boutique plutôt que d'avoir dans les pattes des souris qui se pavanent dans ma salle et se plaignent parce qu'il n'y a pas de fontaine d'eau fraîche.

— Estimez-vous chanceux que j'aie mieux à faire que vous chercher des noises pour violation manifeste des lois contre toute forme de discrimination.

— Discrimination, mon œil. Ici, c'est un club de gym. Pas un salon de thé.

— J'avais compris. Lieutenant Dallas, inspecteur Peabody, de la Criminelle.

— Et alors ? J'ai tué personne, dernièrement, ça j'en suis certain.

— Vous me rassurez, Jim. Vous avez un bureau ?

— Pourquoi ?

— J'aimerais m'épargner de vous passer les menottes et de vous traîner au Central pour avoir un petit entretien avec vous. Fermer votre club ne fait pas partie de mes priorités. Que vous refouliez mes congénères ou que vous les forciez à danser toutes nues dans les douches, je m'en contrefiche. En admettant que vous ayez des douches, ce dont je doute, dans la mesure où ces locaux empestent.

— J'ai des douches et un bureau. C'est mon club et je le gère comme ça me chante.

— Absolument. Votre bureau ou le mien, Jim ?

— Satanées bonnes femmes, ronchonna-t-il.

Il pointa un index menaçant vers son boxeur, toujours cloué au sol, tête basse, les gants suspendus autour du cou.

— Toi ! Une heure de corde à sauter jusqu'à ce que tu apprennes à te servir de tes foutus pieds. Moi, j'ai un *entretien*.

Il sortit d'un pas énergique.

— La situation a commencé à se dégrader, commenta Peabody, dès le jour où on nous a accordé le droit de vote. Je parie que, sur son calendrier perpétuel, il a entouré de noir cette date maudite.

Elles gravirent un escalier métallique rouillé qui conduisait au premier. Là, un mélange détonant d'odeurs corporelles et d'humidité – confirmant la présence de douches – les assaillit.

— Je vais vomir, souffla Peabody.

Eve, qui ne se considérait pas comme particulièrement chichiteuse, acquiesça. Elle aussi se sentait gagnée par la nausée.

Jim s'engouffra dans son « bureau ». La table de travail était enfouie sous un monceau de gants de boxe, de protège-dents, de paperasses et de serviettes sales. Les murs s'ornaient de photos d'un Jim jeune, en culotte de boxeur. Sur l'un des clichés, il brandissait un trophée. La victoire n'avait pas été facile, à en juger par son œil droit tuméfié, son nez en sang et les traces violettes qui zébraient son torse.

— En quelle année avez-vous remporté le titre ? demanda Eve.

— En 45. Douze rounds. J'ai expédié Hardy dans le coma. Il lui a fallu trois jours pour émerger.

— Vous devez en être très fier. Bien… nous enquêtons sur le viol et la mort par strangulation de deux femmes.

— Ça me dit rien du tout, répliqua-t-il en débarrassant le fauteuil pour s'asseoir. J'ai deux ex-femmes. J'ai jeté l'éponge après la seconde.

— Sage décision. Nous pensons que l'assassin habite ou travaille dans ce quartier, ou encore qu'il le fréquente.

— Laquelle des trois options ? Ça, c'est typique des nanas. Toujours dans le flou.

— Je comprends pourquoi vous avez deux ex-épouses, Jim. Vous êtes un sacré charmeur. Nous avons deux victimes qui ont été battues, violées, étranglées et mutilées, pour la seule raison qu'elles appartenaient au sexe prétendument faible.

Le sourire arrogant de Jim s'effaça aussitôt.

— Voilà pourquoi je regarde que les chaînes de sport à la télé, marmonna-t-il. Vous croyez que je m'amuse à attaquer des bonnes femmes ? Il faut que je me dégote un avocat ?

— À votre guise. Vous ne figurez pas parmi nos suspects. Nous croyons que le meurtrier entretient son corps avec beaucoup de sérieux. Il est costaud et très fort. Le genre de type membre d'un club comme celui-ci.

— Bon Dieu… Qu'est-ce que je suis censé faire ? Demander aux gars qui viennent soulever de la fonte s'ils ont l'intention d'aller étrangler une nana ?

— Vous êtes censé coopérer avec les autorités et me remettre la liste de vos adhérents.

— Je connais la loi, figurez-vous. J'y suis pas obligé, sauf si vous me collez un mandat sous le pif.

— Regardez plutôt ça, rétorqua Eve en sortant du sac de Peabody une photo d'identité d'Elisa Maplewood. Voilà à quoi ressemblait une des victimes. Avant. Je ne vous montrerai pas comment elle était après. Vous ne la reconnaîtriez pas, pas après ce qu'il lui a infligé. Elle avait une enfant de quatre ans.

— Nom d'un chien ! jura-t-il en détournant les yeux. Je connais mes gars. Vous croyez que je laisserais un détraqué utiliser mes appareils ? Ah non, je préférerais accueillir des femmes.

— La liste des membres.

Il poussa un lourd soupir.

— Je suis contre le viol. En cas de besoin, ce sont pas les prostituées qui manquent. Pour moi, le viol, c'est pire que le meurtre.

Il farfouilla dans le bric-à-brac qui encombrait la table et finit par dénicher un vieil ordinateur portable.

Lorsqu'elles furent de nouveau dehors, Peabody aspira une goulée d'air frais.

— Quelle expérience ! Mon odorat est en état de choc, il lui faudra bien une semaine pour s'en remettre. Certains des clubs qu'on a vus hier n'embaumaient pas la rose, mais le *Jim's Gym* a vraiment la palme.

— Puisqu'on est dans le coin, le deuxième magasin de loisirs créatifs est à deux cents mètres à l'ouest. On y va, ensuite on rebrousse chemin et on s'occupe du prochain club de sport.

Peabody fit un rapide calcul.

— Ce soir, j'ai droit à deux desserts, décréta-t-elle.

Il leur fallut plus de deux heures. Et encore, ç'aurait pu être plus long si, dans la boutique de fournitures, elles n'étaient tombées sur une responsable de rayon tellement excitée de participer – de très loin – à une enquête, qu'elle leur aurait communiqué toutes les informations imaginables.

Le second club semblait plus propre et mieux fréquenté. Le gérant tint à prévenir le propriétaire, lequel annonça qu'il arrivait immédiatement.

C'était un homme solide d'un mètre quatre-vingt-dix, un Asiatique au teint clair et aux épais cheveux poivre et sel. Il serra la main d'Eve avec les précautions d'un homme conscient de sa stature et de sa force.

— J'ai entendu parler de ces meurtres. C'est horrible.

— Oui, en effet.

— Asseyons-nous.

Son bureau n'était guère plus grand que celui de Jim, mais il semblait avoir été récemment nettoyé. Il était en outre équipé de meubles et de matériel dernier cri.

— Je suppose que vous souhaitez la liste de nos membres.

— C'est exact. Nous pensons que le meurtrier fréquente peut-être un lieu comme le vôtre.

— L'idée que je puisse être en relation avec un individu capable de tels actes me déplaît au plus haut point. Je ne refuse pas de coopérer, lieutenant, mais il me paraît judicieux de consulter d'abord mon avocat. Les documents que vous me réclamez sont confidentiels.

— Monsieur Ling, contactez donc votre avocat. Nous aurons un mandat. Cela prendra un moment, mais nous l'aurons.

— Et ce délai donnera éventuellement à ce monstre l'occasion de tuer une autre femme. J'ai saisi l'allusion. Je vais vous remettre cette liste. Cependant, s'il vous faut autre chose, je vous prie de me contacter directement, sans passer par mon gérant. Je vous note le numéro de ma ligne privée. Les hommes sont également cancaniers, lieutenant. Je ne voudrais pas que nos adhérents nous quittent à l'idée que, peut-être, ils soulèvent de la fonte ou se douchent aux côtés d'un psychopathe.

— Pas de problème.

Il commanda à son ordinateur une copie de la liste.

— Vous n'accueillez pas les femmes ? s'enquit Eve.

— Elles sont les bienvenues, répondit-il avec une ombre de sourire. Sinon, je violerais les lois fédérales concernant la discrimination. Mais, bizarrement, vous constaterez qu'aucune femme ne figure sur notre liste.

— Comme c'est surprenant !

— Feeney se chargera de tout ça, nous on va dormir un peu, dit Eve tandis qu'elles regagnaient à pied le Central. On aura besoin des rapports de Morris et de Mira. Et si le labo ne se manifeste pas d'ici quinze heures, on étrille Dickhead.

— Vous voulez que je m'en occupe ?

— Non, je...

Eve s'interrompit en apercevant un Noir impressionnant dans les couloirs de la Criminelle.

— D'accord, vous vous en occupez. Ensuite, vous prenez deux heures de repos.

Elle attendit que Peabody s'éloigne vers la salle de pause. Les mains dans les poches de son pantalon, elle s'avança vers le visiteur.

— Salut, Crack.

— Dallas, vous voilà enfin. Les flics sont bizarres... Avoir un grand et beau Noir à proximité, ça les stresse.

Grand, certes, mais beau ? Non, hélas ! Il avait une figure que la plus adoratrice des mères aurait eu du mal à supporter – et ce avant même les tatouages. Il portait un tee-shirt moulant argenté sous une longue veste en cuir noir. Des bottes noires à épaisses semelles le grandissaient encore.

Il était propriétaire d'un sex-club, le *Down & Dirty*, où les boissons étaient pires que du poison, et dont la plupart des clients avaient passé les trois quarts de leur existence en prison.

On l'appelait Crack car, soi-disant, c'était le son qu'on entendait quand il cognait deux têtes l'une contre l'autre. Un été, pourtant, Eve l'avait bercé dans ses bras. Il pleurait comme un bébé près du cadavre de sa sœur assassinée.

— Vous êtes là pour ficher la trouille aux flics ?

— Vous, blanchette, rien ne vous fait peur. Vous avez une minute ? À l'abri des oreilles indiscrètes...

— Bien sûr.

Elle le guida jusqu'à son bureau, referma la porte derrière eux.

— Ça alors, fit-il avec un petit sourire. Jamais j'avais mis les pieds dans un bureau de flic. Enfin... de mon plein gré.

— Vous voulez du café ?

Il refusa, se campa, pareil à une armoire à glace, devant la fenêtre.

— C'est pas génial, comme endroit, lieutenant.

— Non, mais c'est à moi. Vous ne vous asseyez pas ?

Il secoua de nouveau la tête.

— Il y a un bail qu'on ne s'est pas vus, murmura-t-il.

— Effectivement.

— La dernière fois, vous veniez m'annoncer, en personne, que vous teniez le salopard qui a tué ma sœur. Je ne vous ai pas dit grand-chose.

— Il n'y avait pas grand-chose à dire.

Il haussa les épaules.

— Au contraire, il y avait trop à dire.

— Je suis passée au club, il y a deux semaines. Votre barman m'a expliqué que vous n'étiez pas à New York.

— Je ne pouvais pas rester ici après ce qui est arrivé à ma sœurette. Il fallait que je prenne le large, que je voyage. Le monde est immense, j'en ai visité un petit bout. Je ne vous ai jamais remerciée pour tout ce que vous avez fait pour moi et ma petite sœur. Je n'arrivais pas à articuler un mot.

— Vous n'avez pas à me remercier.

— Elle était si belle.

— Oui. Je n'ai jamais perdu un être proche, mais…

— Vous perdez des gens chaque jour. J'ignore comment vous supportez tout ça.

Il prit une longue inspiration.

— J'ai reçu une lettre de votre mari, où il me disait que vous aviez fait planter un arbre dans le parc, en souvenir de ma petite sœur. Je suis allé voir. C'est bien. Merci.

— Ce n'est rien.

— Je sais que vous vous êtes occupée d'elle, je ne l'oublierai pas. Faut continuer à vivre quand même, alors je ferai de mon mieux. Si vous venez au *Down & Dirty*, j'y serai. En grande forme et prêt à fracasser des crânes.

— Contente de vous savoir de retour.

— Si vous avez besoin de quoi que ce soit, n'hésitez pas. Je vais vous confier un truc, blanchette : je vous ai vue en meilleure forme.

— Depuis quarante-huit heures, c'est dur.

— Il est peut-être temps de souffler un peu.

— Sans doute.

Penchant la tête sur le côté, elle le détailla avec attention.

— Vous êtes d'une taille impressionnante.

— Ma chère, gloussa-t-il en se tapotant le pubis, j'ai des témoignages écrits qui le confirment.

— Je n'en doute pas, mais tâchez de garder le molosse en laisse. Dites-moi… pour garder la forme, un grand et beau type comme vous doit fréquenter régulièrement les clubs de sport.

— J'ai ce qu'il faut à la maison, répondit-il avec un clin d'œil lascif. Mais je vais dans un club deux fois par semaine environ. Histoire de ne pas perdre la discipline physique et mentale.

— Vous connaissez le *Jim's Gym* ?

— Un trou à rats.

— Il paraît. Et le *Bodybuilders* ?

— Y a pas de femmes, chez eux. Pourquoi est-ce que je montrerais mon corps à une bande de bonshommes ? Et puis, dans ce genre d'endroit, un mec doté d'attributs comme les miens se fait emmerder. Du coup, je me sens obligé d'en venir aux mains et d'éclater la tête du premier gars qui passe. Non, je ne veux pas gaspiller mon énergie pour rien. Moi, je fréquente le *Zone to Zone*. Si on en a envie, on a droit à un massage intégral. La totale. Après l'effort, le réconfort.

— Mais vous connaissez les autres clubs, vous pourriez observer, de l'intérieur, ce qui s'y passe.

— Possible, si un lieutenant maigrichon me le demande… répliqua-t-il avec un large sourire.

— Je cherche un type à la peau claire. Il mesure environ un mètre quatre-vingt-dix et pèse dans les cent quarante kilos. Il déteste les femmes, c'est un solitaire, et un vrai costaud.

— Peut-être que si je m'infiltrais dans ces clubs, comme si, mettons, j'envisageais d'y adhérer, j'apercevrais un mec qui corresponde à votre description.

— Possible. Dans ce cas, vous n'auriez plus qu'à me prévenir.

— Je vais voir ce que je peux faire.

13

Eve dormit une heure, vautrée sur son bureau. À son réveil, elle fut presque déçue de trouver les comptes rendus du labo. Elle n'avait plus de motif valable pour se défouler sur Dickhead.

Elle parcourut les rapports, écouta le mémo envoyé en interne par Peabody, et lut ensuite ses e-mails.

Un message du secrétariat de Whitney l'informait qu'elle devait assister à la conférence de presse de dix-huit heures. Elle s'y attendait. Si elle ne se remuait pas, elle serait en retard et n'aurait rien préparé.

Elle se frotta la figure, puis contacta Morris, à la morgue.

— Vous avez du nouveau ? demanda-t-elle.

— J'étais sur le point de vous envoyer mes conclusions. Je peux simplement vous dire que Lily Napier n'a pas vécu longtemps, et que son existence s'est achevée comme celle d'Elisa Maplewood. Selon toute vraisemblance, elle a été tuée par le même individu. Mais, cette fois, le visage et le corps sont plus abîmés, ce qui m'incite à penser que la violence et la rage de notre assassin augmentent.

Sur l'écran de son communicateur, Eve vit Morris se tourner pour saisir un dossier.

— J'ajoute qu'elle a consommé des nouilles sautées au porc, quatre heures avant sa mort, et qu'elle était légèrement anémiée. Pas de traces de sperme, mais quelques fibres dans le vagin – provenant sans doute de son slip déchiré au moment du viol. J'ai découvert d'autres fibres, textiles. J'ai la quasi-certitude qu'il s'agit des vêtements de la victime. J'ai également constaté la présence d'herbe et de terre sous ses ongles, comme vous l'aviez noté dans vos observations. Pas de cheveux ni de poils, hormis les siens.

— Les poils retrouvés sur Maplewood appartenaient à un chien et à un écureuil, rétorqua Eve. Pour le chien, elle était en train de promener celui de sa patronne. Quant à ceux de l'écureuil, ils devaient être dans l'herbe. D'après le rapport de Dickhead, les fibres noires récupérées sous les ongles de Maplewood sont des fragments de tissu. Notre tueur s'habillerait en noir de la tête aux pieds, apparemment. On fera des comparaisons quand on l'aura pincé. Pour l'instant, on n'a rien d'autre sur lui.

— Malheureusement, les détraqués sont rarement stupides.

— Eh oui... Merci, Morris.

Elle était sur le point de contacter Mira lorsqu'elle se sentit au bord de l'hypoglycémie. Son stock de chocolat étant épuisé, elle n'avait qu'une solution : le distributeur automatique. Elle sortit dans le couloir, se planta devant la machine et braqua sur elle un regard haineux.

— Vous avez un problème ?

Eve pivota. Mira approchait.

— Non... Je comptais grignoter quelque chose avant de vous appeler.

— Et moi, comme j'avais une consultation dans le secteur, j'ai décidé de vous rendre visite.

— Parfait, parfait.

Eve hésita un bref instant, puis pêcha de la monnaie dans sa poche.

— Vous voulez bien me faire une faveur ? Prenez-moi une barre de Booster.

— Bien sûr, répondit Mira. Rempochez vos pièces, je vous l'offre.

— Merci. J'évite de toucher aux machines, sauf en cas d'absolue nécessité.

— Hum... Succédané de fruit ou ersatz de caramel ?

— Caramel. Vous avez eu le temps de lire le rapport sur Napier ?

— Je l'ai seulement parcouru, répondit Mira en appuyant sur une touche du distributeur.

D'une voix qui hérissait Eve, tant elle la trouvait snob, la machine leur vanta les mérites de la sublimissime barre Booster, réserve d'énergie aux effets immédiats, avant d'énumérer les ingrédients qui la composaient, et autres informations nutritionnelles de première importance.

— Ils devraient prévoir une touche pour bâillonner cet engin, grommela Eve qui déchira l'emballage et mordit à belles dents dans la barre protéinée. Il vous faut plus de temps pour étudier le dossier Napier ?

— Je vais m'y remettre. Ce que je peux dès à présent vous dire confirmera sans doute vos conclusions. Il y a escalade. Il a très vite récidivé, aussi me semble-t-il logique de supposer qu'il a déjà sélectionné d'autres cibles. D'après votre rapport, la victime ne s'est pas défendue. Avant de l'étrangler, il s'est acharné à la rouer de coups.

— Elle était plus petite que Maplewood. Plus délicate, plus fragile. Il l'a frappée d'abord au visage, et ensuite il lui a fracturé la mâchoire. Elle n'a pas pu lutter.

— D'après les lésions *ante mortem*, je dirais que l'apathie de sa victime a redoublé sa rage, sa frustration. Il ne peut démontrer véritablement sa supériorité physique, son pouvoir, que si sa proie résiste.

— Frapper quelqu'un qui ne réagit plus n'est pas très amusant.

— Dans le cas de Napier, je suis d'accord. Elle a dû le décevoir.

— S'il est déçu, il risque de recommencer encore plus vite. Il a besoin de se satisfaire.

Eve croquait sa barre protéinée tout en arpentant le couloir, tandis que Mira attendait patiemment.

— J'ai une conférence de presse, reprit Eve. Je déclare que les femmes aux cheveux longs et châtains ont intérêt à ne pas se balader dans les rues après le crépuscule ? Bon sang ! Je sens que je suis en train de construire une cage autour de notre tueur, mais que les parois ne sont pas complètement en place. Pendant que je m'échine à les consolider, il va se trouver une autre victime.

— C'est bien possible, répliqua Mira avec un calme inébranlable. Il tuera probablement plusieurs fois avant que vous ayez achevé de la bâtir, cette cage. Eve, il sera le seul responsable de ces meurtres, vous n'y êtes pour rien.

— Je sais, mais...

— Mais vous avez du mal à concevoir qu'une femme, quelque part, vive sa vie sans imaginer qu'un individu projette d'y mettre fin. Cruellement, d'une horrible façon. Il vous est difficile d'admettre qu'il puisse réussir malgré tous vos efforts.

— Pendant qu'il prépare son coup, moi, ce soir, j'assiste à un dîner.

— Eve, murmura Mira en l'entraînant à l'écart, il fut un temps où vous n'aviez que votre travail.

— D'un côté, une soirée, dit Eve, levant les mains comme si elles étaient les deux plateaux d'une balance. De l'autre, arrêter un assassin. Le choix est vite fait.

— Ce n'est pas aussi simple que ça et vous le savez pertinemment.

Comme Eve lui opposait un visage fermé, mâchoires crispées, Mira poursuivit :

— Je vais vous dire une chose. Quand j'ai établi votre bilan, j'estimais que vous aviez devant vous deux ans, trois au maximum, avant de craquer, avant que la vue d'un cadavre – un de plus, un seul – ne vous plonge dans la folie. Ce serait une tragédie pour vous, la police et la ville de New York.

Cette perspective fut pour Eve comme un étau glacé qui lui comprima l'estomac.

— Je n'aurais pas laissé cela arriver, protesta-t-elle.

— On ne choisit pas. Il y a deux ans, en février, après avoir éliminé un suspect, vous avez subi les tests standards.

— Suspect ? Un charmant euphémisme. Ce gars tenait un couteau de boucher qui lui avait servi à couper en deux la gamine qui gisait à ses pieds dans une mare de sang.

— Eve, vous avez failli échouer à ces tests. Non pas parce que vous aviez abattu cet individu – ce qui était légitime, nécessaire – mais à cause de l'enfant. Vous vous en êtes sortie uniquement par la force de votre volonté. Vous le savez comme moi.

Eve se souvenait parfaitement de l'escalier monté quatre à quatre, des hurlements résonnant dans l'immeuble et dans sa tête, du spectacle qui l'attendait quand elle avait enfoncé la porte. C'était trop tard.

On aurait dit une poupée. Une minuscule poupée, aux yeux écarquillés, entre les mains d'un monstre.

— Je la vois encore, murmura-t-elle. Elle s'appelait Mandy. Certaines victimes vous marquent plus que d'autres.

Mira ne put s'empêcher d'effleurer le bras d'Eve, de le masser doucement du coude à l'épaule, pour dissiper sa tension.

— Oui… Vous avez accompli votre mission, malheureusement vous n'avez pas réussi à sauver cette enfant. Cela vous a profondément ébranlée. Vous aurez à l'avenir des affaires aussi atroces à traiter et qui vous bouleverseront de la même manière. Mais vous avez ouvert votre existence, et vous assisterez à ce dîner, même si le boulot mobilise une partie de votre esprit. Je ne prétends pas que cela fait de vous une femme meilleure ou un meilleur flic, cependant je vous garantis que cela vous donnera quelques années supplémentaires de vie.

— Il fut une époque où ce que vous me dites m'aurait horripilée.

— Là non plus, vous ne m'apprenez rien, répondit Mira, un sourire aux lèvres.

— Je suppose que vous avez raison. Après tout, ce n'est qu'un dîner. Il faut bien se nourrir, gloussa Eve en brandissant le papier de la barre protéinée.

— Je vais lire le dossier plus attentivement. Si j'ai une idée, je vous contacte immédiatement. Cette enquête est désormais ma priorité. N'oubliez pas que je suis à votre disposition pour une consultation. Jour et nuit.

— Merci. Pour ce machin au caramel et pour votre soutien.

Eve fit une halte aux toilettes, s'aspergea la figure d'eau froide, puis, tout en se séchant, extirpa son communicateur de sa poche.

— Peabody.

— Oui, lieutenant.

Eve considéra le visage blême de sa coéquipière dans la faible lumière de la salle de repos.

— Debout, soldat ! Conférence de presse dans quinze minutes.

— Pigé. Juste le temps de me secouer un peu pour me réveiller, et j'arrive.

— Venez tout de suite. Je vais vous les secouer, les puces, comptez sur moi.

— Enjôleuse...

Eve coupa la communication et sourit. Il n'était peut-être pas si pénible d'ouvrir un peu son existence – de temps en temps.

Pour Eve, dans l'ensemble, les conférences de presse étaient plus enquiquinantes que vraiment pénibles. Comparables à un léger trouble digestif.

La mise en scène n'était pas difficile à interpréter : s'installer sur les marches menant à l'entrée du Central sous-entendait qu'il s'agissait d'une affaire concernant exclusivement la police, et non le maire qui se borna à une brève déclaration avant de céder la place au chef Tibble.

Celui-ci fut laconique, ainsi que l'avait prévu Eve. Il arborait le masque de la colère, un air soucieux. Il symbolisait le pouvoir – tout ce qu'on attendait du premier flic de la ville quand un tueur agressait d'innocentes victimes dans les jardins publics. Il avait revêtu un costume gris anthracite, une cravate bleu outremer ; un pin's représentant l'insigne doré de la police de New York brillait au revers de sa veste.

Une tenue distinguée, protocolaire, qui lui allait comme un gant. Il ne répondit à aucune question et, à l'instar du maire, se contenta de lire un communiqué qu'Eve interpréta ainsi :

« *Nous maîtrisons la situation, mais nous ne sommes pas ceux qui combattent dans les tranchées. Nous sommes les stratèges qui manœuvrent les soldats chargés de maintenir l'ordre sur le terrain.* »

Un excellent préambule à l'intervention de Whitney.

Ce ballet prit du temps et, même si aucune information fracassante ne fut livrée, les journalistes avaient ainsi quelques os à ronger et le public la certitude que les autorités étaient sur le pont.

New York, malgré le danger qui rôdait dans ses recoins obscurs, était une ville agréable et bien administrée. Il ne fallait pas oublier les bons côtés, le dynamisme de cette cité sous prétexte qu'elle se frottait en permanence à la lie de l'humanité, se dit Eve.

Oui, New York était une belle ville, la seule au monde où elle se sentait chez elle.

Soudain, Whitney se tourna vers elle.

— Le lieutenant Dallas, qui dirige les investigations, va maintenant répondre à vos questions.

Impulsivement, Eve prit Peabody – qui sursauta – par le bras et l'entraîna vers le podium.

— L'inspecteur Peabody et moi-même n'avons pas grand-chose à ajouter aux déclarations du chef Tibble et du commandant Whitney. L'enquête, qui est notre priorité absolue, suit son cours. Naturellement, nous ne négligeons aucune piste.

Les questions jaillirent tel un geyser.

— Les deux victimes ont été mutilées. Pensez-vous que ce sont des crimes rituels ?

— Les éléments de preuve récoltés jusqu'ici infirment cette hypothèse. Nous sommes convaincus qu'Elisa Maplewood et Lily Napier ont été assassinées par le même individu, agissant seul.

— Pouvez-vous nous révéler la nature de ces mutilations ?

— Nous sommes résolus à appréhender cet assassin dans les plus brefs délais. Par ailleurs, nous devons construire un dossier solide pour que la justice fasse son travail. Cela nous interdit par conséquent de dévoiler des détails précis.

— Le public a le droit de savoir !

L'argument favori des médias, qu'ils ne lassaient jamais de balancer à la figure des flics.

— Le public a le droit d'être protégé, et nous faisons tout ce qui est en notre pouvoir pour cela. Le public a aussi le droit de compter sur l'efficacité de la police et des autorités municipales pour identifier, arrêter et condamner le meurtrier d'Elisa Maplewood et de Lily Napier.

Et vous, ajouta Eve *in petto*, vous n'avez pas le droit d'exploiter les victimes pour appâter le public.

— Quel lien y a-t-il entre les deux victimes ?

— Peabody, murmura Eve, qui entendit sa coéquipière déglutir.

— Elles ont été tuées de la même manière, déclara Peabody. Elles étaient dans la même tranche d'âge, appartenaient au même groupe racial. Enfin, toutes deux ont été assassinées dans des jardins publics.

— Il y a d'autres liens entre elles ? Vous suivez quelles pistes ?

— Nous ne sommes pas en mesure de révéler certains points précis de l'affaire, ainsi que le lieutenant vous l'a déjà expliqué.

— Vous considérez le tueur comme un prédateur sexuel ?

— Deux femmes, dit Eve – avec ce qu'elle estimait être une patience d'ange – ont été agressées, violées et assassinées. À vous de tirer les conclusions qui me semblent s'imposer.

— Vous pensez qu'il recommencera ?

— Vous pouvez nous décrire l'arme du crime ?

— Vous avez des suspects ?

— Vous espérez procéder bientôt à une arrestation ?

— Vous allez fermer d'autres parcs ?

— La mutilation était-elle de nature sexuelle ?

Une lueur de colère flamba dans le regard d'Eve. Elle interrompit les journalistes d'un geste, et d'un ton tranchant :

— Je crois avoir été claire : nous ne révélerons aucun détail précis. Je m'étonne que vous ne compreniez pas, que vous vous acharniez à user votre salive pour rien. Nous ne répondrons pas à des questions de ce genre, parce que nous n'en avons pas la possibilité. Donc, évitons de perdre du temps. Je vais vous dire ce que je sais.

Le silence se fit, presque religieux, comme si elle s'apprêtait à énoncer les nouveaux commandements divins.

— On a sauvagement mis un terme à la vie d'Elisa Maplewood et de Lily Napier – je vous répète leur nom au cas où vous l'auriez déjà oublié. Elles ont été agressées près de leur domicile, dans notre bonne ville. Nous avons un unique objectif : que justice leur soit rendue. Nous poursuivrons nos investigations, avec tous les moyens dont nous disposons, jusqu'à ce que leur violeur et assassin soit localisé, arrêté et incarcéré. En ce qui me concerne, je travaille pour elles, pour Elisa Maplewood et pour Lily Napier, et j'y retourne immédiatement.

Eve pénétra dans le hall du Central, dédaignant les questions qui fusaient dans son dos.

Dès qu'elle eut franchi les portes, un groupe de flics, de policiers en civil et de droïdes l'applaudirent à tout rompre.

— Merde ! pesta Eve entre ses dents.

— Je vous ai trouvée géniale, s'extasia Peabody qui la suivait. Franchement.

— Je leur ai débité un sermon, ce qui ne sert à rien.

— Vous avez tort. Je crois que les amis, la famille de Maplewood et celle de Napier apprécieront ce que vous avez dit, et la manière dont vous l'avez dit. À part ça, il me semble que le message destiné à l'assassin est parfaitement clair. On est à ses trousses, on ne le lâchera pas.

— Bien résumé.

— Et, dans la mesure où j'ai adoré vous voir malmener les journalistes les plus crétins du lot, je vous pardonne de m'avoir jetée à l'eau sans me donner le moindre conseil.

— Vous vous en êtes très bien sortie.

— Je suis tout à fait d'accord.

Peabody se tut brusquement : Tibble et Whitney approchaient.

— Lieutenant, inspecteur, lança Tibble en les saluant d'un hochement de tête. Vous avez été loquace aujourd'hui, lieutenant. En principe, vous êtes beaucoup plus taciturne. Félicitations pour votre intervention.

Sur ce, Tibble s'éloigna.

— Le maire conclut la conférence de presse : une minute de silence en mémoire des victimes, expliqua Whitney, respirant le sarcasme par tous les pores de sa peau. Une attention délicate et de belles images pour le bulletin d'information du soir. Relaxez-vous un peu, avant de vous remettre au travail.

— Je suis parfaitement relaxée, grogna Eve lorsque le commandant se fut éloigné à son tour.

Elle consulta sa montre.

— Il est peut-être un peu tôt pour les collègues de Napier, mais je suggère quand même de faire un tour chez O'Hara's.

À cet instant, son communicateur bourdonna. Nadine, de Channel 75.

— Flûte ! marmonna Eve. J'ai fait ma déclaration, Nadine, répondu aux questions. Point à la ligne.

— Ce n'est pas la journaliste qui vous appelle. Accordez-moi cinq minutes.

Elle était capable de ruser, de manipuler les gens pour obtenir ce qu'elle voulait, songea Eve. Mais Nadine n'irait pas jusqu'à mentir.

— Je descends ? Vous pouvez m'y rejoindre ?

— Très volontiers, répondit son interlocutrice avec ce petit sourire narquois qui était sa marque de fabrique.

— Niveau 1, section 3. Je vous préviens : je n'ai pas le temps de vous attendre.

Ce fut inutile. Nadine était déjà là, en train de se limer tranquillement les ongles.

— Je savais où était située votre place de parking. Depuis quand conduisez-vous ce bolide ?

Eve caressa du bout des doigts l'aile bleu métallisé de la voiture. Bientôt, quand elle serait à l'abri des regards indiscrets et moqueurs, elle embrasserait cette pure merveille.

— Depuis que mon habile coéquipière a graissé la patte à la bonne personne.

— Il a suffi de quelques vidéos de Dallas, nue sous la douche, ironisa Peabody.

— Très drôle. Bon, qu'est-ce que vous voulez, Nadine ? Je suis vraiment pressée.

— C'est à propos de Breen Merriweather.

— Vous avez des informations ?

— Je ne sais pas trop. J'ai posé des questions. C'est mon métier, je maîtrise la technique et, en principe, je comprends les réponses. Mais interroger des gens avec en tête l'idée que Breen était une des cibles de ce salopard apporte un éclairage différent aux réponses. Une nuit, peu de temps avant sa disparition, elle a fait une remarque à des filles de l'équipe technique.

— C'est-à-dire ?

— Le genre de conversation qu'on a pendant la pause-café, entre femmes. L'une d'elles se cherchait un petit copain et se lamentait. Il n'y a plus un seul mec décent dans cette ville, plus de héros grand et musclé, de prince charmant, bla-bla-bla... Breen lui a proposé de rentrer avec elle un soir. Il y avait un type gigantesque qui faisait le même trajet qu'elle en métro, dans le même wagon. Elle a servi la vieille plaisanterie – la taille des pouces d'un homme indiquerait celle de son pénis. Celui-là devait être un vrai taureau, vu qu'il avait des mains comme des battoirs.

— C'est tout ?

— Non...

Nadine repoussa ses cheveux en arrière.

— Elles rigolaient. Breen a dit qu'elle le leur laissait parce qu'il n'était pas son type. Elle préférait les hommes chevelus. En plus, c'était sans doute un abruti, parce qu'il portait toujours des lunettes de soleil. En pleine nuit.

— OK.

— C'est forcément lui.

— Nadine, la nuit il y a énormément de monde dans le métro. Des hommes, notamment. Certains d'entre eux sont costauds. Mais... pourquoi pas ?

— Les rames sont équipées de caméras de surveillance.

— En effet.

Eve détourna un instant la tête. Il était très dur de lire un espoir obstiné dans les yeux d'une amie.

— Malheureusement, les vidéos sont réenregistrées tous les trente jours. Elle a disparu depuis beaucoup plus longtemps que ça.

— Vous pourriez...

— Je vais essayer.

— Les lunettes de soleil, Dallas.

— J'ai entendu. Je vais m'en occuper.

— D'accord, répliqua Nadine qui recula d'un pas.

Elle brûlait pourtant d'en dire plus, d'en demander plus, Eve le sentait.

— Promettez-moi de me tenir au courant.

— Dès que ça me sera possible.

Nadine regarda de nouveau le véhicule.

— Alors, à votre avis, combien de temps avant qu'il ne soit en morceaux ?

— Oh, taisez-vous, oiseau de mauvais augure !

Pour mettre fin à la conversation, Eve s'installa au volant et démarra. Elle contourna Nadine, quitta le parking à toute allure... et contacta immédiatement Feeney.

— J'ai un tuyau. Breen Merriweather, disparue et présumée morte, a parlé à une collègue, quelques jours avant de s'évanouir dans la nature, d'un gars qu'elle voyait toutes les nuits dans le métro. Immense, chauve, avec des lunettes de soleil.

— Les enregistrements ont été recyclés ou détruits. On pourrait fouiller les archives du bureau des transports, en espérant dénicher les disquettes concernant la période en question, et tenter ensuite de reconstituer en partie certaines images. C'est pas gagné, mais on est jamais à l'abri d'un coup de chance.

Eve s'efforçait – en vain – de ne pas cligner les paupières, éblouie par la chemise jaune canari de Feeney.

— Si tu veux, je demande à Whitney de t'attribuer des renforts.

— Je suis capable de demander moi-même ce dont j'ai besoin, merci. J'envoie deux gars là-bas.

— Tiens-moi au courant.

— McNab va s'en esquinter les yeux, commenta Peabody lorsque Eve eut coupé la communication. Voilà ce qu'on récolte quand on est le magicien de l'informatique.

— Si j'arrive à avoir une image du tueur, je termine illico la cage où il passera le restant de ses jours.

Il faudrait du temps, songea Eve. Des jours. Et il faudrait un petit miracle.

Pour une fois, la publicité ne mentait pas trop : O'Hara's était bien un pub de style irlandais, de taille modeste et raisonnablement propre. Plus authentique, en tout cas, que certains établissements prétendument issus de la verte Erin, qui placardaient, pour le prouver, des trèfles sur tous les murs et exigeaient que le personnel singe un accent irlandais à couper au couteau.

O'Hara's était faiblement éclairé, équipé d'un bar massif, de tables basses, dans les box, entourées de petits tabourets.

Le tenancier avait la morphologie d'un cheval de trait et remplissait des pintes de bière Harp, Guinness et Smithwick avec une dextérité telle qu'il avait dû naître derrière un comptoir.

Il avait la figure rubiconde, couronnée d'une tignasse blonde, et un regard perçant qui balayait sans cesse la salle – de vrais yeux de flic.

L'interlocuteur idéal.

— Je n'ai jamais bu de Guinness, déclara Peabody.

— Ne comptez pas commencer aujourd'hui.

— Je sais, jamais pendant les heures de service. Mais un jour, j'y goûterai. Encore que ça coûte la peau des fesses.

— Vous vous en paierez une quand vous aurez l'argent pour ça.

— Hum...

Eve s'approcha du bar.

— Vous êtes de la police, je suppose.

— Exactement, répondit Eve. Vous avez le sens de l'observation... monsieur O'Hara, n'est-ce pas ?

— Lui-même. Mon père était flic.

— Où ça ?

— Dans notre bonne vieille ville de Dublin.

Eve entendait dans sa voix l'inflexion chantante, un peu traînante, qu'elle aimait tant chez Connors.

— À quelle époque avez-vous émigré ?

— J'avais vingt ans, j'étais gai comme un pinson et je venais ici faire fortune. Ma foi, je ne me suis pas mal débrouillé.

— J'en ai l'impression, effectivement.

Il la dévisagea, soudain grave.

— Vous êtes là pour Lily, je suppose. Si vous voulez de l'aide pour coincer le fumier qui a tué cette fille adorable, comptez sur moi et sur tous ceux qui sont dans ce pub. Michael, tu me remplaces ? Allons nous asseoir. Je vous offre une pinte ?

— Jamais pendant les heures de service, répliqua Peabody, maussade.

O'Hara lui sourit.

— La bière, c'est aussi bon que le lait maternel, mais je vais vous servir un truc sans alcool. Installez-vous dans ce box, je vous rejoins.

— C'est très sympa ici, dit Peabody. Je reviendrai avec McNab pour tester la Guinness. Ça existe en light ?

— Où serait l'intérêt ?

O'Hara déposa sur la table deux sodas, une pinte, et posa son large postérieur sur un tabouret, vis-à-vis de ses visiteuses.

— À notre Lily ! murmura-t-il en levant son verre. Que Dieu bénisse son âme !

— À quelle heure a-t-elle quitté le bar, cette nuit-là ?

Il but une gorgée.

— J'ignore encore vos noms. Je sais seulement que vous êtes de la police.

— Désolée, rétorqua Eve en sortant son insigne de son sac. Lieutenant Dallas, et voici ma coéquipière, l'inspecteur Peabody.

— Le flic de Connors. C'est bien ce que je pensais.

— Vous le connaissez ?

— Pas personnellement. J'ai quelques années de plus que lui et, en Irlande, on évoluait dans des cercles différents. Par contre, mon père le connaissait, ajouta-t-il, le regard pétillant de malice.

— Je m'en doute.

— Il a pas mal réussi, hein ?

— Plutôt, oui. Monsieur O'Hara...

— J'ai entendu parler de lui, l'interrompit-il en la fixant droit dans les yeux. Je sais notamment qu'il exige et obtient toujours ce qui se fait de mieux. C'est valable aussi en ce qui concerne son flic ?

— Monsieur O'Hara, je suis le flic chargé d'enquêter sur le meurtre de Lily et je vais tout mettre en œuvre pour elle.

— Bien, décréta-t-il en levant de nouveau sa bière, voilà les paroles que j'attendais. Elle est partie aux environs d'une heure et demie. Les clients ne se bousculaient pas, alors je l'ai laissée se sauver plus tôt que d'habitude. J'aurais dû demander à quelqu'un de l'accompagner. Pourquoi je n'y ai pas pensé, après ce qui était arrivé à l'autre femme dans les quartiers chics ?

— Je vous l'ai dit, vous semblez très observateur, monsieur O'Hara. Avez-vous repéré un individu louche ?

— Ma pauvre, il ne se passe pas une semaine sans que débarque un client « louche ». Dans un pub, c'est normal. Mais il n'y a eu personne qui me fasse tiquer au point de me tracasser pour mes petites.

— Le tueur est très grand. Un colosse. Un solitaire. Silencieux, pas du genre à discuter. Selon toute probabilité, il portait des lunettes. Il ne s'est certainement pas assis au bar, à moins d'y avoir été obligé. Il a dû choisir une table de façon à être servi par Lily.

— Un type comme ça, je m'en souviendrais. Mais non... Pourtant je suis ici pratiquement toutes les nuits.

— Nous souhaiterions parler à tous ceux qui ont travaillé dans le même créneau horaire que Lily.

— Il y a Michael, qui me remplace au bar. Rose Donnelly, Kevin et Maggie Lannigan. Ah, et Pete à la plonge. Peter Maguire.

— Et les clients ?

— Je vous note les noms et j'essaie de vous avoir les adresses. En attendant, vous n'avez qu'à interroger Michael. C'est un futé, capable de bosser et de parler en même temps.

— Merci.

— J'ai une chose à vous dire sur Lily. Cette petite était toute timide, on la taquinait à cause de ça. Elle était gentille, douce. Elle travaillait bien. Quand elle connaissait mieux les gens, qu'elle se sentait plus à l'aise, elle s'ouvrait davantage. Elle avait toujours un sourire pour le client, elle se rappelait son nom et ce qu'il avait l'habitude de commander. On ne l'oubliera pas.

— Nous non plus.

14

Les interrogatoires les occupèrent jusqu'à la fin de leurs heures de service, et même au-delà. Si elle ne voulait pas risquer de bousiller sa vie privée, il était temps pour Eve de rentrer chez elle.

— Et si on parlait à Rose Donnelly maintenant ? suggéra Peabody. Comme ça, on aurait fini. Elle n'habite pas très loin.

— Bonne idée. On fait un saut chez elle, ensuite je vous dépose, et puis…

Son communicateur l'interrompit.

— Ici Dallas.

Celina Sanchez, visiblement fatiguée, apparut sur l'écran.

— Je souhaiterais vous parler. Je peux vous rejoindre quelque part.

— Vous avez du nouveau ?

— Non. Seulement… j'aimerais que vous m'accordiez un petit moment.

— Ça tombe bien, je suis dans le centre-ville. J'arrive.

— Merci…

— Je me charge de Celina, dit Eve à Peabody. Contactez Rose Donnelly et, si possible, prenez sa déposition.

— Parfait. Je vous retrouve plus tard au dîner. Ça me fera cinq cents mètres supplémentaires de marche, calcula Peabody en se frottant les mains. Du coup, ce soir, je m'empiffre.

Eve s'engouffra dans la voiture. Sur le chemin de SoHo, elle appela Connors.

— Salut, toi. Je vais avoir un peu de retard.

— Ô mon Dieu !

— Désopilant. J'ai encore quelqu'un à voir.

— Ne t'inquiète pas. Si jamais, par extraordinaire, tu étais très en retard, nous pourrions nous rejoindre directement chez Charles ?

— Je ne compte pas m'éterniser. Je rêve d'une douche, je serai là dans une heure. Grosso modo.

— J'ai regardé ta conférence de presse. Elle a été diffusée intégralement, et tous les journalistes y vont de leur petit commentaire. J'ai été très fier de toi.

— Ah...

— Absolument, et je me suis dit : si j'étais le type que recherche cette femme au regard déterminé – malgré ses cernes – je tremblerais.

— Tu ne tremblerais même pas si je t'appuyais le canon de mon arme sur la gorge, mais merci quand même. Bon, je fonce à mon dernier rendez-vous, ensuite je rentre à la maison.

— Moi aussi.

— Oh... tu es encore au travail. Tant mieux, tant mieux. Je ne suis pas la seule à trimer, ça me réconforte. À plus.

Requinquée, elle se gara devant le loft de Celina. À peine avait-elle atteint la porte que la voix de Celina résonna dans l'interphone.

— C'est ouvert, montez.

Elle est angoissée, pensa Eve en pénétrant dans l'immeuble puis dans l'ascenseur. Celina l'attendait au premier.

— Merci d'être venue si vite.

— J'étais dans le secteur. Que se passe-t-il ?

— Je... vous voulez boire quelque chose ? Du thé, un verre de vin ?

— Non, je suis assez pressée.

— Je suis désolée, répliqua Celina qui tripotait distraitement ses cheveux. Asseyons-nous, j'ai préparé du thé. J'avais besoin de m'occuper les mains en vous attendant.

Sur la table basse, la théière et les tasses voisinaient avec une assiette de sablés et de petits cubes de fromage minutieusement coupés. Tout cela semblait annoncer une conversation entre filles, or Eve n'en avait ni le temps ni l'envie.

— Vous m'avez dit qu'il n'y avait rien de neuf.

— Je n'ai pas eu d'autre vision, effectivement, répondit Celina en se remplissant une tasse. Aujourd'hui, j'ai maintenu certains de mes rendez-vous. Il fallait que j'essaie de travailler. Mais, après les deux premiers, j'ai été obligée d'annuler les autres. Impossible de me concentrer.

— C'est ennuyeux pour vous, professionnellement.

— Je peux me le permettre. Mes clients fidèles comprennent. Quant aux nouveaux...

Elle haussa gracieusement les épaules.

— Ça me rend encore plus mystérieuse. Mais là n'est pas la question.

— Alors, venons-en au fait.

— J'ai regardé votre conférence de presse. Cela m'a donné à réfléchir.

— C'est-à-dire ?

— Je peux faire plus, je le dois. Si j'ai ces visions, il y a une raison. J'ignore laquelle, cependant je sais que tout cela a un sens.

Elle reposa sa tasse de thé.

— Je veux discuter de la possibilité de me mettre sous hypnose.

Eve tressaillit, brusquement intéressée.

— En quoi cela nous serait-il utile ?

— Une part de moi fait barrage.

Celina effleura tour à tour ses tempes et son cœur.

— Je préfère dire que ce n'est pas ma lâcheté, mais

mon instinct de survie. Quelque chose en moi refuse de voir, de savoir, de se souvenir. Par conséquent, j'oublie tout.

— Comme vous bloquez les images ou les impressions qui vous viennent, quand les gens ne vous ont pas donné leur consentement ?

— Pas vraiment. Là, il s'agit d'un acte conscient, même si cela devient aussi naturel que respirer. Mon blocage actuel est subconscient. L'esprit humain est une puissante et efficace machine dont nous n'utilisons pas tout le potentiel. Nous n'osons pas.

Elle prit un sablé, le grignota.

— Nous érigeons parfois un véritable rempart intérieur. Les êtres qui ont subi de graves traumatismes se protègent de cette manière. Ils sont incapables ou ne veulent pas se rappeler les détails, voire la totalité, de l'événement parce qu'ils n'en ont pas la force. Dans votre métier, vous rencontrez ça souvent, je suppose.

Et je connais ça aussi personnellement, songea Eve. Durant de longues années, elle avait complètement refoulé ce qui était survenu dans cette chambre sordide, là-bas à Dallas.

— En effet.

— Sous hypnose, ces blocages peuvent être supprimés ou au moins diminués. Cela m'aiderait à préciser mes visions. Avec le bon praticien… il me faut un spécialiste de l'hypnose qui sache s'y prendre avec un médium. Je tiens également à ce que ce soit un médecin. Bref, je voudrais que le Dr Mira s'en charge.

— Mira ?

— Après que vous m'avez parlé d'elle, j'ai fait quelques recherches. Elle est extrêmement qualifiée dans tous les domaines qui me concernent. En outre, elle est criminologue et saura donc quelles questions me poser et dans quelle direction me guider. Vous avez confiance en elle, n'est-ce pas ?

— Absolument.

— Et moi, j'ai confiance en vous, rétorqua Celina. Je n'ai aucune envie de me mettre entre les mains de n'importe qui. Pour être franche, j'ai une peur bleue. Mais rester les bras croisés m'effraie davantage encore. Et ce n'est pas le pire…

Elle s'interrompit, agitant son biscuit.

— L'idée d'avoir été propulsée dans une arène inconnue, de m'engager sur un chemin dont je n'ai jamais voulu… ça me terrifie. Passer des années à voir des crimes, de la violence, des victimes… mon Dieu, quelle horreur ! J'aimais ma vie telle qu'elle était. Or rien ne sera peut-être plus comme avant.

— Vous souhaitez toujours que je contacte le Dr Mira ?

— Le plus tôt sera le mieux. Si je tergiverse, je risquerais de ne pas avoir le courage d'aller jusqu'au bout.

— Juste une minute, rétorqua Eve en saisissant son communicateur.

— D'accord.

Celina se leva, prit le plateau et se dirigea vers la cuisine. Avec des gestes lents, étudiés, elle rangea la vaisselle propre dans un placard, posa sa tasse et la soucoupe dans l'évier.

Elle se cacha le visage dans les mains, pressa les doigts sur ses paupières closes. De toutes ses forces, elle espérait être prête à ce qui l'attendait.

— Celina ?

— Oui.

Vivement, elle baissa les bras et se retourna vers Eve qui se tenait dans l'encadrement de la porte.

— Le Dr Mira peut vous recevoir demain à neuf heures. Il faudra d'abord un entretien et un bilan médical avant qu'elle accepte l'hypnothérapie.

— Très bien, répliqua Celina en redressant les épaules comme pour équilibrer un fardeau ou s'en débarrasser. Cela me semble logique. Est-ce que… vous pourriez être là ?

— Je serai là. En attendant, vous êtes libre de changer d'avis.

Crispant les doigts sur ses pendentifs en cristal, Celina secoua la tête.

— J'ai longuement réfléchi avant de vous appeler. Je ne changerai pas d'avis. De cette manière, nous avancerons. Je vous le promets, je ne ferai pas demi-tour.

Eve se rua dans le hall du manoir, claquant la porte derrière elle.

— Je suis en retard, lança-t-elle à Summerset avant qu'il n'ait ouvert le bec. Seulement voilà : je ne suis pas toujours en retard, tandis que vous, vous êtes toujours moche comme un pou. Alors... qui de nous deux a un vrai problème ?

Elle était déjà sur le palier et piquait un sprint, si bien que la réponse du majordome ne l'atteignit pas.

Elle pénétra dans la chambre, ôta sa veste et détacha son holster qu'elle envoya valser sur le sofa, se débarrassa de ses bottes en sautillant à cloche-pied. Elle retirait sa chemise quand elle entendit l'eau couler dans la salle de bains.

Flûte, il était rentré avant elle !

— Augmente la température ! ordonna-t-elle.

— C'est ce que j'ai fait en reconnaissant ta démarche gracieuse dans la chambre, ma chérie.

Sachant que Connors serait fou de joie si elle se mettait à glapir en mettant un orteil dans de l'eau froide, Eve avança prudemment un doigt sous le jet de la douche.

— Chère petite âme confiante, susurra-t-il en l'attirant dans la cabine. Restons à la maison et aimons-nous comme des bêtes.

— Oublie, grommela-t-elle en le repoussant pour verser du savon au creux de sa paume. On dîne dehors, on va débiter des crétineries, manger des trucs qu'on n'aura même pas choisis, et faire semblant de ne pas chercher des yeux, dans l'appartement, à quel endroit exactement McNab et Charles se sont battus comme des chiffonniers.

— J'ai hâte d'y être.

Là-dessus, il entreprit de la shampouiner.

— Qu'est-ce que tu fabriques ? grogna-t-elle.

— Je t'aide, pour gagner du temps. Mais dis-moi… qu'as-tu fait à tes cheveux ?

Eve voûta les épaules.

— Rien…

— Si, tu les as de nouveau massacrés.

— Ils me tombaient dans les yeux.

— Derrière le crâne ? Fascinant… La police de New York est-elle informée qu'il y a dans ses rangs un lieutenant qui possède des yeux derrière la tête ? A-t-on prévenu la CIA de ce prodige ?

— Je peux me débrouiller toute seule.

Elle s'écarta, se frictionna vigoureusement le cuir chevelu tout en dardant un regard noir sur Connors.

— Ne le dis pas à Trina.

Il eut un sourire de loup.

— Tu donnes combien, pour mon silence ?

— Un petit coup de main pour t'expédier au septième ciel, ça te va ?

— Tu me provoques pour me couper l'appétit. Bizarrement, ça ne marche pas.

— De toute façon, Trina finira par le savoir, marmonna Eve en se rinçant la tête. Et elle me le fera payer cher. Elle m'engueulera, m'enduira de trucs visqueux et me peindra les bouts de seins en bleu !

— Une image qui échauffe mon esprit déjà enfiévré…

— Je ne sais pas pourquoi je me suis coupé les cheveux, soupira-t-elle en se précipitant dans la cabine chauffante. Ç'a été plus fort que moi.

— Tu l'expliqueras au juge…

Ils n'étaient pas si en retard, pensa Peabody. D'ailleurs, deux flics surmenés, privés de sommeil *et* ponctuels… ce n'était pas imaginable.

Elle avait de plus pris le temps de se pomponner. McNab l'ayant saluée par un « oh ! ma poupée ! » extasié, elle considérait avoir réussi son coup.

Lui aussi était bien mignon. Ses cheveux brillaient, et son adorable postérieur était moulé dans un pantalon noir qui, sans le galon argent fluo sur la couture des jambes, aurait presque paru classique.

Peabody tenait le cadeau pour leur hôtesse – un bouquet de lis tigrés relativement frais acheté en quatrième vitesse à un distributeur automatique, près de sa station de métro. Ils franchirent l'entrée de l'immeuble.

— Ce soir, tu te conduis correctement, OK ? recommanda-t-elle à McNab.

— Bien sûr…

Il tripotait le col de sa chemise argentée et se demandait s'il n'aurait pas dû porter une cravate, histoire de montrer à Monroe à qui il avait affaire.

— À l'époque, tu couchais avec lui, moi j'étais soûl et furax. Ce n'est plus le cas.

Ils pénétrèrent dans l'ascenseur, Peabody sélectionna l'étage de Charles, fit bouffer ses cheveux et regretta de ne pas les avoir bouclés, pour changer.

— On ne couchait pas ensemble. Tu es sûr que ce pantalon ne me grossit pas trop les fesses ?

— Quoi ?

— Mes fesses, répéta-t-elle en se démanchant le cou pour vérifier elle-même sa chute de reins. Elles ont l'air plus grosses.

— Tu veux dire que vous n'avez plus couché ensemble après Louise. Hein ?

— Ni avant ni après. Il devrait y avoir un miroir dans cet ascenseur.

— Arrête de penser à tes fesses. Tu es sortie avec lui pendant des mois.

Elle renifla les lys tigrés.

— Tu as été l'amant de toutes les filles avec qui tu es sorti ?

— Quasiment. Attends un peu...

La cabine stoppa, et Peabody en sortit.

— On va être en retard.

— Tant pis. Tu prétends n'avoir jamais fricoté avec ce prostitué de luxe ? *Jamais ?*

— Charles et moi, nous sommes amis depuis qu'on se connaît. Point à la ligne.

McNab lui agrippa le bras.

— Tu m'as laissé croire que tu avais une liaison avec lui.

Elle lui enfonça l'index dans la poitrine.

— Non, tu t'es fait ton film, et tu t'es ridiculisé. Parce que c'est avec toi que je couchais, crétin.

— Mais on a rompu à cause de...

— Parce que au lieu de me demander ce qui se passait, tu m'as accusée et tu m'as posé un ultimatum.

— Et c'est maintenant que tu t'expliques, juste avant d'entrer chez lui.

— Eh oui.

— Tu es vache, Peabody.

— Eh oui, répéta-t-elle en lui tapotant la joue. La vengeance est un plat qui se mange froid. Tu as débarqué ici, ivre et décidé à assommer Charles. C'était idiot, mais ça ne m'a pas déplu. Raison pour laquelle j'ai eu la grandeur d'âme de te pardonner tes coucheries avec les jumelles.

— Je n'ai pas couché avec elles, figure-toi, rétorqua-t-il en lui pinçant le nez.

— Ah bon ?

— J'aurais pu, puisque toi et moi, on était à deux doigts de la rupture. Mais je n'ai pas couché avec les jumelles.

— Tu t'en es vanté, pourtant.

— Dis donc, un homme a un sexe, le siège de sa fierté.

— Crétin de mon cœur, susurra-t-elle en lui nouant les bras autour du cou pour lui donner un long baiser.

À cet instant, les portes de l'ascenseur coulissèrent.

— Bonté divine ! Ça y est, j'ai l'appétit coupé.

— Dallas, roucoula Peabody en lui jetant un coup d'œil par-dessus l'épaule de McNab, on se réconcilie.

— La prochaine fois, enfermez-vous dans le noir pour vous bécoter. McNab, enlevez vos mains de là. Vous violez plusieurs lois du code civil.

— Navré, répliqua-t-il, gratifiant néanmoins Peabody d'un dernier pinçon.

— Vous avez étudié les disquettes de vidéosurveillance du métro ?

— Eve, intervint Connors en la poussant vers l'appartement de Charles, attends au moins d'être à l'intérieur avant de cuisiner tes inspecteurs. Peabody, vous êtes resplendissante.

— Merci. On va bien s'amuser.

Charles Monroe, l'élégant prostitué, et Louise Dimatto, le médecin aristocrate qui se consacrait aux laissés-pour-compte, les accueillirent chaleureusement. Eve dut admettre qu'ils formaient un couple magnifique, lui tout en séduction, elle tout en blondeur et raffinement.

N'empêche que, pour Eve, ils étaient l'un des couples les plus bizarres de son entourage.

— Vous arrivez tous en même temps, commenta Louise en riant. Entrez, ajouta-t-elle en embrassant Eve, puis en remerciant avec effusion Peabody pour ses fleurs.

— Mon lieutenant en sucre...

Charles effleura d'un baiser la bouche d'Eve. Tournant vers McNab un regard malicieux, il salua Peabody de la même manière.

Décidément, songea Eve, la soirée promettait de ne pas être ordinaire.

On déboucha la bouteille de vin qu'avait apportée Connors. Bientôt, la discussion était générale et détendue. Chacun semblait d'humeur joyeuse. Eve devait, pour quelques heures, reléguer les meurtres dans un recoin de son cerveau.

Louise, en pantalon noir et sweater cerise, était perchée sur l'accoudoir du fauteuil de Charles. Elle était ravissante, radieuse, et à la stupeur d'Eve arborait un anneau d'or à l'un de ses orteils aux ongles laqués.

Charles ne cessait de la toucher, à la façon distraite et intime d'un homme fou amoureux d'une femme. Il lui caressait le bras, lui effleurait le genou... Louise ne se posait-elle aucune question sur les « clientes » qui le payaient grassement pour ses services ? En tout cas, cela ne paraissait pas la déranger.

McNab et Peabody, quant à eux, étaient blottis l'un contre l'autre sur le moelleux et douillet canapé en cuir. Ils riaient et bavardaient sans la moindre gêne apparente. Le groupe ressemblait à s'y méprendre à une famille heureuse et soudée.

Observatrice aguerrie, Eve était comme à l'accoutumée la seule à détonner dans cette ambiance harmonieuse.

— Relax, lui murmura Connors, comme s'il avait lu dans ses pensées.

— J'y travaille.

— Louise a joué les fées du logis tout l'après-midi, déclara Charles.

— C'est la première fois que nous recevons ensemble des amis. Et j'adore le rôle de maîtresse de maison.

Eve jeta un coup d'œil circulaire. Louise avait disposé à des points stratégiques, dans de petits vases transparents, de somptueuses fleurs aux couleurs douces et des ribambelles de bougies blanches de diverses tailles et formes qui diffusaient une subtile lumière dorée.

Sans doute avait-elle aussi choisi la musique d'ambiance, du blues feutré comme l'éclairage. Sur la table, également ornée de fleurs et de bougies, porcelaine, argenterie et cristal étincelaient.

Ajoutez à cela le vin et les amuse-gueules, et on obtenait l'atmosphère cosy, apaisante, recommandée pour une soirée en petit comité.

Comment les gens *savaient-ils* organiser ce genre de réception ? s'étonna Eve. Prenaient-ils des cours ? Improvisaient-ils ? Suivaient-ils les conseils de manuels spécialisés ?

— Félicitations, commenta Peabody, c'est une réussite.

— Je suis tellement contente que nous soyons tous là, répliqua Louise avec un sourire rayonnant. Je n'étais pas sûre que vous pourriez venir – vous surtout, Dallas. Je suis au courant de l'affaire par les médias.

— On n'arrête pas de me seriner que je dois avoir une vie en dehors du boulot, grommela Eve. Je suppose que, si on respire un peu, ensuite, on est frais comme un gardon.

— Une saine attitude, acquiesça Louise.

— Oui, c'est tout moi, ironisa Eve en piochant sur le plateau un petit canapé coloré. Saine de la tête aux pieds.

— Particulièrement quand elle vous botte les fesses, plaisanta McNab qui engloutit une crevette farcie.

— Quand elles sont aussi maigres que les vôtres, mon vieux, on n'a pas besoin de muscles.

— Avez-vous l'occasion de ramener votre frêle personne en Écosse ? demanda Louise, mutine, au jeune inspecteur.

— Pas vraiment. Je suis né ici, je suis un vrai New-Yorkais. Quand j'étais gamin, on retournait souvent là-bas. Il y a cinq ans, mes parents ont décidé de s'installer dans la banlieue d'Édimbourg. La prochaine fois que Peabody et moi on aura des vacances, on ira y faire un tour.

— En Écosse ? s'exclama Peabody, les yeux écarquillés.

— Il faut bien que je leur présente ma fiancée.

— J'ai toujours rêvé de traverser l'océan et de découvrir l'Europe, rétorqua Peabody, les joues roses. Me balader dans la campagne, voir les vieilles pierres...

La conversation bifurqua sur les voyages.

— Dallas, chuchota Louise en aparté, vous venez me donner un coup de main en cuisine ?

— Moi ?

— Juste une minute.

— Je... bon, d'accord. Vous n'allez quand même pas me mettre aux fourneaux ? s'inquiéta Eve en la suivant.

— J'ai l'air d'une idiote ? Il y a un excellent restaurant au coin de la rue, ils m'ont tout livré. Il ne reste plus qu'à apporter les plats sur la table, ce dont je m'occuperai dans un instant.

Louise sirotait son vin, scrutant Eve par-dessus son verre.

— Vous faites attention à vous ?

— Pourquoi ?

— Parce que vous avez l'air fatigué.

— Zut alors. J'ai pourtant passé cinq bonnes minutes à me tartiner la figure de machins gluants.

— Vous avez les yeux cernés. Je suis médecin, ces choses-là ne m'échappent pas. J'aurais parfaitement compris que vous annuliez pour ce soir.

— J'y ai pensé, mais j'avoue que j'en avais marre. Peut-être que j'avais besoin d'un break. Peut-être même que je devrais apprendre à me détendre davantage.

— Bravo ! En tout cas, ce soir, nous essaierons de ne pas nous coucher trop tard.

— On verra bien. Charles et vous... j'ai l'impression que ça baigne, non ?

— En effet. Personne ne m'a rendue aussi heureuse depuis très longtemps.

— Vous avez l'air sur un nuage, tous les deux.

— C'est drôle, vous ne trouvez pas ? On rencontre quelqu'un quand on ne le cherche plus.

— Je ne sais pas, je n'ai jamais cherché.

Éclatant de rire, Louise s'adossa au comptoir.

— Ça, c'est le comble. Vous n'avez pas levé le petit doigt, et vous avez eu Connors.

— Il s'est planté devant moi. Impossible de le contourner, alors je me suis dit: je n'ai plus qu'à le garder.

— Et vous avez eu mille fois raison. Charles et moi, enchaîna Louise en prenant les salades, nous envisageons de passer un long week-end, dans le Maine ou le Vermont. Nous descendrons dans une petite auberge pour admirer les feuilles d'automne.

— Vous irez là-bas juste pour regarder les arbres ?

— Mais oui, Dallas, répondit Louise, amusée. Il y a des gens à qui cela plaît beaucoup.

— Ouais, il faut de tout pour faire un monde.

Garces. Sales putains.

Dévoré par la rage, il tournait en rond dans l'appartement. Sur l'écran, l'interview et la conférence de presse diffusées par Channel 75 repassaient en boucle.

C'était plus fort que lui.

On avait mis des femmes à ses trousses. Des femmes qui parlaient de lui, analysaient son comportement, le condamnaient. Croyaient-elles qu'il allait supporter ça ?

Regardez-les. Elles avaient l'air si bien, si propres, si vertueuses. Mais il n'était pas dupe. Il avait vu, il savait. Sous le masque, elles n'étaient que des vicieuses, des traînées. Faibles et perverses.

Il était plus puissant, il n'y avait qu'à le regarder.

Il se tourna vers les miroirs qui tapissaient les murs. Un athlète, l'incarnation de la puissance. Il avait travaillé dur pour atteindre cette perfection. Il était un *homme*.

— Vous voyez ? Vous voyez ce que je suis ?

Il ouvrit les bras et une dizaine de paires d'yeux, flottant dans leur bocal, le contemplèrent.

Oui, à présent, ces yeux le voyaient. Elle aussi le voyait. Elle n'avait pas le choix, elle le regardait. Pour l'éternité.

— Et maintenant, maman, qu'est-ce que tu en penses ? Qui gouverne ?

C'étaient les siens, tous ces yeux scrutateurs. Pourtant, elle était encore partout, dans les rues, à le juger, prête à lever la main sur lui, à le fouetter avec sa ceinture, à l'enfermer dans le noir. Pour qu'il ne voie rien, qu'il ne sache rien.

Il s'occuperait d'elle. Oh oui, il lui montrerait qui était le patron ! Il leur montrerait, à toutes. Elles paieraient. Le fi-fils à sa mère leur réglerait leur compte, pensa-t-il en se retournant vers l'écran. Les mâchoires serrées, il considéra Eve, Peabody, Nadine. Il fallait parfois s'écarter de son plan, voilà tout. Elles seraient donc punies. Comme toi quand tu n'étais pas sage, et aussi quand tu l'étais. Il se garderait la salope en chef pour le dessert, décida-t-il en adressant un sourire féroce à l'image d'Eve. Toujours garder le meilleur pour la fin.

Le dîner fut excellent, la compagnie agréable. Durant près de deux heures, le crime quitta son esprit. Elle se régalait en particulier d'observer Connors en société. Sa façon de tenir le milieu entre la sophistication de Charles et la débrouillardise de McNab, sa manière de parler aux femmes – flatteur sans être mielleux, discrètement flirteur.

Et tout cela naturellement, spontanément, du moins en apparence. N'avait-il pas, pourtant, ses propres préoccupations ? Les rouages gigantesques de ses affaires accaparaient une grande partie de son existence. Il avait probablement passé la journée à acheter et à vendre Dieu sait quoi, à coordonner et à superviser des projets dont elle n'avait même pas idée. Il avait participé à des réunions, pris des décisions, fait avancer ou reculer des pions sur l'immense échiquier de son empire.

Maintenant, il était assis là, à déguster son dessert et à siroter son café, à raconter les bagarres de sa jeunesse à un McNab mort de rire, ou à parler beaux-arts avec Charles.

Sur le chemin du retour, il caressa la main d'Eve.

— C'était une très bonne soirée.

— Même pas enquiquinante.

— Un sacré compliment...

Elle rit, étendit ses jambes. Elle avait écouté le conseil de Connors, s'était détendue. Finalement, elle s'était amusée, à sa grande stupéfaction.

— Tu es un homme à multiples facettes.

— C'est pour mieux t'éblouir, mon enfant.

— Pff... je me demande bien pourquoi je suis entourée de petits malins.

— Les pommes ne tombent pas loin du pommier.

— Enfin bref, c'était instructif de te regarder baratiner.

— Je ne baratine que dans le domaine professionnel. Ce soir, c'était une conversation personnelle et amicale.

— Ha, ha ! On en apprend tous les jours !

Elle posa sa tête contre le dossier ; elle était fatiguée mais ne se sentait plus accablée de lassitude.

— On a beaucoup discuté, reprit-elle. Je ne me suis même pas ennuyée ou énervée.

— Je t'adore...

— Tout le monde s'adorait, à ce dîner.

— C'était charmant de passer la soirée avec deux couples si amoureux.

— Avec tous ces regards langoureux et ces caresses furtives, l'atmosphère était littéralement saturée de sexe.

Ils franchirent les grilles du manoir, se garèrent devant le perron.

— Imagine qu'on soit tous échangistes, pouffa-t-elle en montant l'escalier menant à la chambre. Tu mets Peabody avec Charles, McNab avec Louise, la pagaille !

— J'ai l'impression que tu as un regain d'énergie, lieutenant.

— C'est la troisième ou peut-être la quatrième fois de la journée que je me requinque. Je me sens bien. Qu'est-ce que tu dirais de s'envoyer en l'air ?

— Je craignais que tu ne le demandes jamais.

Un bras autour du cou de Connors, elle donna un coup de reins afin qu'il la soulève dans ses bras. Elle calcula son propre poids, celui de son mari, plissa les yeux.

— À ton avis, jusqu'où tu peux me porter comme ça ?

— Jusqu'au lit ?

— Non, je veux dire... jusqu'où tu pourrais me traîner comme ça ? Surtout si j'étais...

Elle s'abandonna, toute molle, les bras ballants. Il changea de position, sans pour autant chanceler.

— C'est plus dur de cette manière, pas vrai ?

— Je devrais atteindre le lit, où j'espère te ranimer.

— Tu es en bonne forme, mais je parie que tu aurais du mal à me trimballer sur vingt ou trente mètres.

— Vu que je ne t'ai pas encore étranglée, je n'y serai pas obligé, rétorqua-t-il en montant sur l'estrade où se trouvait leur immense lit.

— Désolée, pas de meurtre dans cette chambre ce soir.

Il la coucha, et elle l'attira contre elle. Il lui mordilla le menton, huma le parfum des cheveux soyeux qui le frôlaient.

— Tu m'as touchée, accusa-t-elle.

— Cela fait effectivement partie de mes projets.

Elle éclata de rire, le fit rouler sur le dos et lui bloqua les bras au-dessus de la tête.

— Non, tu ne bouges pas. Je m'occupe de tout.

— Quelle bonne idée !

— Il vaudrait mieux que je me dépêche, au cas où la fatigue me retomberait dessus.

De ses dents nacrées et aiguës, de sa langue rose, elle lui léchait la mâchoire, le cou, le creux des épaules. Ronronnant comme une chatte, elle lui déboutonna sa chemise et lui palpa les pectoraux.

Elle sentit le cœur de son mari battre plus fort sous ses doigts et ses lèvres. Il la désirait. N'était-ce pas sidérant, ce désir constant qu'il avait d'elle ?

Elle baissa la fermeture éclair de son pantalon et libéra son sexe gonflé de sang. Quand elle le prit entre ses lèvres, il frémit. Les mains tremblantes, il la déshabilla, luttant contre le plaisir qui menaçait de le submerger.

Alors elle le chevaucha. Ils étaient inondés de sueur, corps contre corps, bouche contre bouche.

Leurs regards s'accrochèrent l'un à l'autre, quand elle s'empala sur lui, d'un coup, dans un cri.

À bout de souffle, elle appuya son front contre le front de Connors.

— Attends, balbutia-t-elle. C'est trop, attends…

— Ce n'est jamais trop, murmura-t-il.

Et ce ne serait jamais trop. Encadrant de ses mains le beau visage de son mari, elle l'entraîna dans leur folle danse.

15

Tandis qu'Eve dormait d'un sommeil de plomb dans les bras de Connors, une femme nommée Annalisa Sommers payait sa part de l'addition et disait au revoir à ses compagnes.

Sa réunion théâtrale mensuelle s'était achevée un peu plus tard qu'à l'ordinaire, chacun ayant beaucoup à raconter. En réalité, ce club n'était pour elle qu'un prétexte pour sortir avec quelques amies, grignoter un morceau, boire un verre – et parler des hommes, du travail, et encore des hommes.

Cela lui permettait également de glaner diverses opinions sur la pièce qu'elles avaient vue ensemble. Elle s'en servait ensuite pour rédiger sa chronique hebdomadaire publiée par *Le Magazine de la scène*.

Elle avait toujours adoré le théâtre, depuis le jour où, à l'école primaire, elle avait incarné une patate douce à l'occasion du spectacle de Thanksgiving. Comme elle n'avait pas l'étoffe d'une comédienne – même si son interprétation du tubercule avait ému sa mère aux larmes – et n'avait aucun talent de décoratrice ou de metteuse en scène, elle avait fait de son hobby une profession. Elle écrivait des commentaires, plutôt que de véritables critiques, sur des pièces jouées à Broadway, ou dans les environs – parfois lointains – de la célèbre avenue.

Elle gagnait un salaire ridicule, mais avait certains avantages en nature, notamment des billets gratuits, des laissez-passer pour les coulisses, et le plaisir de se débrouiller tant bien que mal grâce à une activité dont elle raffolait.

D'ailleurs, elle avait bon espoir d'obtenir très bientôt une augmentation. Sa chronique devenait de plus en plus populaire pour les raisons mêmes qu'elle avait soulignées lorsqu'elle avait postulé cet emploi au magazine. Les gens normaux voulaient avoir l'opinion de gens comme eux. Or, les critiques n'étaient pas des personnes ordinaires.

Dix mois s'étaient écoulés, et on la reconnaissait déjà dans la rue. Elle adorait que les passants l'arrêtent pour discuter avec elle, qu'ils soient ou non d'accord avec son jugement.

Bref, elle vivait la meilleure période de son existence.

Tout allait à merveille. Le travail, Lucas. New York était son royaume, pour rien au monde, elle ne s'installerait ailleurs. Quand Lucas et elle se marieraient – ses amies affirmaient que ce serait la prochaine étape –, ils se dénicheraient un magnifique appartement dans le West Side, organiseraient des petites fêtes originales et seraient fabuleusement heureux.

Seigneur, elle était d'ores et déjà fabuleusement heureuse !

Elle rejeta ses cheveux en arrière, atteignit l'angle nord-ouest de Greenpeace Park, hésita. Elle coupait toujours à travers le parc, elle connaissait le chemin par cœur.

Un peu de marche, se dit-elle, avant qu'on lui accorde cette augmentation de salaire.

Seulement... au cours de la semaine dernière, on avait assassiné deux femmes dans les parcs de la ville. Passer par là à une heure du matin n'était peut-être pas raisonnable.

Ridicule. Greenpeace était comme son propre jardin, elle en ressortirait dans cinq minutes et serait en sûreté chez elle, blottie dans son petit lit.

Je suis née à New York, bon sang ! pensa-t-elle en s'enfonçant dans l'ombre des feuillages. Elle savait rester sur ses gardes, elle était en bonne forme physique et avait suivi des cours d'autodéfense. De plus, elle avait dans sa poche une bombe paralysante munie d'une alarme.

Elle adorait cet endroit, de jour comme de nuit. Les arbres, les aires de jeu pour les enfants, les potagers collectifs où poussaient aussi des fleurs. Pour Annalisa, cela prouvait la diversité de la mégapole. Béton et concombres voisinaient.

L'image la fit sourire, et elle accéléra le pas.

Elle entendit le chaton miauler avant de l'apercevoir. Il n'était pas inhabituel de rencontrer un chat errant dans les parages. Mais celui qu'elle découvrit en s'approchant n'était qu'une minuscule boule de fourrure grise. Recroquevillé sur le sentier, il poussait des cris pitoyables.

— Pauvre petite bête ! Où est ta maman, mon pauvre minou ?

Elle s'accroupit, le saisit précautionneusement. Alors seulement, elle se rendit compte qu'il s'agissait d'un robot.

Bizarre.

À cet instant, l'ombre gigantesque fondit sur elle. Elle plongea la main dans sa poche, à la recherche de sa bombe paralysante, voulut bondir sur ses pieds.

Un violent coup à l'arrière du crâne la fit s'effondrer.

Le robot continua à miauler, tandis que les coups pleuvaient sur la jeune femme.

Le lendemain matin à sept heures vingt, Eve se tenait auprès d'Annalisa Sommers. Dans l'air qui embaumait la verdure, vibrait une impression de vie sans cesse renaissante.

On entendait la circulation du matin, dans les rues et le ciel, pourtant on aurait pu se croire en pleine campagne, avec ce carré de légumes soigneusement alignés au cordeau, derrière un écran de pesticide et une barrière de protection contre les vandales.

Elle n'avait aucune idée de ce qui pouvait bien pousser là. Des trucs grimpants, pleins de feuilles, d'autres qui sortaient de petits monticules bien nets.

Cette odeur de verdure était sans doute due aux engrais ou au fumier, ou à Dieu savait quoi ; bref, à ce qu'on mélangeait à la terre pour faire pousser des choses qu'on se mettait ensuite dans la bouche, en les qualifiant de « naturels ».

De fait, il n'y avait rien de plus naturel que la merde.

Hormis le sang et la mort.

Au bout de la parcelle, derrière les étranges petits triangles verticaux où s'accrochaient les vignes, derrière l'écran qui empêchait les chiens et les passants d'entrer se dressait la statue d'un homme et d'une femme. Tous deux étaient coiffés d'un chapeau. Lui tenait une espèce de râteau ou de binette. Elle, un panier rempli de ce qui devait représenter les fruits de leur labeur.

La récolte.

Voilà comment était baptisé le monument. Mais tous les New-Yorkais le surnommaient *La maman et le papa paysans*. Ou plus simplement, *Maman et papa*.

Annalisa gisait à leurs pieds, telle une offrande aux divinités de la Terre. Elle avait les mains jointes sur sa poitrine nue, le visage ensanglanté et atrocement mutilé, le corps couvert d'hématomes.

— Débuter la journée comme ça, quelle horreur ! commenta Peabody.

— Oui, et c'est bien plus horrible pour elle. Trouvez-moi son identité.

Eve fixa ses microloupes et entreprit d'enregistrer et de filmer ses premières observations.

— Victime de type caucasien. Traces de violence sur le visage, le torse et les membres. Clavicule fracturée. Pas de marques indiquant qu'elle s'est défendue. À première vue, l'arme du crime est une cordelette rouge.

Strangulation. Il y a eu viol. Ecchymoses et écorchures sur les cuisses et les organes génitaux.

— Elle s'appelle Annalisa Sommers. Trente-deux ans, résidant au 15 de la 31e Rue Ouest.

— Identification enregistrée. Les yeux de la victime ont été prélevés de la même manière que pour Maplewood et Napier. *Modus operandi* similaire : agression sexuelle, meurtre, mutilation, position du corps.

— Il ne s'écarte pas beaucoup de son schéma, remarqua Peabody.

— Ça marche du tonnerre, pourquoi il s'embêterait avec des variantes ? Ah, il y a des poils sur sa main droite, collés au sang séché.

Elle les mit dans un sachet réservé aux pièces à conviction et s'assit sur ses talons.

— Qu'est-ce qu'elle fabriquait ici, Dallas ? En pleine nuit. La conférence de presse a été diffusée partout. Elle devait savoir que ce type rôde dans les parcs.

— Les gens croient toujours que ça n'arrive qu'aux autres, au lieu de se dire : « Si c'est arrivé à quelqu'un, ça pourrait bien me tomber dessus, à *moi* aussi. »

Elle contempla le cadavre.

— Elle habite le quartier. Un point commun de plus avec les autres. Elle avait sans doute l'habitude de passer par ici pour rentrer chez elle ou pour sortir. Un raccourci qu'elle connaît par cœur. Ces poils, par contre, ça ne colle pas, marmonna-t-elle.

— Un peu plus petite que les autres, plus brune, mais toujours dans la bonne fourchette.

— Ouais.

— Pour montrer qu'il n'est pas complètement psychorigide, n'est-ce pas ?

— Hum…

La scène étant filmée, Eve tourna la tête de la victime et la souleva.

— Elle a pris un coup à l'arrière du crâne. Un méchant coup. Il s'approche sans doute par-derrière, la frappe, elle s'écroule. Il y a de la terre et de l'herbe dans les égratignures qu'elle a aux genoux. Elle est tombée à quatre pattes.

Elle prit l'une des mains de la victime, montra les paumes écorchées.

— Ensuite, il la roue de coups. Sa violence se déchaîne. Il perd les pédales. Il la viole, l'emporte ailleurs et termine le boulot.

— Pour celle-là, on n'a eu aucune nouvelle de Celina.

— Vous avez remarqué aussi ? répliqua Eve en se redressant. On la contactera dans quelques minutes. Allons voir l'endroit où il l'a tuée.

Cette fois, ce n'était pas loin, juste à l'autre bout du potager, sur le sentier. Des gouttes et des taches de sang constellaient le sol.

— Lieutenant ? déclara l'un des membres de l'Identité judiciaire en brandissant un sachet transparent. J'ai découvert ça là-bas, au point 3. Une bombe paralysante standard. Ce devait être à elle, mais ça ne lui a pas servi à grand-chose.

— On vérifiera les empreintes.

— J'ai aussi trouvé quelques poils sur le sentier, au point 1. Gris, donc ce n'étaient pas les siens. *A priori*, ils n'ont pas l'air humains.

— Merci.

— Encore un écureuil, sans doute, commenta Peabody.

— Possible. Quel était son métier ?

— Chroniqueuse au *Magazine de la scène*.

— Alors elle rentrait chez elle. À pied. Une heure du matin, c'est tard pour le théâtre. Elle a bu un verre après le spectacle, ou elle a dîné. Un rendez-vous galant. Elle décide d'emprunter son raccourci habituel, de passer par le parc. Elle est dans son quartier. Elle a sa bombe dans la poche, au cas où, donc pas d'angoisse. Quelques pas, et, hop, elle sera dans la rue, presque devant sa porte. Mais lui, il l'attend. Il a déjà repéré les lieux, il sait qu'elle passera par là. Il la frappe par-derrière.

Eve fronça les sourcils, observant les herbes froissées déjà entourées d'un rond par les techniciens de l'Identité judiciaire.

— Il la porte pour l'étendre sous le monument. Il finit sa besogne.

Elle secoua la tête.

— Il me faut le maximum de renseignements sur elle, la famille proche, un conjoint, un colocataire. J'essaie de joindre Celina avant d'aller au domicile de la victime.

Eve s'écarta de la scène de crime. Nerveuse, elle fourra la main dans sa poche pour y pêcher son communicateur. À l'autre bout de la ligne, le répondeur de Celina se déclenchait quand le médium décrocha.

— Désolée, je dormais. J'ai à peine entendu la sonnerie. Dallas ? Oh non ! Je suis en retard pour notre rendez-vous ?

— Pas encore. Vous avez passé une bonne nuit, Celina ?

— Je me suis bourrée de somnifères, je suis groggy. Si je vous rappelais quand j'aurai bu mon café ?

— Nous en avons une autre.

— Une autre quoi ?

Eve vit les brumes se dissiper dans les yeux de Celina.

— Ô mon Dieu... non...

— Il faut que je vous parle. Je vous rejoindrai au cabinet de Mira.

— Je... je me dépêche.

— Rendez-vous à neuf heures, comme prévu.

— Entendu. Je suis navrée, Dallas.

— Moi aussi.

— La victime avait sa mère et sa sœur à New York, annonça Peabody. Son père s'est remarié, il vit à Chicago. Pas de conjoint, jamais mariée, pas d'enfants.

— On commence par l'appartement, ensuite la mère.

Le logement était petit, spectaculaire et en désordre, comme souvent avec les femmes célibataires. Les affiches et les programmes de théâtre constituaient l'essentiel de la décoration.

Durant les dernières vingt-quatre heures de son existence, la victime avait eu plusieurs communications.

— Une bavarde, commenta Eve. La mère, la sœur, les collègues de boulot, des copines et un dénommé Lucas pour qui elle a manifestement le béguin. Tous ces papotages nous apprennent que, hier soir, elle est allée voir une pièce au Trinity puis a dîné avec des amies. On les contacte, et on essaie d'identifier ce Lucas.

— Je vais interroger les voisins.

Une fois Peabody sortie, Eve poursuivit son inspection. La victime vivait seule, conclut-elle, cependant elle recevait des hommes - ou un homme, de temps en temps. Dessous coquins dans les tiroirs de la commode, quelques accessoires sexuels classiques. Des photos et des hologrammes dont deux la montraient en compagnie du même individu.

Il avait le teint café au lait, les cheveux noirs, un bouc impeccablement taillé et une mouche sous la lèvre inférieure, un sourire éclatant. Un beau type, estima Eve, et elle aurait parié qu'il s'agissait du fameux Lucas.

En résumé, une femme sociable qui aimait le théâtre, avait une relation affectueuse avec sa mère et sa sœur, des amis, et qui, à en juger par les conversations enregistrées sur le communicateur, était amoureuse d'un certain Lucas.

Or cette jeune femme avait trouvé la mort parce qu'elle était passée par le parc pour s'économiser trois cents mètres de marche.

Non, rectifia Eve, elle était morte parce que quelqu'un l'avait choisie, traquée et assassinée. Si elle n'avait pas pris ce raccourci à travers le parc cette nuit, son meurtrier l'aurait attendue ailleurs.

Elle était sa cible. Mission accomplie.

Peabody reparut sur le seuil.

— Lucas Grande, auteur de chansons et musicien de studio. Ils se fréquentaient depuis un certain temps. D'après la voisine, environ six mois. Hier soir, elle a vu la victime sortir de chez elle vers dix-neuf heures. Elles se sont fait un signe de la main. La voisine croit se souvenir qu'elle portait un jean, un sweater bleu et une courte veste noire.

— Trouvez-moi l'adresse de Grande. On s'occupera de lui après avoir rencontré la mère.

Qu'y avait-il de pire ? Annoncer à une mère la mort de sa fille et la regarder s'écrouler, ou bien dire à un homme que sa bien-aimée n'était plus de ce monde et le regarder sangloter comme un enfant ?

Elles l'avaient réveillé. Quand il leur ouvrit la porte, il avait les yeux bouffis de sommeil, les cheveux ébouriffés et l'air un brin agacé.

— Écoutez, je baisse la musique à vingt-deux heures. Personne ne se plaint à mon étage. J'ignore pourquoi le gars du dessus râle sans arrêt. Il est complètement surexcité.

— Il n'y a pas eu de plainte pour tapage nocturne, monsieur Grande. Nous voudrions entrer, s'il vous plaît.

Il recula, eut un geste impatient.

— Merde alors, grommela-t-il. Si Bird s'est encore fait choper avec du Zoner, je n'y suis pour rien. On joue ensemble, on n'est pas frères siamois.

— Il s'agit d'Annalisa Sommers.

— Annalisa, répéta-t-il avec un petit sourire, elle a trop bu avec ses copines, et elle a fait une bêtise ? Je dois la sortir de cellule ?

— Monsieur Grande, j'ai le regret de vous apprendre que Mlle Sommers a été tuée cette nuit.

Le sourire s'effaça du visage de Lucas.

— Ce n'est pas drôle du tout. Ça ne va pas de raconter des choses comme ça ?

— Son corps a été retrouvé ce matin dans Greenpeace Park.

— Allez, allez... bredouilla-t-il, reculant et levant les mains comme pour supplier Eve de se taire.

— Asseyons-nous.

— Annalisa ? balbutia-t-il, les yeux pleins de larmes. Vous êtes sûre que c'est Annalisa ? Ça pourrait être quelqu'un d'autre.

Eve savait ce qu'il pensait : n'importe qui d'autre. N'importe qui, mais pas celle que j'aime.

— Je suis profondément désolée, monsieur Grande. Il n'y a malheureusement pas d'erreur. Nous avons des questions à vous poser.

— Mais je l'ai vue hier. J'ai déjeuné avec elle. On a rendez-vous samedi. Comment c'est possible ?

— Venez vous asseoir, dit Peabody qui le prit par le bras et le guida jusqu'à un fauteuil.

La pièce était encombrée d'instruments de musique : claviers électroniques, deux guitares, des enceintes. Eve s'installa vis-à-vis de Grande.

— Annalisa et vous, vous sortiez ensemble.

— On allait se marier. Dès que je lui aurais demandé sa main. Je comptais le faire à Noël. Je voulais attendre Noël, pour qu'on s'en souvienne toujours. Qu'est-ce qui lui est arrivé ?

— Monsieur Grande, dites-nous où vous étiez cette nuit.

Il se cachait la figure dans ses mains, et les larmes coulaient entre ses doigts.

— Vous pensez que j'aurais pu lui faire du mal ? Jamais de la vie. *Je l'aime*.

— Je ne le pense pas, mais je suis obligée de vous poser la question.

— J'avais une séance d'enregistrement qui a duré jusqu'à minuit, peut-être un peu plus tard. Ensuite on a traîné au studio, on a bu quelques bières, mangé une pizza. On a fait le bœuf. Je suis rentré ici vers... mettons, trois heures. Mon Dieu, quelqu'un lui a fait du mal ?

— Oui, en effet.

Son visage marbré par les pleurs blêmit soudain.

— Vous avez parlé du parc. Seigneur, vous avez parlé du parc ! Ces autres femmes... c'est la même chose ? Annalisa ?

— Dites-moi où se déroulait votre séance d'enregistrement, qui y assistait. Simple formalité.

— Studio Tunes, dans Prince Street. Il y avait Bird...

Il tremblait de tous ses membres. Il déglutit, reprit :

— John Bird, Katelee Poder, et... je n'ai plus les idées claires. Sa mère, vous avez prévenu sa mère ?

— Nous sortons de chez elle.

— Elles sont très proches. Au début, elle se méfiait de moi, et puis ça s'est arrangé. On s'entend bien. Il faut que j'aille la voir.

— Monsieur Grande, savez-vous si quelqu'un importunait Annalisa ? Une personne que vous aviez remarquée ou qu'elle avait mentionnée ?

— Non, et comme elle me confiait tout, s'il y avait eu un problème, je le saurais. Maintenant, je veux être auprès de sa mère, de sa famille. Il faut qu'on aille voir Annalisa ensemble, qu'on fasse tout ça ensemble.

Eve avait dormi à poings fermés. Sa journée de la veille s'était conclue par un agréable dîner entre amis, puis elle avait fait l'amour à Connors. Pourtant, quand elle entra dans le service du Dr Mira, une épouvantable migraine lui vrillait les tempes.

La secrétaire l'informa que le docteur était en entretien avec Mlle Sanchez. Néanmoins, elle la prévenait sur-le-champ de l'arrivée du lieutenant Dallas.

— Laissez-les terminer, lui dit Eve, il vaut mieux que je ne les dérange pas. J'ai quelques petites choses à régler pendant que je patiente.

Elle vérifia d'abord ses messages. Il y en avait un de Berenski, du labo, qui expliquait tout guilleret qu'il avait identifié la chaussure correspondant à l'empreinte.

— Mon génie n'a ni limites ni frontières. À partir de votre misérable empreinte relevée sur l'herbe, le magicien que je suis a reconstitué une semelle. Notre assassin aux grands pieds porte des Mikon, pointure 50, modèle Avalanche. Des chaussures de randonnée qui n'ont pas beaucoup servi. Elles coûtent trois cent soixante-quinze dollars environ. Onze magasins de New York vendent cette marque dans cette pointure. Je vous ai transmis la liste. Vous n'avez plus qu'à venir me donner un gros baiser baveux.

— Ça, mon vieux, tu peux te brosser, marmonna Eve.

Impressionnée malgré tout par le talent de Berenski, elle parcourut le document et souligna les boutiques situées dans le périmètre – ou dans les environs immédiats – du centre-ville qu'elle avait défini. Puis elle rédigea son rapport préliminaire.

Soudain, la porte du cabinet s'ouvrit.

— Dallas ! s'exclama Celina, les yeux gonflés de larmes.

— Entrez donc, Eve, déclara Mira. Restez avec nous un instant, Celina.

Celle-ci posa la main sur le bras d'Eve.

— Je vous ai laissée tomber, balbutia-t-elle. Je me suis mal tenue.

— Mais non.

Eve s'assit, résignée à accepter une infusion – le breuvage favori de Mira –, quand, tel un chien de chasse, elle flaira une odeur de café.

— Je me doutais que vous en auriez envie et même besoin, dit Mira qui lui tendit une tasse. C'est du café maison, par conséquent, je ne vous garantis rien.

— Merci.

— Je n'ai pas écouté les infos de ce matin. Merci, murmura Celina en prenant son infusion. Je voulais les entendre de votre bouche. J'ai pleuré comme une fontaine avec le Dr Mira, maintenant je me sens mieux. Je ne craquerai plus. Mais, vous savez, je n'imaginais même pas que… qu'il frapperait cette nuit. J'étais tellement fatiguée, Dallas, il me fallait une bonne nuit de sommeil avant ce rendez-vous d'aujourd'hui. J'ai avalé deux somnifères.

— Ça bloque les visions ?

— C'est possible, répondit Celina quêtant l'approbation de Mira qui opina. J'ai peut-être vu quelque chose, mais j'étais si assommée que je ne me souviens de rien. L'hypnose pourrait faire remonter ça à la surface, me permettre de voir de façon plus précise ce que je me suis interdit de voir.

— C'est en effet envisageable, confirma Mira. Par exemple, sous la houlette du médecin hypnotiseur, on peut ramener un témoin à un événement antérieur, enregistrer des détails supplémentaires, les éléments stockés dans l'inconscient.

— Je comprends, rétorqua Eve. Quand tentons-nous l'expérience ?

— Celina doit d'abord subir un examen physique complet. Si je ne décèle aucun problème, nous pourrions commencer les séances demain.

— *Les séances ?*

— Il en faudra certainement plusieurs, Eve. Et je préfère attendre vingt-quatre heures pour être sûre que l'organisme de Celina a complètement éliminé le somnifère, et que notre amie est remise, émotionnellement.

— Je vais méditer et me purifier, dit Celina. J'aimerais que l'on ne tarde pas. Je me sens…

— … responsable, coupa Mira. Vous vous sentez responsable pour la mort de cette jeune femme, mais vous ne l'êtes pas.

— S'il n'y a rien à l'examen physique, et si elle fait ses méditations... on peut accélérer le mouvement ?

Mira considéra Eve, soupira et consulta son agenda.

— Seize heures trente, aujourd'hui. Vous n'aurez peut-être pas les réponses que vous espérez, Eve. Cela dépend de la réceptivité de Celina à l'hypnose, de ce qu'elle a réellement vu et de ce qu'elle est capable de se remémorer.

— Vous serez là ? demanda le médium à Eve.

« Ce n'est pas moi qui décide. Ne me regarde pas comme si j'étais ta bouée de sauvetage. »

— Si j'en ai la possibilité. J'ai une piste à creuser et beaucoup de travail de routine concernant la dernière victime.

— Du nouveau par rapport au profil de l'assassin ? s'enquit Mira.

— Le schéma est sensiblement le même. Il semble qu'Annalisa Sommers a pris un raccourci à travers...

Eve s'interrompit. La tasse de Celina s'était brisée sur le sol. Le médium ébaucha le mouvement de s'extirper de son fauteuil, se laissa retomber.

— Annalisa Sommers ? Oh ! mon Dieu...

— Vous la connaissiez ?

— C'est peut-être quelqu'un d'autre qui a le même nom. Peut-être que... Mais non. Je comprends. Voilà pourquoi je suis mêlée à cette affaire.

Elle baissa le regard sur la porcelaine cassée.

— Excusez-moi...

— Ce n'est rien, ne bougez pas.

Mira s'accroupit, posa une main apaisante sur le genou de Celina, avant de ramasser les débris de la tasse.

— Elle était votre amie ? interrogea-t-elle.

— Non. Enfin... pas vraiment, bredouilla Celina, pressant les mains sur ses tempes. Je la connaissais un peu. Je l'aimais bien. Tout le monde l'aimait, elle était si brillante et débordante de vie.

Les yeux assombris de Celina s'écarquillèrent.

— Lucas. Oh ! mon Dieu... Lucas. Il doit être anéanti. Il est au courant ?

— Je l'ai averti.

— Je ne pensais pas que ça pouvait être pire, je me trompais. C'est encore pire quand il s'agit d'une personne de son entourage. Mais pourquoi est-elle passée par le parc ? s'indigna Celina en se frappant la jambe du poing. Pourquoi, après tout ce qui est arrivé, une femme mettrait les pieds dans un parc ?

— Parce que les gens sont comme ça. Comment la connaissiez-vous ? demanda Eve.

— Par Lucas.

Le médium saisit le mouchoir en papier que lui tendait Mira, regarda ses interlocutrices comme si elle ne se rendait pas compte que les larmes coulaient sur ses joues.

— Lucas et moi, nous avons longtemps vécu ensemble.

Eve hocha la tête.

— Il est donc votre ex.

— Mon ex-amant, oui, mais toujours mon ami. Nous avons rompu de manière civilisée. Nous nous sommes séparés, et chacun a poursuivi sa route. Nous avions beaucoup d'affection l'un pour l'autre, mais nous n'étions plus amoureux. Nous n'avons pas coupé les ponts, ajouta-t-elle en se tamponnant enfin les paupières. Nous nous voyons régulièrement pour déjeuner et boire un verre.

— Et faire l'amour ?

— Non. Je suppose que vous êtes obligée de poser ce genre de question. Non, nous n'étions plus intimes. Annalisa et lui ont commencé à se fréquenter il y a quelques mois, presque un an. C'était sérieux entre eux, il m'en a parlé. Ils étaient heureux ensemble, et je me réjouissais de leur bonheur.

— Vous êtes large d'esprit.

— Oh, je vous...

Celina s'interrompit, ravalant la remarque acerbe qu'elle avait au bout de la langue. Elle inspira profondément, pour se calmer.

— Vous n'avez jamais eu dans votre vie quelqu'un que vous avez aimé, puis cessé d'aimer ?

— Non.

Le médium émit un drôle de petit bruit, mi-rire mi-sanglot.

— Eh bien, ce sont des choses qui arrivent à beaucoup de gens, Dallas. Cela ne les empêche pas de se témoigner de la tendresse. Lucas est un homme bien. Il doit être dévasté.

— En effet.

— Dois-je lui rendre visite ? Non, pas maintenant, pas encore. Que je sois mêlée à tout ça ne ferait qu'aggraver la situation, pour tout le monde. On peut commencer plus tôt ? enchaîna Celina en se tournant vers Mira. Tout de suite après l'examen physique ?

— Non, répondit la psychiatre, vous avez besoin de ce répit, surtout maintenant. Si vous voulez nous aider, ne vous précipitez pas.

Celina crispa de nouveau les poings.

— Je vous aiderai. Je verrai le visage de ce monstre. Je le jure. Et ensuite…

Elle leva vers Eve un regard flamboyant.

— … vous le retrouverez et vous l'arrêterez.

— Comptez sur moi, je l'arrêterai.

16

— Elle connaissait la victime ? dit Peabody avec compassion. Lucas Grande, son ex ! Mince, ce doit être dur pour elle. C'était donc ça, l'élément déclencheur, depuis le début. Le genre de logique caractéristique des phénomènes paranormaux.

— Logique et paranormal, ça ne va pas ensemble.

— Bien sûr que si, espèce de rationaliste bornée.

Elles étaient lancées sur la piste des chaussures. Ça, c'était logique, pensa Eve.

— Quand pourrai-je piloter notre bolide tout neuf ?

— Quand vous aurez appris à accélérer au feu orange au lieu de ralentir cent mètres avant.

— Vous m'obligez à vous faire remarquer que vous conduisez de façon agressive.

— Et comment ! Vous, vous conduisez comme une de ces dames bégueules qui refusent de prendre le dernier petit gâteau, au cas où quelqu'un d'autre en aurait envie. « Mais non, je vous en prie, servez-vous », minauda Eve d'une voix haut perchée, dans une imitation très satisfaisante de la dame bégueule. Je me marre ! Moi, si je le veux, le gâteau, je le bouffe. Et maintenant, arrêtez de bouder.

— J'ai bien le droit de bouder trente secondes quand on insulte injustement mes compétences de conductrice. D'ailleurs, s'octroyer le dernier petit gâteau, c'est impoli.

— Du coup, vos copines et vous, vous laissez le serveur le rapporter en cuisine et l'avaler tout rond. Là-dessus, on change de sujet. On imagine que vous êtes en ménage avec un type.

Peabody se croisa les bras sur la poitrine.

— Je vous rappelle que j'ai un compagnon, rétorqua-t-elle avec fierté.

— Peabody.

— Oui, ça va, j'ai compris. C'est une hypothèse.

Comme Eve grillait allégrement un feu rouge, Peabody bouda encore un peu, puis :

— Est-ce que ce type hypothétique est mignon et sexy ? Est-ce qu'il m'offre des petits gâteaux et me laisse manger le dernier pour me prouver sa passion ?

— On s'en fiche. Bref, ce type et vous, vous rompez.

— Aïe, je n'aime pas ça. Serait-ce parce que je me suis trop empiffré et que j'ai de la cellulite plein les fesses ?

— *Peabody !*

— D'accord, lieutenant. J'essaie juste de comprendre les tenants et les aboutissants. Qui des deux rompt, par exemple, et pourquoi, et… et cætera, conclut-elle en voyant Eve montrer les dents.

— Rupture, chacun poursuit sa route. Vous restez copains ?

— Peut-être, ça dépend. Ne me sautez pas à la gorge, je répète que ça dépend. Est-ce qu'on s'est séparés en se lançant à la figure des noms d'oiseaux et quelques objets contondants, ou bien était-ce une décision commune, triste mais raisonnable ? Vous voyez ?

Non, Eve ne voyait pas du tout, cependant elle maintint le cap.

— Admettons que c'était triste et raisonnable. Un peu plus tard, votre ex s'accroche à une autre fille. Comment le prenez-vous ?

— Là encore, ça dépend. Est-ce que moi, je suis avec quelqu'un ? L'autre femme est plus mince que moi ? Ou plus belle ou plus riche ? Est-ce qu'elle a des seins plus gros que les miens ? Ce sont des facteurs importants.

— Bon sang, pourquoi faut-il que ce soit compliqué ?

— Parce que c'est comme ça.

— Non, vous êtes avec ce type, ensuite c'est fini, et ensuite il est avec une autre. Tout simplement. Vous êtes toujours copains ?

— OK, réfléchissons. Avant de m'installer à New York, j'étais folle d'un gars. On n'habitait pas ensemble, mais on avait une relation sérieuse. On ne s'est pas lâchés pendant près d'un an. Et puis, ça s'est terminé en queue de poisson. Je n'étais pas anéantie, seulement déprimée. On s'en remet. On est restés amis, en quelque sorte. Je le revoyais de temps en temps.

— Elle est encore longue, votre histoire ? Il me faudra un remontant pour tenir jusqu'au bout ?

— Je vous explique. Enfin bref, il s'est dégoté cette planche à pain blonde avec de gros seins et un pois chiche dans le crâne. Elle lui plaisait, je suppose. J'ai été un peu vexée, et puis j'ai digéré. Et si McNab et moi, on va faire un tour dans l'Ouest, je le lui présenterai. McNab, je veux dire. Et voilà, pas de quoi fouetter un chat.

Une pause.

— Vous dormez ?

— Quasiment, bougonna Eve.

— Si vous croyez que Celina s'est vengée à cause de Grande et de Sommers, je ne suis pas de votre avis. Ça ne marche pas comme ça.

— Vous m'avez pourtant seriné que *ça dépendait*.

— Pour un médium, ça ne marche pas de cette manière. Elle n'a pas jeté un sort à un type quelconque pour qu'il trucide les femmes, notamment et surtout Sommers. Deuzio, Celina s'est adressée à nous. Tertio, tout semble prouver que Sommers est entrée dans ce parc seule et de son plein gré. Enfin, n'oubliez pas le profil de l'assassin : un prédateur qui hait les femmes, doublé d'un solitaire.

— Vous avez raison. Mais votre « logique paranormale » me chiffonne, je trouve qu'elle ressemble beaucoup trop à de la simple coïncidence.

— Hum... J'ai l'impression que vous avez autre chose en tête.

Eve resta silencieuse un long moment.

— Bon, d'accord. Devoir me fier aux visions d'un médium ou à l'hypnose me déplaît. Et je n'apprécie pas du tout que Sanchez me demande de la soutenir et de lui tapoter la main.

— Il n'y a plus de place pour une autre amie dans votre hôtel ?

— C'est complet. Si l'un d'entre vous s'installait sur une autre planète ou avait un tragique accident, éventuellement...

— Allons, vous l'aimez bien.

— Et alors ? Il faut qu'on soit copines juste parce que je l'aime bien ? Et que je lui laisse le dernier petit gâteau, peut-être ?

Peabody éclata de rire.

— Du calme, vous vous tirerez de cette épreuve. Hier, vous avez passé une bonne soirée.

Eve aurait volontiers boudé si elle n'avait pas eu à se concentrer pour exécuter un savant créneau.

— Ouais, bougonna-t-elle. Je sais comment ça fonctionne, ces trucs-là. On a dîné chez Charles, maintenant tout le monde va débarquer chez nous, et après ce sera chez vous, et...

— On a déjà prévu une fête pour notre pendaison de crémaillère.

— Qu'est-ce que je vous disais ! Ça n'en finit plus. Une fois que la machine est lancée, elle ne s'arrête plus. On tourne en rond, on va chez l'un, chez l'autre. Vous vous rendez compte que je dois vous acheter un cadeau, tout ça parce que vous changez d'appartement ?

— De jolis verres à vin seraient parfaits, s'esclaffa Peabody en descendant de la voiture. Vous savez, Dallas, vous avez une sacrée chance avec vos amis, dont je fais partie. Ils sont intelligents, drôles, loyaux et très différents. Mavis et Mira, par exemple. On ne peut pas imaginer deux femmes plus opposées. Pourtant, elles vous aiment. Et puis, le cercle s'agrandit, et vos amis se lient d'amitié entre eux.

— Absolument. Ils sortent ensemble, ils se font d'autres copains. Résultat, je me coltine quelqu'un du genre de Trina.

Tenaillée par le remords, Eve tâta ses cheveux à l'arrière de son crâne.

— Trina est unique, commenta Peabody.

Eve poussa un soupir à fendre l'âme.

— Des verres à vin, vous avez dit ?

— Oui, nous n'en avons pas qui conviennent pour recevoir.

Eve s'était sentie beaucoup plus à son aise chez *Jim's Gym* que dans cette luxueuse boutique de vêtements pour hommes spécialisée dans les grandes tailles.

Il y avait trois étages, dont le sous-sol réservé aux chaussures.

Elles y découvrirent, outre des souliers de toutes les catégories, des chaussons, des bottes et des bottines, des chaussettes et des fixe-chaussettes, des cirages, des dispositifs chauffants, des chaînes de cheville et des bagues pour les orteils, ainsi qu'un assortiment d'ornements et de produits de soin.

Jamais Eve n'aurait imaginé une telle profusion d'articles pour le pied masculin.

L'homme qu'elle interpella lui servit le baratin classique du vendeur, avant de filer en quatrième vitesse prévenir le directeur.

En attendant, elle se dirigea droit vers les chaussures de randonnée qui l'intéressaient.

Solides, jugea-t-elle en les soupesant. Pratiques et apparemment bien conçues.

— Madame ?

— Lieutenant, corrigea-t-elle en pivotant, une chaussure à la main.

Elle dut reculer et rejeter la tête en arrière pour rencontrer le regard de son interlocuteur. À vue de nez, il mesurait dans les deux mètres quinze et était aussi maigre qu'un échalas. Le blanc de ses yeux, de ses dents, luisait comme de la glace dans son visage d'ébène. Comme elle haussait des sourcils surpris, il eut un petit sourire indiquant qu'il avait l'habitude.

— Madame le lieutenant, déclara-t-il courtoisement, je suis Kurt Richards, le directeur de ce magasin.

— Basketteur ? Pivot ?

— Oui, répondit-il, visiblement content. J'ai joué avec les Knicks il y a longtemps. Les gens me demandent invariablement si j'étais baskcttcur, mais ils devinent rarement le poste que j'occupais.

— Je parie que vous étiez un sacré marqueur.

— Je me plais à le croire. Je suis retraité depuis maintenant huit ans. C'est un sport de jeunes.

Il avait les paumes si larges, les doigts si longs que, quand il saisit la chaussure, elle ne parut plus aussi démesurée.

— Ces Mikon Avalanche vous intéressent ?

— Je m'intéresse surtout à la liste de vos clients qui ont acheté ce modèle, pointure 50.

— Vous devez être de la Criminelle.

— Vous êtes également doué pour les devinettes.

— J'ai vu un extrait de la conférence de presse d'hier, j'en conclus que votre visite a un rapport avec les Crimes du Parc.

— C'est le nom qu'on leur donne ?

— En lettres capitales, rouge sang.

Plissant les lèvres, il étudia le soulier puis le remit à sa place.

— Êtes-vous à la recherche d'un homme qui porte ce modèle dans cette pointure ?

— Vous me seriez d'un grand secours en me fournissant cette liste.

— Très volontiers.

— Ainsi que l'identité des employés qui ont acheté ces chaussures.

— Eh bien, j'ai de la chance : je chausse du 52. Vous montez dans mon bureau pendant que je rassemble les informations ou vous préférez flâner dans le magasin ?

— On vous accompagne, Peabody...

Elle se renfrogna en voyant sa coéquipière s'approcher avec une brassée de chaussettes colorées.

— Pour l'amour du ciel, inspecteur !

— Désolée. Euh... mon frère et mon grand-père. Ils ont des pieds gigantesques. Je me suis dit que...

— Aucun problème, intervint Richards en appelant un vendeur, je vous les fais emballer, vous les récupérerez au rez-de-chaussée en partant.

— Vous comprenez, Noël n'est pas si loin, déclara Peabody qui suivait Eve.

— S'il vous plaît.

— Non, sans blague. Le temps file à une allure ! Si on achetait les cadeaux au fur et à mesure, on éviterait la frénésie des fêtes. En plus, elles sont vraiment jolies ces chaussettes et elles étaient en solde. Où on va ? La voiture...

— On marche. La prochaine escale n'est qu'à six cents mètres environ. La randonnée, c'est excellent contre la cellulite.

— Le pantalon que je portais hier me grossit. *Je le savais.*

Peabody s'arrêta net, scruta Eve.

— Vous avez dit ça pour vous venger, juste parce que j'ai acheté ces chaussettes, hein ?

— Vous n'aurez jamais la réponse, ma pauvre.

Eve extirpa de sa poche son communicateur qui bourdonnait.

— Dallas.

— J'ai fait les premiers recoupements, annonça Feeney, la bouche pleine d'amandes. On entame l'étape suivante : on élimine les femmes, les familles et ceux qui ne correspondent pas aux paramètres du profil.

— Envoie-moi les résultats au bureau, rétorqua-t-elle en slalomant entre les piétons. Merci pour ta rapidité, Feeney.

— Mes gars ont passé la démultipliée.

— Et pour les vidéos du métro, on en est où ?

— Là, on avance plus lentement. Je ne te promets rien.

— OK. Le laboratoire a identifié la chaussure. J'ai la liste des clients du premier magasin. Je te la transmets. Si tu trouves quoi que ce soit, avertis-moi immédiatement.

— Entendu. Il y a combien de boutiques en tout ?

— Trop, mais on va faire du ménage.

Elle s'immobilisa au carrefour, indifférente au nuage de buée émanant d'un glissa-gril tout proche, et empestant l'oignon réhydraté, au piéton à son côté qui jurait comme un charretier, et aux femmes derrière elle, manifestement natives du Bronx, qui parlaient d'une robe qui allait métamorphoser l'une d'elles en déesse.

Dès que le feu passa au rouge, elle se rua dans la meute qui traversait la rue.

— Il est new-yorkais, enchaîna-t-elle. Je te parie qu'il fait ses emplettes en ville. Il faut élargir nos recherches – la banlieue, l'État, le Net. Cela prendra des jours, des semaines. Or notre type a accéléré la cadence.

— Oui, je sais. On va travailler sans relâche. Si tu as besoin de renforts sur le terrain, préviens-moi.

— D'accord, merci.

Elles visitèrent deux autres magasins, avant qu'Eve ait pitié de sa coéquipière et prenne des hot dogs au soja à un glissa-gril. C'était une belle journée pour pique-niquer.

Elle s'installa donc sur la pelouse de Central Park et observa le château.

L'affaire avait commencé ailleurs. Ce lieu n'était que le point de départ de l'enquête.

Un colosse. Le maître du château. Était-ce une extrapolation tirée par les cheveux ?

Il avait disposé la deuxième victime sur un banc, près d'un mémorial édifié en l'honneur de héros. Des hommes, surtout des hommes, qui avaient accompli leur devoir. Des hommes, des vrais, dont on n'avait pas oublié les actes face à la tragédie.

Il aimait les symboles. Le maître du château. La force dans l'adversité.

La troisième victime gisait près d'un jardin potager, sous un monument représentant des paysans.

Le sel de la terre ? Le sel purifiait et servait à assaisonner les aliments. Non, c'était idiot.

Faire pousser quelque chose de ses mains, avec sa sueur. Semer la vie... ou la mort.

Eve soupira. Ça pouvait avoir un rapport avec les loisirs créatifs. Possible. Les ouvrages à réaliser soi-même. Seul.

Les parcs aussi avaient une signification pour lui. Il lui était certainement arrivé quelque chose, dans un parc, dont il se vengeait chaque fois qu'il tuait.

— Il faudrait remonter en arrière, marmonna-t-elle. Voir si un homme aurait subi une agression sexuelle dans un des parcs de la ville. Non, un gamin, c'est ça la clé. Maintenant, il est costaud, personne ne s'amuserait à l'embêter. Mais quand il était gosse, sans défense, comme une femme... On se défend comment quand on est gosse ? On devient un colosse pour que ça ne se reproduise pas. Plutôt crever que d'endurer ça de nouveau.

Peabody garda un instant le silence. Elle n'était pas vraiment sûre qu'Eve s'adressait à elle.

— Il a peut-être été battu ou humilié, pas forcément violé. Meurtri d'une façon ou d'une autre par une femme qui, pour lui, incarnait l'autorité.

Eve se massa distraitement la base du crâne où palpitait un début de migraine.

— Oui. Vraisemblablement la femme qu'à présent il tue de façon symbolique. S'il s'agissait de sa mère ou de sa sœur, par exemple, il n'y a sans doute pas eu de plainte. On vérifiera quand même.

— Si une femme qui était responsable de lui l'a maltraité – physiquement, sexuellement –, ça l'a déformé dès le plus jeune âge. Ensuite, la bombe a explosé, et il s'est vengé d'elle.

— Vous pensez qu'être battu dans son enfance est une excuse ?

Le ton sec d'Eve incita Peabody à répondre avec circonspection.

— Non, lieutenant. Mais c'est peut-être une raison, et donc un mobile.

— Rien ne justifie qu'on tue des innocents, qu'on se baigne dans leur sang, sous prétexte qu'on a été soi-même maltraité. Ces boniments sont valables pour les avocats et les psychiatres, mais ce n'est pas la vérité. Il faut se relever et, si on en est incapable, on ne vaut pas mieux que celui qui nous a démolis. Voilà la vérité. On ne vaut pas mieux que la lie de l'humanité. Vous pouvez reprendre votre baratin sur le cercle vicieux de la victime qui devient bourreau et qui…

Eve se tut, la bouche emplie du goût âcre de la rage. Elle appuya son front sur ses genoux.

— Je déraille.

— Ne croyez surtout pas que j'ai la moindre compassion pour cet individu ou que je cherche à l'excuser.

— J'en suis convaincue. Vous avez eu droit à cette diatribe parce que j'ai quelques névroses gratinées.

Ce serait dur, et bien pis encore. Mais il était temps. Eve releva la tête.

— Je compte sur vous pour enfoncer la porte avec moi, sans hésiter. Je sais que vous n'hésiterez pas. Je compte sur vous pour être à mon côté, patauger dans le sang et faire passer votre sécurité personnelle et votre confort après le boulot. Je suis sûre que vous ne flancherez pas. Non seulement parce que vous êtes ce que vous êtes, mais parce que, bon Dieu, je vous ai formée.

Peabody resta muette.

— Quand vous étiez mon assistante, c'était un peu différent. Mais une coéquipière a le droit de connaître certains détails.

— Vous avez été violée.

Eve la dévisagea, les yeux écarquillés.

— D'où est-ce que vous sortez ça ?

— De certaines observations, associations d'idées, raisonnements logiques. Je me trompe peut-être, et vous n'êtes pas obligée d'en parler.

— Vous ne vous trompez pas. J'ignore à quel moment ça a commencé. Je ne me souviens pas de tout.

— On abusait de vous régulièrement ?

— Abuser... C'est un verbe bien gentil, Peabody. Un euphémisme, et vous – les gens – vous avez tendance à l'utiliser facilement, à tort et à travers. Mon père me battait, avec ses poings et tout ce qui lui tombait sous la main. Il m'a violée un nombre incalculable de fois. Une fois, c'est déjà trop, alors à quoi bon compter ?

— Et votre mère ?

— À l'époque, elle avait déjà fichu le camp. C'était une junkie, une prostituée. Je ne me la rappelle pas vraiment. Dans mon souvenir, elle ne vaut pas plus cher que lui.

— Je... je voudrais dire que je suis désolée, mais c'est aussi ce que disent les gens, à tort et à travers. Dallas, je ne sais pas quoi dire.

— Je ne vous demande pas de compatir.

— Non, ce n'est pas votre genre.

— Une nuit, j'avais huit ans... enfin, il paraît que j'avais huit ans. J'étais enfermée dans le taudis qu'il nous avait loué. Seule depuis un moment, et j'essayais de trouver un peu de nourriture. Un peu de fromage. J'étais affamée. J'avais si froid, si faim, j'ai cru pouvoir me débrouiller avant son retour. Il est rentré, et il n'était pas assez soûl. Quelquefois, quand il était ivre mort, il me laissait tranquille. Ce soir-là, il ne l'était pas, et il ne m'a pas laissée tranquille.

Eve dut s'interrompre, rassembler ses forces pour la suite.

— Il m'a tapée, cognée. Je pouvais seulement prier pour qu'il s'arrête là. Juste une volée de coups. Mais je voyais bien que je ne m'en sortirais pas à si bon compte. Ne pleurez pas. Je n'y arriverai pas si vous pleurez.

— Je n'y arrive pas sans pleurer, bredouilla Peabody qui s'essuya cependant les yeux avec sa serviette en papier sale.

— Il s'est mis sur moi. Il fallait qu'il me donne une bonne leçon. Ça fait mal. On oublie chaque fois à quel point ça fait mal, jusqu'à ce qu'on y passe de nouveau. Et là, c'est pire qu'un cauchemar. Insupportable. J'ai tenté de l'arrêter. C'était encore pire quand je tentais de l'arrêter, mais je n'ai pas pu m'en empêcher. Je me suis débattue. Il m'a cassé le bras.

— Oh ! mon Dieu...

Peabody cacha son visage dans ses bras repliés et sanglota sans bruit.

Eve regardait fixement le lac, les jolis bateaux qui glissaient sur l'eau calme.

— Crac... chuchota-t-elle. Un petit os d'enfant, ça craque. La douleur m'a rendue folle. Le couteau était là, dans ma main. Le couteau avec lequel j'avais coupé du fromage. Il était tombé par terre, mes doigts se sont refermés sur lui.

Lentement, Peabody releva la tête.

— Vous avez retourné ce couteau contre lui… bon Dieu, j'espère que vous l'avez déchiqueté.

— Oui, absolument.

Eve observait les rides qui couraient à la surface de l'eau. En réalité, le lac n'était pas aussi calme qu'il le paraissait, avec ces cercles concentriques qui s'élargissaient de plus en plus.

— Je l'ai poignardé, encore et encore, jusqu'à ce qu'il y ait du sang partout. Et voilà.

Elle poussa un soupir.

— J'avais complètement refoulé cet épisode, ça m'est revenu juste avant mon mariage avec Connors.

— La police…

— Non… À cause de lui, j'avais peur des flics, des assistantes sociales, de tous ceux qui auraient pu m'aider. Je l'ai abandonné dans cette pièce. J'étais en état de choc. Je me suis nettoyée, je suis partie, j'ai marché pendant des kilomètres, avant de me faufiler dans une ruelle et de m'évanouir. Je me suis réveillée à l'hôpital. Les docteurs et les policiers me posaient des questions. Je ne me rappelais rien, ou, si je me rappelais certains détails, j'étais trop terrorisée pour parler. Je n'avais jamais eu de documents d'identité. Il n'y avait aucune trace de moi, nulle part. Je n'existais pas, avant qu'on me retrouve dans cette ruelle. À Dallas. Alors, on m'a donné ce nom.

— Et vous en avez fait une identité.

— Si vous vous apercevez un jour que mon passé affecte mon boulot, dites-le-moi.

— Cela a un effet sur votre travail : vous êtes un meilleur flic que bien d'autres. Ça vous a permis de tout affronter. Le type qu'on cherche… en admettant qu'il ait subi des choses aussi terribles que vous, il considère que c'est une bonne raison de tuer, de détruire et de torturer autrui. Pour vous, c'est une raison de rendre justice aux victimes.

— Accomplir son travail n'a rien d'héroïque, Peabody.

— À force de me le répéter, je commence à le savoir. Je vous remercie de m'avoir raconté votre histoire, Dallas. Ça me prouve que vous avez confiance en moi, en tant que coéquipière et amie. Je ne vous décevrai pas.

— J'en suis sûre. Maintenant, on oublie tout ça et on repart à l'assaut.

Eve se leva, tendit la main. Peabody la saisit, la tint un instant entre les siennes, puis laissa son lieutenant l'aider à se redresser.

Eve fit une nouvelle visite à la morgue, pour revoir Annalisa Sommers et cuisiner Morris.

Elle le trouva occupé à retirer le cerveau d'un cadavre masculin. N'importe quel humain normal en aurait été malade, même sans avoir ingurgité un hot dog au soja. Morris, lui, était tout joyeux.

— Mort brutale, lieutenant. Naturelle ou pas ?

Le légiste adorant les devinettes, Eve s'obligea à examiner le corps de plus près. Il était déjà en état de décomposition, aussi estima-t-elle que l'heure du décès se situait dans une fourchette comprise entre vingt-quatre et trente-six heures avant qu'on mette ce malheureux au frigo. Il n'était pas joli à voir. Il frisait les soixante-dix ans, on l'avait donc privé de quarante ou cinquante années de vie, d'après la longévité moyenne.

Il avait des ecchymoses sur la joue gauche et les yeux injectés de sang. Intriguée à présent, Eve fit le tour de la table à la recherche d'autres indices.

— Qu'est-ce qu'il portait ?

— Son pantalon de pyjama et un chausson.

— Où était sa veste de pyjama ? Et lui, où était-il ?

— Dans la véranda, avec le Pr Violet.

— Quoi ?

— Ah, vous ne connaissez pas le Cluedo, rétorqua Morris, hilare. Non… notre ami était par terre, à côté du lit.

— Des traces d'effraction, de cambriolage ?

— Rien du tout.
— Il vivait seul ?
— Oui, oui.
— Ça m'a tout l'air d'une attaque cérébrale carabinée.
Comme Morris restait muet, elle grogna :
— Ouvrez-lui la bouche.
Le légiste s'exécuta et s'écarta.
— Moi, reprit-elle, je demanderais au domestique s'il a servi à ce monsieur le pousse-café qui lui a fait exploser la cervelle. Ces taches rougeâtres sur les gencives et sous les lèvres... absorption de drogue, et même overdose. Avant l'analyse toxicologique, comme ça à première vue, je dirais qu'il s'agissait d'amphétamines ou d'une substance de ce genre. Si cet homme avait voulu se suicider pour une raison quelconque, il aurait mis son haut de pyjama et se serait couché dans son lit pour être confortablement installé. Conclusion : homicide. Où est Sommers ?
Morris sourit et déposa le cerveau dans un plateau pour une analyse ultérieure.
— Franchement, je ne sais pas à quoi je sers ici. Mais je suis de votre avis, et le labo de toxicologie confirmera certainement nos soupçons. Pour Sommers, j'ai terminé, elle est dans un tiroir. Sa famille et son petit ami sont venus ensemble ce matin. J'ai réussi, non sans mal, à les empêcher de la voir. J'ai dû prétendre que l'interdiction émanait des sphères supérieures.
— L'histoire des yeux n'a pas encore été rendue publique, et je ne tiens pas à ce qu'elle le soit, même pour les proches des victimes. Le chagrin ou la colère pourrait les pousser à divulguer cette information aux médias.
— Je présume que vous voulez la revoir.
— Tout juste.
— Laissez-moi me nettoyer un peu. Notre ami gentleman patientera.

Il se campa devant le lavabo et se lava vigoureusement les mains.

— Sommers a été plus malmenée que les autres, déclara-t-il.

— Je sais, l'assassin devient de plus en plus violent.

— Et il accélère le rythme.

Morris se sécha les mains puis ôta sa tenue de protection qu'il balança dans une corbeille. Il arborait son habituelle chemise bleue, impeccable, et son nœud papillon rouge.

— On est sur ses talons, marmonna Eve. À chaque minute qui passe, on se rapproche de lui.

— Je n'ai aucun doute là-dessus.

Il s'inclina galamment, lui offrit son bras.

— Bien, bien... nous y allons, lieutenant ?

Eve s'esclaffa. Il était le seul capable de la faire rire en compagnie des morts.

— Bon sang, Morris, vous êtes un sacré numéro !

— Eh oui !

Il la conduisit dans la chambre froide, consulta les registres puis ouvrit l'un des tiroirs scellés. Une bouffée de vapeur glaciale se répandit dans la salle, tandis que coulissait le plateau sur lequel gisait le cadavre.

Faisant abstraction des marques laissées par l'autopsie, Eve examina attentivement le corps.

— Le visage et le buste ont été roués de coups, observa-t-elle. Il devait la chevaucher pendant qu'il la frappait.

— Il ne lui a pas brisé la mâchoire, comme à Napier, mais le nez et plusieurs dents. Le coup à l'arrière du crâne n'était pas mortel. Il est possible qu'elle ait repris ses esprits pour la suite. J'ose espérer que non.

— Le viol... plus brutal, cette fois.

— S'il peut y avoir des degrés de brutalité en ce qui concerne un viol, oui. On relève plus de lésions. Elle avait le vagin plutôt étroit, et notre tueur a été drôlement bien pourvu par la nature.

— Les yeux. Les incisions sont plus nettes que sur la première victime, mais moins précises que sur la deuxième.

— Vous êtes très douée. J'ai des raisons de m'inquiéter pour mon boulot. Effectivement, sur le plan strictement chirurgical, il a été meilleur avec la deuxième.

— D'accord.

Eve recula pour que le légiste remette les scellés sur le tiroir.

— Il faut le coincer, Dallas. Ça me déprime d'héberger ici toutes ces jolies jeunes femmes.

— Je finirai par l'avoir, rétorqua Eve d'une voix sourde.

17

Dickie Berenski – plus connu sous le surnom moins affectueux de Dickhead – était assis à un long comptoir blanc dans le laboratoire, apparemment affairé à compiler ou à analyser des données sur un écran.

Quand Eve s'approcha par-derrière, elle constata qu'il s'agissait en réalité d'un jeu de rôle : des femmes en tenue légère, pourvues d'une opulente poitrine, croisaient le fer.

— On travaille dur, à ce que je vois.

Il agita la main devant l'écran. Les belles guerrières déposèrent leurs armes et s'inclinèrent assez bas pour montrer la moitié de leurs seins, s'écriant en chœur : « Vos désirs sont des ordres, milord. »

— Dites donc, Berenski, vous avez quel âge ?

— Ce programme est peut-être une preuve trouvée sur une scène de crime.

— Oui, l'affaire de ces ados qui se sont masturbés à mort. Vous n'êtes pas au courant des dernières nouvelles, contrairement à moi.

— J'ai bien droit à dix minutes de récréation. Je vous ai identifié la chaussure, non ?

Effectivement, se dit-elle pour résister à l'envie de lui écrabouiller son crâne d'œuf.

— Annalisa Sommers. Où en est l'analyse des poils ?

— Le boulot, toujours le boulot, ronchonna-t-il en pivotant sur son tabouret. J'ai confié ça à Harvo, la crème des spécialistes dans ce domaine. Un vrai génie, cette fille, même si elle ne veut pas coucher.

— Je sens que je l'aime déjà. Elle est où, cette merveille ?

Il pointa un long doigt squelettique vers la droite.

— Par là, et ensuite à gauche. Une rousse. Je n'ai pas encore reçu son rapport, donc elle n'a pas terminé.

Peabody laissa Eve s'éloigner avant d'interroger Berenski à voix basse :

— Ce jeu existe avec des personnages masculins ?

— Bien sûr, répondit-il, souriant de toutes ses dents.

— Génial !

Eve pénétra dans l'une des salles vitrées et repéra immédiatement la jeune femme rousse.

— Harvo ?

— Oui...

Jamais Eve n'avait vu un teint aussi blanc. Harvo avait la peau pareille à de la poudre de riz, des yeux pétillants, vert tendre, des lèvres fines couleur de flamme comme sa chevelure.

Des cheveux courts qui se dressaient sur son crâne. Elle portait une ample tunique noire au lieu de la traditionnelle blouse.

— Dallas, je suppose ?

— C'est moi.

— Inspecteur Peabody.

— Ursa Harvo, la reine du poil en tout genre.

— Qu'est-ce que vous avez pour moi, Votre Majesté ?

Harvo gloussa et se pencha sur la gauche pour saisir des lames circulaires qu'elle introduisit dans le lecteur de son ordinateur. L'image agrandie s'inscrivit sur l'écran.

— Voilà les fibres ressemblant à des poils qui ont été prélevées sur la victime et la scène de crime.

— Des fibres ?

— Regardez, ce n'est ni humain ni animal. Dickhead m'a transmis le dossier parce qu'il a compris tout de suite que c'était synthétique. Ce gars est génial. Dommage que ce soit un enfoiré !

— Ce n'est pas moi qui vous contredirai.

Harvo gloussa de nouveau.

— Je suis aussi la princesse de la fibre. Nous avons là...

Elle agrandit encore l'image.

— ... un produit manufacturé.

— Une moumoute? rétorqua Eve en tâtant ses propres cheveux.

— Non. Il est peu probable qu'on s'en serve pour des ornements capillaires ou des perruques. Ce serait plutôt de la fourrure, qu'on trouverait sur un jouet, une peluche ou un animal robot. C'est ignifugé, et ça correspond aux normes de sécurité concernant les enfants.

— Un jouet ?

— Eh oui. Maintenant, voyons les composants, la teinture, les...

Elle regarda Eve tandis que défilaient sur l'écran texte et schémas.

— Vous souhaitez tout le processus de fabrication ?

— Je ne doute pas que ce soit fascinant, mais un résumé me suffira.

— OK. Grâce à mes extraordinaires pouvoirs, quasiment surnaturels, j'ai identifié le fabricant de cette fibre et les diverses utilisations de cette nuance de gris. Il s'agit d'animaux de compagnie, des félins, des chats de gouttière. Ils commercialisent des chatons, des adultes, et même de vieux matous. Manufacture Petco. Au besoin, je peux vous fournir la liste des détaillants.

— On se débrouillera. Félicitations, Harvo, vous avez travaillé vite.

— Je suis aussi la déesse de la célérité et de l'efficacité. Encore un mot, Dallas. Les fibres étaient propres. Aucune trace de gras, de détergents ou de poussière. À mon avis, ce petit chat était tout neuf.

— Vous méditez, inspecteur ?

— Comment Harvo s'arrange-t-elle pour que ses cheveux tiennent tout droit sur son crâne ? C'est super. Mais... vous ne pensiez peut-être pas à ça.

— Brillante déduction.

— Quelqu'un aurait pu offrir le petit chat à Sommers. Il faudra interroger les amies avec qui elle a dîné après le spectacle. Il est également possible qu'on ait perdu le robot dans le parc avant l'arrivée de Sommers. Elle l'a vu, ramassé. On aura du mal à vérifier ça. Si on fait chou blanc avec les copines, on s'occupera des points de vente, et on essaiera d'établir des recoupements avec les listes qu'épluche la DDE. Avec un peu de chance, c'est lui qui a acheté ce chaton.

— Ce plan me convient. Commencez de votre côté, ordonna Eve, tandis qu'elles regagnaient le Central. J'aimerais savoir où en est Feeney, ensuite je rejoindrai Mira pour la séance d'hypnose.

— Vous croyez qu'il remettra ça cette nuit ?

— Je crois que si on ne trouve pas une piste, des noms, si Celina n'a pas une illumination, et si les femmes continuent à se balader dans les parcs au milieu de la nuit, Morris hébergera bientôt une autre invitée.

En montant à l'étage de la DDE, Eve harponna un flic des Stups et lui ordonna de lui prendre un tube de Pepsi au distributeur. Sa nouvelle méthode fonctionnait à merveille, se dit-elle. Les machines ne regimbaient plus, par conséquent, elle n'était plus démangée par l'envie de les démolir.

Un excellent compromis.

En la voyant entrer, McNab vint à sa rencontre.

— Salut, lieutenant ! Où est la poupée bien roulée qui vous sert de coéquipière ?

— Si vous faites référence à l'inspecteur Peabody, elle travaille. Comme la plupart d'entre nous.

— Je me demandais si elle ne pourrait pas sortir plus tôt ce soir. On espère terminer les cartons et, demain, commencer à les trimballer.

Il paraissait si heureux qu'elle ne trouva aucune vacherie à lui lancer à la figure. Si les mots qu'il prononçait s'étaient mis à flotter hors de sa bouche comme des bulles de savon en forme de petits cœurs rouges, elle n'en aurait pas été autrement surprise.

Y avait-il un virus dans l'air ? Peabody et McNab, Charles et Louise, Mavis et Leonardo... Une véritable épidémie de sentimentalisme.

Maintenant qu'elle y pensait, Connors et elle n'avaient pas eu l'ombre d'une querelle depuis... des jours et des jours.

— Je ne peux pas vous dire à quelle heure on aura fini. Elle est sur une piste et, quand j'aurai vu Feeney, on aura encore beaucoup de boulot, alors... Quoi ?

Il avait tiqué. Un imperceptible rictus qui n'avait cependant pas échappé à Eve.

— Rien, répondit-il. Rien du tout. Faut que j'y retourne, sinon ça va chauffer.

Sur ce, il s'éloigna à toute allure.

— Merde, marmonna Eve qui se dirigea vers le bureau de Feeney.

Le capitaine avait des écouteurs sur la tête et travaillait simultanément sur deux ordinateurs, aboyant des ordres, assenant des claques sur les écrans et les claviers. Une méthode personnelle qu'elle aurait admirée si seulement elle l'avait comprise. Il ressemblait à ces chefs d'orchestre, compétents, concentrés et légèrement déjantés.

Sa chemise, en cette journée, avait la couleur d'un ersatz d'œuf. Eve fut néanmoins soulagée d'apercevoir des froissures et une petite tache de café qui s'épanouissait entre le troisième et le quatrième bouton.

Lorsqu'elle fut dans son champ de vision, il eut le même imperceptible rictus que McNab.

— Mais qu'est-ce qu'il y a, bon sang? bougonna-t-elle. Qu'est-ce que j'ai ?

— Pause, pour tous les programmes, ordonna-t-il en reposant son casque. Je repasse toutes les données en revue, mais ce que je m'apprête à t'annoncer ne va pas te réjouir.

Elle déboucha son tube de Pepsi – violemment.

— Pas de recoupements, comment est-ce possible ?

— On en a quelques-uns – entre la liste des habitants et celle des clients du magasin de loisirs créatifs, et également entre les habitants et les adhérents des clubs de sport. Mais rien par rapport à la chaussure. Zéro pointé.

Elle s'écroula dans un fauteuil, tambourina sur l'accoudoir.

— Et les autres résultats ?

— J'ai quelques types, dans la bonne tranche d'âge, qui ont fait leurs achats dans l'une des boutiques de loisirs créatifs au cours des douze derniers mois. Je n'ai pas réussi à établir s'ils s'étaient procuré la cordelette rouge, mais ils sont clients de ces magasins. J'en ai aussi quelques-uns qui fréquentent ou ont fréquenté les clubs de sport. Mais, on n'a aucun doublon – aucun nom à associer avec les boutiques ou les clubs. Et personne n'a acheté cette fichue chaussure.

— N'empêche qu'il a bien payé tout ça. Le ruban, la chaussure, le club de gym. J'en suis certaine.

— Il n'a pas forcément acheté l'arme du crime ou les godasses. Un mec qui viole, qui étrangle et qui te découpe les yeux... ce n'est pas le vol à l'étalage qui va l'effaroucher.

— Oui, j'y ai pensé. Pour l'arme du crime, admettons. Mais chiper des pompes grandes comme des planches de surf, j'ai un doute. À moins qu'elles soient tombées d'un camion, comme on dit. Il pourrait même conduire une camionnette de livraison. Il a eu besoin d'un véhicule pour transporter Kates et Merriweather, les filles qui ont disparu.

— On n'a qu'à lancer une recherche sur les sociétés de livraison et leurs chauffeurs.

— Je m'y mets tout de suite. Tu es toujours partant pour aller un peu sur le terrain ?

— Et sortir de ce bureau ? Tu parles si je suis partant.

Elle sirota pensivement son Pepsi.

— À deux, on ira plus vite.

— Je suis disponible dans deux heures. J'ai des trucs à terminer avant.

— Peabody est sur une autre piste. Elle se débrouille très bien mais je serais plus tranquille si je la savais avec quelqu'un qui a plus d'expérience. Tu fais équipe avec elle, pour cette fois ?

— Avec plaisir. Et toi ?

— Je vais voir si mon consultant civil, mon expert préféré, a un peu de temps à me consacrer. Pour l'instant, j'ai une séance avec le médium et la psy. Qui sait, j'aurai peut-être des bribes de renseignements à donner à tes machines ?

Elle se leva, se dirigea vers la porte. Avant de franchir le seuil, elle se retourna.

— Feeney... pour quelle raison on achète un chat robot ?

— Pour ne pas avoir à nettoyer la litière.

— Ah, très juste.

— Je suis un peu nerveuse.

Celina s'allongea dans un fauteuil relaxant. Les lumières étaient tamisées, une musique jouait en sourdine, évoquant le chant d'une fontaine.

Elle avait détaché sa luxuriante chevelure bouclée et portait au cou une chaîne d'argent ornée de plusieurs prismes en cristal. Aujourd'hui, elle avait revêtu une longue robe d'un noir sévère qui lui arrivait au-dessus des chevilles.

Ses doigts étaient crispés sur les accoudoirs.

— Essayez de vous détendre, dit Mira qui évoluait autour du fauteuil, vérifiant les ondes qui s'inscrivaient sur son écran de contrôle, correspondant à l'activité cérébrale et aux paramètres de la patiente.

— Je suis détendue. Vraiment.

— La séance est enregistrée, vous le comprenez ?

— Oui.

— Vous avez accepté d'être hypnotisée.

— Oui.

— Et vous avez tenu à ce que le lieutenant Dallas soit présente.

— Oui, répondit Celina en adressant à Eve un petit sourire, merci de vous être libérée.

— De rien.

Eve se forçait à ne pas bouger sur son siège. Elle n'avait jamais assisté à une séance de ce genre et n'était pas sûre d'apprécier, même en tant que simple observatrice.

— Êtes-vous à votre aise ?

Celina inspira, expira. Sa main devint molle sur l'accoudoir.

— Oui. Je me sens étonnamment bien.

— Je veux que vous continuiez à respirer, lentement et profondément. Visualisez l'air qui emplit vos poumons. Il est doux et bleu, propre et blanc quand vous videz vos poumons.

Mira souleva un petit écran, où Eve vit une étoile argentée sur un fond bleu nuit. Elle palpitait comme un cœur paisible.

— Regardez l'étoile. Votre souffle vient d'elle et retourne en elle. L'étoile est votre centre.

Gênée, Eve baissa les yeux et s'obligea à penser à l'enquête pour résister à la voix suave de Mira.

Elle était convaincue qu'on ne pouvait pas être hypnotisé par inadvertance, mais inutile de courir le risque.

Les minutes s'égrenaient – au rythme de la musique liquide, des paroles que murmurait Mira, de la respiration régulière de Celina.

Quand Eve se hasarda à relever le nez, l'étoile argentée occupait tout l'écran et Celina la contemplait fixement.

— Vous flottez à présent vers l'étoile. Il n'y a plus qu'elle. Fermez les yeux et visualisez l'étoile à l'intérieur de vos paupières. Laissez-vous aller avec elle. Vous êtes très détendue, aussi légère qu'une plume. Vous êtes en parfaite sécurité. Vous pouvez dormir maintenant et, tout en dormant, vous entendrez ma voix, vous serez en mesure de me parler. Vous garderez l'étoile en vous et vous saurez que vous êtes en sécurité. Je vais compter. À dix, vous serez endormie.

Mira reposa le petit écran, vérifia de nouveau les signes vitaux de Celina.

— Est-ce que vous dormez, Celina ?

— Oui.

— Levez le bras gauche, s'il vous plaît.

Celina s'exécuta. Mira adressa un petit hochement de tête à Eve.

— Baissez votre bras. Dites-moi votre nom.

— Celina Indiga Tereza Sanchez.

— Rien ne peut vous faire de mal. Même si je vous demande de voir des choses pénibles et de me les décrire, vous êtes en sécurité. Vous comprenez ?

— Oui.

— Retournez dans le parc, Celina. Central Park. C'est la nuit, le temps est frais mais agréable. Que voyez-vous ?

— Des arbres, l'herbe, des ombres, les lumières des réverbères à travers les feuilles.

— Qu'entendez-vous ?

— Les voitures qui passent dans la rue. Une musique discordante à une fenêtre. Du néopunk. Je n'écoute pas. Des bruits de pas. Quelqu'un traverse la rue. Je voudrais qu'elle ne soit pas venue ici.

— Vous voyez la femme ? Elle s'approche. Elle promène un petit chien en laisse.

— Oui, oui. Un drôle de petit chien blanc qui trottine. Il la fait rire.

— À quoi ressemble cette femme ?

— Elle est jolie. Une beauté toute simple. Elle a les cheveux châtain clair, mi-longs. Ses yeux sont… je n'en distingue pas la couleur. Marron peut-être. Elle est blanche. Elle semble en pleine forme. Elle a l'air contente de promener le chien, elle lui parle. « Ce soir, on ne va pas loin. Oui, tu es un gentil toutou. »

La respiration de Celina s'accéléra.

— Il y a quelqu'un là-bas, chuchota-t-elle. Quelqu'un qui épie.

— Tout va bien. Il ne peut pas vous faire de mal. Il ne vous voit pas, il ne vous entend pas. Vous l'apercevez ?

— Il… il fait trop sombre. Il l'observe. Elle ne s'en doute pas. Elle devrait rentrer, maintenant, retourner vers la lumière. Il faut qu'elle s'en aille ! Mais non. Elle ne se doute de rien jusqu'à ce qu'il… Non !

— Il ne peut rien contre vous, Celina. Concentrez-vous sur ma voix. Vous êtes en sécurité. Inspirez, expirez.

Celina se calma quelque peu, cependant sa voix tremblait toujours.

— Il bondit sur elle, il la frappe. Le petit chien s'est enfui en traînant sa laisse. Elle se débat. Bleus. Elle a les yeux bleus. Je les vois à présent. Elle est terrifiée. Elle essaie de courir mais il est trop grand, trop rapide. Elle ne peut même pas crier, il l'écrase de tout son poids.

— Celina, le voyez-vous ?

— Je ne veux pas, je ne veux pas. S'il se rend compte que je…

— Vous flottez, vous êtes en sécurité.

— Alors il ne peut pas me voir…

— C'est ça.

Celina s'agita nerveusement dans son fauteuil.

— Je suis impuissante. Pourquoi dois-je regarder ça ? Je n'ai aucun moyen d'aider cette femme.

— Si vous me décrivez ce que vous voyez, cela l'aidera. Regardez-le, Celina.

— Il est grand. Gigantesque. Très fort. Elle ne parvient pas à le repousser. Elle...

— Regardez-le, Celina. Seulement lui.

— Il est... Noir, il porte du noir. Comme la nuit. Ses mains... lui arrachent ses vêtements. Il la traite de putain. « Et maintenant, on va voir si tu aimes ça, sale putain. Maintenant c'est à ton tour, garce. »

— Son visage, docteur Mira, murmura Eve, il me faut une description.

— Regardez son visage, Celina.

— J'ai peur.

— Vous n'avez rien à craindre de lui. Que voyez-vous sur son visage ?

— La rage. La fureur. Ses yeux sont noirs, et aveugles. Ils sont cachés. Il a des lunettes de soleil, avec une lanière autour de la tête. Son crâne et sa figure luisent. C'est horrible. Il la viole. Il grogne. Je ne veux pas voir.

— Seulement son visage.

— Il a quelque chose dessus. Un masque ? Non, ça brille, c'est lisse. Il n'y a pas de blanc dessous. Brun. Tanné. Je ne sais pas.

La respiration s'accéléra de nouveau, elle secoua la tête.

— Il a la figure large, et carrée.

— Les sourcils, intervint Eve.

— Vous distinguez ses sourcils, Celina ?

— Épais, très noirs. Il est en train de la tuer. Il serre le ruban rouge, de plus en plus fort. Elle ne peut plus respirer. On ne peut plus respirer.

— Je dois la faire revenir, déclara Mira tandis que Celina commençait à suffoquer. Éloignez-vous d'eux, regardez votre étoile, concentrez-vous sur elle. Vous la voyez ?

— Oui, je...
— Il n'y a plus qu'elle. Elle est belle, paisible. Elle vous guide, vous ramène chez vous. Vous flottez, vous descendez lentement. Vous êtes détendue, comme neuve. Quand je vous demanderai d'ouvrir les yeux, vous vous réveillerez et vous vous souviendrez de tout ce que vous avez vu, et dont nous avons parlé. Vous comprenez ?
— Oui.
— Vous remontez doucement, vous émergez du sommeil. Ouvrez les yeux, Celina.
Le médium battit des paupières.
— Docteur Mira...
— Oui, ne bougez pas. Je vous apporte quelque chose à boire. Vous avez été parfaite.
— Je l'ai vu, Dallas, balbutia Celina en tendant une main.
Avec réticence, Eve la prit brièvement. Elle recula, cédant la place à Mira, qui offrit une infusion au médium.
— Vous le reconnaîtriez ? interrogea Eve.
— Le visage, c'est difficile. Les lunettes de soleil masquent le regard et ce qu'il a sur la peau déforme les traits. Mais je sais à présent qu'il est métis, à moins qu'il ait le teint très mat ou qu'il soit très bronzé. Il est chauve, il a le crâne tout lisse, peut-être rasé. Je ne comprends pas ce qu'il a sur la figure.
— Probablement une matière dans le style du Seal-It. En couche épaisse. Et sa voix ? Il a un accent quelconque ?
— Non... non, sa voix était gutturale. La colère, peut-être. Pourtant, il n'a pas crié, même pas quand il l'a... Il chuchotait.
— Des bagues, des bijoux, des tatouages, des cicatrices, des marques de naissance ?
— Je n'ai rien remarqué. Essayons encore, je...
— Il n'en est pas question, décréta Mira. Je n'autoriserai pas d'autre séance avant demain soir, au plus tôt. Je suis navrée, Eve.

— Mais je vais bien, protesta Celina. En fait, je me sens mieux qu'au début.

— Je tiens à ce que ça continue. Rentrez chez vous, préparez-vous un bon dîner et détendez-vous.

— Ai-je droit à un grand verre de vin ?

— Certainement, répondit Mira en lui tapotant l'épaule. Il faut vous changer les idées. Nous passerons à la prochaine étape demain.

— Je crois que ça ne sera pas aussi pénible.

Il était presque dix-huit heures, constata Eve. Elle avait intérêt à se dépêcher un peu.

— Je vous raccompagne, proposa-t-elle au médium.

Elle la précéda jusqu'à l'escalier roulant.

— Quand tout sera terminé, que diriez-vous de prendre un verre ensemble ?

— Volontiers, répliqua Eve. Cette séance d'hypnose… ça ne vous fait pas l'effet d'avoir avalé un tranquillisant sans le savoir ? Comme si vous n'aviez plus le contrôle de vous-même…

— Non. Enfin si, un peu. Mais on a l'impression d'être ancré au sol, en quelque sorte. Une part de soi a conscience d'être en mesure de revenir.

— Hum…

— C'était étrange, pas vraiment déplaisant. Je ne parle naturellement pas de ce que j'ai vu. Ça, c'était atroce. Mais, dans le fond, ce n'est pas très différent de mes visions. J'espère que, la prochaine fois, je serai plus efficace.

— Vous vous en êtes très bien sortie. Réussirez-vous à trouver votre chemin dans ce labyrinthe ?

— Oui, ne vous inquiétez pas.

— Je dois retourner au travail dare-dare.

— Mais vous êtes sur le pont depuis l'aurore, n'est-ce pas ?

— C'est le métier.

— Je ne vous envie pas, rétorqua franchement Celina. À demain, chez le Dr Mira ? Prévenez-moi si vous avez des photos à me montrer et si vous souhaitez que j'arrive un peu plus tôt pour les examiner. Vous imaginez, si je le reconnaissais ?

— Hum... Je vous tiens au courant.

Eve regagna au pas de course la brigade criminelle. Elle fit un crochet par le bureau de Peabody, cogna à la vitre et ordonna d'un signe à sa coéquipière de la suivre.

— J'ai une description sommaire de notre tueur. Ça complète notre portrait. Un grand salopard, un géant métis ou...

— Elle avait dit qu'il était blanc.

— Il se tartine la figure avec un genre de Seal-It, ce qui a induit Celina en erreur. Une matière pas complètement transparente, en couche épaisse. Donc il est métis, ou très brun, ou bronzé. Chauve – une boule de billard, bien lisse. Le visage carré, les sourcils noirs et fournis. Elle n'a remarqué aucun signe distinctif. Quand il tue, il porte des lunettes de soleil.

— Seigneur Dieu !

— Il a peut-être un problème aux yeux, ce qui serait un autre symbole ou une part de sa pathologie. Il faut nous documenter sur les troubles ophtalmiques.

— Les junkies sont hypersensibles à la lumière.

— Il ne se drogue pas. Des stéroïdes, à la rigueur, pour stimuler la musculation. Et de votre côté, qu'est-ce que vous avez trouvé ?

— Aucune des personnes avec lesquelles Sommers a passé sa dernière soirée ne lui a offert un chat robot, ni ne se rappelle l'avoir vue avec un de ces jouets. J'ai lancé les recherches concernant les achats. Pour l'instant, je n'ai aucun résultat.

— Continuez, ensuite vous rejoindrez Feeney pour faire quelques heures supplémentaires sur le terrain.

— Feeney ?

— On doit vérifier et confirmer les recoupements qu'il a établis, et on va se partager le travail. Je veux élargir au maximum notre champ d'action, dès ce soir. Vous sautez en selle avec Feeney, moi j'embarque Connors. Il comprend vite. Ça m'évitera de briefer un autre policier.

Eve s'interrompit. D'un pas de grenadier, elle pénétra dans son bureau, Peabody sur ses talons.

— Si vous avez de la chance, reprit-elle, et que vous tombez sur notre gars, rappelez-vous qu'il ne se laissera pas coffrer facilement.

— Vous n'allez pas me dire d'être prudente, rassurez-moi.

— Je vous demande d'être efficace, vigilante. Si vous le coincez, et qu'il doit choisir entre Feeney et vous, c'est à vous qu'il s'attaquera.

— Parce que je suis une femme.

— Exact. Il vous tuera s'il le peut.

— Ça n'arrivera pas.

— Communiquez à Feeney le portrait qu'on a de lui, et surtout ne l'oubliez pas. Il porte peut-être un postiche, alors…

— Dallas, ce n'est pas ma première expédition hors du nid.

— OK.

Fébrile, Eve se leva, ouvrit une bouteille d'eau. Elle était déjà imbibée de caféine.

— J'ai un mauvais pressentiment, c'est tout.

— Faut-il que je vous appelle dès mon retour à la maison, chère petite maman ?

— Fichez-moi le camp !

— Oui, lieutenant, je fiche le camp.

Eve s'assit à son bureau, ajouta l'enregistrement de la séance d'hypnose au dossier de l'affaire et classa ses notes pour son rapport journalier.

Connors la rejoindrait ici à dix-neuf heures trente. Elle avait donc un peu de temps devant elle. Elle lança une recherche sur les troubles ophtalmiques et, tandis que l'ordinateur vrombissait, se campa devant la fenêtre.

Un mauvais pressentiment, se répéta-t-elle en embrassant sa ville du regard.

Selon elle, le phénomène était l'antithèse du paranormal. C'était fondamental, peut-être même primitif – comme l'était l'instinct qui permettait aux premiers hommes sur cette terre de savoir à quel moment il convenait de chasser, et quand il fallait se cacher.

Elle aurait dit que c'était « viscéral » si ce qualificatif ne lui paraissait pas aussi grandiloquent. Or, il n'y avait rien de grandiloquent dans le travail d'un flic.

Les mauvais pressentiments, puisqu'elle ne trouvait pas de terme plus juste, étaient un mélange d'intuition, d'expérience et d'une connaissance qu'elle n'avait aucune envie d'analyser.

Elle savait qu'il avait repéré sa prochaine victime.

Malheureusement, elle n'avait que des questions : quelle femme attaquerait-il cette nuit, et où ?

18

Vêtu de son élégant costume sombre d'homme d'affaires, Connors tournait autour du nouveau véhicule d'Eve, dans le parking du Central.

— Je n'avais pas encore eu l'occasion d'examiner ta voiture. Une vraie promotion, lieutenant, que tu as longtemps attendue.

— Bof, elle roule.

— Mieux que la précédente, espérons-le. Ouvre le capot.

— Pourquoi ?

— Pour jeter un œil au moteur.

— Mais pourquoi ? Il tourne, c'est l'essentiel.

— Eve chérie, répliqua-t-il avec un sourire de pitié, ton manque d'intérêt et d'aptitude pour la mécanique est si typiquement féminin.

— Attention, mon vieux.

— Tu n'as pas envie de savoir ce qu'il y a là-dessous ? insista-t-il en tapotant le capot. Ce qui te permet d'arriver à bon port ?

— Non. Et je n'ai pas non plus envie de me mettre en retard. On y va.

Il tendit la main.

— Puisque tu ne me laisses pas faire joujou, cède-moi au moins le volant.

Le marché était juste, estima-t-elle. Il lui consacrait la soirée, elle pouvait lui accorder une petite faveur.

— Le département te remercie pour ton aide, bla-bla-bla... marmonna-t-elle en s'installant du côté du passager.

— Je t'en prie, pas trop d'emphase dans la gratitude, je vais rougir.

Il s'assit au volant, modifia la position du siège tout en examinant le tableau de bord. Le système électronique était de qualité très moyenne. Jamais il ne comprendrait que la police new-yorkaise n'équipe pas ses unités d'un matériel de premier ordre.

Il démarra le moteur qui eut un ronronnement satisfaisant.

— Ah, ce bolide a plus de répondant que l'autre. Désolé de ne pas être arrivé plus tôt, ajouta-t-il en souriant à Eve.

— Ce n'est pas grave, je me suis occupée. D'ailleurs, Feeney ne s'est libéré qu'il y a une vingtaine de minutes. Peabody et lui ont pris du retard, eux aussi.

— Alors on fonce.

Il gagna à une allure raisonnable la sortie du parking, jaugea d'un bref coup d'œil la circulation et fonça.

— Connors !

Il slalomait entre les voitures, les taxis et les monoplaces, passa au feu une seconde avant qu'il ne devienne rouge.

— Bravo, se félicita-t-il.

— Si je la cabosse dès la première semaine, on ne me le pardonnera pas.

— Évidemment, répliqua-t-il distraitement en décollant à la verticale pour prendre un virage à fond de train. Elle pourrait être un peu plus souple, mais elle se débrouille plutôt bien.

— Et si un radar te repère, ne compte pas sur moi pour sortir mon insigne et t'éviter une contredanse.

— Franchement, elle n'est pas mal. Au fait, où allons-nous ?

Elle poussa un long et bruyant soupir, profita de ce répit pour transmettre le premier nom et l'adresse au système de guidage.

— Tu préfères que le plan s'affiche sur le pare-brise ou sur l'écran du tableau de bord ?

— Le tableau de bord, ça ira.

Elle relaya la commande et ne put réprimer un sourire béat quand l'ordre fut exécuté.

— J'ai supprimé la voix électronique. Trop bavarde. Elle me cassait les oreilles. Dommage que les gens ne soient pas équipés du même accessoire !

— Comment s'est passée la séance avec Celina ? s'enquit Connors.

— On a obtenu quelques détails supplémentaires, mais avec difficulté. Mira exige une pause de vingt-quatre heures avant de renouveler l'expérience.

— C'est lent.

— Oui, or lui n'a pas l'intention de ralentir. Il n'a pas seulement une dent contre les femmes en général, mais contre celles qu'il considère comme des créatures dominantes.

— Symboliquement.

— Je l'ai peut-être trop bousculé au moment de l'interview avec Nadine et de la conférence de presse. Il va crescendo.

— Que tu l'aies bousculé ou pas, il continuera de tuer jusqu'à ce que tu l'arrêtes.

— Oui, je l'arrêterai. Et j'ai intérêt à ne pas tarder.

Elle rendit d'abord visite à Randall Beam qui ne parut pas enchanté d'ouvrir sa porte à un flic.

— Écoutez, je suis pressé, je sortais. C'est pour quoi ?

— Si vous nous laissez entrer, Randall, vous gagnerez du temps.

— Merde alors. Un gars qui a un casier se fait toujours emmerder par les flics, comment ça se fait ?

— Je l'ignore, c'est un vrai mystère.

Eve pénétra dans le petit appartement. Il y régnait un désordre masculin acceptable et, dans l'air, flottait une légère odeur susceptible d'intéresser la brigade des stupéfiants – mais Eve ne préviendrait pas ses collègues, sauf si elle était obligée de menacer Randall.

Elle fut surprise de découvrir des rideaux aux fenêtres et de très jolis coussins dans les coins d'un canapé avachi.

Physiquement, Beam ne correspondait pas au profil du tueur. Un mètre quatre-vingt-cinq, quatre-vingt-dix kilos de muscles bien fermes. Quant à ses pieds, ils étaient presque délicats. En outre, il avait la pâleur des détenus récemment libérés et de longs cheveux châtains attachés en queue-de-cheval.

Néanmoins, Eve tenait à l'interroger. Peut-être avait-il un frère, un ami ressemblant davantage à l'individu qu'elle recherchait.

Elle lui énuméra les dates des trois meurtres.

— J'aimerais connaître votre emploi du temps, Randall.

— Comment vous voulez que je sache ? rétorqua-t-il, morose.

— Vous ne pouvez pas me dire où vous étiez la nuit dernière ?

— La nuit dernière ? Après le boulot ? Parce que je me suis dégoté un emploi qui rapporte bien.

— Tant mieux.

— Donc, après le boulot, je suis allé au Roundhouse avec deux potes. C'est un bar sur la 4e Avenue. J'ai bu quelques godets, j'ai mangé un bout, joué au billard. Il y a une prostituée qui bosse là-bas. Loelle, c'est son nom. J'étais un peu bourré, alors je l'ai emmenée en haut, dans une chambre – il y en a deux, au Roundhouse – pour une partie de jambes en l'air. Après, j'ai encore sifflé quelques verres, et je suis rentré… vers deux heures ? Aujourd'hui, je suis de repos.

— Loelle et vos copains confirmeront tout ça ?

— Ben, oui. Pourquoi ils diraient le contraire ? Vous n'avez qu'à demander à Loelle, elle est au bar presque tous les soirs. Et aussi à Ike et à Steenburg. C'est mon collègue, il était là hier. Quoi d'autre ?

— Passons aux deux autres soirs.

Il n'avait aucune idée de ses activités la nuit du meurtre de Napier, et se montra très évasif en ce qui concernait la dernière date, celle de la mort de Maplewood.

— J'avais un truc. Ça a duré jusqu'à vingt-trois heures, et même plus. Après, je suis sorti avec... avec des gens pour... prendre un café. Je suis revenu ici à, je sais pas, peut-être minuit. Et maintenant, il faut vraiment que j'y aille. Franchement.

— C'était quoi votre truc, Randall ?

Il se dandina d'un pied sur l'autre, rougit comme une pivoine.

— Je suis obligé de vous dire ? Pourquoi ?

— Parce que j'ai un insigne de policier et vous un casier judiciaire. Parce que j'ai besoin d'une réponse et que, si vous me forcez à vous reposer la question, je vais m'intéresser de beaucoup plus près à cette odeur de Zoner que je renifle dans l'air.

— Les flics, quelle plaie ! Vous ne pouvez pas vous empêcher de harceler les gens.

— Eh non. C'est pour ça que je me lève tous les matins avec la banane.

— J'ai pas envie que les copains apprennent ça, soupira-t-il.

— Je suis l'incarnation de la discrétion.

Il les dévisagea tour à tour, ses épaules se voûtèrent.

— Vous faites pas de fausses idées, surtout. Je suis pas à voile et à vapeur, moi. Je comprends pas pourquoi des mecs coucheraient ensemble quand il y a des femmes pas loin. Mais bon, faut faire avec.

— Quelle touchante philosophie, Randall ! Bon, accouchez.

Il se tira sur le nez, se dandina de nouveau.

— C'est juste que… la dernière fois qu'on m'a épinglé, ils ont décrété que je suivrais une thérapie pour apprendre à contrôler la colère et tout le bataclan. Pour que j'arrête de cogner sur les gens et de déclencher des bagarres. Mais moi, j'ai jamais assommé quelqu'un qui l'avait pas cherché.

Eve commençait à le trouver sympa. Elle ne tournait sans doute pas rond.

— Je vous comprends, rétorqua-t-elle sincèrement.

— Alors voilà, je me fais soigner. Ergothérapie, dites donc, ludo machin-truc, relaxation, la totale. Je me suis inscrit à un cours de… euh… de travaux manuels.

— De travaux manuels ?

— Ben oui, mais ça fait pas de moi une tapette, grommela-t-il en dardant un regard réfrigérant sur Connors, pour le dissuader d'émettre un quelconque commentaire.

— C'est vous qui avez confectionné ces rideaux ? demanda aimablement Connors.

— Ben oui, et alors ? s'indigna Beam, crispant les poings.

— C'est du beau travail. Vous avez bien utilisé la matière et la couleur.

Beam le scruta avant de tourner la tête vers les rideaux.

— Ouais, c'est pas mal. C'est constructif, vous voyez, et thérapeutique. Enfin bref, je me suis pris au jeu. Ces coussins, je les ai fabriqués aux *Mains d'or*. Ils ont des clubs, des professeurs, tout ça. On peut se servir de leurs machines et de leurs fournitures. Finalement, c'est intéressant. J'étais là-bas, la nuit dont vous me parlez. Et ce soir, j'ai un cours de broderie. On peut faire tout un tas de bricoles, voyez.

— Votre moniteur et vos camarades de cours confirmeront vos déclarations ?

— Ben… ouais. Seulement, si vous leur dites que j'ai un casier, et que vous leur posez des questions, ça va tout fiche en l'air. Il y a deux ou trois nanas qui m'ont tapé dans l'œil, et vous allez me casser la baraque.

— N'oubliez pas, Randall, je suis l'incarnation de la discrétion. Vos copains sont au courant de votre hobby ?

Choqué, il devint pâle comme un linge.

— Ça va pas la tête ? Vous croyez que je causerais rideaux et coussins avec les gars ? Ils me tanneraient jusqu'à ce que je les cogne. Et mon programme de gestion de la colère, alors ?

— Vous n'avez pas tort, opina Eve.

— Tu as su que ce n'était pas lui à la seconde où il a ouvert la porte, déclara Connors quand ils eurent regagné la voiture.

— Effectivement, mais on doit toujours vérifier. Il est possible qu'un de ses copains connaisse son secret. Ou un collègue de travail, un partenaire de billard, un voisin. Quelqu'un qui lui chipe la cordelette rouge, ou l'achète sous le nom de Randall. On ne peut négliger aucune piste, même si elle paraît aboutir à une impasse. Et maintenant, au suivant !

Eve suivit la procédure de routine, puisqu'elle n'avait pas le choix. Elle ne grogna même pas quand Connors annonça qu'il était l'heure de dîner. Elle ne broncha pas non plus lorsqu'il choisit un restaurant français avec bougies sur les tables et serveurs à l'air pédant.

Le nom de Connors leur valut, en trente secondes, un box à l'écart et moult flagorneries. Heureusement, le repas était succulent.

Eve bouda pourtant son plaisir, picorant sans appétit et poussant la nourriture d'un bord à l'autre de son assiette.

Connors posa une main sur les siennes.

— Dis-moi ce qui te tracasse ? Il ne s'agit pas seulement de l'enquête, n'est-ce pas ?

— J'ai pas mal de... de préoccupations.

Elle s'interrompit un instant.

— J'ai raconté à Peabody... ce qui m'est arrivé quand j'étais gamine.

Il lui étreignit les doigts.

— Je me demandais si tu le ferais un jour. J'imagine que cela n'a pas été facile, ni pour toi ni pour elle.

— Nous sommes coéquipières. Il faut avoir confiance dans sa coéquipière. Je suis son supérieur hiérarchique, j'attends de Peabody qu'elle exécute mes ordres sans la moindre hésitation. Je sais que je peux compter sur elle, et pas uniquement parce que je suis son lieutenant.

— Tu avais d'autres raisons de te confier à elle, n'est-ce pas ?

— Oui, c'est vrai.

Elle le dévisagea dans la lumière dansante des bougies.

— Les affaires comme celle-ci me rendent malade. Je risque de commettre une erreur parce que je m'acharne trop, ou de reculer parce que ça m'est insupportable.

— Tu ne recules jamais, Eve.

— J'en ai envie, parfois. Peabody est avec moi tous les jours, c'est un bon flic. Si je dérape, elle s'en rendra compte, et elle a le droit de comprendre pourquoi je perds les pédales.

— Je suis d'accord avec toi. Mais je pense que tu avais une raison supplémentaire de t'ouvrir à elle.

— C'est une amie. Sans doute la plus proche que j'ai, après Mavis. Elles sont très différentes.

— Quel doux euphémisme !

Eve se mit à rire, ainsi qu'il l'avait espéré.

— Mavis n'est pas flic, et c'est Mavis. La première au monde à qui j'ai *réussi* à parler. J'aurais dû le dire à Feeney, à l'époque où on était coéquipiers. Mais je ne savais pas, je ne me souvenais de rien, et puis...

— ... Feeney un homme.

— Toi aussi, pourtant je t'ai tout raconté.
— Je ne suis pas une figure paternelle.
— Sans doute. Enfin... bien sûr que non. Tandis que Feeney, d'une certaine façon... Bref, il ne sait pas. Avec Mira, c'était presque par accident, et elle est médecin. Je n'ai vidé mon sac qu'avec toi, et maintenant avec Peabody.
— Tu lui as dit que...
— Que je l'ai tué ? Oui. D'après elle, j'aurais dû le déchiqueter. Elle pleurait. Nom d'une pipe !
Eve se cacha la figure dans les mains.
— Voilà donc ce qui te perturbe le plus, qu'elle ait de la compassion pour toi ?
— Ça n'est pas pour cela que je lui ai parlé.
— Entre amies, entre coéquipières, ce n'est pas uniquement une question de confiance, Eve. Il s'agit d'affection et même d'amour. Si elle n'était pas bouleversée et révoltée par ce que tu as enduré, elle ne serait pas ton amie.
— Hum...
Eve baissa le nez, émietta du pain.
— Il y a autre chose qui me turlupine. Aujourd'hui, j'ai assisté à la séance d'hypnose. Mira m'a déjà proposé, sans insister, de recourir à cette technique. Pour m'aider à faire remonter des souvenirs à la surface, pour les évacuer. Peut-être que ça permet de mieux gérer le passé. J'ignore si je suis capable de supporter l'hypnose, Connors, même si cela doit me délivrer des cauchemars.
— Tu y songeais ?
— Je n'avais pas exclu cette possibilité. Malheureusement, ça ressemble trop aux épreuves qu'il faut subir pour le bilan psychologique, quand on tue quelqu'un au cours d'une enquête. Ce bilan est obligatoire, horrible, mais on serre les dents. « OK, d'accord, passe-moi à la moulinette, je ne contrôle plus rien mais si ça peut arranger la situation... »

— Eve, si tu souhaites en apprendre davantage et que l'hypnose te dérange, il existe d'autres méthodes.

— Je présume que tu aurais les moyens de déterrer des éléments de mon histoire, comme tu l'as fait pour toi-même. J'y ai pensé. Je ne suis pas sûre d'en avoir envie, mais j'y réfléchirai encore.

Peabody sortit du métro et étouffa un bâillement. Il n'était que vingt-trois heures, cependant elle était vannée. Heureusement, elle avait l'estomac plein. Feeney, qui était aussi affamé qu'elle, avait volontiers accepté de faire une pause pour manger. Elle s'était donc rassasiée de beignets de poulet – en tout cas, elle avait payé pour des beignets de poulet et préférait ne pas demander ce que contenait exactement la friteuse.

Avec un peu de sauce jaune canari, ce n'était pas si mauvais.

Évidemment, la soirée n'avait rien donné, mais telle était la triste existence d'un flic.

Tout en gravissant les marches menant à la rue, elle prit son communicateur.

Le visage de McNab, éclairé par un large et tendre sourire, emplit aussitôt l'écran.

— La voilà, ma poupée ! s'exclama-t-il. Tu rentres déjà ?

— Je suis à deux cents mètres. On a arpenté la ville sans résultat.

— C'est souvent comme ça.

— Tu as réussi à faire quelques cartons ?

— Mon cœur, apprête-toi, quand tu franchiras cette porte, à me dévorer de baisers. J'ai terminé, imagine-toi. On n'a plus qu'à lever l'ancre.

— C'est vrai ? *Vraiment vrai ?* s'écria-t-elle en exécutant un pas de danse sur le trottoir. Il restait beaucoup d'affaires à emballer, tu as dû travailler comme une brute.

— Oui, je pensais au baiser fougueux que je recevrais en récompense, ça m'a donné du tonus.

— Rassure-moi, tu n'as rien jeté de mes...

— Mon ange, je tiens trop à mes abattis. Je ne t'ai rien balancé à la poubelle, pas même ton petit lapin empaillé.

— Je suis là dans cinq minutes. Prépare-toi au baiser du siècle.

— Dans ce domaine, je suis comme les scouts. Toujours prêt !

Elle éclata de rire, remit le communicateur dans sa poche. La vie était belle, pensa-t-elle. En réalité, *sa* vie était absolument magnifique. Toutes ces angoisses provoquées par le déménagement, la perspective de s'installer ailleurs avec McNab – la signature du bail, marier leurs meubles, leurs styles respectifs, partager son lit avec le même homme pour... peut-être pour toujours – s'envolaient.

La vie était belle.

Certes, quelquefois il la rendait chèvre. Et le plus stupéfiant, c'est qu'elle l'acceptait. Il était comme ça.

Elle était amoureuse. Elle était inspecteur, sous les ordres du meilleur flic de New York, voire du monde. Elle avait perdu un kilo et demi. Bon, d'accord, un kilo, mais ces cinq cents grammes de graisse ne résisteraient pas longtemps.

Elle marchait, le nez au vent, et sourit en apercevant les lumières de son appartement – son ancien appartement, corrigea-t-elle. McNab allait apparaître à la fenêtre, lui faire un signe de la main ou lui envoyer un baiser. Un geste qui, chez un autre, lui paraîtrait ridicule et qui, venant de McNab, lui réchauffait le cœur.

Elle répondrait de la même manière, sans la moindre gêne.

Elle ralentit le pas, pour laisser le temps à son compagnon d'approcher de la fenêtre.

Elle ne sentit pas le danger.

Un mouvement.

Il était grand – beaucoup plus qu'elle ne l'avait imaginé – et vif comme l'éclair. Elle comprit, dans la fraction de seconde où elle entrevit son visage, les yeux cachés par des lunettes de soleil, qu'elle était en péril.

L'instinct la fit pivoter, chercher l'arme qu'elle portait sur la hanche.

Puis ce fut comme si un taureau en furie la percutait. Une douleur effroyable fulgura dans sa poitrine, sa figure. Elle entendit un craquement et, au bord de la nausée, réalisa que quelque chose en elle s'était brisé.

Son esprit se déconnecta. Les réflexes professionnels plutôt que la lucidité la poussaient à lutter, à bouger ses jambes pour viser et frapper n'importe quelle partie de cette masse herculéenne, dans l'espoir de réussir à l'écarter de quelques centimètres pour pouvoir exécuter un roulé-boulé.

Il était inébranlable.

— Putain.

Il la dominait de toute sa taille, les traits dissimulés par les épaisses couches de Seal-It, les larges lunettes noires.

Peabody eut alors l'impression que le temps se mettait à couler goutte à goutte comme un liquide sirupeux, que ses membres étaient aussi lourds que du plomb. De nouveau, elle voulut frapper – lentement, péniblement. Elle s'efforçait de gonfler d'air ses poumons dévorés par un feu d'enfer. Mémoriser les détails, se répétait-elle.

— Flic et putain. Je vais te mettre en bouillie.

Les coups redoublèrent, comme la souffrance de Peabody qui cherchait à tâtons son arme. Une part d'elle était paralysée, pourtant, elle ressentait la violence de chaque coup infligé par ces pieds et ces poings énormes. Elle avait dans la bouche le goût de son propre sang.

Il la releva, comme si elle n'était qu'un jouet. Cette fois, elle entendit une déchirure.

Un hurlement retentit. À l'instant même où elle tira, elle sombra dans les ténèbres.

Quand Peabody l'avait appelé, il avait eu l'impression qu'elle était fatiguée. Il sélectionna donc une musiquette free-age – de la flûte, l'horreur ! Leurs affaires étant désormais dans les cartons, y compris les draps, ils dormiraient dans le sac de couchage. Leur dernière nuit dans cet appartement, blottis l'un contre l'autre, par terre, comme des gamins qui campaient.

Génial.

Il remplit un verre de vin pour Peabody. Il adorait la chouchouter, et elle faisait la même chose pour lui, quand il rentrait tard du travail. Les gens qui vivaient ensemble se comportaient de cette manière. Probablement.

Bah, se dit-il, ils apprendraient les règles du jeu au fur et à mesure !

Il allait s'avancer vers la fenêtre pour envoyer un baiser sonore à sa belle quand un hurlement retentit.

McNab se rua hors de la cuisine, enjamba d'un bond les cartons pour traverser le salon et atteindre la fenêtre.

Son cœur cessa de battre.

Sans même s'en rendre compte, il se retrouva avec son arme dans une main, son communicateur dans l'autre, en train de dévaler l'escalier.

— Appel à toutes les unités ! Un policier touché ! Une ambulance, vite !

Il brailla l'adresse, raccrocha. Il priait. De toute son âme, il priait.

Peabody gisait à plat ventre, à moitié sur le trottoir, à moitié sur la chaussée. Son sang s'étalait sur le sol. Un homme et une femme étaient accroupis près d'elle, un troisième individu accourait, essoufflé.

— Dégagez, dégagez ! Je suis flic. Oh ! mon Dieu... Dee.

Il aurait voulu la soulever dans ses bras, l'étreindre, mais il ne fallait pas. De ses doigts tremblants, il lui tâta la carotide. Son pouls battait encore.

— Ça va, ça ira. Policier touché ! répéta-t-il en reprenant son communicateur. Une ambulance, immédiatement ! Grouillez-vous, nom d'un chien !

Il caressa la main de Peabody, se força à se calmer.

— Recherchez un van noir ou bleu marine, modèle récent qui se dirige vers le sud à toute vitesse.

Il n'avait pas vraiment observé le véhicule, pas assez. Il n'avait vu qu'elle.

Il ôtait sa chemise pour la recouvrir quand un des hommes présents lui tendit sa veste.

— Tenez, prenez plutôt ça. On était en face, on sortait juste au moment où…

— Accroche-toi, Dee. Bordel, Peabody, accroche-toi.

Sans lui lâcher la main, il s'aperçut alors qu'elle avait réussi à dégainer son arme. Il leva la tête vers les gens qui l'entouraient. Il avait le regard d'un loup, dur et froid.

— Il me faut vos noms. Je veux savoir ce que vous avez vu exactement.

Le cœur d'Eve cognait à se rompre, quand elle déboula de l'ascenseur et s'élança dans le couloir de l'hôpital.

Elle abattit son insigne sur le comptoir du bureau des infirmières.

— Inspecteur Delia Peabody. Comment va-t-elle ?

— Elle est au bloc.

— Ça ne me dit pas comment elle va.

— Je ne peux pas vous répondre, je ne suis pas au bloc.

— Eve…

Connors lui posa la main sur l'épaule avant qu'elle n'étripe l'infirmière.

— McNab est certainement dans la salle d'attente. Allons d'abord le rejoindre.

Elle déploya des efforts considérables pour dominer sa terreur et sa rage.

— Trouvez-moi quelqu'un en salle d'opération qui me donne des nouvelles. Pigé ?

— Je vais faire ce que je peux.

— La salle d'attente est dans le hall à votre gauche.

— Du calme, ma chérie, murmura Connors en enlaçant Eve par la taille.

— Je me calmerai quand je saurai où elle en est.

Elle entra dans la salle d'attente, se figea. Il était seul. Elle n'avait pas prévu qu'il serait seul. En principe, les salles d'attente étaient bondées de gens tremblant d'angoisse. Mais ce soir, il n'y avait que McNab, posté devant une fenêtre. Il contemplait la nuit.

— Inspecteur.

Il pivota d'un bond – le chagrin déformait son visage.

— Lieutenant. Ils l'ont emmenée au... Ils ont dit... je ne sais plus.

Connors le prit par les épaules et l'entraîna vers un fauteuil.

— Ian, asseyez-vous une minute. Je vous apporte quelque chose à boire. On s'occupe d'elle. Dans un moment, j'irai me renseigner.

Eve s'installa près de McNab. Il avait un anneau à chaque pouce, remarqua-t-elle. Et du sang sur les mains. Le sang de Peabody.

— Racontez-moi ce qui s'est passé.

— J'étais chez elle. J'avais tout emballé. Je venais juste de lui parler. Elle m'a appelé pour me prévenir qu'elle arrivait, qu'elle était à deux cents mètres de l'appartement... J'aurais dû descendre. Voilà ce que j'aurais dû faire. Aller à sa rencontre, pour qu'elle ne soit pas seule. Mais j'avais mis de la musique. J'étais dans la cuisine, avec cette foutue musique en fond sonore. Je n'ai pas bronché, jusqu'à ce que j'entende des cris. Ce n'était pas elle qui criait. Elle n'en a pas eu l'occasion.

— McNab...

Près de l'autochef, Connors se retourna, inquiet. Il s'apprêtait à s'interposer de nouveau pour calmer Eve, mais ce n'était plus nécessaire. Le flic était de retour. Elle prit entre les siennes la main ensanglantée de McNab.

— Ian, il me faut votre rapport. C'est dur, je sais, mais vous devez me dire tout ce que vous savez. Je n'ai aucun détail.

— Je... accordez-moi un instant.

— Bien sûr. Tenez, buvez ça.

— Du thé, précisa Connors qui s'assit sur la table basse, vis-à-vis d'eux. Avalez une gorgée, Ian, et respirez à fond. Regardez-moi, s'il vous plaît.

McNab releva péniblement la tête.

— Je sais ce qu'on éprouve, murmura Connors, quand la femme qu'on aime, la seule femme qui compte, est blessée. On se sent si mal, si pesant, que c'est insupportable. Il n'y a pas de mot pour décrire cette peur-là. Vous pouvez seulement attendre, espérer, et nous laisser vous aider.

— Mais j'étais dans la cuisine, balbutia McNab. J'y étais depuis deux ou trois minutes depuis son appel. Elle était à deux cents mètres. Elle sortait du métro, sans doute. J'ai entendu ces cris. J'ai couru à la fenêtre et j'ai vu...

Il but son thé comme il aurait ingurgité une potion.

— Je l'ai vue sur le sol, face contre terre. La tête et les épaules sur le trottoir, le corps sur la chaussée. Il y avait un homme et une femme, un autre type qui accourait. Et j'ai aperçu, à peine aperçu un véhicule qui filait vers le sud à toute allure. J'ai descendu l'escalier quatre à quatre. J'avais mon arme et mon communicateur. J'ai alerté les secours. Elle était inconsciente, le visage et le crâne en sang. Ses vêtements étaient déchirés, tachés.

McNab ferma les yeux.

— Elle saignait, je lui ai pris le pouls. Elle était vivante. Elle avait son arme dans la main droite. Ce salopard ne l'a pas désarmée. Il n'a pas réussi à la désarmer.

— Mais vous ne l'avez pas vu.

— Malheureusement pas. J'ai le nom et, en partie, la déposition des trois témoins. Ensuite, les urgentistes sont arrivés. Il fallait que je l'accompagne, Dallas. J'ai confié les témoins aux renforts. Il fallait que je l'accompagne.

— Évidemment. Vous avez une description du véhicule ?

— Un van de couleur sombre. Noir ou bleu foncé, je crois. Je n'ai pas réussi à distinguer la plaque d'immatriculation, les témoins non plus. Il n'avait pas allumé ses feux. D'après l'un des gars – Jacobs –, le van paraissait neuf, impeccable. Peut-être un Sidewinder ou un Slipstream.

— Ils ont aperçu l'agresseur de Peabody ?

McNab eut de nouveau ce regard de loup, dur et froid.

— Oui, et ils m'ont donné un signalement précis. Très grand, très costaud, chauve, avec des lunettes de soleil. Ils l'ont vu la cogner et la piétiner. Elle était au sol, et ce salopard la rouait de coups. Puis il l'a soulevée, il voulait peut-être la jeter à l'arrière de son van. Heureusement, la femme a hurlé, et les types se sont mis à courir en criant. Ils ont dit qu'il l'avait balancée par terre et qu'il avait sauté dans son véhicule. Elle a réussi à lui tirer dessus. C'est ce qu'on m'a raconté. Elle a tiré sur lui au moment où il l'a balancée par terre. Peut-être la balle l'a touché. Il a peut-être chancelé. Ils n'étaient pas catégoriques, et moi, il fallait que je l'accompagne. Alors, je n'ai pas pu continuer à les interroger.

— Vous avez fait du bon boulot.

— Dallas ?

Il luttait maintenant contre les larmes. S'il craquait, elle craquerait aussi.

— Calmez-vous.

— Ils m'ont… les urgentistes m'ont dit qu'elle était dans un état grave. L'ambulance fonçait, ils s'occupaient d'elle.

— Vous la connaissez aussi bien que moi. Peabody est un flic coriace, elle s'en sortira.

Il hocha la tête, déglutit.

— Elle tenait son arme de service. Il ne l'a pas désarmée.

— Elle est coriace. Connors ?

Celui-ci opina et s'en fut glaner des renseignements, laissant Eve et McNab seuls dans la salle d'attente.

19

Il grognait comme une bête, pleurait comme un enfant, en faisant les cent pas, encore et encore, sous le regard fixe des yeux dans leurs bocaux.

La garce lui avait fait mal.

Ce n'était pas permis. Cette époque-là était révolue, et plus personne ne lui ferait du mal. Jamais. Il n'y avait qu'à le voir. Il se tourna vers le mur de miroirs pour se rassurer. Admirez ce *corps*.

Il était devenu grand, plus grand que tout le monde.

« Tu sais ce que tu me coûtes en vêtements, espèce de monstre ? Tu as intérêt à te décarcasser un peu ou tu te promèneras tout nu. Personnellement, je m'en fiche.

— Je suis désolé, mère. Je n'y suis pour rien. »

Non, non ! Il n'était pas désolé. Au contraire, il était content d'être si grand. Et il n'était pas un monstre.

Il avait fait de lui un colosse. Il s'était entraîné, il avait travaillé, sué pour se forger cette musculature, un corps dont il serait fier, que les gens respecteraient, que les femmes redouteraient.

« Tu es minable, tu es faible, tu n'es rien. »

— Plus maintenant, mère, murmura-t-il avec un sourire féroce, gonflant le biceps de son bras intact. Plus maintenant.

Cependant, alors même qu'il contemplait la silhouette musclée qu'il avait façonnée durant des années, il se voyait rapetisser, se recroqueviller, n'être plus qu'un garçon efflanqué aux joues creuses et aux yeux caves.

La poitrine de ce gamin était zébrée de marques de coups, ses parties génitales à vif. Ses cheveux sales lui pendaient sur les épaules. Elle voulait qu'il les porte ainsi.

« Elle va encore nous punir, dit le petit garçon à l'adulte. Elle nous enfermera dans le noir. »

— Non ! riposta-t-il en s'écartant du miroir. Non, non, je sais ce que je fais.

Il berçait son bras blessé, pour essayer d'atténuer la douleur.

— Cette fois, c'est elle qui sera punie. Je te parie tout ce que tu veux. Je me suis occupé de cette femme flic, cette garce. Pas vrai ?

Il l'avait tuée. Il était certain de l'avoir cassée en petits morceaux. Mais son bras... il était brûlant et tout engourdi. Pourtant il sentait des fourmis qui couraient de l'épaule au bout de ses doigts.

Il le pressa précautionneusement contre son torse, gémissant, en équilibre entre le petit garçon et l'homme adulte.

Maman ferait un bisou à son bras malade, et ça irait mieux.

Maman le battrait et l'enfermerait dans le noir.

On n'a pas fini.

Il l'entendait, ce petit garçon triste, désespéré.

Non, il n'avait pas fini. Il serait puni, encore et encore. Dans le noir, aveugle. Fouetté, brûlé, avec dans la tête sa voix à elle, pareille à des piques qui l'aiguillonnaient sans relâche.

Il n'aurait pas dû laisser le flic là-bas, mais tout était allé si vite. Les cris, les gens qui approchaient en courant, la douleur atroce dans son bras.

Il avait été forcé de s'enfuir. Le petit garçon avait dit: « Sauve-toi ! » Il n'avait pas eu le choix.

— J'étais obligé, balbutia-t-il.

Il tomba à genoux, implorant les yeux muets flottant dans leurs bocaux, ces yeux qui le fixaient implacablement.

— Je ferai mieux la prochaine fois. Tu verras. Je ferai mieux.

Dans la lumière crue qui jamais ne s'éteignait, il pleura en se balançant d'avant en arrière.

Incapable de rester en place, Eve arpentait la salle. Elle s'approcha de l'autochef, commanda un autre café, clair et amer, qu'elle but devant une fenêtre.

Elle ne cessait d'imaginer Peabody inerte sur une table d'opération, les chirurgiens sans visage penchés sur son corps, leurs mains gantées de latex ensanglantées jusqu'aux poignets.

Le sang de Peabody.

Elle pivota vivement en entendant des pas. Mais ce n'était ni Connors ni un chirurgien sans visage. C'était Feeney qui arrivait, son élégante chemise complètement fripée par une longue journée de travail, la figure rougie par l'angoisse.

Il lança un regard à Eve et, quand elle se borna à secouer la tête, se dirigea droit vers McNab. Il s'assit, comme Connors l'avait fait, sur la table basse face au jeune inspecteur.

Ils se mirent à parler tout bas, Feeney d'une voix sourde mais ferme, McNab d'une petite voix brisée. Eve sortit dans le couloir. Elle avait besoin de *savoir*. D'agir d'une manière ou d'une autre.

Quand elle vit Connors qui les rejoignait, la mine grave, elle sentit ses genoux se dérober sous elle.

— Elle n'est pas...

— Non.

Il lui prit le gobelet de café avant qu'il n'échappe à ses mains tremblantes.

— Elle est toujours au bloc. Eve...

— Explique, coupa-t-elle d'un ton sec.

— Trois côtes cassées. Elle a eu un collapsus pulmonaire dans l'ambulance. Elle a une épaule complètement démise, une hanche fracturée et des lésions internes sévères, son rein est très abîmé, et ils seront peut-être obligés de lui enlever la rate.

— Alors, ils la lui remplaceront. Tout se remplace, maintenant, non ?

— Il lui a disloqué la mâchoire, réduit la pommette en bouillie.

— C'est embêtant mais ça se répare…

— Elle a un traumatisme crânien. Préoccupant.

Il lui massait les bras, plongeait son regard dans le sien.

— C'est très grave, Eve.

Le médecin urgentiste qu'il avait harponné lui avait déclaré que Peabody semblait avoir été percutée de plein fouet par un maxibus.

— Ils… elle a des chances de s'en tirer, d'après eux ?

— Ils ne se prononcent pas. Elle a toute une équipe autour d'elle, et s'il lui faut des spécialistes extérieurs à l'hôpital, elle les aura.

La gorge nouée, en proie à une intolérable nausée, Eve parvint tant bien que mal à hocher la tête.

— Que veux-tu que je lui dise exactement ?

— À qui ?

— McNab, répondit-il en lui frictionnant à présent les épaules. Que dois-je lui dire au juste ?

— Tout. Il a besoin de savoir. Il…

Elle s'interrompit, se cramponna un instant à Connors.

— Seigneur ! souffla-t-elle. Oh, Seigneur !

— Elle est solide. Elle est jeune, en bonne santé. Ça joue en sa faveur.

Peabody… Brisée, cassée, en miettes.

— Va lui parler, murmura-t-elle. Feeney est avec lui. Explique-leur.

Tendrement, il lui baisa le front, les joues.

— Viens t'asseoir. On attendra avec eux. Tous ensemble.

— Pas encore. Ça va, ne t'inquiète pas.

Elle s'écarta, étreignit brièvement les mains de son mari.

— Je dois me ressaisir, contacter des gens... Faire quelque chose, sinon je vais devenir folle.

— On ne la laissera pas nous quitter, Eve.

Une heure s'écoula, interminable.

— Il y a du nouveau ?

Eve regarda Feeney, secoua la tête. Quand elle ne faisait pas les cent pas dans le couloir, elle s'adossait au mur. La salle d'attente s'était remplie de flics. Policiers en uniforme, inspecteurs, consultants civils qui restaient là ou s'arrêtaient en passant dans le quartier.

— Et sa famille ?

— Je les ai persuadés de ne pas bouger, au moins tant qu'on n'en sait pas plus, répondit-elle en sirotant un énième café. Je leur ai un peu menti, pour les rassurer. Je n'aurais peut-être pas dû...

— De toute façon, ils ne peuvent rien faire.

— Au cas où, Connors s'est arrangé pour mettre un jet à leur disposition. Comment va McNab ?

— Il ne tient que par un fil, mais il tient. Avoir les collègues autour de lui, ça l'aide.

Les yeux de Feeney s'étrécirent.

— Ce type n'est déjà plus que de la viande froide, Dallas. Maintenant qu'il s'en est pris à l'une des nôtres, tous les flics de cette ville vont le pister.

— C'est un homme mort, d'accord. Mais il est à moi.

Soudain, de fins talons cliquetèrent sur le sol. Eve pivota. Elle attendait cette visiteuse.

Nadine arrivait en trombe dans le couloir, suivie de deux policiers.

Tant mieux, songea Eve. En découdre avec quelqu'un lui changerait les idées.

Mais la journaliste s'arrêta devant eux, posa une main sur le bras de Feeney, l'autre sur celui d'Eve.

— Comment va-t-elle ?

L'amitié, se dit Eve. Quand on était au bord du gouffre, réalisa-t-elle, l'amitié passait avant tout.

— Elle est toujours au bloc, depuis presque deux heures.

— Ils vous ont donné un pronostic... Non, ils ne le donnent jamais. Dallas, j'aimerais vous parler.

— Allez-y.

— En tête à tête. Excusez-moi, Feeney.

— Pas de problème, répliqua-t-il en retournant dans la salle d'attente.

— On peut s'asseoir quelque part ? demanda Nadine.

— Mais oui.

Eve s'assit en tailleur par terre. Sirotant son café, elle leva les yeux vers son interlocutrice qui haussa les épaules et l'imita.

— En ce qui concerne Peabody, commença-t-elle, je ne divulguerai aucune information que vous ne m'aurez pas autorisée à diffuser.

— J'apprécie.

— Pour moi aussi, c'est une amie.

— Oui, je sais, marmonna Eve.

— Vous m'indiquerez ce que vous voulez révéler au public. À présent, parlons des gorilles que vous m'avez accrochés aux basques.

Eve considéra les deux policiers, satisfaite qu'on ait obéi à ses ordres et sélectionné des hommes baraqués et chevronnés.

— Qu'est-ce que vous leur reprochez, à ces gentlemen ?

— Avec ces deux membres d'une troupe d'assaut qui me suivent comme une ombre, je travaille comment, moi ?

— Vous vous débrouillez, ma chère Nadine.

— Je ne...

— Il a attaqué Peabody, vous pourriez être la suivante. On était toutes les trois à l'écran. Une petite provocation, murmura Eve. Je voulais juste le provoquer. Je n'avais pas prévu qu'il s'en prendrait à Peabody.

— Il était censé s'en prendre à vous, n'est-ce pas ?

— Évidemment. Je dirige l'enquête, je suis responsable. Mais lui, il agresse ma coéquipière. Ensuite, ce sera peut-être vous. Il remonte jusqu'à moi, maintenant je comprends. Il cherche à me montrer qu'il est capable de tuer mes proches, sous mon nez. Il tient à ce que je le sache avant de me régler mon compte.

— Je vous suis parfaitement, Dallas, mais ça ne m'explique pas comment je vais réussir à collecter des informations et à réaliser mes reportages. Avec ces deux flics qui m'accompagnent, personne ne me dira un traître mot.

— Vous n'aurez qu'à vous débrouiller, rétorqua Eve d'un ton tranchant. Il ne mettra pas ses sales pattes sur une autre de mes amies. Je vous le garantis.

Nadine se tut, impressionnée par la rage froide qui se lisait sur le visage du lieutenant Dallas. Elle s'adossa au mur, s'empara du gobelet d'Eve, but une gorgée.

— Du jus de chaussette, commenta-t-elle. Non, pire que ça, rectifia-t-elle après une deuxième tentative.

— Au bout de plusieurs litres, on s'habitue.

— Je vous crois sur parole, répliqua Nadine en lui rendant le gobelet. Ce type ne me touchera pas. Je suis prudente, je vous le signale. Surtout depuis ma mésaventure dans le parc avec un psychopathe, il y a un an et des poussières. Et je n'ai pas oublié qui m'a sortie du pétrin. De plus, je ne suis pas idiote et j'ai un bon instinct de survie, je reconnais donc que, parfois, j'ai besoin d'une garde rapprochée. Je m'accommoderai de la situation, Dallas.

La journaliste se trémoussa, cherchant une position plus confortable sur le sol.

— D'ailleurs, je trouve celui-là très sexy, ajouta-t-elle, désignant discrètement le flic qui se tenait sur la gauche.

— Ne vous avisez pas de coucher avec un de mes hommes quand il est en service.

— J'essaierai d'être sage. Je vais voir McNab.

Eve acquiesça. Elle demeura immobile, faillit fermer les yeux avec l'espoir de sombrer dans l'oubli. Connors vint s'accroupir devant elle.

— Je propose de descendre acheter du ravitaillement pour tous les gens qui sont là.

— Tu essaies de me donner une occupation ?

— Nous en avons besoin, autant l'un que l'autre.

— D'accord, soupira-t-elle.

Il se redressa, l'aida à se relever.

— On ne devrait pas tarder à en savoir plus, murmura-t-il.

À cet instant, Louise et Charles émergèrent de l'ascenseur en courant.

— Du nouveau ? interrogea Charles.

— Rien depuis plus d'une heure.

— Je file au bloc, dit Louise, j'enfile une tenue, et je rejoins mes confrères.

La jeune femme s'éloigna. Charles agrippa la main d'Eve.

— Confiez-moi quelque chose à faire, n'importe quoi.

Elle le considéra avec attention. Lui aussi était bouleversé. L'amitié était décidément un sentiment complexe.

— Connors et moi, on descendait acheter de quoi nourrir tout le monde.

— Je m'en charge. Je préviens seulement McNab que nous sommes là et je m'en charge.

— C'est comme un caillou qui ricocherait sur l'eau, commenta Connors en observant Charles qui se frayait un chemin au milieu des flics pour s'approcher de McNab. Tous ces gens, ces relations, ces connaissances, comme autant de cercles concentriques qui ne cessent de s'élargir.

Il encadra de ses mains le visage d'Eve, l'embrassa tendrement sur le front.

— T'allonger un moment ne serait pas du luxe, lieutenant.

— Impossible.

— J'avais bien compris.

Elle continua à attendre. Elle avait l'impression d'être au centre d'un tourbillon vertigineux. Whitney, Mira, la famille de Peabody l'appelaient sans cesse. Des policiers arrivaient, certains s'en allaient, d'autres restaient. Des membres de la DDE, de la Criminelle, de simples officiers et des gradés.

Tout à coup, elle aperçut Louise.

— Va chercher McNab, souffla-t-elle à Connors. Discrètement. Je n'ai pas envie que tout le département se précipite dans le couloir.

Rassemblant son courage, elle s'avança.

— Connors ramène McNab pour que vous n'ayez pas à vous répéter.

— Parfait.

Louise avait revêtu une tenue de chirurgien, vert pâle et trop grande pour elle.

— Je vais retourner au bloc mais je voulais vous donner les informations dont je dispose.

Connors, McNab, Feeney et Charles les rejoignirent. Le premier cercle.

— Ils ont fini ? bredouilla McNab. Elle est...

— L'opération n'est pas terminée. Ça se passe bien. L'équipe est très compétente, Ian, et Peabody tient bon. Il va falloir patienter encore, ajouta Louise en prenant les mains du jeune inspecteur. Elle doit malheureusement subir plusieurs interventions, vu la gravité de ses blessures. Ils font tout ce qui est humainement possible.

— Combien de temps encore ? demanda Eve.

— Deux ou trois heures. Minimum. Elle est dans un état critique, mais elle se cramponne. Maintenant, je vous suggère de descendre et de donner votre sang. Voilà une chose concrète et positive à faire. Moi, je retourne à mon poste d'observation. Je vous tiendrai au courant au fur et à mesure.

— Je ne pourrais pas vous accompagner ? Si j'enfilais une tenue stérile…

— Non, Ian, l'interrompit Louise en l'embrassant sur la joue. Allez donner votre sang. C'est important, je vous assure.

— D'accord, je descends.

— On descend tous les deux, intervint Feeney. Après, ce sera au tour des autres, ajouta-t-il, montrant du doigt la salle d'attente bondée. Quand on aura fini, l'hôpital aura en réserve assez de sang de flic pour approvisionner tout le pays.

Un rien étourdie et délestée d'une bonne pinte de sang, Eve se rassit dans la salle d'attente. Les doigts entrelacés avec ceux de Connors, elle laissa son esprit vagabonder.

Elle revit sa première rencontre avec Peabody, alors en uniforme, l'air impeccable et efficace. Il y avait un cadavre entre elles. Des cadavres, encore et toujours.

Elle se remémora le jour où elle avait engagé Peabody à la Criminelle, comme assistante. La première heure, la jeune femme avait bien failli lui crever les tympans à force de lui servir du « oui lieutenant, bien lieutenant, à vos ordres lieutenant ».

Cette époque était révolue depuis belle lurette.

Il n'avait pas fallu longtemps pour que l'assistante acquière le sens de la repartie, et que ses « oui lieutenant » se teintent d'une ironie parfois mordante. Elle respectait la hiérarchie, certes, mais n'était pas du genre à ramper. Elle avait vite appris le métier. L'esprit vif, l'œil à l'affût. Un bon flic.

Bon Dieu, qu'est-ce qu'ils fabriquaient, au bloc ?

Peabody s'était entichée d'un inspecteur qui, lui, était un mauvais flic. Il l'avait blessée, déstabilisée. Enfin, McNab avait surgi dans le tableau.

— Eve…

La voix de Connors la fit sursauter. Elle battit des paupières, suivit le regard que son mari fixait sur le seuil de la salle. Louise était là.

Elle se leva d'un bond et se mêla au groupe déjà agglutiné autour de la jeune doctoresse.

— C'est fini. On l'emmène en réanimation. Ensuite, les chirurgiens viendront vous parler.

— Elle s'en est sortie, balbutia McNab d'une voix éraillée par la fatigue et l'émotion.

— Oui. Son état reste critique. Elle ira sans doute en soins intensifs. Elle est dans le coma.

— Oh ! mon Dieu…

— C'est assez fréquent, Ian. C'est une manière pour l'organisme de reconstituer ses forces et de se rétablir. Les premiers examens sont relativement positifs, cependant, elle n'est pas au bout de ses peines. Il faudra la surveiller de près pendant les prochaines heures.

— Elle s'en sortira.

— Nous avons toutes les raisons d'y croire, en effet. Il reste néanmoins quelques sujets d'inquiétude, son rein par exemple. Mais elle a bien supporté l'opération. Elle est solide.

— Puis-je la voir ? Ils vont me laisser la voir, n'est-ce pas ?

— Mais oui… dans un petit instant.

Cette réponse parut apaiser McNab. Quand il reprit la parole, sa voix ne tremblait plus.

— Je resterai à son chevet jusqu'à son réveil. Je refuse qu'elle soit seule à son réveil.

— On vous permettra de la veiller. Pas plus de deux personnes à la fois dans sa chambre. Savoir qu'il y a quelqu'un auprès d'elle lui fera du bien, car elle le saura, je vous le jure. Elle le sentira.

Lorsque son tour arriva, Eve entra en compagnie de Connors, tandis que McNab leur cédait la place et montait la garde devant la porte de la chambre, dans l'unité de soins intensifs.

Eve s'était armée de courage, malheureusement cela ne fut pas suffisant.

Rien n'aurait pu la préparer au spectacle qui l'attendait.

Peabody gisait sur un lit étroit, hérissée d'innombrables tuyaux, canules et drains. Le bourdonnement et les bips réguliers des moniteurs, peut-être rassurants pour d'autres, la rendirent nerveuse.

Cependant elle aurait pu le supporter. Elle avait visité des centaines de victimes, dont souvent des collègues, dans leur chambre d'hôpital. Elle savait ce que c'était. Mais là, c'était Peabody, pétrifiée, la figure tellement tuméfiée qu'elle en était à peine reconnaissable.

Le drap la couvrait jusqu'au cou, dissimulant ses autres blessures, des bandages, des pansements, des points de suture.

— Ils soigneront les hématomes, murmura Connors derrière elle. Ce n'était pas la priorité.

— Il lui a démoli le visage, ce salopard.

— Et il paiera pour ça. Regarde-moi, Eve.

Il l'obligea à pivoter, lui prit fermement les bras.

— Elle est mon amie autant que la tienne. Ne m'écarte pas de cette affaire. Moi aussi, je veux coincer ce type.

— Ça ne doit pas être une histoire personnelle. Quelle que soit l'enquête, c'est la règle fondamentale. Foutaises ! marmonna-t-elle en s'approchant du lit. Il ne s'en tirera pas comme ça. Tu as ma parole. Alors oui, ajouta-t-elle, plongeant un regard dur dans celui de son mari, on va travailler ensemble, toi et moi. Jusqu'au bout.

Elle se pencha, hésita et finit par poser les doigts sur les cheveux de sa coéquipière.

— Je lui réglerai son compte, Peabody, pour vous, dit-elle d'une voix claire. Je vous en fais le serment.

Elle attendit que Connors se penche à son tour pour effleurer d'un baiser la joue meurtrie de Peabody, ses lèvres.

— À bientôt, on reviendra bientôt.

Puis ils sortirent rejoindre McNab et Feeney.

Les yeux du jeune inspecteur étaient pareils à deux puits de colère et d'angoisse.

— Il l'a complètement démolie, articula-t-il.

— Oui…

— Je veux être là quand vous l'arrêterez, lieutenant. Mais… je ne peux pas la laisser seule. Pas avant qu'elle se réveille.

— Vous avez pour mission de rester à son chevet.

— Je pourrais en profiter pour travailler. Si j'avais le matériel, je serais en mesure de vérifier des données ou de faire des recherches. On n'a pas fini d'éplucher les disquettes du métro. Je pourrais continuer.

— Je vous donnerai du boulot, promit Eve.

— Et moi, fiston, je me charge du matériel, déclara Feeney.

— Merci. Je crois que, cette nuit, je n'aurais pas tenu le coup sans… merci.

Dès que McNab fut rentré dans la chambre, Feeney lâcha un long soupir. Ses yeux flamboyaient.

— On va l'écrabouiller, ce fumier.

— Tu l'as dit, renchérit Eve.

Pour commencer, elle repasserait par la maison, prendrait une bonne douche, et rassemblerait ses esprits et ses forces.

À la seconde où ils pénétrèrent dans le hall, Summerset apparut.

— L'inspecteur Peabody ?

Il était peut-être un insupportable individu, songea Eve, mais pour l'instant il avait l'air d'un insupportable individu qui n'avait pas fermé l'œil et qui se faisait un sang d'encre.

— Elle est vivante. On croirait qu'on l'a poussée sous un train, mais elle est vivante.

— Elle est en soins intensifs, continua Connors, elle n'a pas encore repris conscience, mais les médecins ont bon espoir. McNab est auprès d'elle.

— Si je peux être d'une aide quelconque…

Eve, qui était déjà dans l'escalier, s'arrêta et dévisagea le majordome.

— Vous savez comment vous procurer des informations légalement inaccessibles ?

— Naturellement, voyons, répondit Summerset presque vexé.

— J'emmène Connors avec moi. Vous, je vous confie l'enquête officieuse, en quelque sorte. Je me douche et je vous briefe.

— Explique-moi ce que tu cherches, exigea Connors lorsqu'ils furent dans leur chambre.

— Il faut que je réfléchisse

— Eh bien, réfléchis à voix haute, sous l'eau chaude.

Tant bien que mal, elle trouva l'énergie de lui décocher un regard sévère.

— Je te rappelle que la cabine de douche est strictement réservée à l'hygiène corporelle.

— Personnellement, j'estime que le sexe en fait partie, mais on se rattrapera une autre fois.

Elle exposa donc son début de plan à Connors sous le jet brûlant qui dissipait peu à peu la brume qui lui brouillait les idées. Puis, même si elle détestait ça, elle goba un comprimé pour rester éveillée et en fourra deux autres dans sa poche.

— Je veux retourner cette ville, pierre par pierre, dit-elle.

— Je t'y aiderai, répliqua-t-il. Avant ça, tu manges.

— On grignotera des barres chocolatées.

— Pas question. Il te faut du vrai carburant. D'ailleurs, il est six heures du matin, ajouta-t-il en programmant l'autochef. Pour interroger les témoins, mieux vaut attendre qu'ils soient debout.

Il n'avait pas tort, et protester ne servirait qu'à perdre du temps. Elle s'assit donc docilement et ingurgita ce qu'il lui servit.

— Tu as dit quelque chose à McNab, sur ce qu'on éprouve quand quelqu'un… qu'on aime est blessé. Tu es passé par là plusieurs fois, à cause de moi. Ce n'était peut-être pas aussi grave, mais…

— Pas loin, murmura-t-il.

— Oui. Je… comment tu supportes ?

Pour toute réponse, il lui prit la main et la porta à ses lèvres.

Eve sentit sa gorge se nouer. Elle détourna les yeux.

— Je ne peux pas me laisser aller, même un peu, murmura-t-elle. Il me semble que si je flanche, je me briserai en mille morceaux. Et je ne peux pas m'arrêter. Il faut que je continue à avancer, à me répéter qu'il y aura un châtiment. Quoi qu'il en coûte, il y aura un châtiment.

Repoussant son assiette, elle se leva.

— Je devrais dire que la justice sera rendue, et en être convaincue. Mais j'ignore si ce sera suffisant. Dans ce cas, je devrais prendre du recul, eh bien, je ne le ferai pas. Ça m'est impossible.

— Et tu continueras à exiger l'impossible de toi-même ?

Elle saisit son insigne, l'examina longuement et le glissa dans sa poche.

— Oui. Allons-y.

Précise et concise, elle briefa Summerset puis rejoignit sa voiture.

— Je n'arrive pas à croire que je lui demande de commettre un acte illégal.

— Ce ne sera pas la première fois de son existence.

— Je n'en reviens pas de solliciter son aide pour une enquête de police.

— Ça, c'est sans doute une première pour lui.

— Très drôle. Pousse-toi, je conduis. Je suis droguée jusqu'aux sourcils.

— Voilà qui inspire confiance à ton passager.

— Tu as l'air en pleine forme, toi aussi. Tu as pris quelque chose ?

— Pas encore.

— Tu es un surhomme.

— Une simple question de métabolisme, chérie. J'aurai vraisemblablement besoin d'un petit remontant vers midi, si nous sommes encore sur le pont.

— On y sera, je te le garantis. Le premier témoin habite le même pâté de maisons que Peabody. Donne-moi l'adresse exacte.

Il afficha l'information sur l'écran du tableau de bord.

— Merci.

— Je t'en prie. Et n'oublie pas, tu n'es pas la seule concernée.

— Je sais.

Elle mit le contact, roula vers les grilles du domaine. Mue par une impulsion irrépressible, elle prit la main de Connors, la serra de toutes ses forces.

— Je sais, mais je te remercie quand même.

20

Elle ne daigna même pas chercher une place de parking et se gara en double file à côté d'une miniguimbarde solaire qui semblait ne pas avoir bougé de là depuis six mois.

Elle mit le clignotant « en service » et sortit de la voiture, sourde aux « saletés de flics ! » que vociférait le conducteur d'un véhicule cabossé qu'elle avait bloqué. Si elle avait été de meilleure humeur, elle aurait pris le temps de lui faire un brin de causette.

Au lieu de cela, et ce fut plus fort qu'elle, elle traversa la rue et examina les traces de sang sur la chaussée.

— Il l'a épiée. C'est son style. Il l'avait peut-être déjà suivie jusqu'ici, et elle ne s'en est pas rendu compte. Non... On ne trouve pas l'adresse d'un flic aussi facilement. Il faut se donner du mal, ruser. Les coordonnées personnelles des flics sont sur liste rouge. Il a dû la filer ou pirater le système informatique du Central.

Eve songea à l'interview accordée à Nadine, à la conférence de presse. Chaque fois, elle avait mis Peabody en avant.

— Combien de temps faudrait-il à un hacker convenable pour se procurer une adresse verrouillée ?

— Tout dépend de son talent et de son équipement, répondit Connors.

Lui aussi étudiait les taches de sang et pensait à Peabody, sa douceur, son sérieux.

— Je dirais... entre une heure et quelques jours.

— Une heure ? Bon Dieu, dans ces conditions, à quoi ça sert ?

— C'est une protection contre la populace. Fouiner dans le dossier personnel d'un flic déclenche automatiquement l'alarme pour CompuGuard. C'est un gros risque à courir, à moins de s'en ficher royalement, ou de savoir contourner les dispositifs de blocage et de sûreté. Tu as une raison de considérer que, en matière de piratage, il est au-dessus de la moyenne ?

— C'est juste une idée. Il connaissait l'emploi du temps de ses victimes, leur itinéraire de prédilection, leurs habitudes. Il savait où elles habitaient et que toutes étaient seules, sauf une.

— Elisa Maplewood vivait en famille, d'une certaine façon.

— Oui, une famille dont le seul homme était, à ce moment-là, à l'étranger. Bien sûr, il les a filées. Merriweather a parlé du grand chauve, sur sa ligne de métro. Il aurait également pu mener des recherches informatiques, collecter le maximum de renseignements. Il prend des risques, certes, mais calculés. N'oublions pas qu'il a du mal à passer inaperçu. Merriweather l'a repéré. D'où je conclus qu'il ne s'aventure pas trop dehors.

— Il prépare son coup à distance, du mieux possible.

— Probablement. Avec Peabody, il a agi vite. Plus vite qu'avec les autres. Parce qu'elle n'entrait pas dans son schéma. C'est un extra – une affirmation de soi, parce qu'il était offensé ou qu'il se sentait menacé.

Eve rejeta la tête en arrière pour observer les fenêtres de l'appartement.

— Tu sais quoi ? marmonna-t-elle. Il n'avait pas assez d'informations sur elle, il ignorait qu'il y avait un autre flic là-haut. Un flic qui l'attendait. Et il ne connaissait pas non plus suffisamment le quartier pour imaginer que quelqu'un se précipiterait pour aider Peabody. Il n'avait pas creusé son sujet. Trop furieux, affolé, pressé.

Eve scruta la rue.

— La plupart du temps, Peabody prend le métro. Elle n'est pas constamment en train de regarder par-dessus son épaule, mais je ne crois pas qu'il l'ait suivie, elle s'en serait rendu compte. Elle a l'œil, et elle a un bon instinct.

— Si c'est un pirate informatique, il s'est procuré son adresse en s'économisant du temps et le risque d'être vu.

— Ouais. Et elle faisait des heures supplémentaires, ce qu'on est obligé de signaler. S'il a réussi à obtenir son adresse, il a eu aussi son emploi du temps, puisque j'avais prévenu le dispatching qu'elle faisait équipe avec Feeney.

Connors lui prit doucement le menton.

— Eve...

— Je ne me culpabilise pas, dit-elle d'un ton qui n'était guère convaincant. C'est lui, le coupable. J'essaie simplement de comprendre comment tout ça s'est imbriqué. Il a l'adresse de son domicile, il sait qu'elle sera en retard. Par conséquent, il sait aussi qu'elle n'a pas de véhicule personnel enregistré à son nom et qu'elle rentrera vraisemblablement à pied. Il vient donc ici, il se gare et il attend. Il est patient, ce salaud. Il attend tranquillement qu'elle arrive.

— C'est quand même risqué. Cette rue est bien éclairée, et elle n'est qu'à cinquante mètres de son immeuble. En outre, elle est flic, armée et très compétente. Il n'a pas été malin. Il n'avait pas affaire à ses victimes habituelles.

— Effectivement, puisqu'il était furieux contre elle. Néanmoins, il n'envisage pas qu'elle lui posera des problèmes. Ce n'est qu'une femme, n'est-ce pas, et lui, un géant herculéen. Il lui sautera dessus, l'assommera, la balancera à l'arrière du van, et voilà.

Eve s'accroupit de nouveau, toucha le sang séché de sa coéquipière.

— Où allait-il l'emmener ? Là où il a emmené les autres, celles d'avant ? Les disparues.

— Elle l'a sans doute bien vu. Elle sera en mesure de le décrire plus précisément que Celina.

— Si elle s'en souvient, ce qui n'est pas garanti avec un traumatisme crânien. Si elle n'a pas perdu la mémoire, elle dressera de lui un portrait détaillé. Elle a un sens de l'observation aiguisé. On l'arrêtera grâce à elle. Quand elle se réveillera. Si elle se souvient.

Eve se releva.

— Maintenant, on va interroger les témoins. D'abord, la femme.

— Essie Fort. Vingt-sept ans, célibataire. Assistante juridique chez Driscoll, Manning & Fort. Des avocats spécialistes du droit fiscal.

Eve s'arracha un sourire.

— Tu es plutôt efficace, comme coéquipier.

— Votre serviteur fait de son mieux, répliqua Connors en appuyant sur le bouton de l'interphone de l'appartement 3A.

En attendant qu'on leur réponde, Eve jaugea la distance entre la porte et le point où Peabody avait été agressée.

— Oui ? lança une voix masculine.

— Lieutenant Dallas, police de New York. Nous aimerions parler à Mlle Fort.

— Montrez-moi votre... oh... bredouilla l'homme quand Eve brandit son insigne devant l'œil électronique de la caméra de surveillance. D'accord, montez.

Il les accueillit sur le palier du troisième étage.

— Essie est à l'intérieur. Je suis Mike Jacobs.

— Avez-vous également été témoin du drame, monsieur Jacobs ?

— Tout à fait. Essie, Jib et moi, on sortait, on partait chercher la copine de Jib. Et on a... Mais entrez, excusez-moi.

Il poussa la porte entrebâillée.

— Je suis resté ici cette nuit. Je ne voulais pas laisser Essie toute seule. Elle était drôlement secouée. Elle s'habille. La femme qui a été blessée... elle est flic, n'est-ce pas ? Comment va-t-elle ?

— Elle tient le coup.

— Tant mieux. Bon Dieu, la façon dont ce type l'a tabassée ! J'allais faire du café, vous en voulez ?

— Non, merci. Monsieur Jacobs, nous souhaiterions prendre votre déposition ainsi que celle de Mlle Fort et vous poser quelques questions.

— Pas de problème. Hier soir, on a parlé à des flics, mais c'était la pagaille. Écoutez, il me faut un peu de café, pour me réveiller. On n'a pas beaucoup dormi. Asseyez-vous. Je demande à Essie de se presser.

Eve se posa sur le bord d'un fauteuil rouge vif, balaya la pièce du regard. Des couleurs éclatantes, des peintures bizarres sur les murs, une bouteille de vin et deux verres sur la table basse, sans doute les vestiges de la veille.

Mike Jacobs portait un jean et une chemise déboutonnée, sans doute la tenue qu'il avait revêtue pour la soirée. Il n'avait peut-être pas prévu de passer la nuit ici.

La porte de la chambre s'ouvrit sur une jeune femme menue et fragile. Ses cheveux courts étaient d'un noir luisant et ses yeux d'un bleu intense, malgré la fatigue qui les rougissait.

Eve se leva.

— Je suis le lieutenant Dallas.

— Vous la connaissez ? La femme qui a été blessée ? Je sais qu'elle est officier de police. Je l'ai déjà vue dans la rue. Avant, elle était en uniforme, mais plus maintenant.

— Elle est devenue inspecteur. C'est ma coéquipière.

— Ah...

Eve lut dans le regard bleu de la compassion, du désarroi.

— Je suis tellement désolée. Est-ce qu'elle va se rétablir ?

— Je...

Eve sentit de nouveau sa gorge se serrer. Bizarrement, il lui était encore plus difficile d'entendre des étrangers exprimer leur sollicitude.

— ... je l'ignore. Pour l'instant, je voudrais que vous me racontiez exactement ce que vous avez vu.

— Nous... nous sortions, répondit la jeune femme en regardant son ami qui apportait deux mugs de café. Merci. Mike, tu lui racontes ?

— Bien sûr, viens t'asseoir.

Il la guida jusqu'à un fauteuil, se percha sur l'accoudoir.

— Donc, on sortait, enchaîna-t-il. On a tout de suite entendu des cris, des coups. Il était grand. Vachement grand. Il la tabassait en criant. Quand elle est tombée, il lui a flanqué des coups de pied. Elle a réussi à le repousser un peu. Tout s'est passé si vite, je crois qu'on est tous restés figés une ou deux secondes.

— On était en train de rire, de plaisanter, renchérit Essie, brusquement on a entendu, on a tourné la tête et *vlan* !

— Il l'a soulevée de terre, comme ça, d'une main.

— Et moi, j'ai hurlé.

— Ça nous a secoués, poursuivit Mike. On a gueulé, je suppose. Jib et moi on a couru vers eux. Il s'est retourné et l'a balancée sur le macadam.

— J'ai entendu le choc, frissonna Essie.

— Il y a eu comme un éclair. Elle lui a tiré dessus. Pourtant, elle était littéralement en train de voler dans les airs. Elle l'a peut-être touché, je ne sais pas. Elle a fait une chute terrible. Et une espèce de roulé-boulé comme si elle essayait de tirer de nouveau, ou de se redresser, ou...

— Elle n'a pas pu, murmura Essie.

— Lui, il a sauté dans le van. Il est parti sans allumer ses feux, mais Jib a eu l'impression que le type se tenait le bras. Il était peut-être blessé. En tout cas, il a décollé comme une fusée. Jib a couru un moment après le véhicule, je me demande bien ce qu'il aurait fait s'il l'avait rattrapé. Mais la jeune femme était méchamment amochée, alors on s'est dit que c'était plus important. On ne l'a pas bougée, et j'appelais une ambulance, quand le type – l'autre, le flic – est arrivé en courant.

Elle lui a tiré dessus, songea Eve. En plein vol plané, elle lui avait tiré dessus et elle n'avait pas lâché son arme.

— Parlez-moi du van.

— Noir ou bleu foncé. Je suis presque certain qu'il était noir. Neuf ou très bien entretenu. Lieutenant...

— ... Dallas.

— Tout s'est passé tellement vite. Comme ça, ajouta-t-il en claquant des doigts. J'ai tenté de déchiffrer la plaque d'immatriculation, mais il faisait trop sombre. Le véhicule avait des vitres sur le côté et des portières à l'arrière. Elles étaient peut-être noires ou masquées, mais il y avait des vitres. Je suis désolé, tout ça manque de précision.

— Détrompez-vous, monsieur Jacobs, chaque petit détail que vous me donnez est précieux. Parlez-moi de l'agresseur. Avez-vous distingué son visage ?

— On l'a aperçu. Quand il nous a entendus hurler et qu'il s'est tourné vers nous. Essie et moi, cette nuit, on a essayé de reconstituer en partie le puzzle. Attendez un instant.

— Il avait une figure de cauchemar, dit Essie, tandis que Mike entrait dans la chambre. Ça m'a empêchée de dormir.

Mike revint avec une feuille de papier qu'il tendit à Eve.

— On ne peut pas faire beaucoup mieux.

Elle tressaillit.

— C'est vous qui avez dessiné ça ?

— Je suis professeur d'art, répliqua-t-il avec un petit sourire. Nous n'avons aperçu son visage qu'une fraction de seconde, mais je crois que ce croquis n'est pas trop éloigné de la réalité.

— Monsieur Jacobs, je vais vous demander de venir au Central et de travailler avec un de nos spécialistes des portraits-robots.

— Bien sûr. J'ai un cours à neuf heures. Je préviendrai.

— Il serait bon que M. Jibson se joigne à nous. Dites-lui de se rendre au Central, troisième étage, section B.

— Accordez-moi dix minutes.

Eve se leva.

— Monsieur Jacobs, mademoiselle Fort, je tiens à vous exprimer ma reconnaissance, et celle de la police new-yorkaise, pour ce que vous avez fait cette nuit, et pour toute l'aide que vous nous apportez.

Mike haussa les épaules.

— N'importe qui ferait pareil.

— Oh non, croyez-moi !

La chance tournait, se dit Eve quand elle eut réussi à alpaguer Yancy, celui qu'elle voulait. D'autres étaient aussi talentueux pour établir un portrait-robot, sur du papier ou l'écran d'un ordinateur, mais lui avait le don de puiser dans la mémoire des témoins les plus infimes détails.

— Du nouveau pour Peabody ? s'enquit-il.

Elle ne comptait plus ceux qui lui avaient posé la même question, tandis qu'elle se dirigeait vers le service d'identification.

— Pas de changement pour le moment.

Il regarda le croquis qu'elle lui tendait.

— On va le coincer, cet enfoiré, grommela-t-il.

Elle le considéra avec étonnement. Il était réputé pour la douceur de son caractère, jamais elle ne lui avait vu cet air féroce.

— Ça, répliqua-t-elle, je vous le certifie. Dans l'immédiat, il me faudrait une copie de ce document. Il a des couches de Seal-It sur la figure, ce qui déforme ses traits. Il faut tenir compte de ce facteur. Je ne devrais pas vous demander combien de temps ça prendra, mais…

— Je ne sais pas, malheureusement, répondit-il en lui remettant la copie. Ils sont coopératifs ? ajouta-t-il, désignant les témoins qui patientaient dans la pièce attenante.

— À un point que vous n'imaginez pas. Des gens comme ça m'inciteraient presque à troquer ma casquette de cynique endurcie contre celle de l'incurable optimiste.

— Alors, on ira plus vite. Celui qui a dessiné ce croquis est doué, ce qui nous aidera considérablement. Je mets tout le reste de côté pour travailler là-dessus, lieutenant.

— Merci.

Eve hésita, écartelée entre l'envie d'observer le processus, d'accélérer le mouvement au besoin, et celle d'être à l'hôpital auprès de Peabody. Elle aurait voulu suivre toutes les pistes à la fois.

— Tu ne peux pas être partout, Eve.

Elle lança un coup d'œil à Connors.

— Ça se voit tant que ça ? J'ai l'impression de piétiner. La cible est là, devant moi, mais je suis clouée au sol. Si tu rappelais l'hôpital pour leur extorquer une information quelconque ? Avec ton charme, ça marchera. Moi, je leur tape sur les nerfs.

— Les gens ont une regrettable tendance à se vexer quand on les menace de leur faire sortir la cervelle par les trous du nez.

— Ils n'ont aucun sens de l'humour. Je suis complètement à cran, c'est la faute de ces satanés comprimés.

Elle prit la direction de son bureau.

— Bon, je résume. Tu contactes l'hôpital, Summerset. Tu causes électronique avec Feeney, et moi je me charge du reste. Tu veux que je te trouve un coin tranquille ?

— Je me débrouillerai.

— Dallas ! s'exclama Celina en se levant d'un bond du banc où elle était assise. Je vous attendais, on m'a dit que vous arriviez. Vous n'avez pas répondu à mes messages.

— Je n'ai pas eu le temps.

— Peabody ? demanda le médium en lui posant la main sur le bras.

— Elle s'accroche. Je suis vraiment très pressée, Celina. Je ne peux vous accorder que quelques minutes.

— Je suis tellement désolée. Bouleversée.

— Comme nous tous, rétorqua Connors. La nuit a été très longue et difficile.

— Je sais. J'ai vu…

— Entrons dans mon bureau, coupa Eve.

Une fois la porte refermée, elle indiqua un siège à sa visiteuse, et commanda deux cafés à l'autochef. Ce n'était pas raisonnable, mais elle en avait besoin.

— Qu'avez-vous vu exactement ?

— L'agression. Mon Dieu… J'étais dans mon bain. J'ai vu Peabody qui marchait – le trottoir, des immeubles. Il… il lui a sauté dessus. Tout s'est brouillé et, une seconde après, je me débattais dans l'eau comme une truite. J'ai essayé de vous prévenir.

— J'étais déjà sur le terrain, ensuite j'ai foncé à l'hôpital. Je n'ai pas consulté mes messages.

— Il la frappait, avec une violence inouïe, elle luttait. Elle souffrait atrocement. Un instant, j'ai cru qu'elle était morte…

— Non. Elle tient bon.

Celina serrait sa tasse de café entre ses deux mains.

— Elle n'est pas comme les autres, je ne comprends pas.

— Moi, si. Racontez-moi ce que vous avez vu. Je veux tous les détails.

— Justement, ce n'est pas très clair. Je me sens terriblement frustrée. J'ai parlé au Dr Mira. Je lui ai demandé d'avancer la prochaine séance d'hypnose. Elle refuse mordicus. Je sais pourtant, je suis *persuadée* que ce serait fructueux. Je l'ai vu s'engouffrer dans… un van, j'en suis sûre. De couleur sombre. Il était blessé, il avait mal.

— Elle a réussi à se servir de son arme.

— Oh, bien. Tant mieux. Il avait peur. Je sens… c'est dur à expliquer, mais je sens sa peur. Pas seulement d'être surpris ou arrêté. Il y a autre chose. Je veux vous aider. Pouvez-vous convaincre le Dr Mira ?

— Si elle n'a pas cédé avec vous, elle ne le fera pas avec moi.

Eve s'assit sur le bord de son bureau, tambourina sur son genou.

— Si je vous procurais un objet ayant appartenu à une personne qui selon moi a été l'une de ses victimes, avant la série actuelle, vous réussiriez à en tirer des informations ?

— C'est tout à fait possible, répliqua Celina, une lueur d'excitation dans le regard. Cela correspond davantage à ma manière de procéder. Si j'avais un lien concret, cela me permettrait sans doute d'être plus précise.

— Je m'en occupe. Je ne sais pas si je serai en mesure d'assister à votre séance d'aujourd'hui. Je suis sur une piste solide. Grâce aux témoins d'hier soir, nous avons une chance d'établir un portrait-robot de l'assassin.

— Si vous parvenez à l'identifier, ce cauchemar sera terminé. Dieu, merci !

— Dès que j'aurai obtenu cet objet, je vous contacte.

— Je suis à votre entière disposition. Vous savez, Dallas, je suis malade pour Peabody. Vraiment, j'en suis malade.

McNab avait fini par s'écrouler dans le fauteuil, au chevet de Peabody. Quand la fatigue le submergeait, il posait la tête près du sein de sa compagne, glissait la main sous le drap pour entrelacer ses doigts avec les siens.

Il ne comprit pas ce qui l'avait réveillé – les bips des moniteurs, un bruit de pas dans le couloir, la lumière qui entrait à flots par la fenêtre. Il avait un torticolis. Grimaçant, il se massa la nuque et contempla le visage de celle qu'il aimait.

Cela lui brisait le cœur de la voir inerte, défigurée.

— Bonjour, ma chérie, murmura-t-il d'une voix rauque. Le soleil s'est levé... pourtant on dirait qu'il va quand même pleuvoir. Tu as eu un paquet de visites. Si tu ne te réveilles pas, tu risques de louper tout ça. Pourtant, ça te ferait plaisir. J'avais envie de t'offrir des fleurs mais je n'ai pas voulu te laisser. Réveille-toi, que j'aille t'acheter un bouquet. Allez, ma poupée, un petit sourire.

Il prit la main tout écorchée de Peabody, la pressa contre sa joue.

— Reviens, ma belle. On n'a pas que ça à faire, je te rappelle qu'aujourd'hui, on déménage.

À cet instant, Mavis entra dans la chambre. Sans un mot, elle s'approcha et lui caressa les cheveux.

— Les dragons vous ont laissée passer ? Comment vous vous êtes débrouillée ?

— Je leur ai raconté que j'étais sa sœur.

Ému, il ferma brièvement les paupières.

— Ce n'est pas loin de la vérité. Elle est encore dans le coma, balbutia-t-il.

— Elle sait que vous êtes là. Leonardo est allé acheter des fleurs. Elle sera contente de les voir quand elle se réveillera.

— On parlait justement de ça. Oh ! mon Dieu...

Il cacha son visage contre le flanc de Mavis, luttant pour ne pas craquer.

Sans cesser de lui caresser les cheveux, elle attendit que ses tremblements s'apaisent, qu'il reprenne sa respiration.

— Je reste auprès d'elle, si vous voulez vous dégourdir les jambes, sortir un peu.

— Je ne peux pas.

— Je comprends.

Côte à côte, ils observèrent la poitrine de Peabody qui se soulevait et s'abaissait.

— Louise est venue la voir plusieurs fois. Charles et elle ont dû passer la majeure partie de la nuit à l'hôpital.

— J'ai aperçu Charles dans la salle d'attente. Et Dallas ?

— Elle est aux trousses du monstre qui a fait ça à Peabody.

— Alors, elle le rattrapera.

Mavis lui tapota l'épaule, entreprit d'approcher une chaise.

— Attendez… excusez-moi… laissez-moi faire. Il ne faut pas que vous portiez du poids.

La chaise pliante ne pesait pas plus de deux kilos, cependant Mavis n'insista pas.

— Leonardo et moi, nous ne pouvons pas vous être d'un grand secours. Mais si nous nous chargions de votre déménagement, de préparer votre nouvel appartement…

— Il y a des tonnes de cartons. Je ne veux pas que…

— Donnez-nous le feu vert, McNab. Ensuite, quand elle ira mieux, vous n'aurez plus qu'à la conduire chez vous. Votre nid sera prêt à l'accueillir. Vous devez rester ici près d'elle. Nous le ferons pour vous, pour vous deux.

— Je… ce serait fabuleux. Merci, Mavis.

— Nous allons être voisins.

— Avec votre petit bout de chou, ne vous avisez pas de soulever un carton.

— Ne vous inquiétez pas, répondit-elle en effleurant son ventre rebondi, je ne suis pas folle.

Brusquement, McNab se redressa dans son fauteuil.

— Je crois qu'elle a bougé. Vous avez vu ?

— Non, mais je...

— Ses doigts, marmonna-t-il en fixant la main qu'il tenait dans la sienne. Je les ai sentis bouger. Allez, Peabody, réveille-toi.

Mavis agrippa l'épaule de McNab.

— Oui, cette fois j'ai vu. Regardez, elle essaie d'ouvrir les yeux. Vous voulez que j'appelle quelqu'un ?

— Attendez...

Il se pencha sur sa compagne.

— Ouvre les yeux, Peabody. Je sais que tu m'entends. Ne repars pas.

Elle émit un drôle de bruit, une sorte de gargouillis, mi-gémissement mi-soupir, qui fut pour McNab la plus douce des musiques. Les paupières enflées, violacées, frémirent.

— Te voilà... bredouilla-t-il, souriant malgré les sanglots qui lui nouaient la gorge.

— Qu'est-ce qui s'est passé ? articula-t-elle.

— Tu es à l'hôpital. Tout va bien.

— À l'hôpital... je me souviens pas.

— Tu as mal quelque part ?

— Je... partout. Qu'est-ce qui m'est arrivé ?

— Tout va bien. Mavis...

— Oui, je vais chercher quelqu'un, répliqua la jeune femme en se précipitant dans le couloir.

McNab baisa doucement la main de Peabody.

— Ça va s'arranger, je te le promets, Dee, mon amour.

— Je... je rentrais à la maison.

— Tu y seras bientôt.

— Avant, je peux avoir des calmants ?

Il se mit à rire. Les larmes coulaient sur ses joues.

Eve se pencha par-dessus l'épaule de Yancy, ce fut plus fort qu'elle. Elle recula vivement.

— Ce n'est pas grave, j'ai l'habitude, plaisanta-t-il. Laissez-moi d'abord vous dire que, si tout le monde m'amenait des témoins comme les vôtres, mon boulot serait du gâteau. Je finirais même par m'ennuyer.

Yancy tourna la tête vers Connors.

— Comme vous voyez, je travaille sur un de vos logiciels.

— Oui, c'est l'un des meilleurs actuellement disponibles sur le marché, même si nous élaborons déjà des versions plus sophistiquées. Mais un outil n'est rien s'il n'y a pas l'artiste capable de le manier.

— Je suis aussi de cet avis.

— Vous pourriez vous congratuler un peu plus tard, messieurs ?

— D'accord. Voici le croquis de votre témoin, et l'image que j'ai reconstituée au fil de notre entretien. Nous avons quelques détails supplémentaires et de légères modifications.

— Il ressemble un peu moins à Frankenstein, commenta Connors.

— Le comportement du sujet colore les souvenirs du témoin. On voit ce grand type frapper une femme, et il devient un géant, un monstre. Mais votre témoin avait mémorisé les éléments fondamentaux qu'il a couchés sur le papier. Visage carré, front large, crâne chauve et luisant. J'ai tenu compte du Seal-It, des lunettes noires qui, malheureusement, cachent le regard. À partir de là, on peut commencer à construire une image.

Il lança le logiciel.

— Le profil... en projection bidimensionnelle... et voilà la forme du crâne. Les oreilles, le cou. Vue de dos, de face. Modelé de la bouche, du nez, des pommettes. On passe en tridimensionnel, on ajoute la nuance de la peau. OK. D'après les informations dont nous disposons, c'est la meilleure probabilité. Pour finaliser ce portrait, il faut se fier à son propre jugement et à celui de la machine. On enlève les lunettes noires.

Eve contempla cette figure aveugle. Un frisson la parcourut.

— Il a peut-être les yeux abîmés mais, pour se donner le maximum de chances de l'identifier, on va essayer d'en déterminer la forme. Avec sa carnation et ses sourcils, je dirais qu'il a très vraisemblablement les yeux noirs. On mixe tout ça, et on obtient ce résultat.

Eve étudia l'image finale. Sous d'épais sourcils, de petits yeux sombres trouaient une figure à la mâchoire carrée, dure, à la bouche indolente. Le nez était large, légèrement busqué, les oreilles proéminentes.

— Te voilà, murmura Eve.

— Si ça n'est pas tout à fait fidèle, vous n'aurez qu'à me donner une fessée, ironisa Yancy. Je vous envoie ça sur votre ordinateur, je vous fais un tas de copies. J'en distribuerai plusieurs moi-même. Vous voulez que je recherche les types qui ressemblent à ce portrait ?

— Transmettez à Feeney, à la DDE. Personne n'est plus rapide que lui. Enfin… corrigea-t-elle, captant l'imperceptible sourire de Connors, presque personne. Yancy, vous avez fait un sacré bon boulot.

— Vous aviez des témoins en or, répéta-t-il. Dites bien à Peabody qu'on se démène pour elle.

— Vous pouvez y compter.

Elle lui assena un petit coup de poing dans l'épaule, expression de son affection et de son admiration, puis s'empressa de sortir.

— Allez, on démarre, et une fois qu'on aura… zut de flûte !

D'un geste brusque, elle saisit le communicateur qui bourdonnait dans sa poche. En lisant le code de McNab sur son écran, elle s'arrêta net. D'instinct, elle chercha la main de Connors.

— Dallas.

— Elle est réveillée.

— J'arrive.

Eve sprintait dans le couloir de l'hôpital. Quand une infirmière de l'unité de soins intensifs fit mine d'intervenir, elle montra les dents :

— Je ne vous conseille pas.

Elle déboula en trombe dans la chambre et s'arrêta net.

Peabody était adossée à un oreiller, un faible sourire sur son visage meurtri. Le rebord de l'unique fenêtre s'était métamorphosée en jardin, croulant sous les fleurs dont le riche parfum dominait l'odeur d'antiseptique qui imprégnait l'atmosphère.

McNab était debout. Il tenait la main de sa compagne. Il semblait avoir pris racine à son chevet. Louise était assise de l'autre côté du lit. Mavis avait pris place sur une chaise pliante, tout épanouie dans une robe vert et violet.

— Salut, Dallas.

Peabody avait de la peine à articuler, mais elle paraissait d'une gaieté folle.

— Bonjour, Connors. Nom d'un chien, qu'est-ce qu'il est sexy !

— Excusez-la, pouffa Louise. On lui a administré un antalgique.

— Un truc vraiment... vraiment super, commenta Peabody radieuse.

— Comment va-t-elle ?

— Très bien, répondit Louise en tapotant doucement le bras de la blessée. Elle n'est pas au bout du tunnel. Examens, scanner, thérapies, toute la panoplie médicale. Elle doit rester encore un moment sous monitoring. À présent, son état est stable. *A priori*, on devrait l'installer dans une chambre normale d'ici à quelques heures.

— Vous avez vu ma figure ? Dites donc... il ne m'a pas loupée. Ils ont été obligés de me reconstruire la pommette. C'est chic, non ? Je ne sais pas pourquoi ils ne m'ont pas arrangé l'autre, tant qu'ils y étaient. Des pommettes slaves, mon rêve. Je parle bizarrement parce qu'il m'a décroché la mâchoire, mais je n'ai pas mal du tout. J'adore ces comprimés.

— Vous pourriez réduire un peu la dose ? s'enquit Eve.

— Bouh... râla Peabody, boudeuse.

— Il faut que je lui parle, que je prenne sa déposition, mais je préférerais qu'elle soit plus cohérente.

— Je vais demander l'autorisation, rétorqua Louise en sortant de la chambre. Vous devrez être brève.

— Sans ces médicaments, elle souffre énormément, renchérit McNab.

— Elle serait la première à vouloir subir cet interrogatoire.

Il opina en soupirant, sourit lorsque Peabody se plongea dans la contemplation des doigts de sa main libre.

— Pourquoi on n'a pas six doigts, hein ? Ce serait génial. Coucou, Mavis !

— Coucou, Peabody.

Mavis s'approcha, passa un bras autour de la taille d'Eve.

— Elle me lance un « coucou, Mavis ! » toutes les cinq minutes, chuchota-t-elle. Je vais rejoindre Leonardo et Charles.

Mavis quitta la chambre au moment où Louise revenait.

— Je diminue le débit de la perfusion, et je vous accorde dix minutes. Il n'est pas question de la laisser souffrir plus longtemps.

— Je peux d'abord embrasser Connors ? pépia la blessée. Allez, s'il vous plaît !

Eve leva les yeux au ciel. Connors, lui, éclata de rire et se pencha vers elle.

— C'est moi qui vous donne un baiser, beauté...

— Maintenant, je suis moins jolie, forcément, roucoula-t-elle.

— Pour moi, vous êtes belle. Absolument splendide.

— Ooooh... et alors, qu'est-ce que vous allez faire ?

De ses lèvres, il effleura délicatement la bouche de la jeune femme.

— Mum... fredonna-t-elle en lui tapotant la joue, c'est encore mieux que l'antalgique.

— Tu te souviens encore de moi ? intervint McNab.

— Ah oui, le gringalet ! Je suis raide tordue de ce gringalet. Il est tellement mignon. Il faut le voir quand il est tout nu.

— Louise, baissez la dose, exigea Eve. Pitié.

— Il y en a pour une minute.

— Il est resté avec moi toute la nuit. Un amour. Un amour que j'aime. Hi, hi... Je t'ai entendu me parler. Tu peux m'embrasser aussi. Tout le monde m'embrasse parce que... aïe...

— Reculez, ordonna Eve. Peabody.

— Oui, lieutenant.

— Vous avez réussi à le voir ?

— Oui, lieutenant, balbutia Peabody d'une voix tremblante. Il m'a démolie, Dallas. J'ai cru qu'une montagne me tombait dessus. L'horreur.

Luttant contre la douleur qui montait, la jeune femme crispa les doigts sur le drap. Eve posa la main sur la sienne.

— J'ai réussi à dégainer. Je l'ai touché. Je le sais. Au bras, peut-être à l'épaule. Je lui ai collé une balle dans le corps.

— Vous avez distingué son véhicule ?

— Non. Je suis désolée, je...

— Ce n'est pas grave. Il vous a dit quelque chose ?

— Il m'a traitée de putain. Flic et putain.

— Vous reconnaîtriez sa voix ?

— Vous pouvez en être sûre, lieutenant. Je l'ai entendu... c'est bizarre, mais je crois qu'il appelait sa mère ou qu'il m'a appelée « mère » ou « maman ». Remarquez, c'était peut-être moi qui suppliais la mienne de me secourir.

— D'accord. Je vais vous montrer un portrait-robot. Dites-moi si c'est lui.

Eve tint le cliché de sorte que Peabody puisse l'examiner sans bouger.

— C'est lui. Il avait la figure tartinée de Seal-It, mais c'est bien lui. Vous l'avez attrapé ?

— Pas encore. On est sur sa piste. Je ne vous emmène pas, puisque vos chers antalgiques vous attendent. Mais quand on le coincera, vous serez avec nous par la pensée.

— Vous me préviendrez ?

— Vous serez la première à le savoir.

Eve recula, adressa un signe à Louise qui rouvrit le robinet de la perfusion. Un instant après, Peabody riait de nouveau aux anges.

— Nous reviendrons, promit Eve.

Elle sortit, McNab sur ses talons.

— Dallas ? Les vidéosurveillances du métro ne donnent rien. Ce n'est peut-être plus la peine de s'en occuper, maintenant que vous avez ce portrait-robot. Que puis-je faire ?

— Dormir.

— Pas encore.

— Alors, restez avec elle. S'il y a du nouveau, je vous tiendrai au courant. Connors, je te rejoins tout de suite.

À grands pas, elle se dirigea vers les toilettes. Elle se laissa glisser sur le sol, enfouit son visage dans ses mains et se mit à pleurer.

Elle eut l'impression qu'une digue cédait au plus profond d'elle. Le sang cognait à ses tempes. Les sanglots la secouaient. Toute la tension accumulée s'évacuait dans une houle bouillonnante.

Elle se vida de ses larmes.

Quand elle entendit la porte s'ouvrir, Eve eut le réflexe de se lever. En voyant son amie, elle écarta simplement ses bras dans un geste d'impuissance.

— Merde, Mavis… balbutia-t-elle.

— Je sais. On a tous eu une peur affreuse. J'ai déjà piqué ma crise, à toi de craquer un bon coup.

— Je crois que ça y est, murmura Eve.

L'espace d'une seconde, comme elle se sentait autorisée à le faire, elle nicha sa tête contre l'épaule de Mavis.

— Quand elle ira mieux, Trina pourrait s'occuper d'elle. Peabody adorerait ça. Elle est très fille, dans le fond.

— Excellente idée. On organisera une journée entre nanas.

— Euh, je ne voulais pas dire que... bon, d'accord. Tu as des lunettes de soleil sur toi ?

— Naturellement ! Tu as de ces questions, ma pauvre chérie !

Elle extirpa d'une poche ornée de franges des lunettes aux verres du plus beau vert et à la monture violette.

Décidant que cet invraisemblable gadget valait mieux que des yeux bouffis de larmes, Eve les chaussa.

— Merci, dit-elle. Maintenant, je vais écrabouiller ce salopard.

21

Connors demeura silencieux jusqu'à ce qu'ils aient regagné la voiture.

— Ce n'est pas ton style...

— Pardon ?

Il désigna les lunettes à monture violette.

— Elles sont à Mavis. Je... je les lui ai empruntées parce que...

Elle poussa un soupir.

— Tu n'as pas besoin de me cacher tes yeux.

Il lui ôta les lunettes, lui baisa doucement les paupières.

Esquissant un petit sourire, elle noua les bras autour de son cou, se blottit contre lui.

— Je ne voulais pas m'effondrer et pleurer comme un veau devant McNab. Ça m'a soulagée, alors ne t'inquiète pas, tu n'auras pas à me moucher le nez.

— Je ne m'inquiète jamais. Tu as attendu pour craquer d'être sûre que notre amie allait se remettre.

— Oui, sans doute.

— Et maintenant, au boulot !

À contrecœur, elle s'écarta de lui.

— Ils ne sont pas trop rouges, mes yeux ?

— Ils sont magnifiques.

— Pff... rengaine tes compliments. Je ne suis pas comme Peabody, moi, je ne suis pas complètement camée.

— D'accord. Le temps d'arriver au Central, tes yeux seront comme neufs.

Elle remit néanmoins les lunettes.

— Simple précaution.

Elle démarrait et s'apprêtait à sortir du parking de l'hôpital, quand son communicateur bourdonna.

— On l'a, annonça Feeney.

— Transmets-moi les données sur mon ordinateur de bord. Je veux le voir. On est en route pour le Central. Tu me rejoins dans mon bureau ?

— Entendu. Regarde-moi ça.

Aussitôt, elle enclencha le pilotage automatique pour se concentrer sur l'image qui apparaissait sur l'écran.

— Te voilà, espèce d'ordure. John Joseph Blue. Trente et un ans.

La conduite automatique ne permettant pas de griller des feux rouges, ni de dépasser la vitesse autorisée, Eve reprit le volant et mit la sirène en marche.

— Lis-moi les informations les plus importantes, dit-elle à Connors.

— Célibataire, métis. Pas d'enfants. Pas de casier judiciaire.

— Il y a forcément quelque chose. Délinquance juvénile, je t'en fiche mon billet. On vérifiera plus tard.

— Domicile : Classon Avenue, Brooklyn.

Elle secoua la tête.

— Brooklyn ? Non, ça ne va pas. Impossible.

— C'est pourtant ce qui figure dans le dossier. Il réside depuis huit ans à cette adresse qui est aussi celle de sa société, Comptrain, dont il est propriétaire et directeur. Tu veux d'autres détails ?

— Oui.

Il ne vivait pas à Brooklyn. Pas en ce moment.

— Comptrain est une petite boîte d'informatique qui fait du traitement de données. Voilà le hacker qui pointe le bout de son nez, lieutenant. Il travaille sans doute la plupart du temps en dehors de chez lui.

— Recoupe avec les listes dont on dispose.

— Une minute. Ah... il est adhérent du club de sport *Jim's Gym* depuis dix ans.

— Et il est passé à travers les mailles du filet à cause de son adresse. On aurait fini par le trouver, mais il n'était pas dans le premier périmètre que nous avons défini. N'empêche que... il ne vient pas de Brooklyn pour traquer ses proies et les tuer. Je n'y crois pas. Je suppose qu'il y a des clubs de gym à Brooklyn.

Elle s'engouffra à fond de train dans le parking du Central et ne daigna ralentir que pour se faufiler sur sa place de stationnement. Connors, qui était moins sensible que Peabody, ne cilla même pas. Comme sa femme, il sortit d'un bond de la voiture et fonça vers l'ascenseur.

— Il a une deuxième résidence dans le centre-ville. Il ne l'a pas déclarée, à moins qu'il la loue ou l'ait achetée sous un nom d'emprunt.

Au premier étage, Eve se rua hors de la cabine puis dans l'escalier mécanique qu'elle remonta au triple galop, en jouant des coudes. Ignorant les protestations qui s'élevaient de toutes parts, elle sauta sur un tapis roulant, suivie de Connors.

— Je vais organiser l'opération, illico. Deux équipes. Une à Brooklyn.

— Et l'autre ?

— J'ai ma petite idée.

Au pas de course, elle traversa la salle des inspecteurs sans prêter la moindre attention aux questions qu'on lui lançait.

— Il me faut toutes les données, aboya-t-elle.

— OK, répondit Feeney, c'est quoi, ces lunettes ?

— Zut, grommela-t-elle en les ôtant pour les balancer sur son bureau. La mère. Ineza Blue, cinquante-trois ans. Adresse : Fulton Street. Bingo, tu es fait comme un rat, espèce d'ordure.

— Ineza Blue, enchaîna Connors, qui s'affairait sur son ordinateur de poche. Prostituée à la retraite. Un seul enfant, un fils.

— Trouve-moi une photo de la mère, datant d'il y a... mettons, vingt ans. Je te parie qu'on va découvrir une femme blanche aux longs cheveux châtain clair.

Elle assena une claque dans le dos de Feeney.

— Lieutenant ? dit Connors, montrant son écran. Elle figure dans la clientèle des *Mains d'or*.

— Il me faut la liste de ses achats au cours des six derniers mois. Cherche la cordelette.

Feeney eut droit à une nouvelle claque.

— Allez, c'est parti ! s'exclama-t-elle avant de contacter le commandant.

Quinze minutes plus tard, en salle de réunion, elle exposait sa stratégie.

— L'équipe 1 se charge de la cible à Brooklyn. Briscoll entre dans l'immeuble, déguisé en livreur, pour s'assurer que le sujet est bien sur les lieux. Il faut l'encercler de tous les côtés. On recherche également un van noir enregistré au nom de la mère. Un Sidewinder de l'année dernière. Si vous repérez ce véhicule, vous le bloquez. Baxter, tu prends la tête de ce groupe. L'équipe 2 se déploiera autour de la résidence de Fulton Street. Même procédure avec, cette fois, Ute dans le rôle du livreur. Vous serez sous mes ordres. Il va falloir frapper vite et fort. Les mandats arrivent. Si on ne parvient pas à localiser le sujet, on l'attend. Je ne veux pas que cet enfoiré s'offre un autre flic. Celui d'entre vous qui se laisse prendre, je l'étripe. On va arrêter ce maniaque, aujourd'hui. Si jamais il y avait un pépin, le moindre accroc à la procédure légale, la moindre irrégularité, ou si quelqu'un s'avise d'éternuer au mauvais moment, je me charge personnellement de le passer à la moulinette. Des questions ?

— Juste un commentaire, déclara Baxter. Le sujet est une véritable armoire à glace. Il faudra peut-être recourir à des moyens radicaux pour le maîtriser.

Eve lui lança un regard oblique.

— Je le veux conscient pour l'interrogatoire, alors tâchez de vous maîtriser, vous aussi, sinon... Et maintenant, débarrassez-moi le plancher. Au trot !

Elle ordonna à son équipe de revêtir une tenue de protection intégrale. Pas question de prendre des risques inutiles. Elle refusait de retourner à l'hôpital rendre visite à un autre collègue.

— Tu ne penses pas que la mère soit dans le coup, dit Feeney tandis qu'ils patientaient dans le van de surveillance.

— Non... On a livré vingt mètres de cordelette à l'adresse de Fulton Street il y a cinq mois. Une commande du fils, à mon avis. La mère ne s'est rien fait livrer à domicile, ni avant cette date ni après. Elle a toujours acheté ses fournitures au magasin. Je suppose qu'elle est morte ou en piteux état.

Elle se balança d'avant en arrière, de gauche à droite, s'accroupit et se redressa, pour être sûre que la tenue de protection n'entravait pas ses mouvements.

— S'il a assassiné sa mère, c'est peut-être ce qui a déclenché sa folie meurtrière.

Elle se tourna vers Connors.

— Toi et moi, on monte en première ligne, dès qu'on nous confirme qu'il est bien à l'intérieur. Feeney et son coéquipier couvrent les arrières. Les communicateurs restent branchés en permanence. Je veux que chaque officier et le consultant civil connaissent leurs positions respectives. Le bâtiment est plutôt grand, commenta-t-elle en l'étudiant par la vitre, masquée d'un écran, du van de surveillance. Un étage et un sous-sol. On y va à mon signal. Il est rapide et il ne capitulera pas. Il s'enfuira.

— L'équipe est en place, annonça Feeney. On envoie Ute ?

— OK.

Elle regarda Ute qui arrivait par la droite sur une mobyjet. Il s'arrêta le long du trottoir, sauta à terre et, son colis sous le bras, s'approcha de la porte. Il appuya sur la sonnette, dodelinant de la tête comme si ses écouteurs lui braillaient dans les oreilles une musique endiablée.

Eve entendit, parfaitement claire, la voix dans l'intercom de sécurité.

— Qu'est-ce que c'est ?

— Une livraison, m'sieur. Il faut votre signature. Merde, il commence à pleuvoir.

Effectivement, les premières gouttes de pluie s'écrasaient sur la chaussée lorsque la porte s'ouvrit.

— Tenez-vous prêts, ordonna Eve.

— Vous vous trompez, déclara Blue. Ici, c'est le 808.

— Ben dites donc, le 8 ressemble à un 3. Mais vous êtes...

Blue lui claqua la porte au nez. Ute s'amusa à lui montrer son postérieur, avec un baiser sonore par-dessus le marché, avant de rejoindre, d'un pas chaloupé, sa mobyjet.

— Sujet identifié, pas d'armes visibles.

Eve fit un signe de la tête et descendit du van, escortée par Connors qui portait le bélier. Elle s'accroupit derrière une voiture tandis que Feeney démarrait et s'éloignait.

— On va se tremper, murmura-t-elle.

— Tu sais, lieutenant, je peux t'ouvrir cette porte en un clin d'œil. Ce sera plus subtil et beaucoup moins bruyant.

— Je me fiche de la subtilité.

La voix de Feeney retentit dans son écouteur.

— On entre ! Allez !

Toujours accroupie, elle traversa la rue, notant les déplacements de ses équipiers à mesure qu'elle gravissait les marches du perron.

— Enfonce-moi ça !

Connors recula, actionnant à deux reprises le bélier qu'il abandonna sitôt que le battant céda avec un sinistre craquement. L'arme au poing, ils franchirent le seuil.

Les lieux étaient inondés d'une lumière crue. Eve entendit un pas rapide et pesant. Elle pivota en direction de ce son et distingua Blue qui montait l'escalier.

— Police ! On ne bouge plus, ordonna-t-elle. Vous êtes cerné, vous ne nous échapperez pas. Stop, ou je tire !

Il se retourna. Sur son visage rougi par l'effort, Eve décela de la panique. Elle sut, même si elle ne voyait pas ses yeux, à la façon qu'il eut de se raidir, qu'il l'avait reconnue.

Il s'élança.

Elle lui envoya une décharge de laser paralysant au niveau de la ceinture, imitée par Connors. L'impact des deux rayons croisés fit à peine vaciller Blue.

À la stupeur d'Eve, comme s'il était dopé au Zeus, il se secoua.

— Garce ! Tu m'as fait mal !

Sans plus réfléchir, elle piqua un sprint, se souleva de terre et lui balança ses deux pieds en pleine figure.

Le sang gicla de la bouche du colosse, de son nez. Il ne tomba pas.

— Ne tirez pas ! cria-t-elle à Connors et à ceux qui arrivaient derrière eux, dans l'escalier.

Blue la chargeait de nouveau. Elle se jeta sur le sol, verrouillant ses mains sur son arme pour former une matraque improvisée qu'elle abattit sur l'entrejambe de Blue.

— Tiens, prends ça ! grogna-t-elle. Tu m'en diras des nouvelles.

Il poussa un hurlement si terrible qu'elle en jubila. Cette fois, il s'écroula et se recroquevilla sur lui-même.

— Ça suffira, décréta-t-elle. Le sujet est neutralisé. Il faut des menottes plus larges.

Elle appuya le canon de son arme sur la joue de Blue.

— Tu es un grand garçon et tu es costaud. Néanmoins, si tu m'obliges à tirer, tu perdras un morceau de la figure. Personnellement, je considère que ça t'embellirait, mais tu n'es peut-être pas de cet avis.

— Voyons voir si celles-là vont bien, dit Feeney.

Il enjamba Blue, lui bloqua les bras dans le dos et, avec difficulté, le menotta. Blue se mit à sangloter comme un bébé.

— Ça serre, ça va t'entailler les poignets, commenta Feeney. C'est bête.

— Lis-lui ses droits et coffre-le, ordonna Eve.

Elle voulut se redresser, grimaça.

— Je t'aide, lieutenant ?

— Merci.

Elle saisit la main que Connors lui tendait, étira sa jambe gauche.

— J'ai sans doute un peu forcé pour lui balancer mes pieds dans la poire.

— Un coup magistral, bravo, mais j'ai particulièrement apprécié le deuxième.

— Le premier était pour Peabody. L'autre…

— Je sais. Pour toutes ses victimes.

Ce genre d'effusions en public la gênait au plus haut point, il ne l'ignorait pas, cependant il l'embrassa.

— Tu es mon héroïne.

— Fiche-moi le camp.

— Lieutenant ? appela un membre de l'équipe. Il faut que vous descendiez. Au sous-sol.

— J'arrive.

Jamais elle n'oublierait une telle horreur. Malgré tout ce qu'elle avait déjà vu, et verrait encore.

Le sous-sol avait été transformé – apparemment depuis quelques années – en une espèce de petit labyrinthe. L'antre de Blue.

Son bureau était bien agencé et impeccablement rangé. Trois consoles, un mur de disquettes, un réfrigérateur et un autochef miniature, le tout baigné d'une lumière violente.

Il s'était installé une salle de sport : équipement de musculation, miroirs, sparring-partner droïde aussi imposant que lui.

Dans la troisième pièce, les murs étaient également tapissés de miroirs qui reflétaient implacablement la lumière. De là, on apercevait la salle d'entraînement.

C'était la chambre de Blue – celle d'un jeune garçon, avec des jouets sur une étagère. Le lit était étroit, fait au carré sous une courtepointe imprimée, représentant des guerriers interplanétaires en plein combat.

Il y avait un fauteuil d'enfant muni d'entraves pour les poignets et les chevilles. Un bout de tissu rouge était noué sur l'un des accoudoirs.

Elle l'avait enfermé au sous-sol, songea Eve. Et malgré les jouets, le décor juvénile, elle avait fait de ce lieu une geôle pour son fils.

Il n'avait rien modifié. Toutefois, il avait ajouté sa touche personnelle.

Une longue étagère, neuve à en juger par les équerres métalliques et rutilantes qui la soutenaient.

Sur l'étagère, quinze bocaux transparents remplis d'un liquide bleu pâle. Là-dedans flottaient quinze paires d'yeux.

— Quinze, murmura Eve en se forçant à regarder.

Blue était attaché à la table, dans la salle d'interrogatoire A. Derrière la vitre sans tain de la pièce attenante, Eve et Connors l'observaient.

Il avait hurlé comme un fou – un enfant fou – lorsqu'on l'avait assis sur son siège, et qu'on lui avait passé aux poignets et aux chevilles des bracelets d'acier. Terrifié, il avait supplié qu'on augmente l'intensité de la lumière. Cela seul l'avait calmé.

Aiguillonné par la panique, songea Eve, il aurait eu la force nécessaire pour arracher ses entraves et tout démolir.

— Tu n'entres pas toute seule, déclara Connors.

C'était une affirmation, teintée d'une note menaçante.

— Je ne suis pas idiote. Je serai avec Feeney et deux flics bâtis comme des piliers. Tu veux voir ça, tu en es sûr ?

— Je ne manquerais pas le spectacle pour tout l'or du monde.

— On le transmet dans la chambre d'hôpital de Peabody, pour qu'elle et McNab soient aux premières loges. On enverra certainement Blue dans une institution pour malades mentaux. Il faudra que je m'en contente. Personnellement, je l'aurais collé en prison.

— Il doit encore te révéler où sont les corps.

Elle opina.

— Il le fera, ne t'inquiète pas.

Elle déverrouilla la porte de la salle d'interrogatoire et franchit le seuil, précédant Feeney et leurs deux gorilles.

— Enregistrement, annonça-t-elle.

Elle débita à toute allure la date, l'heure et les noms des personnes présentes. Puis elle sourit au prévenu.

— Bonjour, John.

— Je ne suis pas obligé de vous parler. Garce.

Elle retourna une chaise, s'y assit et entoura le dossier de ses bras.

— Effectivement, vous n'êtes pas obligé de me parler. En revanche, vous êtes prié de m'appeler lieutenant Garce. Si vous refusez de discuter, on vous renvoie en cellule. Vous êtes coincé, John. Pensez à tous les chefs d'inculpation qui pèsent sur vous. Viol, meurtre, mutilation. Vous êtes foutu, et vous êtes assez malin pour le comprendre. Vous êtes peut-être aussi dingo qu'un rat d'égout, mais vous n'êtes pas stupide.

— Tu ne devrais pas le traiter de dingo, Dallas.

— Ah oui, tu as raison, Feeney, ricana-t-elle. Il a sans doute un tas d'histoires à raconter, de quoi faire pleurer dans les chaumières. Traumatismes émotionnels, et toutes ces foutaises bonnes pour les psys. En ce qui me concerne, je m'en fiche comme de ma première chemise. Vous êtes foutu, John, voilà la réalité. On croule sous les preuves. Les yeux, notamment. Qu'est-ce que ça signifie, John ?

— Je vous emmerde.

— Votre maman ne vous a pas appris qu'on ne dit pas de gros mots ?

Il se recula, comme si elle l'avait frappé, le visage crispé.

— Vous ne parlez pas de ma mère.

Je te tiens, pensa-t-elle.

— Je parle de ce que je veux. Ici, figurez-vous, c'est moi qui donne les ordres. Je suis le patron. Je suis la femme qui vous a explosé vos bijoux de famille et qui vous a bouclé. Vous avez démoli ma coéquipière, John. Je ne me tairai pas tant que vous ne m'aurez pas craché le morceau. Je veux vous entendre gueuler comme un cochon qu'on égorge.

Elle abattit ses mains sur la table, se pencha vers lui.

— Où sont-ils, John ? Où sont les corps ?

— Je vous emmerde, sale putain.

— Les compliments, avec moi, ça ne marche pas.

Feeney lui tapota l'épaule, endossant comme souvent le rôle du gentil policier.

— Allons, Dallas, calme-toi. Écoutez, John, il ne faut pas jouer contre votre propre camp. Vous êtes traumatisé, je le sens bien.

Eve émit un reniflement de mépris.

— Nous avons vu les entraves, poursuivit Feeney. Nous imaginons ce que vous avez subi quand vous étiez enfant. Un vrai calvaire, à mon avis. Peut-être que vous n'étiez pas conscient de vos actes. Pas vraiment.

C'était plus fort que vous. À présent, vous devez reprendre le dessus, pour votre bien. Il faut nous montrer que vous avez des remords. Nous dire où sont les autres, John. Si vous manifestez de la bonne volonté, le procureur en tiendra compte.

— D'après elle, vous allez m'enfermer pour le meurtre de quelques putains. Et vous, vous prétendez que je peux avoir les circonstances atténuantes ?

— L'officier de police a survécu, elle se remettra.

— Elle s'appelle Peabody, coupa Eve. Inspecteur Delia Peabody. Elle vous a mis une balle dans la peau, n'est-ce pas, John ? Vous avez dégusté.

Par réflexe, il essaya de presser un bras contre son torse. Eve haussa les sourcils.

— Le laser, ça fait un mal de chien, non ?

— Je ne sens rien.

Il jeta un coup d'œil à son reflet dans le miroir, se détendit.

— Regardez-moi. Je suis assez fort pour tout encaisser.

— N'empêche que vous avez détalé comme un lapin.

— La ferme, espèce de garce ! J'ai réagi comme il fallait.

Feeney agita les mains.

— Allons, on se calme. L'essentiel pour vous, John, c'est que l'inspecteur Peabody soit sortie d'affaire. Si elle avait succombé à ses blessures, nous n'aurions sans doute pas pu vous aider, mais heureusement elle va bien. Si vous coopérez, si vous nous donnez l'information que nous vous demandons, pour apporter un peu de consolation aux familles des autres victimes, cela plaidera en votre faveur.

— J'ai fait ce que j'avais à faire. Pourquoi vous enfermeriez un homme qui fait son devoir ?

Eve extirpa de sa poche une cordelette rouge. Elle l'enroula autour de son cou. Le regard de John devint vitreux.

— Ça me va bien ? Vous n'avez pas envie de m'étrangler avec ce joli collier, John ?

— J'aurais dû vous tuer en premier.

— Eh oui !

Il avait le regard rivé sur la cordelette, la sueur perlait sur son visage et son crâne chauve.

— Où est votre mère, John ?

— Ne parlez pas d'elle, je vous le répète !

— Elle aimait faire des ouvrages. Elle était cliente aux *Mains d'or*. Mais imaginez-vous que personne là-bas ne l'a vue depuis des mois. Presque un an. C'est elle que vous avez tuée en premier, John ? Vous avez pris le ruban qu'elle utilisait, ce ruban rouge que nous avons trouvé dans la maison. Vous le lui avez enroulé autour du cou ? Vous avez violé votre propre mère, John ? Vous l'avez violée, étranglée et vous lui avez arraché les yeux ?

— C'était une putain.

— Qu'est-ce qu'elle vous avait fait, John ?

— Elle a eu ce qu'elle méritait.

Il respirait avec difficulté. Il s'observa de nouveau dans le miroir, hocha lentement la tête.

— Elle le méritait. Chaque fois.

— Qu'est-ce qu'elle vous a fait ?

Eve avait consulté son dossier médical : il ne souffrait d'aucun trouble oculaire. Et pourtant… les lunettes de soleil, le sous-sol de la maison inondé d'une lumière aveuglante, les yeux dans les bocaux…

Bien sûr.

— Cette lumière, c'est fatigant, remarqua-t-elle sur le ton de la conversation. Réduction de l'intensité lumineuse, cinquante pour cent, commanda-t-elle.

— Non, non, protesta-t-il, en nage à présent. Je ne vous parlerai pas dans le noir.

— De toute manière, vous ne dites rien. On réduit encore, trente pour cent.

— Non, non, rallumez ! Je n'aime pas le noir. Ne me laissez pas dans le noir. J'ai pas fait exprès de voir !

Sa voix avait grimpé dans l'aigu. C'était celle d'un petit garçon terrorisé et suppliant. Eve sentit vibrer en elle une corde sensible, à laquelle elle s'efforça de rester sourde.

— Voir quoi ? Dis-moi, John. Explique-moi, et je rallume la lumière.

— La putain, toute nue dans le lit. Elle le touche, et lui aussi, il la touche. Je voulais pas voir.

— Qu'est-ce qu'elle t'a fait ?

— « Mets-toi ce bandeau rouge sur les yeux. Serre-le bien. Petit cochon qui m'espionne pendant que je travaille. Je vais encore t'enfermer. Dans le noir. Et la prochaine fois, si tu regardes, je t'arrache les yeux. »

Il se trémoussait sur sa chaise, tirait sur ses chaînes.

— Je veux pas être dans le noir. Je suis pas faible, ni chétif. Et je suis pas idiot.

— Que s'est-il passé dans le parc ?

— On jouait, c'est tout. Moi et Shelley. Je l'ai juste laissée me toucher le zizi. Il me fait mal, tellement mal quand maman le tape avec une baguette. Et ça brûle quand elle me le nettoie avec de la poudre à récurer. « La prochaine fois, je te le lave à l'acide. Allez, dans le noir, pour que tu ne voies plus rien, pour que tu ne puisses pas sortir. »

Il s'avachit sur la table, pleurant à chaudes larmes.

— Mais tu es devenu fort, n'est-ce pas, John ? Et tu t'es vengé d'elle.

— Elle n'aurait pas dû me dire ces choses, se moquer de moi et m'insulter. Je ne suis pas un monstre, ni un bon à rien. Je suis un homme.

— Et tu lui as prouvé que tu étais un homme, capable de violer des putains quand il en a envie. Tu l'as fait taire.

— Oui, voilà.

Il releva la tête. La folie luisait dans son regard.

— Maintenant, elle voit seulement ce que je lui dis de voir. C'est moi qui gouverne. Quand je la reverrai, je saurai quoi faire.

— Où est-elle, à présent ? Où est son corps ?

— C'est noir, ici, trop noir.

— Réponds-moi pour que je rallume la lumière.

— Enterrée. Très bien, l'enterrement, mais elle n'arrêtait pas de revenir ! C'est tout noir, en dessous. Peut-être qu'elle aime pas. Sors-la, mets-la dans le parc. Qu'elle se souvienne ! Qu'elle regrette.

— Où l'as-tu enterrée ?

— La petite ferme. Celle de Granny. Elle aimait cet endroit. Peut-être qu'elle y habitera, un jour ou l'autre.

— Où est-ce ?

— Au nord. C'est plus une ferme. Juste une vieille baraque toute moche, avec des verrous sur les portes. Vous aussi, elle vous enfermera là-bas. Si vous faites pas ce qu'elle dit, quand elle le dit, elle vous y laissera jusqu'à ce que les rats vous bouffent. Granny l'enfermait souvent, et elle ne s'en plaint pas. Ça lui a appris la vie.

Il secouait ses chaînes, se balançait d'avant en arrière, les lèvres retroussées sur ses dents. Il ruisselait.

— Mais elle veut pas la vendre, la ferme. Elle est avare, la garce. Elle me donnera pas ma part. Elle donnera pas à un monstre l'argent qu'elle a gagné à la sueur de son corps. Il est temps de prendre tout ça, garce.

— Lumière, puissance maximale.

Il cligna les yeux, hagard, comme un homme émergeant d'un état de transse.

— Je ne suis pas obligé de vous parler.

— En effet, vous en avez assez dit, rétorqua Eve.

22

Elle réquisitionna des droïdes et des chiens, une unité de recherche et tout l'équipement nécessaire pour localiser, identifier et exhumer des corps.

Ce serait très long et très difficile, elle ne se faisait pas d'illusions.

Elle voulut avoir à son côté Morris en personne à qui elle demanda de constituer une équipe de légistes.

Le commandant Whitney et le chef Tibble prirent leurs dispositions pour faire le voyage jusqu'au nord de l'État de New York.

Pour l'instant, on réussirait à tenir les journalistes à l'écart, mais il y aurait forcément des fuites, très bientôt. Et le cirque médiatique démarrerait.

Comme elle souhaitait avoir un peu de temps pour se préparer, réfléchir, elle grimpa à bord d'un des jet-copters de Connors, qui pilotait.

Une pluie maussade les accompagna durant le vol. La nature s'y entendait pour souligner à sa manière l'horreur de certaines tâches, songea Eve.

Car, pour elle, ce ne serait jamais de la routine. Jamais.

— Nous y sommes presque, annonça Connors. Là-bas, à deux heures.

Cela ne ressemblait guère à une maison, constata Eve, tandis qu'ils amorçaient leur descente. Petite, mal entretenue. Le toit paraissait s'affaisser par endroits, et la pelouse – que longeait une étroite route pentue –

était envahie par les mauvaises herbes et jonchée de détritus.

Le terrain, sur l'arrière, était accidenté, arboré et fermé par une haute clôture.

Il y avait d'autres maisons, d'où ne tarderaient pas à surgir les curieux. Aucune, cependant, ne jouxtait la friche de derrière.

Les policiers iraient frapper aux portes, interroger les gens sur la famille Blue, sur un van noir et des activités suspectes dans les parages.

Ils atterrirent. Connors coupa les moteurs.

— Tu éprouves une certaine compassion pour lui, pour John Blue.

À travers le rideau de pluie, elle contempla la maison, les fenêtres obscures et crasseuses, la peinture qui s'écaillait.

— Je ressens une certaine compassion pour un enfant sans défense torturé par sa mère, une femme cruelle et perverse. Toi et moi, nous savons ce que c'est.

Elle pivota vers lui, le dévisagea.

— Nous savons, toi et moi, que ça laisse des cicatrices indélébiles. Et j'ai un petit remords – peut-être même plus que ça – d'avoir ciblé le petit garçon, en salle d'interrogatoire. Tu as vu comment je l'ai harcelé.

— Je t'ai vue faire le nécessaire. Même si cela t'a blessée, Eve, autant que lui.

— C'était nécessaire, répéta-t-elle d'un ton plus ferme. Car ce n'est pas l'enfant qui a tué ces femmes. Ce n'est pas le petit garçon qui les a violées, battues, étranglées, qui a mutilé leur corps. Ce n'est pas ce pauvre gosse qui a expédié Peabody à l'hôpital. Alors non, au bout du compte, je ne plains pas John Blue. Toi et moi, nous avons eu notre part de mauvais traitements.

— Toi, tu as connu pire.

— C'est possible, murmura-t-elle.

Elle prit une profonde inspiration.

— Et comme lui, j'ai tué mon bourreau.

— Non, Eve chérie, cela n'a aucun rapport, rétorqua-t-il, car il voulait par-dessus tout l'en persuader. Tu étais une fillette terrifiée et meurtrie. Tu t'es défendue. John Blue était adulte, il pouvait s'en aller. Quoi que sa mère lui ait infligé, il était un homme quand il a commis ces actes atroces.

— Dans sa carcasse de géant, il y a toujours l'enfant séquestré. C'est le discours que nous serviront les psys, d'accord, mais c'est juste. Tous les deux, nous avons aussi en nous cet enfant perdu, brisé.

— Et alors ?

— Nous lui interdisons de s'en prendre aux innocents. Inutile de me réconforter. Je sais. Nous nous appuyons sur cet enfant pour aider les victimes. Moi avec mon insigne, et toi avec des foyers comme Dochas. On aurait pu suivre un autre chemin, celui qui mène à l'abîme, mais non.

— Personnellement, j'ai fait quelques détours...

Elle lui sourit et, une fois de plus, remercia le ciel de lui avoir donné Connors. Elle lui effleura la main.

— Notre voyage est loin d'être terminé. Je... ce qui nous attend maintenant va être effroyablement dur, je te préviens.

— Je m'en doute.

Elle secoua la tête, soudain très pâle.

— Non, c'est infiniment plus abominable que tu ne l'imagines. Je ne te demanderai pas de te tenir à distance, tu ne m'écouterais pas. Mais s'il te plaît, quand tu auras besoin d'un break, va te promener et respirer un moment. Les autres n'hésiteront pas, je t'assure. Il n'y a pas de honte.

Eve en revanche ne s'accorderait pas un instant de répit.

— Explique-moi simplement ce que tu veux que je fasse, lieutenant.

Elle fit boucler l'arrière de la maison. Tandis que les chiens et les droïdes commençaient à explorer le terrain, elle pénétra avec une équipe dans la maison. Une odeur infecte y planait, il faisait aussi humide et sombre que dans une cave. Néanmoins, quand elle alluma la lumière, les lieux s'illuminèrent comme une torche.

Pas d'obscurité pour John Blue.

Il les avait tuées dans la plus petite des deux chambres. La sienne, supposa Eve, chaque fois qu'il venait ici avec sa mère. La porte se verrouillait de l'extérieur – les verrous étaient rouillés. Sans doute avaient-ils été installés pour enfermer le petit garçon. Dans le noir. Comme elle-même avait été enfermée par sa propre mère.

Il l'avait donc tuée là, sur le matelas souillé, sans draps, posé à même le sol. C'était également là qu'il avait assassiné les autres, qui ressemblaient à Ineza Blue.

Elle étudia les bouts de cordelette rouge, les vestiges de vêtements féminins, les taches de sang séché.

— On s'occupe d'abord des pièces à conviction, ordonna-t-elle. On me passe la maison au peigne fin. Ensuite, je veux que les techniciens du labo de campagne prélèvent des échantillons de sang. On va identifier toutes les victimes qu'il a amenées ici.

— Lieutenant ?

Un membre de l'équipe s'avança. Il avait revêtu sa tenue de protection intégrale, sans toutefois attacher son masque pourvu d'un système de ventilation.

— On est en train de les localiser.

— Combien, jusqu'ici ?

— Les chiens viennent de trouver la septième, et apparemment, ils n'ont pas fini.

— J'y vais.

Feeney se hâta de la rejoindre. Le beau costume choisi par Mme feeney s'ornait à présent de toile d'araignée.

— J'ai découvert un robot en bas. Ça sert à creuser des trous. Un engin récent, mais qui a été utilisé.

— Pourquoi se fatiguer à manier la pelle quand il y a des machines pour exécuter le boulot ? Les voisins ont peut-être entendu.

— J'envoie les gars interroger les gens.

Sept cadavres. Effectivement, ce n'était pas terminé. Elle savait exactement combien il en restait.

Les droïdes s'affairaient sur le terrain inégal. Soudain, l'un des chiens aboya. Un frémissement le parcourut, puis il se mit à remuer frénétiquement la queue, la truffe au sol. Au signal de son maître, il s'assit et patienta.

On planta un fanion portant le chiffre 8.

Eve se dirigea vers Whitney, immobile sous un grand parapluie noir. La pluie tombait toujours.

— Voulez-vous que nous commencions l'exhumation, commandant ?

Il observait la scène, le visage aussi impassible qu'un bloc de granit noir.

— C'est vous qui dirigez l'opération, lieutenant.

— L'exhumation risque de dérouter les chiens. Je préférerais ne rien toucher tant que tous les corps ne seront pas localisés.

— En voilà encore un, murmura-t-il.

Le travail continua, à l'intérieur de la maison, dehors sous la pluie battante. Des dizaines de flics, semblables à des fantômes dans leurs tenues grises, allaient et venaient. Les chiens aboyaient, le terrain était constellé de fanions.

Enfin, une demi-heure s'écoula sans que rien se passe.

— Vous pouvez vous retirer ! ordonna-t-elle aux droïdes. Éclairez-moi tout ça, enchaîna-t-elle en s'avançant sur le sol spongieux. Deux équipes pour l'exhumation, une à l'ouest, l'autre à l'est. Morris ?

— Je suis là.

— Il faut identifier les corps le plus rapidement possible.

— J'ai les dossiers dentaires des disparues new-yorkaises, et de celles originaires de la région. Pour elles, ça ira vite. Mais je n'arrive pas au total qu'on a là, donc pour les autres, ce sera un peu plus compliqué.

— Et ce sol est rocailleux, sous la couche de boue, observa Connors. Ce ne sera pas facile non plus à creuser.

— Tu saurais te servir d'un de nos robots ?

— Absolument.

— Qu'on apporte une machine au consultant civil ! vociféra Eve. Tu t'attaques au côté sud. Morris, affectez-lui un de vos gars. Allez, c'est parti.

Elle mit son masque, brancha la ventilation et, d'un pas résolu, se dirigea vers le premier fanion.

— Je ne peux pas creuser davantage, lui annonça le policier chargé d'exhumer la victime que Blue avait ensevelie à cet endroit.

Il devait maintenant continuer en s'aidant de détecteurs ultrasensibles, capables de repérer des cheveux, des os et de la chair sous la terre.

Eve vit d'abord les mains, les doigts entrelacés – ou ce qu'il en restait. Son masque ne put lui épargner tout à fait l'horreur de ce que la mort inflige peu à peu à ses proies. Elle s'accroupit pourtant au bord de la fosse, s'approchant du cadavre.

La femme avait les cheveux longs, plus longs qu'ils ne l'étaient au moment de son décès. C'était l'un des mystères de la création : les cheveux poussaient encore après le dernier souffle de vie. Ils étaient châtain clair.

Nous t'avons trouvée, songea Eve. Nous allons te rendre ton nom. Ton assassin est en cellule. C'est malheureusement tout ce que je peux faire pour toi.

— Elle est là depuis combien de temps ? demanda-t-elle à Morris.

— Quelques mois, peut-être six. Je vous répondrai plus précisément quand je l'aurai examinée.

— Dépêchez-vous de la sortir de ce trou, marmonna Eve qui se redressa et se dirigea vers le fanion suivant.

Le crépuscule tomba. L'air froid charriait la pathétique puanteur de la mort. Des corps, dans leur housse en plastique, attendaient près des fosses béantes d'être convoyés. L'équipe des légistes s'activait à identifier des restes exhumés, disposés sur des bâches, à l'abri de tentes.

Le terrain avait la sinistre apparence d'une nécropole.

Les hélicoptères des médias tournaient dans le ciel, éclaboussant la scène de leurs projecteurs. On disait que d'autres journalistes avaient installé leurs quartiers généraux sur les pelouses des voisins. Il ne leur avait pas fallu longtemps. Dès à présent, pensa Eve en grinçant des dents, ce spectacle horrible, désespérant, s'étalait sur les écrans de tout l'État, et même du pays. Du monde.

Et les gens regardaient ça. En se félicitant d'être vivants, bien au chaud et au sec.

On lui apporta du café qu'elle but sans même le goûter. Elle en prit un autre et rejoignit Connors.

— C'est le troisième trou que je creuse, dit-il en essuyant distraitement son visage dégoulinant de pluie.

Il arrêta sa machine, la poussa à l'écart afin de laisser le champ libre aux techniciens.

— Tu avais raison, lieutenant. C'est pire que tout ce que je pouvais imaginer.

— Fais une pause, suggéra Eve en lui tendant le café.

Comme elle, il releva son masque qui, d'ailleurs, n'était plus guère utile à présent. Il était livide, le front moite, le regard sombre.

— Quand mon heure viendra, murmura-t-il, je refuse d'être enterré. Je serai incinéré. Le feu, c'est rapide et propre. Une poignée de cendres que le vent emportera, et voilà.

— Tu pourrais peut-être soudoyer le bon Dieu pour qu'il te rende éternel. Tu as beaucoup plus d'argent que Lui.

Il parvint à esquisser un petit sourire, pour la rassurer.

— C'est une idée.

Il buvait son café, regardait autour de lui, incapable de ne pas contempler l'abominable spectacle.

— Bonté divine ! souffla-t-il.

— Je sais. Son cimetière personnel.

— Je dirais plutôt son charnier privé.

Elle demeura un instant près de lui, en silence, à écouter la lugubre mélopée de la pluie tambourinant sur les housses en plastique.

— Morris en a identifié quelques-unes, grâce aux empreintes dentaires. Marjorie Kates, Breen Merriweather, de New York. Lena Greenspan, trente ans, mère de deux enfants, qui résidait à cinq kilomètres d'ici. Sarie Parker, vingt-huit ans, éducatrice pour adultes, qui travaillait à l'école locale. Certaines sont probablement des sans-abri ou des prostituées. Elles seront toutes identifiées, même s'il faut des années.

— Savoir qui elles étaient, d'où elles venaient et qui les aimait… c'est très important. Sinon, elles ne sont plus que des os et de la chair en décomposition. Elles ne sont plus que ce qu'il en a fait.

— Oui, répliqua-t-elle d'une voix sourde. Or ces femmes étaient tellement plus que ça.

Quand tout ce qui pouvait être accompli sur les lieux fut achevé, Eve se débarrassa de sa tenue de protection. Elle la balança sur la pile de combinaisons qui seraient désinfectées et détruites.

Elle rêvait d'une douche. Des heures sous l'eau bouillante, et ensuite une longue plongée dans le sommeil, l'oubli.

Mais elle n'avait pas terminé. Pas encore.

Elle pêcha dans sa poche une autre pilule d'excitant, la goba, puis rejoignit le jetcopter où Connors l'attendait.

— Je vais te demander une chose, dit-il.

— Après la nuit que tu as endurée, tu as droit à beaucoup plus.

— Nous ne sommes pas d'accord sur ce point, mais voilà ma requête. Quand tu auras bouclé cette affaire, j'exige deux jours. Quarante-huit heures loin de tout ça. Nous resterons à la maison si tu préfères ou nous irons n'importe où, tu décideras... Mais je veux cette trêve, pour tous les deux. Pour évacuer cette horreur, même si elle sera sans doute à jamais gravée dans notre mémoire.

Il ôta le cordon en cuir avec lequel il avait attaché ses cheveux.

— Deux jours pour nous ressourcer, en quelque sorte.

— Il nous faudra patienter un peu. Le temps que Peabody soit sur pied.

— Évidemment.

Elle enlaça Connors par la taille, appuya sa joue contre la sienne.

— Restons comme ça une minute.

— Hum, soupira-t-il.

— Ça me chamboule. On n'est jamais assez blindé pour affronter une atrocité pareille. Malgré toute son expérience. Et on sait que le châtiment ne sera pas à la hauteur, parce que c'est impossible. Ça me rend malade.

Elle nicha sa tête au creux de l'épaule de Connors.

— Alors oui, je t'offre ces deux jours, je les prends. Partons, Connors. Loin, rien que toi et moi. Allons dans ton île.

Elle l'étreignit, s'efforça de se représenter le sable d'un blanc nacré, la mer si bleue, et d'effacer la macabre vision des housses à cadavres dans la boue.

— On n'a même pas besoin d'emporter des vêtements.

Il poussa de nouveau un petit soupir.

— Quel merveilleux programme !

— Je dois finir le boulot de cette nuit. Encore deux ou trois jours peut-être, et à nous la liberté.

— Tu tiendras le coup jusqu'à demain ? Tu t'es déjà gavée de remontants.

— Quand ce sera bouclé, je dormirai mieux.

Et, tandis que le jetcopter décollait sous la pluie battante, Eve appela Peabody.

Celina leur ouvrit la grille de son ascenseur.

— Dallas, Connors… vous avez l'air exténués.

— Vous ne vous trompez pas, rétorqua Eve. Excusez-nous, il est tard…

— Vous ne me dérangez pas. Venez, ajouta le médium en leur montrant le salon. Vous avez mangé ?

— Non, et rien ne passera avant un bon moment. En revanche, je ne refuse pas de m'asseoir un peu.

— Je vous sers du thé.

— Oui, ça lui fera du bien, intervint Connors. Et à moi aussi.

Pieds nus, son déshabillé s'enroulant autour de ses chevilles, Celina se hâta vers la cuisine.

— Et Peabody ? lança-t-elle.

— Elle va plutôt bien. On l'a transférée dans une chambre normale, dans cet hôpital de luxe que Connors lui a trouvé. Elle devrait y rester encore quelques jours, ensuite, elle pourra recevoir des soins à domicile jusqu'à complète guérison.

— Quelle bonne nouvelle ! J'ignore si vous avez eu Mira, mais aujourd'hui nous avons progressé. Demain, je pense être en mesure de travailler avec un spécialiste des portraits-robots.

Celina reparut avec un plateau et, remarquant l'expression d'Eve, hésita.

— Qu'y a-t-il ?
— On l'a identifié cet après-midi. On l'a arrêté.
— Oh ! mon Dieu ! s'exclama-t-elle. Vous êtes sûre que c'est lui ? Je n'arrive pas à y croire.
— Nous en sommes certains. C'est l'une des raisons de notre visite. Je suppose que vous n'avez pas encore regardé les infos.
— Non, en effet. J'essayais de me changer les idées. Mais comment ? Quand ?
— Je m'en voulais de vous tenir à l'écart, mais tout est allé si vite...
— Peu importe. Il est donc sous les verrous ? C'est terminé.
Le médium respira lentement, saisit la théière.
— Je ne sais même plus ce que j'éprouve. C'est un tel soulagement. Comment l'avez-vous trouvé ?
— Les témoins qui ont assisté à l'agression de Peabody nous ont donné une description assez précise du tueur et de son véhicule. Grâce à cela, on a pu remonter la piste. Il ne lui a pas fallu une heure d'interrogatoire pour craquer.
— Vous devez être extrêmement satisfaite, déclara Celina en distribuant les tasses. Au bout du compte, cela n'aura été qu'une enquête traditionnelle. Je ne vous ai pas servi à grand-chose.
— Bien au contraire, vous avez largement accompli votre part.
— Vous possédez un véritable don, enchaîna Connors. Et vous l'avez utilisé.
— Je n'ai pas eu le choix.
— Oh, je ne suis pas du tout d'accord avec vous, susurra Eve en sirotant son thé.
Une pause.
— Vous avez indiscutablement choisi d'assassiner Annalisa Sommers.
— Quoi ?
La tasse de Celina heurta la soucoupe.

— Qu'est-ce que vous racontez ?

— Vous avez dû observer John Blue pendant des mois – dans vos visions. L'avez-vous vu tuer sa mère, Celina ? Est-ce à ce moment-là que vous avez commencé à échafauder votre plan pour éliminer votre rivale ?

Le médium, livide, les dévisageait fixement.

— C'est odieux, abject. Vous m'accusez du meurtre de la pauvre Annalisa ? Mais enfin... vous détenez le coupable. Comment osez-vous me parler ainsi ?

— Nous avons l'homme qui a assassiné quinze femmes. Quinze, Celina. Il avait exposé leurs yeux sur une étagère, dans des bocaux. Pendant des heures, au nord de l'État où sa mère avait une maison, nous avons exhumé les corps qu'il avait enterrés dans le jardin. Je parie que vous connaissez également cet endroit. Nous avons treize cadavres. Treize – notamment celui de sa mère que nous avons identifié sans le moindre doute possible. Treize femmes sur lesquelles il s'est exercé.

Le visage d'Eve était dur comme la pierre, froid comme la glace, pourtant la rage colorait ses joues.

— Vous l'avez aussi regardé tuer ces malheureuses ? Bref, vous ajoutez Elisa Maplewood et Lily Napier... le compte est bon.

Celina agita les mains, croisa les bras sur sa poitrine.

— Je n'en crois pas mes oreilles. Vous avez abusé de vos forces, vous perdez la tête.

— Détrompez-vous. Si je perdais les pédales, je vous démolirais, comme Blue a démoli ma coéquipière.

— Vous avez l'audace de m'accuser, parce que vous avez un cadavre de trop ? C'est inouï. Je vous ordonne de quitter ma maison, de...

Elle ébaucha un mouvement pour se lever. Connors la fit se rasseoir.

— Ne bougez pas, Celina, dit-il d'une voix redoutablement calme. Eve et moi, nous venons de vivre des moments très pénibles, et nous risquons d'être beaucoup moins courtois qu'à l'accoutumée. Si j'étais vous, je me tiendrais tranquille.

— Vous me menacez à présent? Je contacte mon avocat.

— Je vous lirai vos droits, Celina, et ensuite seulement vous avertirez votre défenseur. Pour l'instant, on discute.

— Eh bien, je n'apprécie pas du tout cette discussion.

— Et moi, vous savez ce que je n'apprécie pas? Je n'aime pas être manipulée, figurez-vous. J'ai même horreur d'être menée en bateau par une petite garce égoïste, dotée d'un sixième sens, qui cherche à trucider la nouvelle compagne de son amant.

— Non, mais écoutez-vous! J'étais chez moi, la nuit où elle a été assassinée. J'avais pris un sédatif, j'étais assommée. Je n'ai pas quitté cet appartement.

— Ce n'est pas tout à fait exact, objecta Connors. Certes, vous avez les disquettes de vidéosurveillance pour prouver que vous n'avez pas franchi la porte de l'immeuble, ni emprunté l'ascenseur. Cependant il convient de signaler que, depuis plusieurs mois, vous n'avez plus de locataire au rez-de-chaussée.

La contribution de Summerset, songea Eve.

— Vous n'avez pas reconduit le bail.

— C'est mon droit le plus strict.

— Et cela vous a énormément facilité la tâche, poursuivit Connors. Vous êtes sortie par cette porte – après avoir déconnecté les caméras de surveillance –, vous êtes descendue dans l'appartement du dessous, et vous êtes passée par l'escalier de secours. J'ai vérifié moi-même. Vous avez oublié d'enduire vos doigts de Seal-It. Nous avons relevé vos empreintes sur la poignée de la porte, la fenêtre et la rampe de l'escalier.

— Je suis propriétaire des lieux, vous trouverez sans doute mes empreintes partout, protesta Celina.

— Annalisa ne ressemblait pas aux autres victimes, expliqua Eve. Elle n'était pas très loin, mais elle ne correspondait pas véritablement à l'image qui hantait Blue. Trop petite, les cheveux trop foncés. Et puis, il y avait ce chaton. Avec les autres, il n'avait pas eu besoin d'accessoire. Mais vous, bien sûr, vous n'êtes pas un géant de cent quarante kilos. Vous deviez détourner l'attention d'Annalisa, pour qu'elle se baisse et ne soit pas en mesure de se défendre.

— Pour l'amour du ciel... il l'a *violée*. Malgré votre imagination débordante, vous n'allez tout de même pas m'accuser d'avoir violé une femme ?

— Ça n'a probablement pas été agréable pour vous. Quel genre de gadget avez-vous utilisé ? On en vend des milliers. Certains sont si étonnamment réalistes, c'est à s'y méprendre.

— N'exagérons pas, commenta Connors.

— Excuse-moi, répliqua Eve en lui tapotant le genou.

— Jamais vous ne réussirez à prouver ce que vous avancez, articula Celina d'une voix sifflante.

— Oh que si ! riposta Eve en la regardant droit dans les yeux. Vous savez que j'y arriverai. Tout comme vous saviez que je coincerais Blue, avec ou sans votre aide. Vous vouliez que je l'arrête, mais pas avant Annalisa. Bon... vous avez le droit de garder le silence...

— C'est insensé ! s'exclama Celina quand Eve se tut. Pourquoi vous aurais-je proposé mon aide ?

— Mieux vaut, si possible, être du côté du manche et avoir accès aux informations les plus importantes. Vous avez été très habile, Celina.

— J'appelle mon avocat.

— Allez-y, rétorqua Eve en lui désignant le communicateur. Mais ensuite, sachez que je mettrai tout en œuvre pour que vous écopiez d'une peine plus lourde. Je suis vannée et pressée de boucler ce dossier. Or, parce que je suis fatiguée, je suis disposée à vous accorder une chance d'obtenir les circonstances atténuantes.

Une fraction de seconde, elle lut l'hésitation sur le visage de Celina.

— Blue n'a aucune raison de mentir, reprit-elle. Il sait combien de femmes il a tuées et ce qu'il a infligé à chacune d'elles. Il y en a quinze. Il n'était pas à Greenpeace Park la nuit du meurtre d'Annalisa. On a vérifié son alibi.

— Dans ce cas, c'était...

— Quelqu'un d'autre ? Effectivement. Une personne au courant de certains détails qui n'avaient pas été divulgués aux médias. Qui pouvait donc reproduire le *modus operandi* de l'assassin. Mais cette personne n'était pas un homme. Cette nuit-là, ce n'est pas un tueur qui a frappé à Greenpeace Park, c'était vous. Parce que Lucas vous a quittée pour Annalisa.

— Nous nous sommes séparés d'un commun accord, et il ne la fréquentait pas quand nous vivions ensemble.

— En effet. Lucas est un garçon honnête et droit. Il ne vous a pas trompée, cependant il l'avait rencontrée avant votre séparation. Je répète ce qu'il nous a déclaré. Il a rencontré Annalisa et il y a eu entre eux une sorte de déclic. Vous avez compris qu'elle l'attirait, peut-être avant même qu'il n'en ait conscience. Je parie que vous vous êtes battue pour le garder.

— Je ne m'immisce pas dans l'esprit d'autrui sans y être invitée, je vous l'ai pourtant expliqué.

— Vous êtes une menteuse. Jusqu'à présent, votre don n'a été pour vous qu'une espèce de jeu. Divertissant, intéressant et lucratif. Un jour, vous m'avez dit que vous étiez superficielle, et c'est la vérité. Lucas n'était plus amoureux, il se détachait de vous. Il vous fallait sauver les apparences, par orgueil. Un petit tour de passe-passe, et hop... la nouvelle compagne trouve la mort dans des circonstances abominables, mais vous êtes là, les bras grands ouverts, prête à consoler le pauvre Lucas. J'imagine que vous avez versé des larmes de crocodile quand vous êtes allée lui présenter vos condoléances.

— Je suis tout de même libre de voir Lucas ! La décence voulait que...

— Ne me parlez surtout pas de décence ! tonna Eve. Vous saviez qui était John Blue, où il était et ce qu'il faisait, bien avant de venir frapper à la porte de mon bureau. Vous l'avez regardé tuer, encore et encore. Et vous vous êtes servie de ses victimes, de lui, de moi. Une des vendeuses d'un magasin de loisirs créatifs se souvient de vous, Celina. Vous n'êtes pas de celles qu'on oublie. Elle se rappelle que vous lui avez acheté trois mètres de cordelette rouge, il y a quatre mois.

Le teint blême du médium vira au gris.

— Ça… ça ne prouve pas…

— Selon vous, il s'agirait d'une coïncidence ? Peut-être. Mais pour nous, c'est une aubaine.

Eve leva trois doigts.

— Nous avons le mobile, l'opportunité et les moyens. Vous connaissiez la victime, ainsi que les détails concernant les autres meurtres, et vous déteniez l'arme du crime. Nous n'avons plus qu'à reconstituer le puzzle.

Eve marqua une nouvelle pause, le temps que Celina assimile ses propos.

— Vous êtes la seule qui ait pu assassiner Annalisa. Vous êtes coincée. Acceptez-le, Celina. Vous avez au moins une qualité, vous n'êtes pas une mauviette.

— Non, en effet.

Le médium reprit sa tasse de thé, fronça le nez avec dégoût.

— Je préférerais un cognac. Cela ne vous ennuie pas de m'en servir un ? ajouta-t-elle avec un geste vague. Sur l'étagère, près de la cuisine. Double dose.

Courtoisement, Connors se leva.

— Vous l'aimez beaucoup, dit Celina à Eve. Outrageusement, même. Que feriez-vous, comment survivriez-vous s'il restait avec vous uniquement pour ne pas vous blesser ? Comment le supporteriez-vous ?

— Je l'ignore.

— Je l'ai laissé partir...

Celina ferma un instant les yeux et, quand elle rouvrit les paupières, son regard était clair – elle ne se dérobait plus.

— J'ai essayé de le laisser partir, d'être raisonnable, élégante. Mais j'avais mal, murmura-t-elle, crispant les doigts sur son cœur. Un calvaire. Et ç'a été pire quand il s'est épris d'elle. J'ai su qu'il ne me reviendrait jamais, que je n'aurais aucune chance de le récupérer tant qu'il l'aimerait.

Elle remercia d'un signe Connors qui lui apportait son cognac.

— Les hommes nous réduisent en esclavage, même s'ils n'en ont pas l'intention. Le premier flash, je suis allée le chercher. Pourquoi, comment ? Je ne sais pas. J'étais malheureuse, perdue, et tellement en colère... Toujours est-il que je l'ai vu, très distinctement.

Elle fit tourner le cognac dans le verre, en but une gorgée.

— Ce n'était pas sa mère. Ni la première. J'ignorais combien il y en avait eu avant. Celle-là, c'était Breen Merriweather. Je n'ai pas vu le kidnapping. Il la déchargeait d'un van très sombre. Elle avait les pieds et les poings liés, un bâillon sur la bouche. Elle était terrifiée. Il l'a emmenée à l'intérieur. Il a allumé toutes les lumières. J'ai vu ce qu'il lui a infligé dans cette pièce horrible. Après, il l'a enterrée dans le jardin.

— C'est à ce moment-là que vous avez commencé à élaborer votre plan.

— Non, je vous assure. J'ai failli prévenir la police. Ç'a été mon premier réflexe, je vous jure. Mais... je ne l'ai pas fait. Je me suis demandé qui était cet homme, comment il était capable de pareils actes...

— Vous l'avez donc observé, enchaîna Connors, pour découvrir la réponse.

— J'éprouvais une sensation de fascination et de répulsion mêlées. Cependant, puisque je réussissais à établir le lien entre lui et moi, je... oui, je l'ai étudié. Pourquoi est-ce qu'il ne tue pas Annalisa ? Voilà ce que j'ai pensé. Tout redeviendrait comme avant, s'il assassinait Annalisa. J'ai envisagé de le payer, mais c'était trop risqué. Et puis, il est complètement cinglé, il aurait pu me faire du mal. Là-dessus, il a tué Elisa Maplewood. Ici, à New York. J'ai tout de suite compris comment procéder.

Celina posa la tête contre le dossier de son siège.

— J'avais besoin de savoir de quelle façon vous dirigeriez l'enquête, si vous remonteriez jusqu'à lui, rapidement ou pas. Une part de moi, je vous le jure, espérait que vous l'arrêteriez vite, avant que je... Mais cela n'a pas été le cas. Je vous ai livré des informations, avec le secret espoir que vous l'enverriez croupir en prison avant que...

— Tant que vous y êtes, vous n'avez qu'à rejeter la faute sur la lenteur de l'investigation, et sur moi. C'est vous la meurtrière.

— J'ai accepté de me soumettre à l'hypnose avant Annalisa, objecta Celina. J'ai même demandé à Mira de recommencer immédiatement après la première séance, mais elle est tellement prudente...

— Si je vous suis bien, Mira est donc également responsable.

— Ce n'est pas neutre, en effet. Si un seul élément de l'équation avait été modifié, tout aurait été différent. Je me disais que si, grâce à mes renseignements, vous l'arrêtiez rapidement, ce serait la décision du destin. Ou bien que, si Annalisa ne passait pas par le parc, cette nuit-là, je renoncerais. Si elle n'avait pas pris ce raccourci, je l'aurais laissée tranquille. Mais elle a coupé par le parc. C'était son destin. Je me suis mise dans la peau de cet homme, pour ne pas avoir à réfléchir à ce que je faisais. Pour observer ça de loin, en quelque sorte, avec horreur. Ensuite, il a été trop tard pour revenir en arrière.

Le médium frissonna, but une lampée d'alcool.

— Elle m'a vue, un court instant. Elle en a été abasourdie. Mais il était trop tard, la machine était lancée, je n'avais plus les moyens de l'arrêter. Voilà... quand avez-vous deviné ?

— Lorsque j'ai appris sa relation avec Lucas Grande.

Celina balaya cette réponse d'un revers de main.

— À d'autres ! Vous êtes extraordinairement intelligente, mais à ce moment-là vous n'aviez aucune idée de la vérité. J'ai lu en vous, dans le bureau de Mira, ainsi qu'après l'agression contre Peabody. Simplement pour me protéger.

— Vous n'êtes pas la seule capable de faire barrage, ricana Eve. Je vous avais pourtant signalé que Mira a une fille wiccan et médium. Elle m'a donné quelques précieux conseils.

— Vous m'avez dupée.

— Effectivement. Pas assez, hélas, pour éviter à ma coéquipière de se retrouver sur un lit d'hôpital.

— Je ne me doutais pas qu'il s'en prendrait à elle. Et encore une fois, quand j'ai compris, il était malheureusement trop tard. J'ai essayé de vous avertir. J'aime beaucoup Peabody.

— Moi aussi. Je présume que vous n'aviez pas la même sympathie pour les autres victimes qu'il a massacrées.

Les épaules de Celina se voûtèrent.

— Je ne les connaissais pas.

— Moi, si.

— J'ai agi par amour. Quoi que j'aie pu faire, c'était par amour.

— Foutaises. Vous avez agi par pur égoïsme, pour garder le contrôle, le pouvoir. Les gens ne tuent pas par amour, Celina, ils cherchent seulement à embellir la sordide réalité avec ce type de déclaration grandiloquente.

Eve se redressa.

— Debout.

— Je convaincrai le jury. La folie s'est emparée de moi – mon don me rend très vulnérable. Il est entré en moi et m'a poussée à tuer Annalisa.

— Essayez d'abord de vous en persuader. Celina Sanchez, vous êtes en état d'arrestation. Juste pour le plaisir, je vous récapitule les chefs d'inculpation.

Connors se dirigea vers l'ascenseur. Il lança un coup d'œil à Eve qui opina.

— Viol, meurtre au premier degré et mutilation sur la personne d'Annalisa Sommers. Complicité de viol, meurtre et mutilation, avant et après les faits précités, à quinze reprises au total.

— Mais... vous ne pouvez pas m'accuser des actes qu'il a commis ! s'écria Celina, tandis qu'Eve la menottait.

— Oh si, on peut ! Et on ne va pas se gêner. Je vous parie tout ce que vous voulez qu'on réussira à convaincre le jury.

Elle se tourna vers McNab et Feeney qui sortaient de l'ascenseur.

— Enfin, derniers chefs d'inculpation : complicité de tentative de meurtre, coups et blessures sur un officier de police. Emmenez-la, inspecteur. Bouclez-la.

— Avec plaisir, répondit McNab en prenant Celina par le bras.

— Veuillez noter que l'inspecteur Peabody a procédé à l'arrestation.

Il resta une seconde bouche bée, puis s'éclaircit la gorge.

— Merci, lieutenant.

— Rentre chez toi, ma grande, déclara Feeney en agrippant l'autre bras du médium. On se charge de la suite.

Eve demeura immobile, écoutant le ronronnement de l'ascenseur qui descendait.

— Je devrais demander à une équipe de l'Identité judiciaire de débarquer pour dénicher des indices susceptibles d'ajouter quelques barreaux à sa cellule.

Elle frotta ses yeux rougis par la fatigue.

— Flûte, on plie boutique, ça attendra demain.

— Ces mots sonnent à mes oreilles comme une divine musique, ironisa Connors en rappelant l'ascenseur. Mon lieutenant chéri, tu as eu raison d'attribuer tout le mérite de l'opération à Peabody. C'est un beau geste, très touchant.

— Elle l'a amplement mérité.

Eve s'engouffra dans la cabine, se secoua.

— Je n'ai pas encore évacué les drogues que j'ai ingurgitées. Je n'arrive plus à garder les yeux ouverts, et pourtant je frétille du bout des cheveux à la pointe des orteils.

— Ça ira mieux dès que nous serons à la maison.

Il se pencha et l'embrassa longuement, avec une tendre passion.

— Nous frétillerons ensemble, murmura-t-il.

— Ça, c'est une bonne idée.

Ils sortirent de l'immeuble, Eve apposa les scellés de la police sur la porte.

— Tiens, il ne pleut plus, remarqua-t-elle.

— C'est encore brumeux.

— J'aime bien.

Connors la dévisagea, lui effleura la joue.

— Elle aussi, tu l'aimais bien.

Elle s'immobilisa de nouveau, contemplant la rue, les flaques d'eau sur la chaussée, qui faisaient ralentir les taxis Rapid.

— C'est vrai, tu as raison. D'une certaine manière, même en sachant ce qu'elle est, elle m'inspire une forme de sympathie.

Il la prit par les épaules, elle lui enlaça la taille.

— Tu penses qu'elle l'aime vraiment ? Lucas ?

Eve secoua la tête. Depuis que Connors était dans sa vie, elle savait ce qu'était l'amour.

— Non, mais elle le croit.

Connors s'installa au volant, elle s'assit à son côté. Elle bâilla, s'étira comme un chat, puis elle ferma les yeux, sûre qu'il la ramènerait saine et sauve à la maison.

Elle avait plus confiance en lui qu'en elle-même.

Oui, elle savait ce qu'était le véritable amour.

8172

Composition Chesteroc Ltd
Achevé d'imprimer en France (La Flèche)
par Brodard et Taupin
le 26 décembre 2006. 38875
Dépôt légal décembre 2006. EAN 978-2-290-35048-5

Éditions J'ai lu
87, quai Panhard-et-Levassor, 75013 Paris
Diffusion France et étranger : Flammarion